Die Suche nach dem goldenen Tod

Peter Kersken, geboren 1952 in Oberhausen im Ruhrgebiet, studierte Philosophie und Literaturwissenschaften in Freiburg und Köln und arbeitete als Redakteur bei einer Kölner Tageszeitung. Er lebt als freiberuflicher Autor in der Eifel.
www.peterkersken.de

Dieses Buch ist ein Roman. Handlungen und Personen sind frei erfunden. Ähnlichkeiten mit lebenden oder toten Personen sind nicht gewollt und rein zufällig.

PETER KERSKEN

Die Suche nach dem goldenen Tod

HISTORISCHER ROMAN

emons:

Bibliografische Information der Deutschen Bibliothek
Die Deutsche Bibliothek verzeichnet diese Publikation
in der Deutschen Nationalbibliografie; detaillierte bibliografische
Daten sind im Internet über http://dnb.d-nb.de abrufbar.

Umschlagmotiv: Caspar David Friedrich: Zwei Männer am Meer
Umschlaggestaltung: Tobias Doetsch
Gestaltung Innenteil: César Satz & Grafik GmbH, Köln
Druck und Bindung: CPI – Clausen & Bosse, Leck
Printed in Germany 2013
ISBN 978-3-95451-158-7
Historischer Roman
Originalausgabe

Für Jonas, Max, Hanno, Jakob
und alle, die unterwegs sind

»Derjenige, der in seiner Einfalt wandelt und Gott fürchtet, ist unendlich höher zu schätzen, als ein Kluger, den sein Witz an die Pforten der Höllen führet.«

Johann Friedrich Weitenkampf, 1754

»Habe Muth, dich deines eigenen Verstandes zu bedienen!«

Immanuel Kant, 1784

EINS

Ludgera von Hiesfeld zog das Löteisen aus der Flamme und drückte die heiße Spitze gegen den feingliedrigen Leib aus Wachs, der vor ihr auf dem Tisch lag. Brustkorb, Bauch und Schädel begannen unter dem Lötkolben zu schmelzen. Ludgera legte das Werkzeug zur Seite, nahm die kleine Federzange zur Hand, hob mit ihr Würmchen und winzige Kröten von der Tischplatte und setzte das wächserne Getier in die aufgeweichten Stellen des Körpers.

Die getreulich geformten Modelle des menschlichen Leibes und des widerlichen Gewürms wurden eins, wurden zum Bildnis eines verwesenden Leichnams, an dem sich Kröten und Würmer labten. Auf dem Tisch vor Ludgera von Hiesfeld lag ein Tödlein.

Die Seniorin des hochadeligen Frauenklosters zu Sterkrade war eine begnadete Wachsbildnerin. Sie hatte als junges Mädchen auf dem Gut ihrer Eltern das Wachsbossieren von der Mutter erlernt. Die hatte sich zeitlebens mit großer Begeisterung und wenig Begabung daran versucht, Madonnen und Heiligenstatuen nachzubilden. Ludgera hatte das Talent, das ihrer Mutter fehlte. Sie hatte den Blick für die Proportionen einer Gestalt, feinfühlige Hände und so viel Geschick im Umgang mit Bossierhölzern und Lötkolben, dass sie jeden Faltenwurf eines Gewandes, die Muskulatur eines Körpers und selbst den feinen Ausdruck eines menschlichen Antlitzes zu gestalten vermochte.

Anfangs hatte Ludgera es ihrer Mutter gleichgetan und wächserne Heilige geschaffen. Erst im Kloster hatte sie damit begonnen, Tödlein zu modellieren.

Sie kannte solche Nachbildungen menschlicher Leichname seit ihren Kindertagen. Betrachtungssärglein hatten auf den Kommoden der Schlafzimmer, auf den Truhen vieler Bauernstuben und in gläsernen Vitrinenschränken adliger Häuser gestanden. In den kleinen Särgen hatten verwesende Körper aus Wachs, von Bauernhänden grob geschnitzte hölzerne Skelette oder kostbare Kunstwerke, Gerippe aus Elfenbein und edlen Metallen, gelegen.

Als kleines Mädchen hatte sie all diese grausigen Abbilder des Todes mit kindlicher Furcht und Abscheu betrachtet. Doch als sie eine junge Frau wurde, als sie den eitlen Verlockungen und den törichten Versprechungen des Lebens begegnete, als ihr erstes Paar Tanzschuhe durchgetanzt war und sie, erschreckt von den Gelüsten, die in ihr erwachten, nächtelang nicht schlafen konnte, da erinnerte sie sich an das wächserne Tödlein ihrer Großmutter, das seit dem Tod der alten Frau wenig beachtet in einer Fensternische gestanden hatte. Sie holte es in ihr Zimmer und verbrachte viele Stunden ihrer schlaflosen Nächte kniend und betend neben dem Betrachtungssärglein.

Die junge Ludgera war erfüllt von der unbändigen Sorge um ihre unsterbliche Seele und von der tiefen Überzeugung, dass jedes fadenscheinige irdische Glück und alle flüchtigen Freuden des Lebens nichts waren als Versuchungen des Satans. In jedem Augenblick ihres Daseins war ihr gegenwärtig, dass ihr Körper aus Staub gebildet war und wieder zu Staub zerfallen würde. Schon hinter der nächsten Tür konnte Gevatter Tod lauern, schon bald konnte ihr schöner, reiner Mädchenleib das sein, was da vor ihr in dem Särglein lag: entseeltes moderndes Gebein.

Nichts erschreckte sie mehr als die Vorstellung, unvorbereitet zu sein, wenn ihre Stunde schlug, sündenbeladen vor das Angesicht Gottes treten zu müssen und von ihm zur ewigen Verdammnis verurteilt zu werden.

Eine Prüfung war dieses Leben, ein kurzer, steiniger Weg, an dessen Ende die Menschen für jeden Schritt, den sie gegangen waren, Rechenschaft abzulegen hatten. Denen, die gottesfürchtig auf dem Pfad der Tugend gewandelt waren, stand das Himmelreich offen. Auf die, die lasterhaft und sündig vom Weg abgekommen waren, warteten ewige Höllenqualen, endlose Leiden und Schmerzen.

Ein Tödlein erinnerte die Menschen an ihre Sterblichkeit, es mahnte sie, zu jeder Stunde auf ihr Ende vorbereitet zu sein, und es führte ihnen immer wieder vor Augen, wie bedeutungslos alles irdische Sein angesichts der Ewigkeit war.

Ludgera trat ins Kloster ein und entschloss sich bald darauf, ihre Kunstfertigkeit nur noch darauf zu verwenden, kleine Leichname aus Wachs zu formen.

In einer Zeit, in der gebildete Männer sich übermütig der Welt zuwandten und ein jedes Ding und jedes Geschehen mit dem Verstande zu ergründen und zu erklären suchten, anstatt auf Gottes Ratschlüsse zu vertrauen und sich demütig seinem Willen zu unterwerfen, erschien es ihr so wichtig wie nie zuvor, die Menschen an ihre Endlichkeit und an die Nichtigkeit all ihres Tuns zu erinnern.

Die Tödlein, die unter Ludgeras Händen entstanden, waren furchterregend und abscheulich. Sie formte verwesende Leichname, deren Schädel noch mit Hautfetzen bedeckt waren, in deren aufgebrochenen Brustkörben Kröten und Ratten an den Rippenknochen nagten, aus deren Unterleibern von Maden angefressene Gedärme hervorquollen, um deren zerfallende Arme und Beine sich Würmer und Schlangen wanden. Die Farbe der toten Leiber, ein rostiges Ocker, erinnerte nicht an menschliche Haut, sondern an welkende Blätter. Für Ludgera war es der Farbton der Vergänglichkeit. Sie hatte lange herumexperimentiert, bis sie ihre Rezeptur gefunden hatte. Sie ließ zartgelbes Wachs von jungen Bienen über einem schwachen Feuer schmelzen, färbte es mit einer Prise Zinnober ein, gab ein paar Tropfen venezianisches Terpentin und ein wenig Talg von einem Schafsbock dazu und rührte zum Schluss einen kleinen Anteil von gebleichtem Wachs in die Masse ein.

Aus diesem Material formte sie ihre etwa zehn Zoll großen Figuren. Um ihnen Stabilität zu verleihen, gab sie ihnen Kerne aus Gips, oder sie flocht Skelettgerüste aus dünnem Eisendraht, um die herum sie ihre schaurigen Leichname modellierte.

So waren es wohl mehr als tausend Tödlein geworden, die Ludgera von Hiesfeld in den vergangenen vierzig Jahren geschaffen hatte.

Unter den Sterkrader Bauern hatte sie einen gefunden, der sich aufs Tischlerhandwerk verstand und Särglein aus Buchenholz für sie baute, schlichte, kleine Kästen mit abnehmbarem Deckel, die den Särgen nachempfunden waren, in denen das

Bauernvolk der Gegend zu Grabe getragen wurde. Ludgera legte die Holzkästchen mit weißem Leinenzeug aus, bevor sie ihre Tödlein darin bettete.

Anfangs hatte sie ihre Betrachtungssärglein an Menschen verschenkt, die ihr nahestanden, an Verwandte und an ihre Klosterschwestern. Dann war eines Tages ein junger Mann in Sterkrade aufgetaucht, der Händler Sylvester Kümmerling, dessen Kasten gefüllt war mit Holzschnitten und Kupferstichen, auf denen Gevatter Tod umherschlich, mit Büchern und Broschüren besinnlichen Inhalts und mit diversen Betrachtungssärglein, wie Ludgera sie aus ihren Kindertagen kannte. Der Handel des jungen Mannes war einträglich. Die Menschen gaben gern ihr gutes Geld für allerlei Erbauliches her, gerade so, als könnten sie sich damit schon ein Stück der ewigen Seligkeit kaufen. Als Sylvester Kümmerling Ludgeras Wachsfiguren sah, war er begeistert und bot ihr zehn gute Groschen oder fünfundzwanzig Stüber für jedes Stück.

Vor mehr als drei Jahrzehnten war das gewesen. Seitdem kam Kümmerling regelmäßig und kaufte die wächsernen Tödlein auf, um sie auf Märkten und bei Kirchweihfesten feilzubieten.

Ludgera von Hiesfeld hatte es immer als ein Geschenk Gottes betrachtet, dass sie mit ihrer Kunstfertigkeit die Menschen mahnen und zugleich ihr eigenes Leben ein wenig angenehmer gestalten konnte. Sie gönnte sich morgens eine Kanne Kaffee, an den Nachmittagen einen Tee und zum Abend einen Schoppen Wein. So manchen Taler gab sie auch für das Brandholz aus, mit dem sie in ihrer Zelle den kleinen Ofen befeuerte, den sie für ihre Arbeit, fürs Schmelzen und Mischen des Wachses und für das Erhitzen des Lötkolbens brauchte. So hatte sie es auch im Winter leidlich warm, während die anderen Fräuleins des Konvents sich an kalten Tagen nicht in ihren Zellen aufhalten konnten. Auf Kosten der Abtei wurden nur das Refektorium, das Zimmer der Äbtissin und der kleine Kapitelsaal, in dem die Damen sich zur Konversation und zum Handarbeiten trafen, beheizt.

Ludgera ahnte schon seit einer ganzen Weile, dass es nicht mehr lange so weitergehen würde mit der Wachsbildnerei. In den letzten Monaten legte sich immer häufiger ein Nebelschleier über Tödlein, Maden, Würmer und Kröten, der ganz allmählich dichter zu werden schien. Nur bei hellem Tageslicht nahe am Fenster konnte sie noch arbeiten.

Nun schien es gar so, als sollten die fünf wächsernen Leichname, die schon seit Tagen auf Ludgeras Truhe in ihren kleinen Särgen lagen, die letzten sein, die sie an Sylvester Kümmerling verkaufen konnte. Sie hatte einen Brief von ihm bekommen, in dem er seinen Besuch ankündigte und ihr zugleich mitteilte, dass es sein letzter sein werde. Er sei, so schrieb er, des Vagabundierens müde und wolle sich von Sterkrade aus auf den Weg nach Berlin machen, wo ihm gemeinsam mit seinem älteren Bruder ein Haus gehöre, das in all den Jahren des Herumreisens nur auf dem Papier sein Zuhause gewesen sei. Er wolle dort künftig gemeinsam mit seinem Bruder Kaspar, der in dem Haus eine Druckerei betreibe, leben und ihm in seinem Geschäft zur Hand gehen.

Ludgera stand von ihrem Stuhl auf, beugte sich über die Truhe, betrachtete die fünf Wachsfiguren aus nächster Nähe, eine nach der anderen, setzte sich wieder, nahm das Tödlein, auf das sie gerade Würmer und Kröten aufgesetzt hatte, vorsichtig von der Tischplatte und lächelte zufrieden. Sie war immer noch geschickt. Das Figürchen in ihrer Hand sah den fünf wächsernen Leichnamen auf der Truhe ähnlich, ganz so, wie sie es beabsichtigt hatte.

Doch dieses Tödlein war nicht das, was es zu sein schien. Was Ludgera jetzt vorsichtig wieder auf den Tisch legte, war ein mit Wachs überzogenes Gerippe aus purem Gold. Es war der kostbare Besitz der Äbtissin Antonetta von Streithorst.

Vor vielen Jahren hatte Ludgera das wundervolle Kleinod zum ersten Mal gesehen. Antonetta war damals eine sehr junge Novizin gewesen und sie selbst ein noch ziemlich junges Klosterfräulein. Obwohl ihre Eltern nur zum einfachen niederrheinischen Landadel gehört hatten, während Antonetta aus einem der vornehmsten Geschlechter im Königreich Hannover stammte, hatten die beiden sich schnell angefreundet.

Es waren ausschließlich Töchter adliger Familien, die zum

Kapitel der Zisterzienserinnen in Sterkrade gehörten. Etlichen von ihnen war das Klosterleben schon in der Wiege vorherbestimmt worden, für andere hatte sich kein passender Gemahl gefunden, bei manchen hatte die Brautausstattung nicht für eine aristokratische Heirat gereicht. Um ins Kloster aufgenommen zu werden, mussten die Fräuleins ein Eintrittsgeld von hundert Talern mitbringen, das Mobiliar für ihre Zelle, Wäsche und Kleider und ein silbernes Besteck, alles in allem eine bescheidene Mitgift, wenn man bedachte, dass sie im Kloster gut versorgt waren und hier ein standesgemäßes Leben führen konnten.

Ludgera hatte im Laufe der Jahre den Eindruck gewonnen, dass nur wenige Frauen freudigen Herzens und gänzlich ungezwungen den Weg ins Kloster gewählt hatten. Antonetta von Streithorst hatte nicht zu ihnen gehört. Schon in ihren Kindertagen hatte der Vater entschieden, dass sie und einer ihrer Brüder einmal dem geistlichen Stand angehören sollten. Sie hatte sich in Sterkrade verloren gefühlt, sich auf das Familiengut im Osnabrücker Land zurückgesehnt und hatte sich nur schwer in den gleichförmigen Alltag hinter Klostermauern einfügen können.

Ludgera hatte sich der Unglücklichen angenommen und ihr gezeigt, dass es Besseres gab als Trübsinn und Heimweh, um die Stunden zwischen den Chorgebeten auszufüllen. Sie hatten Wanderungen durch die Heide unternommen, Kutschfahrten an den Rhein und nach Duisburg, sie hatten im Blumengarten zwischen den Rosen gesessen und einander aus Büchern vorgelesen. An den langen Wintertagen hatten sie mit den anderen Fräuleins musiziert und gesungen, und sie hatten sogar hin und wieder in jugendlichem Übermut ihren Schabernack mit den Domestiken des Klosters getrieben.

Eines Tages war Antonetta in Ludgeras Zelle gekommen und hatte ihr das goldene Tödlein gezeigt, ein so edles und wertvolles, wie Ludgera noch nie eines gesehen hatte. Es war das Meisterwerk eines begnadeten Goldschmieds. Ihm war es gelungen, vom Schädel über die gebogenen Rippen bis hinab zu den Gliedern der Zehen jedes einzelne Knöchelchen des Skeletts aufs Feinste herauszuarbeiten. Auf der Stirn des Totenschädels glitzerte ein Diamant, im Inneren des Brustkorbes, dort wo das Herz eines lebendigen Menschen schlägt, war ein kirschgroßer Edelstein eingesetzt worden, der zwischen den Rippen hindurch blutrot schimmerte.

»Ein Rubin ist das«, hatte Antonetta erklärt. »Er beschützt die Besitzerin des Tödleins vor Schwermut. Und der Diamant im Schädel, der hält den Satan fern. Jedenfalls hat das meine Mutter immer gesagt.«

»Hast du es von ihr?«, hatte Ludgera gefragt.

»Ja. Und die hat es von ihrer Mutter bekommen und die von ihrer Mutter.«

Das Gerippe lag in einem schwarz lackierten hölzernen Särglein, das mit rotem Samt ausgeschlagen war. Das Gold, die edlen Steine und die kunstvolle Verarbeitung machten es zu einer einzigartigen Kostbarkeit.

Ludgera schätzte seinen Wert auf mindestens tausend Reichstaler. In der Wunderkammer eines Edelmannes oder eines reichen Bürgers wäre es gewiss das alles überstrahlende Prunkstück, und ein wohlhabender Sammler gäbe vielleicht sogar zweitausend Taler her, um einen solchen Schatz sein Eigen nennen zu können.

Der kleine goldene Tod machte Antonetta von Streithorst zu einer reichen Frau. Das aber durfte sie nicht sein, und so hatte sie das kostbare Erbstück versteckt gehalten, seitdem sie in Sterkrade war. Sie hatte Gehorsam, Keuschheit und Armut gelobt, wie alle Fräuleins es taten, wenn sie in den Konvent der Zisterzienserinnen aufgenommen wurden. Antonetta hätte ein so wertvolles Kleinod nicht besitzen dürfen, sie hätte es der Äbtissin aushändigen müssen.

Doch sie hing an dem goldenen Tödlein, nicht nur, weil es sie mit ihrer Familie verband. Es gab ihr die Gewissheit, sich hinter den Klostermauern ihre Freiheit bewahren zu können. Solange das kostbare Stück in ihrem Besitz war, blieb sie eine vermögende adlige Dame. Wenn sie es einmal nicht mehr in der Abtei aushielte, dann könnte sie gehen, ohne Not und Elend befürchten zu müssen.

Der verbotene Reichtum der Freundin schockierte Ludgera

von Hiesfeld nicht. Sie waren nun mal Töchter aus wohlhabenden Häusern und blieben es auch im Kloster. Die wenigsten Konventsfräuleins hatten eine Vorstellung davon, was es überhaupt bedeutete, arm zu sein, wenn sie ihre Gelübde ablegten. Ludgera war jeden Tag bei den Mahlzeiten im Refektorium aufs Neue davon überzeugt, dass ihr gemeinsames Wohlleben in der Abtei mit Armut nicht das Geringste zu tun hatte. Sie vermutete, dass Antonetta nicht die Einzige war, die im Verborgenen etwas besaß. Ihr goldenes Kleinod war zwar ein ganz außerordentlich kostbarer Besitz, aber für Ludgera gab es keinen guten Grund, das Geheimnis der Freundin zu verraten, einen sehr guten allerdings, es nicht zu tun: Sie wollte, dass Antonetta das Tödlein und damit ihre Freiheit behielt. Sie sollte im Kloster bleiben, weil sie es selbst so wollte.

Nur zwei Tage hatte Ludgera damals gebraucht, um das goldene Gerippe in einen wächsernen Leichnam zu verwandeln.

Im Sommer 1730 war das gewesen. In den mehr als dreieinhalb Jahrzehnten, die seitdem vergangen waren, hatte das Tödlein in Antonettas Zelle gestanden, ohne dass je eine der Klosterfrauen Verdacht geschöpft hätte. Alle, die es gesehen hatten, hatten es für eine der vielen Wachsfiguren gehalten, die Ludgera geschaffen hatte.

Antonetta hatte sich nicht nur ins Klosterleben eingefügt, sie hatte Gefallen daran gefunden. Noch in recht jungen Jahren war sie die Kellnerin der Abtei geworden, hatte Einkünfte und Ausgaben kontrolliert, vom Kornsöller bis zum Weinkeller die Lagerung der Lebensmittel überwacht und mit großer Umsicht dafür gesorgt, dass alle Vorratsräume des Klosters stets ausreichend gefüllt waren. Die adligen Damen des Konvents hatten ihren ausdauernden Fleiß und ihren Verstand so hoch geschätzt, dass sie Antonetta von Streithorst im Herbst 1754 zu ihrer Äbtissin gewählt hatten.

Seitdem hatte sich die Beziehung zwischen Antonetta und Ludgera abgekühlt. Die Äbtissin begegnete der alten Freundin ebenso distanziert wie den anderen Fräuleins, und Ludgera hielt Antonetta inzwischen für eine allzu kühle und berechnende Herrin, gebieterisch gegenüber Bauern und Domestiken, unnachgiebig gegenüber Schuldnern und unversöhnlich gegenüber allen, die gegen die Interessen der Abtei handelten. Mit der unglücklichen jungen Novizin von einst hatte die Äbtissin von Streithorst nicht die geringste Ähnlichkeit mehr.

Über das Tödlein, seine Geschichte und sein verborgenes Inneres hatten die beiden Frauen nie mehr miteinander geredet. Ludgera hatte das Geheimnis stillschweigend bewahrt, und die inzwischen sechsundfünfzigjährige Äbtissin und die zweiundsechzigjährige Seniorin, die beiden ältesten Frauen im Sterkrader Kapitel der Zisterzienserinnen, hätten vielleicht nie mehr über das goldene Gerippe gesprochen, wenn nicht Antonetta vor ein paar Tagen ein Missgeschick passiert wäre. Sie hatte die Figur aus ihrem kleinen Sarg genommen, um sie nach langer Zeit noch einmal vom Staub zu befreien. Dabei war sie ihr aus den Händen geglitten und auf den Holzfußboden gefallen.

Das Wachs platzte an etlichen Stellen vom Skelett ab, das edle Metall wurde sichtbar. Mitten auf der Stirn des goldenen Schädels glitzerte der Diamant. Die Äbtissin trug das Ergebnis ihres Malheurs sofort zu Ludgera von Hiesfeld und bat sie, das Gerippe wieder mit Wachs zu umkleiden. Ludgera fragte nicht, ob das Versteckspiel denn immer noch nötig sei, ihr war sofort klar, dass das Geheimnis unter allen Umständen weiterhin gewahrt werden musste.

Wenn ans Licht käme, dass Antonetta von Streithost jahrzehntelang in ihrer Zelle einen kostbaren Besitz verborgen gehalten hatte, würden die Fräuleins, die ihre ehrwürdige Mutter für untadelig hielten, sich enttäuscht von ihr abwenden. Käme dem Abt des Klosters Kamp, dem geistlichen Vater der Sterkrader Zisterzienserinnen, die Angelegenheit zu Ohren, könnte das unerfreuliche Konsequenzen für die Äbtissin und das ganze Kapitel haben, und am Ende würde vielleicht sogar der Zorn des Kölner Erzbischofs die Abtei treffen.

Nein, es wäre niemandem damit gedient, wenn herauskäme, dass die Äbtissin von Streithorst es mit ihren Gelübden nicht so genau genommen hatte und dass die Seniorin von Hiesfeld ihr bei ihrem Fehltritt hilfreich zur Hand gegangen war.

Ludgera befreite das Gerippe gänzlich vom alten Wachs, legte es zwischen zwei brennenden Talgkerzen auf den Tisch und setzte sich davor. So verbrachte sie eine lange, gedankenschwere Nacht mit Antonettas Tödlein, an deren Ende sie überzeugt davon war, dass dieses prachtvolle Kleinod aus Gold und glitzernden Edelsteinen nicht nur ein Symbol der menschlichen Vergänglichkeit, sondern auch ein Sinnbild menschlicher Prunksucht und Eitelkeit war.

An den drei folgenden Tagen arbeitete sie in den Vormittagsstunden, in denen die Sonne vor ihrem Fenster stand, sorgsam und zielstrebig am Tisch in ihrer Zelle. Am dritten Tag um die Mittagsstunde hielt sie zufrieden lächelnd einen wächsernen Leichnam in den Händen, der sich nur durch sein Gewicht und durch die Kröte mitten auf der Stirn von all den anderen Figuren unterschied, die sie modelliert hatte.

Aus dem kostbaren Schatz der Äbtissin von Streithorst war wieder ein ganz gewöhnliches Tödlein geworden.

ZWEI

Der Wind schob den Sand der Heide zu kleinen Hügeln zusammen, trug sie wieder ab, formte zwischen dürren Gräsern und rauen Kräutern flache Buckel, baute sie zu langgestreckten Dünenketten zusammen und bildete bizarre Sandgebirge, nur um schon bald alles wieder auseinanderzuwehen und Neues zu schaffen und es wieder zu zerstören.

Jacob Sander wusste, dass es die Sanddüne, in der Elseken und er ganz nah beieinander gesessen hatten, schon am nächsten Tag nicht mehr geben würde. Die hageren Sträucher, die wenigen grünen Wachholderbüsche und die vereinzelt in der weiten Heidelandschaft stehenden verdorrten Bäume, die den Kampf um ihr Leben schon lange verloren hatten, würden den Wind nicht aufhalten.

Die Fremden, die das Kloster besuchten, nannten die Gegend unwirtlich und armselig. Sie waren immer nur auf der Durchreise, blieben nie lange. Sie sagten, eine solche Ödnis mache sie schwermütig.

Heute erfreute sich Jacob an ihr. Er war unter der stillen Nachmittagssonne ein Teil der Landschaft. Die Kargheit, die ihn umgab, erlaubte es ihm, Elseken immer noch in der Ferne zu sehen, während sie schon auf die ersten ärmlichen Kotten zuging, die zur Bauernschaft Sterkrade gehörten.

Als sie am Morgen mit dem Korb am Arm und den feinen Schuhen an den Füßen das Kloster verlassen wollte, hatte Jacob sie am Torhaus abgepasst. Er wusste, dass sie sich auf den Weg nach Dinslaken machen wollte, um für die Damen des Kapitels beim Juden Andreas ein paar Pfund Kaffee zu kaufen, und er wusste, dass das eine gute Gelegenheit war, eine Weile mit ihr allein zu sein.

Sie hatten sich für die Mittagszeit verabredet.

Jacob fiel es leichter als Elseken, sich hin und wieder für ein paar Stunden aus dem Kloster fortzustehlen. Wenn die Äbtissin ihn vermisste, wähnte sie ihn im Studierzimmer vom

Pfarrer Neustatt, wenn der ihn nicht fand, nahm er an, dass Jacob dem Herrn Kaplan Blume, dem Sekretarius der Abtei, bei irgendwelchen Schreibarbeiten behilflich war, wenn der ihn nicht auftreiben konnte, vermutete er, dass Jacob vielleicht dem Kutscher und Baumeister Derrick Berger irgendwo zur Hand ging, und wenn der vergeblich nach ihm Ausschau hielt, dann dachte er bei sich, dass die Frau Äbtissin den jungen Sander mal wieder nach Duisburg zum Apotheker oder nach Osterfeld zum Wundarzt oder sonst wohin geschickt haben könnte.

Jacob war einer von fünfzehn Domestiken der Abtei. Noch vor ein paar Tagen hatte er alle ihre Namen von den Listen des Herrn Sekretarius abgeschrieben. Wer im Kloster arbeitete, welche Aufgaben die Bediensteten hatten und wie hoch ihr Lohn war, hatte er in das Rechnungsbuch übertragen. Hinter seinen eigenen Namen, hinter Jacob Sander, hatte er das Wort »Klostergehilfe« geschrieben. Die anderen waren Gärtner oder Hausdiener, Pferdeknecht, Schäfer oder Kuhhirte. Da war es keine Frage, wofür ein jeder seinen Lohn bekam. Das galt erst recht für Johann Butt, hinter dessen Namen Jacob notiert hatte »Bäcker, Brauer, Schlächter, Fassbinder und Aufseher über den Getreidevorrat«. Sechzehn Reichstaler wurden dem Meister Butt jedes Jahr bezahlt, das Recht, die Hefen vom Bier zu verkaufen und sich den Erlös in die eigene Tasche zu stecken, hatten die Damen ihm noch dazu eingeräumt.

Mehr bekam nur der lange Derrick Berger, der als Baumeister für die Instandhaltung der Abteigebäude verantwortlich war und den Damen auch als Kutscher diente. Vierundzwanzig Taler, zwei Paar Schuhe und ein ums andere Jahr eine vollständige Montur, bestehend aus Rock, Kniehose, wollenen Strümpfen und einem Dreispitz, waren sein Entgelt. Das war auch deshalb so reichlich bemessen, weil Berger weder ein Bett noch einen regelmäßigen Freitisch in der Abtei hatte. Er wohnte mit seiner Familie in einem kleinen Kotten auf Klosterland, wo seine Frau Gemüse im eigenen Garten zog, eine Schar Hühner fütterte, alljährlich zwei Schweine mästete und einen annehmbaren Haushalt führte. Berger teilte Bett und Tisch mit der Gemahlin, nur wenn seine Arbeit ihn im Kloster festhielt, wurde für ihn an der Gesindetafel gedeckt.

Auch bei den Frauen, die im Kloster arbeiteten, sah man gleich, wofür sie entlohnt wurden. Kammermädchen, Köchin, Küchenmagd, Stubenmagd, Viehmagd oder Gartenmagd waren sie.

Bei Jacob war das anders. Was die Aufgaben eines Klostergehilfen waren, wusste niemand so recht, nicht einmal die Äbtissin.

»Wir werden sehen«, hatte sie geantwortet, als Jacob sie damals gefragt hatte, was er denn im Kloster zu tun habe. »Ein aufgeweckter Junge wie du kann dem Kapitel wohl allerlei nützliche Dienste leisten.«

In Jacobs fünfzehntem Jahr war das gewesen. Fünf Sommer und sechs Winter waren seitdem vergangen, eine lange Zeit, in der allerlei geschehen war, in der er mehr gelernt und gelesen hatte als mancher Bürgerssohn in Duisburg oder Essen auf dem Gymnasium, in der aus dem Bauernknaben vom Sanderhof ein junger Mann mit leidlich guten Manieren geworden war.

Und doch waren die fünfeinhalb Jahre nicht so verlaufen, wie Jacob sich das erhofft hatte. Anfangs hatten ihn noch alle einen Günstling der Frau Äbtissin genannt, und es war eine ausgemachte Sache gewesen, dass aus ihm einmal ein studierter Mann werden sollte. Davon war keine Rede mehr. Als einen überheblichen Bauernjungen, der es ihr an Gehorsam fehlen lasse, hatte die Äbtissin ihn erst vor kurzem beschimpft. Sie hatte ihn einen eitlen Taugenichts genannt, der allzu sehr auf sein irdisches Wohlergehen und sein Fortkommen in dieser Welt bedacht sei. Die hochwohlgeborene Frau von Streithorst hatte ihm ihre Gunst entzogen, das stand außer Frage. Er war nichts weiter als ein Klostergehilfe, von dem niemand wusste, welche Rolle ihm in der Abtei und in dieser Welt eigentlich zugedacht war. Er war jemand, der einen Platz am Tisch des Gesindes und ein Bett in der Knechtekammer hatte und acht Reichstaler im Jahr bekam. Dazu gab es hin und wieder einen Rock und ein paar Stiefel, damit er nicht wie ein Bauer im blauen Kittel und mit Holzschuhen herumlaufen musste, wenn er im Auftrag der Äbtissin oder einer anderen Dame des Kapitels unterwegs war.

Das war nicht schlecht für den jüngsten Sohn eines Kötters aus Sterkrade, aber es war zu wenig für Elseken. Ein Mädchen wie sie gehörte an die Seite eines wohlhabenden Stadtbürgers oder eines studierten Herrn.

Als er ihr am Mittag durch die Heide entgegenging und sie auf der Landstraße in der Ferne bemerkte, mit der roten Samtweste über der weißen Bluse und dem aufrechten Gang einer Fürstin, da dachte er, dass vielleicht alles so sein müsse, wie es war, dass er ruhig ein Klostergehilfe und ein armer Schlucker bleiben könne, weil eine wie Elseken ohnehin nicht für ihn bestimmt sein konnte. Als sie näher kam und er das Gesicht unter der weißen Haube sah, das so fein war wie das der Madonna auf dem Gnadenbild in der Abteikirche, da kam ihm gar der Gedanke, dass so eine wie Elseken vielleicht für niemanden auf dieser Welt bestimmt war. Als sie ihm endlich gegenüberstand, so nah, dass die Heide hinter ihr ganz klein wurde, senkte er seinen Blick.

»Du hast ja keine Schuhe an«, murmelte er.

»Die sind im Korb«, sagte Elseken.

»Den würd ich dir gern tragen.«

Elseken nickte.

Sie gingen Seite an Seite über die staubige Landstraße, Jacob, sprachlos, mit einer Hand am Henkel des Korbes und einer in der Hosentasche, und Elseken, redend und lachend, mit zwei Händen, die ständig in Bewegung waren.

Dass sie sich gesputet habe und schon nach zwei Stunden in Dinslaken gewesen sei, dass der Jude Andreas ihr ein Glas Milch geschenkt habe, dass sie es im Stehen getrunken habe, während der Andreas den Kaffee abgewogen und verpackt habe, dass ihr Mittagsbrot noch im Korb und die Butter vielleicht schon geschmolzen sei und dass sie allmählich Hunger bekäme, sagte Elseken, und dann erzählte sie noch, dass in Dinslaken ein frecher Bauernlümmel hinter ihr hergepfiffen habe.

Danach schwiegen Elseken und Jacob eine Weile gemeinsam. Hier und da sahen sie in der weiten Landschaft winzige Kotten, nirgendwo einen stattlichen Hof. Ein Karren, auf dem Heideplaggen gestapelt waren, überholte sie. Der schwere Gaul, der ihn zog, hatte eine blonde Mähne. Der Bauer, der die Zügel in der Hand hielt und seine nackten Füße vom Karren baumeln ließ, rief freundlich: »Gott mit euch!«

Jacob und Elseken erwiderten den Gruß. Aus Sterkrade kam der Mann nicht, sonst hätte Jacob ihn gekannt.

Ganz plötzlich lief Elseken los, weg von ihm und von der staubigen Straße. Sie hüpfte an trockenem Heidekraut vorbei übers harte Gras.

»Pass auf deine Füße auf!«, rief Jacob und rannte hinter ihr her.

Elseken hielt auf ein paar Wachholdersträucher zu, die dicht beieinanderstanden, kaum weiter als einen Steinwurf von der Landstraße entfernt. Erst bei den Büschen holte Jacob sie ein. Dahinter hatte der Wind eine sanft gewellte Dünenlandschaft geformt. Elseken ließ sich lachend in den warmen Sand fallen. Jacob setzte sich neben sie.

»Hier ist es schön. Hier sieht man uns nicht von der Landstraße aus«, sagte Elseken.

»Mich stört es nicht, wenn die Leute uns zusammen sehen.«

»Aber die Damen haben mich geschickt, um Kaffee zu holen, und nicht, damit ich mich in der Heide herumtreibe. Mir wär es nicht recht, wenn ihnen jemand zutragen würde, dass ich hier mit dir gesessen habe.«

»Ja, ist schon besser so«, gab Jacob zu.

»Warum wolltest du überhaupt, dass wir uns treffen?«

»Nur so.«

»Nur so? Was soll das denn heißen?«, fragte Elseken schnippisch.

»Ich wollte mit dir allein sein, weil ich dir was sagen will.«

»Das brauchst du nicht. Ich weiß schon alles.«

»Was weißt du?«

»Alles, was du mir sagen willst.«

Jacob zog seine Stiefel aus, warf sie zur Seite und vergrub seine nackten Füße im warmen Sand, genau so, wie Elseken es auch getan hatte.

»Gib mir mal den Korb!«, sagte sie.

Jacob stellte ihn neben Elseken.

Sie schlug das Tuch zu Seite, holte eine Tonflasche heraus, zog den Korken, hob die Flasche an ihre Lippen und trank.

»Willst du auch?«

»Was ist das?«

»Wasser. Was denkst du?«

Jacob trank einen kräftigen Schluck.

»Es schmeckt wie Wein«, sagte er.

»Quatsch!«

»Es schmeckt nach deinen Lippen.«

Elseken lachte. Sie wickelte das dunkle Brot aus, das die Köchin Mechthilde ihr eingepackt hatte, und brach es entzwei.

»Hier, nimm!« Sie hielt Jacob ein Stück hin.

»Warte«, sagte er, »ich hab auch was.« Er zog ein Tuch aus seiner Hosentasche und faltete es vorsichtig auseinander.

»Getrocknete Apfelringe«, sagte Elseken erstaunt. »Woher hast du die denn?«

»Aus der Vorratskammer.«

»Gestohlen?«

Jacob schüttelte so heftig den Kopf, dass sein blonder Zopf ihm über die Schulterblätter hüpfte.

»Nein, nein. Ich musste nur die Mechthilde ein wenig becircen.«

»Das ist dir gewiss nicht schwergefallen.« Elseken lachte. »Die Mechthilde, die mag dich nämlich. Ich glaube, alle Weibsleute mögen dich. Nicht nur die Köchin, auch die Mägde.«

»Das ist doch Unsinn«, widersprach Jacob, obwohl ihm gefiel, was Elseken da sagte.

»Wenn du einem Mädchen ein paar Apfelringe schenken willst, dann stopfst du sie dir nicht einfach so in die Hosentasche, wie jeder andere Bursche es täte. Du wickelst sie in ein sauberes weißes Leinentuch, gerade so wie ein feiner Herr. Das hast du eben in dir. Ich glaube, deshalb mögen die Weibsleute dich.«

Jacob sagte nicht, dass Mechthilde das getrocknete Obst ins Tuch eingeschlagen hatte. Er hockte eine Weile schweigend im Heidesand, aß dunkles Brot mit zerlaufener Butter, trank aus derselben Wasserflasche wie Elseken Radermacher und berührte mit seinen Füßen ihre nackten Waden. Sie zog ihre Beine nicht zurück, und Jacob ahnte plötzlich, warum Menschen immer wieder sündigten, obwohl sie von den ewigen Schrecken und Qualen wussten, die sie in der Hölle erwarteten.

Während Elseken genüsslich einen Apfelring zerkaute, fragte er: »Und du weißt schon, was ich dir sagen will?«

Sie nickte und kaute.

»Du bist das schönste Mädchen, das ich kenne.«

»Du hast noch nicht viele gesehen.«

»Ich war schon oft in Duisburg. In der Stadt gibt es viele.«

Elseken knabberte kleine Stückchen aus einem Apfelring heraus.

»Es gehört sich nicht, dass ein Bursche zu einer Jungfrau sagt, dass sie schön ist.«

»Ach nein?«

»Das darf er nur, wenn sie seine Braut ist.«

»Ich möchte gern, dass du meine Braut wirst.«

Elseken nickte. »Ich weiß.«

»Woher?«

Sie schlang ihre Arme um beide Beine, zog sie zu sich heran, so dass Jacobs Füße allein zurückblieben, und legte den Kopf auf ihre Knie. Die Spitze ihres geflochtenen braunen Zopfes streichelte den Sand.

»Ach Jacob, das spür ich doch, dass du mich gern hast, schon lange. Mit allen scherzt du herum, mit der Köchin und der Küchenmagd, mit der Viehmagd und dem Stubenmädchen. Nur wenn du mich siehst, dann wirst du immer ganz scheu und still. Und vorhin auf der Landstraße, da bist du sogar ein bisschen rot geworden.«

»Dann halt ich eben den Mund, wenn du schon alles weißt«, sagte Jacob eingeschnappt.

»Aber es gefällt mir doch, wenn du mir sagst, dass ich schön bin und dass du mich magst.«

Sie hob den Kopf von den Knien und sah Jacob an. Der wich verlegen ihrem Blick aus.

»Ich hab dich ja auch gern«, sagte sie leise, »aber es geht nicht mit uns beiden. Das weißt du doch.«

Ja, das wusste er. Er wollte es nicht wahrhaben, er versuchte, es zu vergessen, aber Elseken hatte recht. Das mit ihr und mit ihm, das konnte nicht sein.

»Elseken Radermacher, Kammermädchen der Konventsfräuleins, zehn Taler, ein Paar Schuhe und ein Paar Pantoffeln«, hatte er vor ein paar Tagen in das Rechnungsbuch des Klosters geschrieben.

Elseken war etwas Besonderes. Sie war keine Magd, sondern ein Kammermädchen. Zwei von ihnen gab es im Kloster, das der Äbtissin und das der Klosterfräuleins. Dorothea Wolff, die nur der ehrwürdigen Mutter zu dienen hatte, war erst siebzehn und kam aus Mülheim. Ihr Vater war ein wohlhabender Kaufmann, der seine Waren mit eigenen Schiffen über die Ruhr und den Rhein transportierte. Und sie war ein hochnäsiges Geschöpf.

»Die ist für eine reiche Heirat vorgesehen«, hatte die Köchin Mechthilde einmal gesagt, als Dorothea mal wieder übers Essen nörgelnd von der Gesindetafel davongelaufen war. Sie tat gern so, als gehöre sie da nicht hin, als stehe es einer wie ihr eigentlich zu, mit den adligen Fräuleins des Konvents zu tafeln.

»Bei der Mitgift, die die Jungfrau Wolff zu erwarten hat, wundert es mich nur, dass die Freier nicht jetzt schon alle Tage hier herumschleichen. Und wenn sie ein paar Jahre als Zofe unserer hochwohlgeborenen Frau Äbtissin im Kloster war, dann nehmen die jungen Herren gewiss an, dass die Dorothea sich auch in adligen Kreisen fein zu benehmen weiß und dass aus ihr eine fromme Hausfrau und eine sittsame Gemahlin werden könnte«, hatte Mechthilde vermutet und lachend hinzugefügt: »Wenn sie sich da mal nicht täuschen.«

Die Mägde und Knechte nannten die Kammermädchen »unsere beiden Mamsells«. Das klang ein wenig spöttisch, aber auch respektvoll. Elseken und Dorothea waren anders als sie. Sie schliefen nicht in der Mägdekammer. Dorothea hatte ein Kabinett neben dem Zimmer der Äbtissin, und Elsekens Kammer lag am Ende des Gangs mit den Zellen der acht Konventsfräuleins.

Die beiden Mädchen hatten immer fein geflochtene Zöpfe, selten schwarze Ränder unter den Fingernägeln, trugen weiße

Blusen, Röcke ohne Schmutzflecke und an den Füßen Lederschuhe oder Pantoffeln.

Elseken Radermacher bediente die adligen Fräuleins, brachte ihnen Kaffee in die Zellen, erledigte hin und wieder Botengänge für sie, half ihnen bei der Toilette, schlug ihre Betten aus und begleite sie zum Arzt nach Holten oder zum Einkauf nach Duisburg. Wenn eine der Damen krank war, pflegte Elseken sie, und der im Alter erblindeten Sibilla von Hamm, die im Winter gestorben war, hatte Elseken jeden Tag eine ganze Stunde lang aus der Bibel vorgelesen.

Die Nachtstühle leeren und die Zellen putzen musste Elseken nicht. Das war die Aufgabe der Stubenmagd.

Ja, etwas Besonderes waren sie beide, die feinen Mamsells, und doch war Elseken beinahe das Gegenteil von Dorothea. Ihr schmeckte es an der Gesindetafel, sie war nicht hochnäsig, und sie scherzte gern mit Mechthilde herum. Sie war kein eingebildetes Töchterchen aus der Stadt, sondern ein Bauernkind. Aber sosehr sie sich von Dorothea Wolff unterschied, so wenig hatte sie auch mit den anderen Mädchen im Kloster gemeinsam. Elseken konnte lesen und schreiben, hatte feine Manieren und ein Gesicht wie die Madonna auf dem Gnadenbild.

Ihre Eltern waren pflichtige Bauern wie fast alle Leute, die in der Gegend ansässig waren. Sie waren die Hausleute auf einem Anwesen der Abtei, das weitab von Sterkrade in Eppinghoven im Kirchspiel Walsum gelegen war. Dort bewirtschafteten die Radermachers zusammen mit ihren Knechten und Mägden achtunddreißig holländische Morgen vom besten Land unweit der Rheinauen. Einen so großen und ertragreichen Hof fand man nicht noch einmal unter den weit verstreuten Besitztümern des Klosters, so wohlhabende Bauern wie Elsekens Eltern suchte man in ganz Sterkrade vergeblich.

Jacob wusste aus den Büchern vom Herrn Sekretarius Blume, was die Radermachers an jährlichen Abgaben zu entrichten hatten: Zwei Malter Weizen, vier Malter Roggen, vier Malter Gerste, zehn Malter Hafer, zwei Schuldschweine und drei Rauchhühner.

Das war mehr als das Doppelte von dem, was der größte

Sterkrader Bauer dem Kloster lieferte, und die Radermachers aus Eppinghoven hatten, außer in der Schreckenszeit des Siebenjährigen Krieges, nie um Aufschub oder Nachlass gebeten. Da war es kein Wunder, dass die Konventsfräuleins bereit gewesen waren, es einmal mit dem Elseken als Kammermädchen zu versuchen.

Auch Jacobs Vater Johann war ein Klosterbauer. Seine Mutter Magdalena war tot. Der Sanderhof war ein Kotten mit sieben holländischen Morgen Acker- und Weideland. Der Kötter Johann Sander hatte alljährlich ein Malter Roggen, ein Malter Hafer, zwei Hühner und ein Pfund Wachs an die Abtei zu liefern. Zudem war er zu zwei Tagen Handdienst mit der Sense auf den Feldern des Klosters verpflichtet.

Johann und Magdalena Sander hatten von dem, was sie dem sandigen Boden am Rande der schwarzen Heide abtrotzen konnten und nicht abgeben mussten, ihre Kinder Nepomuk, Lisbeth und Jacob, die drei, die das Säuglingsalter überlebt hatten, nicht immer satt bekommen.

In den Jahren, in denen sie verschont geblieben waren von Krankheit und Tod, von Krieg und Feuersbrunst, von Dürre, Blitz und Hagelschlag, in solchen Jahren war es ihnen leidlich gut gegangen. Aber der Sanderhof stand mitten in der elenden Welt und nicht im Paradies.

Dürrejahre, in denen der Brotkorb auf dem Sanderhof sehr hoch gehangen hatte, hatte es in Jacobs Kindheit immer wieder gegeben. Am schlimmsten war der Sommer gewesen, in dem ein Hagelschlag die gesamte Roggenernte vernichtet hatte. Damals hatten Jacob und seine Geschwister vor Hunger geweint, und Johann Sander war der Abtei einen Teil seiner Abgaben schuldig geblieben. Die Äbtissin hatte ihm Aufschub gewährt, erlassen hatte sie den Bauern, deren Getreide vom Hagel zerschlagen worden war, nicht einen Scheffel. Dem schrecklichen Hungerjahr waren ein paar gute Jahre gefolgt, in denen die Sanders Roggen, Hafer, Hühner und Wachs ins Kloster bringen konnten, ohne selbst darben zu müssen. Als Jacob elf oder zwölf Jahre alt gewesen war, waren die Soldaten gekommen, erst die Franzosen, die sich alles genommen hatten, was sie wollten, dann die Preußen und ihre Verbündeten. Die hatten von Steuerpflichten und Kriegsabgaben geredet, und dann hatten sie sich auch genommen, was sie wollten.

Mitten im Krieg war Magdalena Sander gestorben, vor Kummer und Gram, hatte der Vater gesagt, vielleicht auch am Schlagfluss, wie der Herr Pfarrer gemutmaßt hatte, nachdem er der Mutter die letzte Ölung gespendet hatte.

Nur ein paar Tage nach dem Begräbnis hatte Jacob das Haus seines Vaters verlassen. Der hatte ihm zum Abschied die Hand gedrückt und sich eine Träne aus dem Auge gewischt.

»Das Kloster ist doch nur ein paar hundert Ruten entfernt«, hatte Jacob verwundert gesagt.

»Es ist weiter weg vom Sanderhof, als du denkst«, hatte der Vater leise entgegnet. Dann hatte er geseufzt und gesagt: »Die ehrwürdige Frau Äbtissin und der Herr Pastor Neustatt, die werden schon wissen, was richtig für dich ist, und du tust gut daran, in die Abtei zu gehen. Dort ist der Tisch alle Tage reich gedeckt, und mir und dem Nepomuk und der Lisbeth wird es auch nicht schlechter gehen, wenn wir einen Esser weniger im Haus haben.«

Der Vater hatte ihm seinen Segen gegeben und lächelnd hinzugefügt: »Deine Schwester wird ab jetzt unsere Kuh hüten und die beiden Schweine in die Mark treiben. Du taugst sowieso nicht zum Bauern. Aber vergiss mir nicht, woher du kommst, und gib acht, dass der Umgang mit den vornehmen Damen dich nicht dünkelhaft macht.«

Seit damals war keine Woche vergangen, ohne dass Jacob den Vater und die Geschwister besucht hatte, aber er hatte nicht ein einziges Mal mehr in dem ärmlichen Kotten seiner Familie übernachtet. Seit mehr als fünf Jahren stand sein Bett jetzt schon in der Knechtestube der Abtei. Das Kloster war sein Zuhause geworden.

»Jacob, was ist mit dir?« Elsekens Frage und ihre Hand, die sanft seinen Arm streichelte, hatten ihn aus seinen Gedanken zurück in die Heide geholt, zurück in diesen Frühlingstag des Jahres 1766, der nun doch nicht der schöne, sonnige Tag an Elsekens Seite war, den er sich erhofft hatte.

»Ja, du hast recht«, sagte er. »Das mit uns beiden, das geht nicht. Der Bauer Radermacher aus Eppinghoven, der kann wohl nicht dem Jüngsten vom armen Kötter Sander aus Sterkrade sein schönes Töchterchen geben.«

»Das weiß ich nicht«, sagte Elseken unwillig, »aber kein Vater auf dieser Welt kann seine Tochter einem Priester versprechen. Das ist wohl gewiss.«

»Einem Priester?«, fragte Jacob irritiert.

»Ja, das sollst du doch werden. Alle im Kloster wissen das. Es ist der Wille der Äbtissin, dass du der nächste Kaplan und Sekretarius der Abtei wirst. Und die Seniorin, die hat vor ein paar Tagen noch gesagt, dass du einmal einen feinen Herrn Pfarrer abgeben wirst.«

»So? Das hat sie gesagt, die ehrwürdige Ludgera von Hiesfeld?«

»Ja, genau so hat sie das gesagt.«

Jacob ließ sich auf den Rücken fallen und lachte.

»Was ist daran erheiternd?«, fragte Elseken ärgerlich.

Jacob schob die Hände unter seinen Kopf und schloss die Augen.

»Es belustigt mich, dass anscheinend alle wissen, was einmal aus mir werden soll, nur ich nicht.«

Elseken schwieg.

»Ich will kein geistlicher Herr werden«, sagte Jacob.

»Aber wenn die ehrwürdige Mutter es doch so für dich vorgesehen hat?«

»Ach Elseken. Die Frau von Streithorst, die hat mal dieses für mich vorgesehen und mal jenes. Da geb ich nichts mehr drauf.« Jacob richtete sich auf und schüttelte den Heidesand aus seinem Zopf.

»Unser Pastor Neustatt war der Erste, der sich gedacht hat, aus mir könnte man einen Priester machen«, erzählte er Elseken. »Er hat mit der Äbtissin drüber geredet, und die hat mich ins Kloster geholt. Damals hat sie gesagt, ich müsse tüchtig lernen, Latein und Griechisch und all die Sachen, die der Herr Pfarrer mir beibringen könne, dann wär's ihr eine Freude, mich einmal an der Theologischen Fakultät studieren zu lassen. Da hat mich die Vorstellung noch sehr beglückt, ein hochwürdiger Herr zu werden. Irgendwann hatte die Frau von Streithorst dann die Idee, die Abtei brauche dringend einen Advokaten, einen tüchtigen Beistand in allen Rechtsstreitigkeiten, und sie beschloss, mich zum Jurastudium an die Universität zu schicken. Der Gedanke fing gerade an, mir zu gefallen, sehr zu gefallen sogar, da hatte sie es sich schon wieder anders überlegt. Das Theologiestudium sei wohl doch der richtige Weg für mich, hörte ich sie eines Tages sagen, denn als Kaplan und Sekretarius könnte ich der Abtei gewiss am besten dienen. Da wollte ich aber schon kein Priester mehr werden, weil du inzwischen ins Kloster gekommen warst und weil ich, na ja, weil ich da schon etwas anderes wollte.«

»Wenn du die Möglichkeit bekommst, an die Universität zu gehen, dann darfst du das nicht ausschlagen«, sagte Elseken sanft. »Das wäre närrisch.«

»Es ist ja schon lange keine Rede mehr vom Studieren«, entgegnete Jacob achselzuckend. »Inzwischen bekomme ich nur noch von der Äbtissin zu hören, es fehle mir an Gehorsam und an Demut, und als Student käme ich nur noch weiter ab vom geraden Weg zur ewigen Seligkeit. Sie sagt, dass ich mich lieber um einen Platz im Himmelreich bemühen soll als um einen Platz in der Welt, der mir nicht zusteht.«

»Aber du hast einen Kopf zum Studieren, Jacob. Das weiß ich. Und den hat der liebe Gott dir gegeben. Also will er auch, dass du ihn benutzt.«

»Wenn er will, dass ich studiere, warum hat er mich dann in einem armseligen Kotten zur Welt kommen lassen?«

Elseken sah zum Himmel hinauf. Die Sonne hatte sich vom Zenit schon ein gutes Stück nach Westen entfernt.

»Jacob, ich muss mich sputen«, sagte sie und stand auf.

Während sie den Sand von ihren Füßen abwischte und sich die Schuhe anzog, fügte sie hinzu: »Bleib du noch ein Weilchen hier. Ich möchte nicht, dass wir zusammen im Kloster ankommen.«

Elseken beugte sich zu ihm herunter, gab ihm einen Kuss auf die Wange und sagte: »Ich bin froh, dass du kein Priester werden willst.« Dann nahm sie ihren Korb und lief davon.

Jacob hatte ihr lange nachgesehen. Erst als sie zwischen den ersten Kotten der Bauernschaft Sterkrade verschwunden war, zog er seine Stiefel an und ging langsam in Richtung Abtei.

DREI

Das Kloster war der Mittelpunkt der Welt. Nach Norden hin erstreckten sich die weiten Heidegebiete und ausgedehnte Wälder. Was jenseits davon lag, kannte Jacob nur aus den Erzählungen der Reisenden. Er wusste, dass die Postkutsche, die die Sterkrader Heide hinauffuhr, irgendwann in Dorsten ankam, dass man von dort weiterreisen konnte nach Münster oder umsteigen konnte in die Clevische Post, die bis nach Berlin fuhr und vielleicht sogar noch weiter.

Ihre geringste Ausdehnung hatte Jacobs Welt nach Osten. Wenn er vom Kloster aus der Morgensonne entgegenging, verließ er schon nach ein paar Fußminuten das Herzogtum Cleve und das Königreich Preußen und betrat das Vest Recklinghausen, das dem Kurfürsten von Köln gehörte. Jacob hatte die Grenze schon oft überschritten, hatte sich an der Antonyhütte umgeschaut, hatte den Wundarzt aus Osterfeld geholt oder hatte auf den vestischen Besitztümern der Abtei nach dem Rechten gesehen. Aber all diese Orte waren weniger als eine halbe Meile vom Kloster entfernt.

Im Westen bildete der Rhein die Grenze seiner Welt. In Dinslaken kannte Jacob den Laden des Juden Andreas und die Metzgerei des Juden Salomon. Zum Landgericht war er hin und wieder geschickt worden, und mit Derrick Berger war er beim Pferdearzt gewesen. In Beeck hatte er gelegentlich Briefe beim Advokaten Liliental abgegeben, den die Äbtissin gern in schwierigen Rechtsfragen zurate zog.

Der aufregendste Ort am Rande seiner Welt aber war ganz ohne Frage Duisburg, eine ummauerte Stadt mit vier Toren, fast zwei Meilen südwestlich von Sterkrade jenseits der Ruhr und nahe beim Rhein gelegen. Mehr als viertausend Menschen lebten zwischen den Mauern, und zu kaufen gab es rings um den Markt und die Salvatorkirche alles, was man sich vorstellen konnte, und sogar noch manches mehr. Gebleichtes Wachs und venezianisches Terpentin für die Seniorin von Hiesfeld waren da zu haben, Tuche aus Leinen und Seide in vielen Farben und Größen, Kleider, Hüte und Perücken, Augengläser und Pistolen, Landkarten, holländische Tonpfeifen und türkischer Tabak und sogar Bücher. In der Stadt praktizierten bekannte Ärzte, und es gab den Apotheker Hauser, bei dem Jacob schon allerlei Medikamente für die Klosterdamen geholt hatte. Händler und Rheinschiffer, reiche Damen und billige Huren, Nonnen und Mönche, zerlumpte Bettler und studierte Herren tummelten sich auf den Plätzen und in den Gassen. Mittendrin in all dem Treiben entdeckte Jacob hin und wieder einen der ehrwürdigen Herren Professoren, die an der Universität lehrten, und bei jedem Besuch in der Stadt begegnete er einigen der über hundert Duisburger Studenten, die sich leicht von allen anderen Leuten unterscheiden ließen. Sie waren jung, trugen schneidige Gehröcke, dreispitzige Hüte und seidene Schals, ihre Zöpfe waren lang, ihre Kniestrümpfe blütenweiß, und ihre Stiefel oder Schnallenschuhe waren blank gewichst. Sie schleppten Bücher und beschriebenes Papier mit sich herum und saßen oft in kleinen Gruppen zusammen vor den Kaffeestuben und den Brauhäusern, rauchten Tabakspfeifen, tranken Bier und lachten und palaverten lauter als die anderen Menschen.

Zu den Studenten hatte Jacob immer respektvoll Abstand gehalten, obwohl er bei sich gedacht hatte, dass man ihn für einen von ihnen halten könnte, wenn er einen Schal um den Hals und ein Buch unterm Arm trüge. Den Seidenschal hatte er sich im vorigen Sommer für einen ganzen Taler gekauft, beim Tuchhändler schräg gegenüber vom Apotheker Hauser. Er hatte ihn sich um den Hals gebunden und war durch die Stadt flaniert. Der Gemüsehändler, bei dem er zwei Birnen erstanden hatte, hatte ihn einen jungen Herrn genannt, aber nicht einen Herrn Studiosus. Vielleicht hatte es am fehlenden Buch gelegen, vielleicht auch daran, dass sein Gehrock nur aus einem schlichten blauen Tuch geschnitten war.

Den Schal hatte er sich vor seiner Rückkehr nach Sterkrade vom Hals genommen. Er hatte ihn unter seinem Hemd versteckt und ihn später ganz nach unten in seine Truhe in der Knechtekammer gelegt. Niemand wusste, dass es ihn gab. Seit dem Tag, an dem er ihn in Duisburg gekauft hatte, hatte Jacob den seidenen Schal nicht mehr getragen.

Noch ein Stück weiter südlich als Duisburg lag das Zisterzienserinnen-Kloster Saarn. Dort gab es auch eine Kapitularin aus der Familie von Streithorst. Die Äbtissin hatte Jacob im vergangenen Herbst mit einem Paket für die weitläufige Verwandte nach Saarn geschickt. Das Paket war verschnürt und versiegelt gewesen. Jacob hatte fromme Bücher darin vermutet.

Damals hatte er die Chaise nehmen dürfen, den kleinen, zweisitzigen Wagen. Der Fährmann, der ihn über die Ruhr gebracht hatte, hatte sich sehr tief verbeugt, als Jacob ihm die Pfennige für die Überfahrt in die Hand gedrückt hatte. Mit einer Chaise fuhren keine Bauersleute durch die Gegend.

Die Frau von Streithorst in Saarn war eine freundliche Dame gewesen. Sie hatte Jacob einen Brief an die Sterkrader Äbtissin mitgegeben und ihn gebeten, die Damen des Kapitels zu grüßen.

Auf dem Rückweg, noch bevor er wieder an der Ruhr war, hatte er mit dem Gedanken gespielt, abzubiegen auf die Landstraße, die weiter in südliche Richtung führte, rheinaufwärts zu fahren bis nach Düsseldorf im Herzogtum Berg und weiter nach Köln, in die Stadt des Erzbischofs und Kurfürsten Maximilian Friedrich, in die Stadt mit der größten Universität weit und breit, wo mehr als dreißig Professoren lehrten, dreimal so viele wie in Duisburg.

Köln war das Ziel all seiner Hoffnungen. Köln, das klang für ihn wie eine Verheißung. Wenn die Äbtissin ihn einmal zum Studieren schicken würde, dann nach Köln an die katholische Universität und nicht zu den Reformierten nach Duisburg.

Damals, an dem Tag, an dem er in Saarn war, war er der Stadt seiner Träume näher gewesen als jemals sonst, und doch hatte er das Gefühl gehabt, noch unendlich weit von ihr entfernt zu sein. Er war ein Bauernjunge ohne Geld und ohne eine Empfehlung. Einen Stüber hatte er in der Tasche gehabt und die paar Pfennige für die Rückfahrt mit der Fähre. In einer Stadt wie Köln wäre er verloren gewesen.

Er hatte die Chaise in Richtung Ruhr gelenkt, das Pferd nicht zur Eile angetrieben und war doch am Abend wieder in Sterkrade gewesen, in der Knechtestube der Abtei, an dem Platz, an den er gehörte.

Als Jacob an jenem Frühlingstag des Jahres 1766, an dem er ganz nah bei Elseken in der Heide gesessen hatte, langsam auf die Abtei zuging, am Eichelkamp vorbei, dessen Bäume im saftigen Maigrün dastanden, kam es ihm so vor, als wäre seine Welt ein Stück größer geworden.

Er vermutete, dass es Elseken angenehm wäre, wenn er den Zeitabstand zwischen ihrer und seiner Ankunft im Kloster noch ein wenig anwachsen ließe. Sie hatte bei ihrer Rückkehr gewiss den Weg über die schmale Holzbrücke genommen, die über den Reinersbach führte, so wie die Pilger und die Bauersleute, die zur Kirche und zum Friedhof gingen. Alle Bediensteten der Abtei kannten das Schlupfloch im Friedhofszaun und wussten, dass sie von dort auf das Klostergelände und zum Gesindehaus kommen konnten, ohne am Torwächter vorbeizumüssen.

Jacob nahm diesen Weg nicht, obwohl er der kürzeste war, wenn man von Dinslaken und aus der Heide kam. Er ging um die Abtei herum, überquerte zwischen dem unteren und dem oberen Mühlenteich zuerst den Marienbach, dann den äußeren Wassergraben. Als er am Torhaus vorbei auf die dritte Brücke zuging, die über den inneren Graben in den Klosterhof führte, sah er den alten Peter. Er saß auf der Bank hinterm Torhaus mit offenem Mund und geschlossenen Augen in der Sonne. Jacob war schon ein paar Schritte an ihm vorbei, als er laut und mürrisch rief: »Halt, der Herr! Wohin will er denn?«

Jacob drehte sich zu ihm um, und er sagte blinzelnd: »Ach Jacob, du bist das.«

So lange wie der alte Peter war noch niemand im Kloster, nicht einmal die Seniorin von Hiesfeld. Als sie vor vierzig Jahren als Novizin nach Sterkrade gekommen war, war der Peter ein stattlicher junger Kerl gewesen, der schon eine Weile als Kutscher und Schmied im Dienst der Abtei gestanden hatte. Über Jahrzehnte hinweg hatte er sich um die Pferde gekümmert, sie gefüttert, gepflegt und beschlagen, hatte die Wagen instand gehalten, in der kleinen Schmiede die Ackergeräte repariert, und er hatte die vornehmen Damen gefahren, wohin auch immer sie wollten. Er kannte die Gutshäuser ihrer Familien, die Lebensgeschichten der meisten Fräuleins und wusste manches über sie, was sonst niemand wusste.

Als es ihm mit zunehmendem Alter immer schwerer gefallen war, auf den Kutschbock zu klettern und den Schmiedehammer zu schwingen, hatte die Äbtissin ihn zum Torwächter bestimmt. Solange Jacob im Kloster war, war nun schon Derrick Berger der Kutscher, und einen eigenen Schmied hatte die Abtei nicht mehr. Wenn es etwas zu reparieren gab an Pflug oder Egge, dann wurde der Schmied aus Holten geholt.

Der alte Peter verbrachte nicht nur seine Tage im Torhaus, sondern auch die Nächte. Wenn es dunkel wurde, zog er mit einer Seilwinde den hölzernen Übergang über den äußeren Wassergraben hoch. Wer nachts ins Kloster wollte, musste den Torwächter wecken und ihn bitten, die Zugbrücke noch einmal herunterzulassen, oder er musste den heimlichen Weg über den Friedhof nehmen. Doch die Knechte und Mägde, die das Schlupfloch im Zaun kannten, schlichen nicht freiwillig in dunkler Nacht zwischen den Gräbern herum.

Peter lachte selten, trank viel Branntwein und dachte oft über irgendetwas nach. Wenn er doch mal lachte, konnte man seinen Kiefer sehen, der bis auf ein paar schwarzbraune Stumpen zahnlos war.

Kurz nachdem er ins Torhaus eingezogen war, hatte er aufgehört, sich um sein Äußeres zu kümmern. Er war unrasiert, sein Bart war struppig, und sein graues Haar hing zottelig auf seinen Schultern. Vermutlich wäre es weiß gewesen, wenn der alte Torwächter es öfter gewaschen hätte. Peters Körper kam nur mit Seife und Wasser in Berührung, wenn die Mägde und Knechte ihm wieder einmal angedroht hatten, ihn wegen seines strengen Geruchs von der Gesindetafel zu vertreiben.

Wenn eines der Klosterfräuleins ihn aufforderte, seiner Haut, seinen Haaren oder seiner Kleidung etwas mehr Pflege angedeihen zu lassen, schaute er meistens verlegen zur Seite, manchmal fragte er dann aber auch: »Was nützt mir das denn für die Ewigkeit?«

Jacob hatte noch nie gehört, dass eine der noblen Damen dem alten Peter eine Antwort gegeben hätte. Stattdessen begegneten sie seiner Frage mit einem unwilligen Kopfschütteln, oder sie sagten seufzend den törichten Satz: »Ach Pitter, früher warst du so ein schmucker Kerl.«

Wenn sie über ihren Torwächter sprachen, dann bezeichneten die Konventsfräuleins ihn abfällig als »Knüselspitter«, und die Mägde und Knechte nannten ihn in letzter Zeit auch gern so. Das ärgerte Jacob. Er war der Meinung, dass ein alter Mann, der das Wichtige vom Unwichtigen zu unterscheiden wusste, Respekt verdient hatte.

Peter bekam als Torwächter acht Taler im Jahr. Er betrachtete sie nicht als Gnadenbrot, sondern als angemessene Bezahlung für eine wichtige Aufgabe.

»Es ist heutzutage so viel Gesindel unterwegs, da könnte wohl keine Nonne mehr in Ruhe beten und singen, wenn nicht ein aufmerksamer Wächter am Tor säße«, sagte er oft zu Jacob.

Jahr für Jahr kaufte Peter sich einen neuen Hut, einen Dreispitz vom besten Hutmacher in Duisburg. Jacob schätzte, dass jede dieser Kopfbedeckungen mindestens so viel gekostet hatte wie sein seidener Schal. Der Alte gab nicht so viel Geld für Hüte aus, weil er darunter sein zotteliges Haar oder sein schmuddeliges Gesicht verstecken wollte. Dafür hätte auch ein verschlissener Dreispitz aus seiner Zeit als Kutscher ausgereicht. Er wollte, dass die Menschen, die um Einlass in die Abtei baten, ihn nicht für einen heruntergekommenen Kutscher hielten, sondern für einen bedeutenden Mann mit einer wichtigen Aufgabe, und er war überzeugt davon, dass ein teurer Hut die beste Voraussetzung dafür war.

»Die Leute schauen dir immer zuerst auf den Kopf, weil sie glauben, sie könnten sehen, was drin ist in deinem Schädel. Wenn ihr Blick auf einen feinen Hut fällt, vermuten sie darunter edle Gedanken und sind überzeugt davon, einen Herrn mit einer vornehmen Gesinnung vor sich zu haben«, hatte er Jacob einmal erklärt.

»Und wenn sie unter der Kopfbedeckung ungewaschene Haare und einen zerzausten Bart sehen?«, hatte Jacob gefragt.

»Davon lassen sich nur Narren täuschen«, hatte Peter geantwortet. »Jeder Bauer kann sich waschen und den Bart abschaben, aber nur ein bedeutender Herr kann sich einen eleganten Hut leisten.«

Auch wenn er oft ziemlich kraus daherredete, sprach Jacob gern mit dem Alten, denn er war nicht nur ein bisschen verrückt, sondern auch weise.

Vor ein paar Tagen noch hatte er gesagt: »Ihr irrt euch alle, wenn ihr glaubt, die Äbtissin hätte mich zum Torwächter gemacht. Gott hatte diesen Platz für mich vorgesehen. Die ehrwürdige Mutter hat nur seinen Plan ausgeführt.«

Jacob hatte ihn fragend angesehen, und Peter hatte erklärt: »Der Gevatter Tod wird bald wieder zur Abtei kommen, sehr bald schon. Wenn er mich im Torhaus sieht, wird er nicht weitergehen. Er wird mich mitnehmen. Und ich werde ihm folgen, ohne zu murren. Mein Weg durchs irdische Jammertal war lang genug. Hier ist der rechte Platz, um auf den Tod zu warten.«

»Und wenn er den Weg über den Friedhof nimmt, wenn er durch die Lücke im Zaun schlüpft und gar nicht am Torhaus vorbeikommt?«, hatte Jacob schalkhaft gefragt.

»Das wird er nicht tun«, hatte Peter gesagt, ganz leise zwar, aber so bestimmt, als hätte er selbst schon alles mit dem Gevatter ausgehandelt.

Jacob ging die paar Schritte zurück zum alten Peter, um sich neben ihn auf die Bank zu setzen. Aber dort lag ein Hut, ein schöner Dreispitz aus blauem Filz.

»Warum hast du ihn nicht auf dem Kopf?«, fragte er.

»Er ist ganz neu«, sagte Peter, »erst vor ein paar Tagen gekauft. Und wenn etwas noch unberührt und makellos ist, dann ist es doch am schönsten, findest du nicht? Ich wollte ihn eigentlich heute zum ersten Mal aufsetzen, aber die Sonne hat so warm geschienen, und es war noch nicht ein einziger Fremder am Tor, da hab ich gedacht, ich bewahr dem neuen Hut noch eine Weile seine Jungfräulichkeit.«

»Nimmst du ihn mal an dich, dass ich mich setzen kann?«, fragte Jacob.

Peter schüttelte den Kopf. »Du musst mal nach dem Elseken sehen, glaub ich.«

»Nach dem Elseken? Ich? Warum?«

»Das arme Ding ist vor ein paar Minuten weinend über den Hof gelaufen. Hinterm großen Garten hab ich sie aus den Augen verloren. Ich vermute, sie ist im Bongert.«

Jacob fand Elseken auf der Obstwiese im Gras sitzend. Sie lehnte mit dem Rücken gegen einen Apfelbaum, aus dem weiße Blütenblätter rieselten. Ein schönes Bild wäre das gewesen, wenn Elseken nicht ihre Hände vors Gesicht gedrückt und leise vor sich hin geschluchzt hätte.

»Was ist mit dir?«, fragte Jacob, besorgt um Elseken und bange, dass er der Grund für ihre Traurigkeit sein könnte. Er kniete sich neben sie und streichelte ihr übers Haar.

»Hat uns jemand in der Heide gesehen? Hast du Scherereien bekommen, weil du mit mir zusammen gewesen bist?«

Elseken schüttelte den Kopf, ohne ihre Hände vom Gesicht zu nehmen.

»Es hat mir dir nichts zu tun«, stammelte sie.

Jacob hätte sie gern in den Arm genommen. Elseken ließ ihre Hände in den Schoß sinken und sah ihn aus verweinten Augen an.

»Das Tödlein der Äbtissin ist weg, und ich bin schuld daran, ich ganz allein.«

Jacob verstand nichts.

Bevor er Elseken irgendetwas fragen konnte, hörte er, dass sein Name gerufen wurde. Die Stimme gehörte ohne Frage Kaplan Blume, und sie klang aufgeregt.

»Jacob Sander, wo steckst du denn?«, brüllte Blume über den Klosterhof.

»Nun geh schon!«, sagte Elseken. »Du kannst mir sowieso nicht helfen. Und wenn wir hier zusammen gesehen werden, dann gibt es noch mehr Ärger.«

Jacob nahm an, dass Elseken recht hatte. Er gab ihr einen flüchtigen Kuss aufs Haar und rannte los.

»Na, da bist du ja. Wo warst du denn?«, fragte Blume ungeduldig, als Jacob am großen Garten vorbei auf ihn zulief.

»Ich hab im Bongert nach der Apfelblüte gesehen.«

»Nach der Blüte gesehen? Was redest du für einen Unsinn? Komm her! Schau mich an! Wie siehst du denn aus? Na ja, deine Kleider sind ganz ordentlich. Und einen manierlich gebundenen Zopf hast du auch. Zeig mal deine Hände! Na gut. Die sind ja einigermaßen sauber. Die ehrwürdige Mutter will dich sehen.«

»Mich? Warum?«

»Das weiß ich doch nicht«, sagte Blume griesgrämig. »Sie erwartet dich im Refektorium, und zwar jetzt.«

Schon im Kreuzgang hörte Jacob die schneidende Stimme der Äbtissin von Streithorst aus dem Speisesaal der Damen. Er konnte nicht verstehen, was sie sagte, aber es war nicht zu überhören, dass sie außer sich vor Zorn war.

»Nur herein!«, rief sie viel zu laut, als Jacob gegen die schwere Eichentür des Refektoriums klopfte.

Er trat ein. Die Äbtissin stand, die Arme unter der Brust verschränkt, vor der westlichen Fensterreihe. Jacob verbeugte sich und sah Antonetta von Streithorst blinzelnd an. Er versuchte, gegen die tief vor den Fenstern stehende Sonne zu erkennen, ob sich ihr Zorn gegen ihn richtete, aber er fand in ihrem Gesicht nur den Ausdruck herablassenden Stolzes, der an den adligen Damen haftete wie das Wörtchen »von« an ihren Namen.

Die Äbtissin trug eine helle Haube, darüber den schwarzen Schleier, den die Klosterfrauen Velan nannten. Der umspielte im Nacken und auf den Schultern ein hochgeschlossenes, cremefarbenes Kleid, das sich weit ausladend um die Taille wölbte und faltenreich bis fast zum Fußboden fiel.

Auf einem der zwölf brokatbezogenen Stühle an der großen Tafel saß die Seniorin Ludgera von Hiesfeld. Jacob verneigte sich auch in ihre Richtung. Sie nahm es nicht einmal zur Kenntnis, sah weder ihn noch die Äbtissin von Streithorst an. Ihr Blick ruhte scheinbar unverwandt auf den großen Gemälden an der Stirnwand des Refektoriums, von denen vier ehemalige Äbtissinnen des Sterkrader Klosters herunterschauten, die eine mit Milde, die andre mit Strenge, die dritte voller Würde und die letzte mit einem Lächeln auf den Lippen.

Die Seniorin trug das Ordensgewand der Zisterzienserinnen, zum Velan einen wollenen weißen Habit und darüber das schwarze Skapulier. Als sie endlich ihr Gesicht Jacob zuwandte, hatte er den Eindruck, sie noch nie so blass und müde gesehen zu haben. Der Gedanke, dass der Zornesausbruch der Äbtissin, den er im Kreuzgang gehört hatte, Ludgera von Hiesfeld gegolten hatte, erschreckte ihn. Er mochte die Alte. Sie war gütig und freundlich zu ihm, fragte ihn manchmal nach seinen Fortschritten beim Lernen oder nach seinen Plänen für die Zukunft, und sie hatte ihm sogar schon ein paar Bücher ausgeliehen.

Die anderen adeligen Fräuleins verhielten sich den Bediensteten gegenüber reserviert, manche sogar abweisend, wenn auch keine so unnahbar und herrisch war wie Antonetta von Streithorst. Die Einzige außer der Seniorin, die sich freundlich und umgänglich gab, war die junge Kellnerin Bernardina von Bärenklau.

Jacob fühlte sich unbehaglich. Die Äbtissin sah ihn unverwandt an, schien ihn vom Scheitel bis zu den Stiefeln zu mustern.

»Ein blütenweißes Hemd, eine saubere Hose, gewichste Stiefel«, sagte sie endlich. »Du siehst aus wie ein junger Müßiggänger.«

»Es gab heute keine Arbeit für mich, bei der ich mich hätte schmutzig machen können«, entgegnete Jacob zaghaft.

»Dein blauer Gehrock, die Weste, die neue Kniehose, ist das alles auch so sauber?«, fragte Antonetta von Streithorst.

»Ja, gewiss, ehrwürdige Mutter. Das alles liegt gewaschen in meiner Kiste«, antwortete Jacob verwirrt.

»Hast du noch ein zweites Hemd?«

»Das hier ist mein zweites Hemd. Das gute liegt auch in der Kiste, sauber und gefaltet.«

»Wie viele Paar Kniestrümpfe hast du?«

»Drei, nein zwei.« Jacobs Verwirrung wuchs.

»Das reicht aus«, stellte die Äbtissin fest. Dann legte sie ihre Hände auf dem Rücken ineinander und begann, vor den Fenstern auf und ab zu gehen. Eine Weile schwieg sie, dann sagte sie unvermittelt:

»Du wirst eine Reise unternehmen, Jacob Sander. Morgen in aller Frühe wirst du aufbrechen.«

»Eine Reise? Wohin?«

»Nach Bochum. Vielleicht noch weiter. Wenn es sein muss, bis nach Berlin.«

Jacob spürte, wie seine Wangen heiß wurden. Er war sich nicht sicher, ob Furcht oder Freude ihm das Blut in den Kopf trieb.

»Ich verstehe nicht, ehrwürdige Mutter«, sagte er aufgeregt.

»Setzt dich und hör mir zu! Hör mir gut zu, dann wirst du gleich verstehen, worum es geht.«

Er sollte sitzen, während die Äbtissin stand? Und wohin sollte er sich setzen? Die ehrwürdige Mutter konnte doch nicht wollen, dass er an der Tafel Platz nahm! Die schweren Holzstühle mit den dicken Polstern und den Brokatbezügen waren den adligen Damen und den beiden geistlichen Herren des Klosters vorbehalten. Außer ihnen saß nur gelegentlich ein hochgestellter Gast der Abtei an diesem Tisch.

»Jetzt nimm schon Platz!«, befahl die Äbtissin, zog einen Stuhl von der Tafel ab und wies mit der Hand auf die Sitzfläche.

Jacob ließ sich unsicher auf dem weichen Polster nieder. Ludgera von Hiesfeld nickte ihm von der anderen Seite des großen Tisches her aufmunternd zu.

»Hast du schon einmal ein Betrachtungssärglein gesehen? Weißt du, was ein Tödlein ist?«, fragte die Äbtissin.

»Ja, ehrwürdige Mutter. Ich kenne die Wachsfiguren, die die Seniorin von Hiesfeld herstellt.«

»Ich besitze so ein Betrachtungssärglein, eins mit einem verwesenden Leichnam aus Wachs. Den hat allerdings nicht Ludgera von Hiesfeld modelliert. Es ist ein sehr altes Tödlein, eines, das schon meiner Mutter gehört hat und deren Mutter und vermutlich auch schon deren Mutter.«

Die Äbtissin hatte Jacobs Stuhl schräg vom Tisch abgezogen, so dass er seitlich zu den Fenstern saß, vor denen Antonetta von Streithorst hin- und herging. Es war ihm unangenehm, dass sie dabei immer wieder aus seinem Blickfeld verschwand und auch hinter seinem Rücken weiterredete.

»Hat deine verstorbene Mutter dir etwas hinterlassen, irgendein Erinnerungsstück?«, fragte sie.

Jacob schüttelte erstaunt den Kopf.

»Ich rede nicht von wertvollem Besitz, sondern von einem kleinen Andenken, einer Brosche oder einem Ring zum Beispiel.«

»Meine Mutter hat nie Schmuck besessen. Einen Rosenkranz mit polierten Holzperlen hatte sie. Den hat nach ihrem Tod meine Schwester Lisbeth bekommen.«

»So etwas meine ich, Jacob, einen Gegenstand, der uns an einen lieben Menschen erinnert, der heimgegangen ist zu unserem himmlischen Vater. Deine Schwester hängt gewiss sehr an diesem Rosenkranz, sie hütet ihn wie ihren Augapfel. Nicht weil er von großem Wert ist, sondern weil er sie an eure Mutter erinnert. Wenn er ihr abhandenkäme, dann wäre sie zweifellos untröstlich, dann würde sie alles dransetzen, ihn wiederzubekommen. Ist es nicht so?«

»Ja, ich glaube schon.«

»Siehst du Jacob, so wertvoll wie für deine Schwester der Rosenkranz ist, ist für mich dieses wächserne Tödlein. Es erinnert mich an meine Mutter, meine Großmutter und an meine Urgroßmutter. Es verbindet mich mit allen Frauen meiner Familie, die schon lange nicht mehr auf dieser Erde wandeln. Auch wenn es nur von geringem materiellem Wert ist, so ist es für mich doch sehr kostbar und unersetzbar.«

»Ist es Ihnen gestohlen worden, ehrwürdige Mutter?«

»Nein, Jacob, nein. Es ist mir durch ein Versehen abhandengekommen, durch ein furchtbar dummes Missgeschick.«

Die Äbtissin seufzte hinter seinem Rücken. Dann ging sie eine Weile still vor den Fenstern auf und ab. Jacob hatte den Eindruck, dass sie nach Worten suchte, mit denen sich das Malheur erklären ließ.

»Wenn Sie nichts dagegen haben, ehrwürdige Mutter, erzähle ich dem Jungen, was passiert ist«, sagte die Seniorin von Hiesfeld.

Antonetta von Streithorst nickte ihr zu.

»Also, das Tödlein der Äbtissin ist in der Tat schon sehr alt. Es war schadhaft geworden an einigen Stellen, und die ehrwürdige

Frau von Streithorst hatte mich gebeten, es zu überarbeiten. Das hab ich getan. Gestern Nachmittag lag es restauriert auf dem Tisch in meiner Zelle. Auf meiner Truhe standen zur selben Zeit fünf kleine Särge mit Tödlein, die ich in den vergangenen Wochen angefertigt hatte. Sie waren für Sylvester Kümmerling bestimmt, den Händler, der sie gestern abgeholt hat.«

»Hast du ihn gesehen?«, fragte die Äbtissin aus dem Hintergrund.

»Nein, gestern nicht«, antwortete Jacob.

»Aber du kennst den Kümmerling?«

»Ja, gewiss, ehrwürdige Mutter. Er kommt doch schon seit Jahren ins Kloster. Ich habe hin und wieder mit ihm geredet.«

»Kannst du ihn beschreiben?«

Jacob dachte kurz nach, dann sagte er: »Kümmerling ist ein massiger Mensch, so groß wie ich und ziemlich dick. Er hat schütteres Haar, schon leicht ergraut, und einen dünnen Zopf. Manchmal trägt er eine Perücke, und eine Narbe hat er, eine die sich quer über die linke Wange zieht.«

»Ja, das ist eine gute Beschreibung«, sagte die Äbtissin.

»Ich habe gestern Nachmittag eine Weile mit Sylvester Kümmerling auf der Bank im Kreuzgang gesessen«, erzählte die Seniorin weiter. »Wir haben über allerlei gesprochen und uns voneinander verabschiedet. Er wird nicht mehr nach Sterkrade kommen. Er will seinen Handel aufgeben und sich in Berlin bei seinem Bruder niederlassen. Er hat mir zwei Taler und zwei Groschen gegeben für die fünf Wachsfiguren, und ich habe Elseken Radermacher geschickt, die Tödlein aus meiner Zelle zu holen. Während das Mädchen unterwegs war, bin ich hinübergegangen zur Kirche. Es war höchste Zeit für die Vesper.«

Jacob wusste in diesem Augenblick, wie die Geschichte weiterging und warum er Elseken schluchzend auf der Obstwiese angetroffen hatte.

»Du ahnst schon, was passiert ist, nicht wahr?« Ludgera von Hiesfeld sah ihn an und nickte bedrückt. »Das Elseken hat dem Kümmerling alle sechs Tödlein aus meiner Zelle gebracht, auch das wertvolle Stück der Äbtissin.«

»Es ist nicht wertvoll«, warf Antonetta von Streithorst grimmig ein. Kurz war es still im Refektorium, dann fügte sie ein wenig sanfter hinzu: »Nun ja, für mich ist es natürlich wertvoll, für mich schon.«

»Ich dachte«, fuhr die Seniorin fort, »ich hätte Elseken aufgetragen, dem Kümmerling die fünf Tödlein von meiner Truhe zu bringen. Sie meint, ich hätte gar keine Zahl genannt, ich hätte nur gesagt, sie solle die Tödlein aus meiner Zelle holen und sie dem Händler geben.«

»Aber dem Herrn Kümmerling musste das doch auffallen. Er hatte fünf Wachsfiguren bezahlt, und dann hat er sechs bekommen«, wendete Jacob ein.

»Er hat gemutmaßt, ich würde allmählich alt und ein wenig schusselig«, erklärte Ludgera von Hiesfeld. »Jedenfalls hat er so etwas zu Elseken gesagt, und dann hat er dem Mädchen noch zehn Groschen in die Hand gedrückt und es gebeten, das Geld in meine Zelle zu legen.«

»Und als endlich jemandem auffiel, was passiert war, da war Sylvester Kümmerling schon aus Sterkrade abgereist«, vermutete Jacob.

Die Seniorin nickte. »Ich bin erst gestern Abend zum Schlafen wieder in meine Zelle gegangen. Das Geld, das Elseken auf die Truhe gelegt hatte, habe ich nicht gesehen, und das Fehlen der restaurierten Wachsfigur hat mich nicht beunruhigt. Ich hatte der Äbtissin am Morgen gesagt, ihr Tödlein sei fertig, deshalb nahm ich am Abend an, sie hätte es sich aus meiner Zelle geholt. Erst als ich sie heute nach dem Mittagsmahl fragte, ob sie mit meiner Arbeit zufrieden sei, ist uns klar geworden, dass Kümmerling das Betrachtungssärglein mitgenommen hat.«

»Und jetzt soll ich ihm nachreisen und ihn bitten, das Tödlein wieder herauszurücken?«, fragte Jacob.

»Genau das sollst du tun«, sagte die Äbtissin, die sich inzwischen auf einen Stuhl neben Jacob gesetzt hatte. »Erzähle ihm, was mir diese kleine Figur bedeutet, und biete ihm an, den Preis zu zahlen, den er auch auf einem Markt oder bei einem Kirchweihfest fordern würde. Sollte er sich aus irgendeinem Grunde störrisch zeigen, dann geh auf ihn ein. Gib ihm, was er verlangt. Ich will dieses Tödlein unbedingt zurückhaben.«

»Erst einmal muss ich den Herrn Kümmerling finden, ehrwürdige Mutter.«

»Das wirst du. Er ist auf dem Weg nach Berlin. Der Seniorin hat er erzählt, dass er zuerst ein paar Tage in Bochum verbringen wird, dass er in Hamm noch etwas zu erledigen hat und dass er in Braunschweig seine Schwester besuchen will. Wir kennen also seine Reiseroute. Aller Voraussicht nach wirst du ihn noch in Bochum antreffen und in zwei oder drei Tagen wieder hier sein. Sollte er wider Erwarten schon weitergereist sein, wirst du ihm folgen. Morgen wird ein Holzhändler dich erst einmal auf seinem Fuhrwerk mitnehmen bis Essen. Er ist jetzt noch unten am Alsbach im Wald und wird die Nacht hier beim Vollrath im Gasthaus verbringen. Bei Sonnenaufgang wird er aufbrechen. Du wirst also schon am Vormittag in Essen sein. Von dort gehst du zu Fuß weiter über den Hellweg. Irgendwann am Nachmittag wirst du Bochum erreichen. Dort erkundigst du dich in den Gasthäusern nach Kümmerling. Beschreiben kannst du ihn ja.«

Jacob fragte sich, ob es wirklich so einfach war, in einer fremden Welt, in der man sich selbst erst einmal zurechtfinden musste, einen anderen Menschen zu finden.

»Alles Weitere wird dir die Seniorin erklären«, sagte Antonetta von Streithorst. »Sie wird dir auch geben, was du brauchst, einen ledernen Reisesack und Geld vor allem, zwölf Taler fürs Erste. Ich erwarte allerdings, dass du mir über jeden Pfennig, den du davon ausgibst, Rechenschaft ablegst. Ist das klar?«

Jacob nickte.

»Ich werde noch ein Papier für dich schreiben und siegeln, mit dem du dich an den Grenzen und Stadttoren ausweisen kannst. Und einen Brief für meine Cousine Adelheidis von Erwitte werde ich dir mitgeben. Sie gehört zum Kapitel der Zisterzienserinnen in Benninghausen. Das ist eine Abtei bei Lippstadt, ein paar Meilen vor Paderborn. Ich glaube zwar nicht, dass du so weit reisen musst, aber wenn es doch nötig ist, wirst du zusätzliche Mittel brauchen. Ich werde meine Cousine in dem Brief bitten, sie dir zur Verfügung zu stellen. Hast du das alles verstanden?«

»Ja, ehrwürdige Mutter«, sagte Jacob. Die Äbtissin sah ihn an. Es bereitete ihm Unbehagen, ihr so nah gegenüberzusitzen. Er war es gewohnt, vor ihr zu stehen, in einem gebührenden Abstand. Er schlug die Augen nieder.

»Ich vertrau auf dich, Jacob«, sagte Antonetta von Streithorst eindringlich. »Du wirst mich nicht enttäuschen. Du wirst alles tun, um meine Gunst wiederzugewinnen, nicht wahr?«

»Ja, ehrwürdige Mutter«, sagte Jacob zögerlich und dachte dabei ans Studieren und an Elseken. »Ich muss aber noch wissen, wie ich Ihr Tödlein erkennen kann, wie es sich von den anderen fünf unterscheidet.«

»Es ist schwerer«, erklärte Ludgera von Hiesfeld, »weil es nicht um einen Gipskern, sondern um einen metallischen Kern modelliert worden ist. Das Särglein, in dem es liegt, ist schwarz bemalt, während die anderen aus unbehandeltem Holz sind. Und das Tödlein der Äbtissin ist das einzige, auf dessen Schädel mitten auf der Stirn eine Kröte sitzt.«

VIER

Der mürrische Wachposten am Emscherübergang beim Schloss Oberhausen war einmal um das Fuhrwerk herumgegangen, hatte hier und da am Scheitholz gerüttelt, das wohl an die fünf Fuß hoch auf dem Karren gestapelt war, hatte dem Holzhändler das Brückengeld abgenommen und die Schranke geöffnet.

Jacob saß auf dem Kutschbock neben dem Mann aus Essen, der sich als Diedrich vorgestellt hatte und ganz offensichtlich froh war, während der gemächlichen Fahrt über die holprigen Straßen einen Begleiter zu haben, dem er dies und das erzählen konnte. Der beleibte braune Wallach zog das schwere Fuhrwerk ohne große Anstrengung über die Essener Landstraße. Von den Auen der Emscher führte der Weg leicht ansteigend in die Lipper Heide. Eine Viertelstunde, nachdem sie die Schranke am Schloss Oberhausen passiert hatten, sah Jacob, dass in einiger Entfernung schon wieder ein Schlagbaum die Straße versperrte.

»Was ist das denn?«, fragte er erstaunt. »Eine Grenze? Wir sind doch mitten im Stift Essen.«

»Mittendrin sind wir zwar noch lange nicht, aber du hast schon recht, seitdem wir die Emscher überquert haben, sind wir im Reich der Fürstäbtissin Franziska Christine«, sagte Diedrich und lachte. »Da vorn, das ist kein Grenzbaum, sondern die Zollschranke am Lipperheidehaus. Hier kommen alle vorbei, die nach Essen wollen, die Reisenden aus dem Clevischen und aus dem Herzogtum Berg und die Händler, die im Ruhrorter Hafen Waren geladen haben. Hier erwischt der Zolleintreiber sie alle. Den Lipperheidebaum, den gibt es, solange ich denken kann. Und genauso lang schimpfen die Leute auch schon darüber und über die hohen Herrschaften, die den kleinen Leuten das Geld aus dem Beutel ziehen. Da sind sie alle gleich, die fürstlichen und die königlichen Hoheiten. Wenn's darum geht, ein feines Plätzchen zu finden, wo sich Einfuhr- oder Ausfuhrzölle, Brücken- oder Wegegelder eintreiben lassen, wo man brave Händler wie mich schröpfen kann, dann fällt ihnen alle Tage etwas Neues ein.«

Es befremdete Jacob, dass ein Mann so frech über hochwohlgeborene Herrschaften redete. Sein Bruder Nepomuk hatte einmal lauthals darüber geschimpft, dass die adligen Grundherren sich einen immer fetteren Wanst anfräßen, während die kleinen Bauern sich zu Tode schufteten. Der Vater hatte es mitbekommen und dem Bruder Einhalt geboten. Die Welt sei nun mal so, wie der Schöpfer sie eingerichtet habe, hatte er gesagt.

Als das Fuhrwerk vor dem Schlagbaum stehen blieb, kam ein Uniformierter aus dem Zollhaus, der aussah wie die Soldaten, die im Siebenjährigen Krieg durch Sterkrade gezogen waren. Der untersetzte Mann trug zum giftig grünen Rock eine rote Hose, schwere schwarze Stiefel, deren Schäfte die Knie bedeckten, und einen roten Hut.

Das freundliche Gesicht des Uniformierten überraschte Jacob. Er hatte vermutet, dass ein Zollaufseher, der Reisenden mit einem Schlagbaum den Weg versperrte und ihnen ihr Geld abnahm, das mit einem finsteren Gesicht täte.

»Ach, der Diedrich ist's mal wieder mit einer Ladung Brandholz, damit die braven Leutchen in Essen nicht frieren müssen«, sagte er, während er neben das Fuhrwerk trat.

Der Holzhändler grüßte den Zolleintreiber mit einem flüchtigen Nicken. »Ein Klafter Tannenholz aus den Wäldern der Abtei Sterkrade«, sagte er. »Willst du meine Papiere sehen?«

Der Mann winkte lachend ab. »Heute ausnahmsweise mal nicht.« Dann musterte er Jacob. »Und der junge Herr, wo will der hin?«

»Nach Bochum«, sagte Jacob.

»So, so, er will also gar nicht in unserem schönen Essener Stift verweilen, sondern weiter in die Grafschaft Mark. Kann er sich denn ausweisen?«

Jacob griff in den Ausschnitt seines Hemdes, zog den flachen Lederbeutel hervor, der an einem Band um seinen Hals hing, fingerte das Papier heraus, das die Äbtissin ihm vor der Abreise am frühen Morgen gegeben hatte, faltete es auseinander und reichte es dem Zollaufseher.

Der studierte es sorgfältig, bewegte dabei seine Lippen, so als spräche er die Worte, die er las, lautlos vor sich hin, faltete es sehr vorsichtig wieder zusammen und gab es Jacob zurück.

»Dann wünsche ich dem Herrn Gesandten eine gute Reise«, sagte er, ging drei entschlossene Schritte zum Schlagbaum, drückte ihn hoch und stellte sich, eine Hand zum Gruß an die Hutkrempe gehoben, neben die himmelwärts gerichtete Schranke. Der braune Wallach setzte sich in Bewegung, und das Fuhrwerk rumpelte langsam am immer noch grüßenden Zollaufseher vorüber.

Jacob schob das Ausweispapier, ebenso erstaunt wie beglückt über dessen Wirkung, sehr behutsam zurück in den ledernen Beutel, in dem auch der Brief, den die Äbtissin an ihre Cousine in Benninghausen geschrieben hatte, der Zettel, auf dem er seine Ausgaben notieren sollte, und drei Talerstücke einen sicheren Aufbewahrungsplatz gefunden hatten.

Noch weitaus größer als Jacobs Erstaunen war die Verblüffung des Holzhändlers Diedrich. »Das konnte ich ja nicht wissen«, stammelte er. »Als ich gestern Abend in Sterkrade im Gasthaus erzählt hab, dass ich bei der Rückfahrt nach Essen den Jacob Sander auf meinem Fuhrwerk mitnehmen soll, haben die Leute gesagt, der junge Mann sei ein Klostergehilfe. Da hab ich ihm heute Morgen natürlich gleich das Du angetragen. Dabei ist es mir schon seltsam vorgekommen, dass die Äbtissin ihn persönlich verabschiedet hat in aller Herrgottsfrühe. Und wie vornehm er gekleidet ist, der Herr Sander, das hat mich gleich verwundert, auch wenn sein blauer Frack nur ein bescheidener Reiserock ist. Der feine Hut, der lederne Sack, die Stiefel. Und gepflegt ist der junge Herr vom Haar bis zu den Fingernägeln, und keine Bartstoppel hat er im Gesicht. Das alles ist mir wohl aufgefallen, aber ich hatte nun mal im Kopf, er sei ein Bediensteter der Abtei. Nun, das ist er ja wohl auch, aber was für einer! Ein studierter Mann womöglich, ein Herr Gesandter jedenfalls. Da bitte ich Sie mit allem Respekt um Vergebung, Herr Sander, dass ich Ihnen so ungebührlich nahegetreten bin.«

Jacob lachte erheitert und ein wenig verlegen. »Jetzt lass es mal gut sein, Diedrich«, sagte er. »Ich bin ein Bauernjunge aus

Sterkrade und ein Klostergehilfe, genau so, wie die Leute es gesagt haben. Die feinen Kleider, die sind von der Abtei, damit ich einen guten Eindruck mach, und der lederne Reisesack, der ist mir nur geliehen, und den schönen neuen Hut, den hab ich geschenkt bekommen, und dass der Zopf und die Fingernägel so sorgsam gepflegt sind, das ist nicht alle Tage so. Ich hab mich eben besonders kräftig abgeschrubbt, bevor es auf die Reise ging.«

Diedrich sah ihn unsicher von der Seite an. Nach einer Weile schüttelte er den Kopf. »Er kann mir viel erzählen, aber die Finger, die sind nicht nur sauber geschrubbt, die sind fein und ganz ohne Schwielen, die gehören nicht zu einem Knecht und auch nicht zu einem Bauern. Und seine Hände, die hat ihm gewiss nicht die Äbtissin geschenkt, und geliehen hat sie ihm auch niemand.«

»Ich versteh mich ziemlich gut aufs Schreiben und aufs Rechnen«, entgegnete Jacob. »Deshalb geh ich häufig dem Herrn Sekretarius zur Hand, und ich sitz auch viel beim Herrn Pfarrer und bei seinen Büchern, und die adligen Damen, die schicken mich mal hierhin und mal dahin, um Botengänge für sie zu erledigen. Von alldem bekommt man keine klobigen Arbeitshände, und wenn du genau hinschaust, hier, ein paar Schwielen, die hab ich auch.«

»Aber ein Gesandter ist er doch, oder hat der Zolleintreiber das Papier nicht richtig gelesen?«

»Willst du wissen, was drinsteht?«

Der Holzhändler zuckte mit den Achseln. »Wenn er meint, dass es mich etwas angeht.«

Jacob zog das Schreiben hervor und hielt es Diedrich hin.

»Lese er es mir bitte vor«, sagte der.

Jacob faltete das Papier auseinander und las laut:

»Wir, Antonetta von Streithorst, Äbtissin des hochadeligen Frauenklosters zu Sterkrade, welches gelegen in den Clevischen Landen des Königreiches Preußen, geben dieses zur Kennzeichnung und Beleumundung des Jacobus Sander:
Dass er in seinem einundzwanzigsten Jahre steht, von schlanker Statur und fünfeinhalb Fuß groß.

Dass er in Diensten der bezeichneten Abtei selbst und dort wohnend ein untadelig Leben geführt ohne jegliche Unbilligkeiten gegenüber Herrschaften und anderen Leuten.
Dass er nunmehr in Angelegenheiten des hochadeligen Klosters zu Sterkrade unterwegs und zur Erledigung derselben Angelegenheiten von uns selbst gesandt.
Dieserhalb sei er den Obrigkeiten anempfohlen, die ihn nicht des Herumvagabundierens verdächtigen sollen, und es sei ihm an Toren und Grenzbäumen bedenkenlos Durchlass zu gewähren.
Niedergeschrieben und besiegelt zu Sterkrade im Maimonat im Jahre des Herrn 1766. Antonetta von Streithorst, Äbtissin.«

Diedrich kratzte sich am Kopf. »Nun ja, da steht wohl nicht, dass er ein Gesandter ist, aber doch, dass die Äbtissin ihn gesandt hat. Und so eine hochwohlgeborene Dame, die schickt gewiss keinen Bauernlümmel in die Welt hinaus. Wer die Angelegenheiten der Abtei vertreten soll, der wird schon ein vornehmer Herr sein.«

»Ach Diedrich, jetzt hör aber auf damit. Ich bin doch nicht vom König Friedrich an den russischen Zarenhof entsendet worden, sondern die Frau von Streithorst hat mich nach Bochum geschickt, damit ich von dort etwas zurückhole, was ihr gehört.«

Der Holzhändler dachte eine Weile nach. »Na gut«, sagte er dann, »bleiben wir also beim Du. Obwohl mir scheint, dass du ein wenig zu bescheiden bist.«

Jacob zuckte mit den Achseln und dachte an Pfarrer Neustadt, der die Bescheidenheit gern als die edelste aller Tugenden und eine Zierde für jeden noblen Menschen rühmte. Jacob war es noch nicht oft gelungen, sich damit zu schmücken, doch jetzt war er überrascht, wie einfach es für einen Mann war, sich bescheiden zu zeigen, wenn man ihn für einen bedeutenden Herrn hielt.

Diedrich legte seine Scheu schnell wieder ab.

»Darf man denn wissen, was du für die Frau Äbtissin aus Bochum holen sollst?«, fragte er.

»Ein Betrachtungssärglein«, sagte Jacob. »Es ist ihr Eigentum.

Ein Händler hat es mitgenommen, aufgrund einer Verwechslung. Ich soll den Mann aufspüren, ihn auf den Irrtum aufmerksam machen und Sarg samt Tödlein wieder nach Sterkrade bringen.«

»Und dieser kleine Tod, der ist aus purem Gold?«, fragte Diedrich.

Jacob lachte laut auf. »Wie kommst du denn auf so etwas? Er ist aus Bienenwachs modelliert.«

»In Essen kosten wächserne Tödlein zwanzig Groschen, vielleicht einen Taler, wenn sie kunstvoll gearbeitet sind. Warum schickt die Äbtissin dich durch die Weltgeschichte, anstatt sich ein neues zu kaufen?«

»Es ist ein Erbstück. Schon ihre Großmutter und deren Mutter haben es besessen. Deshalb bedeutet es ihr sehr viel.«

»Je vornehmer die Menschen sind, desto größer sind ihre Schrullen«, sagte Diedrich.

Bei der Bauernschaft Frintrop stand ein Kreuz am Wegesrand. Jacob nahm seinen dreispitzigen Hut vom Kopf. Diedrich legte nur zu einem flüchtigen Gruß die Finger an seine breite Hutkrempe.

»Ein Wallfahrtskreuz«, sagte er. »Es gibt Leute, die von hier aus bis nach Kevelaer laufen.«

Das klang so, als hätte der Holzhändler nicht viel Verständnis für die frommen Pilger. Jacob hielt den Dreispitz noch eine Weile in den Händen. Erst als die letzten Häuser von Frintrop weit hinter ihnen lagen, setzte er ihn wieder auf den Kopf.

»Und den feinen Hut, den hast du wirklich geschenkt bekommen?«, fragte Diedrich.

Jacob hätte jetzt vom Torwächter Peter und von seiner Freundlichkeit erzählen können, aber dieser Holzhändler, der es nicht einmal für nötig hielt, vor dem Gekreuzigten sein Haupt zu entblößen, der würde dann womöglich hämisch über den schmutzigen Alten im Torhaus der Sterkrader Abtei herziehen. Das wollte Jacob nicht. Er beantwortete Diedrichs Frage nur mit einem kurzen Kopfnicken.

Peter hatte gestern Abend plötzlich im Gesindehaus vor ihm gestanden, den Hut mit beiden Händen vor der Brust gehalten und ein wenig verlegen gesagt: »Du weißt ja, ich hab ihn noch nicht auf dem Kopf gehabt, und wenn ich es recht bedenke, dann ist der Dreispitz vom vorigen Jahr noch recht ordentlich. Mit ihm gehe ich schon noch eine Weile als vornehmer Mann durch.«

Er hatte dem verdutzten Jacob die nagelneue Kopfbedeckung in die Hand gedrückt und gesagt: »Du solltest nicht ohne einen feinen Hut in die Welt hinausfahren. Die Leute könnten dich für einen Domestiken halten. Mit diesem Dreispitz bist du ein nobler junger Herr und wirst zuvorkommend behandelt. So reist es sich angenehmer. Nun nimm schon! Du weißt ja, die Leute schauen dir immer zuerst auf den Kopf.«

»Das geht doch nicht«, hatte Jacob gesagt und nach einer kurzen Pause hinzugefügt: »Ich soll doch nur nach Bochum, und in zwei oder drei Tagen bin ich wieder zurück.«

»Wir werden sehen«, hatte der Alte erwidert. »Wenn du den Hut nicht mehr brauchst, dann kannst du ihn mir ja zurückgeben.«

Es hatte sich schnell im Kloster herumgesprochen, dass die ehrwürdige Mutter den Jacob Sander auf eine Reise schicken wolle und dass er schon am nächsten Morgen aufbrechen müsse. Über den Grund der Reise gab es sofort ein großes Rätselraten, und bald waren allerlei Gerüchte in Umlauf. Dass der Jacob sich auf den Weg nach Köln mache, um mit dem Studium der Theologie anzufangen, sagten die einen, andere wollten wissen, dass er der Familie von Streithorst im Osnabrücker Land eine wichtige Nachricht der Äbtissin zu überbringen habe, und das Stubenmädchen wollte gehört haben, dass Jacob auf Empfehlung der ehrwürdigen Mutter eine Stellung als Hauslehrer auf einem Adelsgut in der Grafschaft Mark, in der Nähe von Bochum, antreten werde.

Jacob sagte nichts von dem verschwundenen Tödlein, sondern erklärte nur, er habe etwas für die ehrwürdige Mutter zu erledigen, und er werde bald wieder zurück sein. Die Gerüchte vom Studium in Köln und von der Hauslehrerstelle waren also nicht länger haltbar. Am späten Abend hatte sich unter den Bediensteten die Auffassung durchgesetzt, Jacob habe einer hochgestellten Persönlichkeit in Bochum eine wichtige Nachricht der ehrwürdigen Mutter zu überbringen. Von Bochum jedenfalls hatte Jacob selbst gesprochen, als der alte Peter ihm seinen neuen Hut geschenkt hatte.

Elseken hatte den wahren Grund für die bevorstehende Reise sofort geahnt. Jacob hatte ihr während des Abendbrotes zugeflüstert, er erwarte sie bei Einbruch der Dunkelheit hinterm Backhaus, und Elseken war gekommen.

»Du wirst den Kümmerling finden und der ehrwürdigen Mutter ihr Tödlein zurückbringen«, hatte sie zu ihm gesagt. Er hatte genickt, und sie hatte leise hinzugefügt: »Sie wird dir dankbar sein, und dann wird sie dir endlich erlauben, Theologie zu studieren.«

Jacob hatte nichts anderes zu entgegnen gewusst als ein unbeholfenes Kopfschütteln.

»Ich werde ins Kloster gehen«, hatte Elseken so entschieden gesagt, als hätte sie diesen Entschluss schon lange gefasst. »Zu den Augustinerinnen ins Kloster Marienkamp in Dinslaken will ich, da nehmen sie auch einfache Mädchen aus dem Bauernstand auf.«

Jacob hatte sie in den Arm genommen, und sie hatte sich nicht dagegen gewehrt. Er hatte ihre Haare zur Seite geschoben und mit seinen Lippen sanft ihren Nacken gestreichelt, und dann hatte er ihr ins Ohr geflüstert: »Ich will, dass du meine Frau wirst.«

»Das geht doch nicht«, hatte sie leise gesagt, aber in ihrem zaghaften Widerspruch hatte nichts mehr von der Entschiedenheit gelegen, mit der sie gerade noch ihre Zukunftspläne verkündet hatte.

»Warte, bis ich zurück bin! Dann werden wir weitersehen.«

»Natürlich werde ich warten.« Elseken hatte ihre Arme um seinen Hals gelegt, und Jacob hatte seine Lippen auf ihre gedrückt. Sie hatte die Augen geschlossen und es geschehen lassen.

Der unerwartete Anblick eines prächtigen, leuchtend weißen Gebäudes inmitten der weiten Landschaft verscheuchte Jacobs traurig schöne Gedanken an Elseken und holte ihn zurück auf die Landstraße. Ein mächtiges Dach und zwei Türme, deren

Kuppelspitzen kühn in den blauen Maihimmel hineinstießen, überragten alle Hügel und auch die stattlichsten Buchen in der Umgebung.

»Was ist das?«, fragte Jacob verblüfft.

»Die Residenz der Fürstäbtissin«, sagte Diedrich.

»Das Schloss Borbeck?«

Diedrich nickte. »Hier hält Franziska Christine sich am liebsten auf. Die alten Abteigebäude in Essen, die sind ihr nicht mehr fein genug. Hier kannst du sehen, wo die Taler bleiben, die den Händlern am Lipperheidebaum abgeknöpft werden. Achtzehn Jahre haben die Bauleute an- und umgebaut, um alles noch ein bisschen prächtiger werden zu lassen, als es vorher schon war. Seit drei Jahren sieht das Schloss erst so aus. Von dem Hügel da vorn kannst du die ganze Anlage überblicken. Ich hätte nichts gegen eine Pinkelpause. Und meinem dicken Braunen würde es bestimmt gefallen, wenn er hier ein wenig ausruhen und grasen könnte.«

Vom Hügel aus konnte Jacob in den von Wirtschaftsgebäuden und Mauern begrenzten Hof schauen und die schmucke Nordfassade des Schlosses mit den beiden Ecktürmen und dem geschwungenen Giebel dazwischen bewundern. Zum Portal, über dem zwei Löwen das Wappen der Fürstäbtissin hielten, führte eine Zugbrücke. Die Wassergräben, die das Schloss umgaben, erweiterten sich neben der Anlage zu einem großen Teich, auf dem Schwäne und eine Entenschar schwammen.

»Schön ist das«, sagte Jacob, »so hell und so großzügig, ganz anders als die düsteren Gemäuer der Abtei in Sterkrade.«

»Unglaublich viel Geld gekostet hat es«, sagte Diedrich.

Von Süden her näherte sich eine Kutsche. Als sie am Schlossteich vorbei aufs Hoftor zufuhr, erkannte Jacob, dass es eine prachtvolle Karosse war, die von sechs stattlichen Rappen gezogen wurde. Viel Gold und Rot sah er und auf der Seitentür das Wappen, das auch über dem Portal des Schlosses prangte. Vier Uniformierte in roten Röcken begleiteten den Wagen. Einer saß auf einem Pferd, einer schwang auf dem Kutschbock die Peitsche, und zwei standen auf einem Trittbrett zwischen den Hinterrädern.

Die Kusche rollte durchs Tor, über den Hof und hielt vor der Zugbrücke. Die beiden Lakaien, die hinten auf der Karosse standen, sprangen ab, öffneten die Wagentüren und zogen ihre Hüte. Eine Frau kletterte eilends ins Freie. Ihr Gesicht konnte Jacob nicht erkennen, doch es machte den Anschein, als sei sie noch sehr jung. Sie lief auf die andere Seite des Wagens und half einer zweiten, älteren Dame beim Aussteigen. Die beiden gingen Arm in Arm über die Zugbrücke. Ihre Kleider sahen auch aus der Entfernung kostbar aus. Die Ältere trug einen purpurnen Umhang überm langen Kleid und ein schwarzes Tuch überm grauweißen Haar. Das Portal wurde geöffnet, und die beiden Damen verschwanden im Schloss.

»War sie das?«, fragte Jacob beeindruckt.

»Franziska Christine von Pfalz-Sulzbach höchstpersönlich«, sagte Diedrich.

»Die ältere von den beiden?«

»Natürlich die ältere. Sie ist siebzig und schon seit vierzig Jahren Fürstäbtissin. Und ich geh jetzt mal pinkeln.«

Diedrich verschwand hinter Jacob hügelabwärts zwischen den Buchen, die mit ihren kräftigen Stämmen und mächtigen Kronen das Bild der Landschaft ringsum prägten.

Jacob setzte sich ins saftiggrüne Gras und sah zu, wie im Schlosshof die Rappen ausgespannt wurden. Er dachte gerade bei sich, dass die Welt vielleicht noch aufregender und bunter war, als er sie sich ausgemalt hatte, da sagte jemand hinter seinem Rücken: »Er beobachtet also das Schloss der Fürstäbtissin. Gefällt es ihm denn?«

»Oh ja, es ist sehr schön«, sagte Jacob und schaute sich um. Hinter ihm stand ein schwarzer Mann. Jacob sprang entsetzt auf.

Er hatte wohl gewusst, dass es solche Menschen gab. Aber doch nicht zwischen Emscher und Ruhr im Stift Essen! In den Büchern hatte er gelesen, dass Neger in Afrika lebten.

Bei genauerem Hinsehen erwies sich die Hautfarbe des Mannes nicht als tiefschwarz, sondern als dunkelbraun. Der Mohr zog seine Brauen hoch. Das Weiße in seinen Augen blitzte.

»Heilige Maria, Mutter Gottes, steh mir bei!«, sagte er verdutzt. »Der junge Herr tut ja gerade so, als wolle er über mich herfallen. Ich hoffe, das überlegt er sich noch mal.«

Der Rock des seltsamen Menschen war aus einem schweren güldenen Stoff gewebt, Kragen und Ärmelaufschläge waren silbern bestickt. Er hatte eine goldene Kappe mit einem silbernen Federbusch über sein schwarzes Haar gestülpt. An einem der dicken dunkelbraunen Ohrläppchen steckte eine funkelnde Perle.

Jacob hatte noch nie einen Mann mit einer so dunklen Haut gesehen, er hatte noch nie einen Mann gesehen, der mit einem goldenen Rock aus Damast bekleidet war, und einen Mann mit einem silbrig funkelnden Ohranhänger hatte er auch noch nicht gesehen. Jacob war verwirrt.

Und dann redete dieser absonderliche Mohr auch noch in derselben Sprache wie er und rief die himmlische Mutter um Hilfe an! Das machte Jacob sprachlos. Er nahm seinen Hut vom Kopf, verbeugte sich hilflos, starrte das fremdartige Wesen an und schwieg.

»Ignatius Christianus Fridericus Fortuna«, stellte der Mann sich vor.

Jacob öffnete den Mund, doch es gelang ihm nicht, etwas zu sagen.

»Er will mir also nicht verraten, wer er ist?«, erkundigte sich sein Gegenüber. Die Frage klang nicht unfreundlich, und Jacob besann sich.

»Jacobus Sander«, sagte er, »aus Sterkrade im Herzogtum Cleve.«

»Ich habe von Sterkrade gehört. Ist dort nicht eine adlige Abtei der Zisterzienserinnen?«

Jacob nickte. »Aus dem Kloster komme ich«, sagte er.

»Aber eine von den hochwohlgeborenen Damen scheint er mir nicht zu sein«, erwiderte Ignatius Fortuna und lachte schallend.

Jacob zog sein Ausweispapier aus dem Brustbeutel und reichte es dem dunkelbraunen Mann.

»Was ist das? Ach was, er braucht sich vor mir doch nicht zu identifizieren. Wenn er sagt, er sei der Jacobus Sander aus Sterkrade, dann glaub ich ihm das wohl.«

Natürlich konnte ein solcher Mensch nicht lesen! Jacob ärgerte sich, dass er daran nicht gedacht und Ignatius Fortuna in eine peinliche Situation gebracht hatte.

»Wenn der junge Herr allerdings wünscht, dass ich mir sein Papier einmal ansehe, dann werfe ich gerne einen Blick darauf«, sagte der Mohr, nahm Jacob das Schreiben der Äbtissin aus der Hand, faltete es auseinander, las es rasch und strahlte.

»So ist er also der Vertraute einer Äbtissin, genau wie ich. Ich bin der Kammermohr der Fürstin Franziska Christine.«

Der dunkelhäutige Mann streckte ihm eine große dunkelbraune Hand entgegen. Jacob schlug ein. Die Haut fühlte sich weicher an, als er es erwartet hatte, aber der Händedruck war so fest wie der eines Sterkrader Bauern.

»Und Sie heißen wirklich Ignatius Christianus Fridericus Fortuna?«

Der Mann lachte noch einmal schallend.

»Ignatz nach Ignatius von Loyola«, sagte er dann, »Christian nach der Fürstin Franziska Christine selbst, Friedrich nach meinem Taufpaten, dem Freiherrn von Brabeck, und den Nachnamen Fortuna, den hab ich mir selbst zugelegt.«

»Haben Sie so viel Glück in Ihrem Leben gehabt?«

»Sieh an, mein junger Freund aus Sterkrade ist sogar des Lateinischen mächtig«, sagte der Kammermohr und fuhr lächelnd fort: »Aber ja, mir ist sehr großes Glück widerfahren. Ich darf am Hof der Fürstäbtissin und an ihrer Seite leben. Etwas Schöneres kann ich mir nicht vorstellen.«

Jacob sah den seltsamen Mann in seinem goldenen Kostüm zweifelnd an. Wie ein schwarzer Rabe, dem man bunte Pfauenfedern angesteckt hatte, kam er ihm vor, wie jemand, dessen Lebenszweck es war, nicht er selbst zu sein, sondern der Narr in einem Theaterstück, das alle Tage zum Vergnügen der Fürstin aufgeführt wurde. Jacob konnte sich nicht vorstellen, dass ihn ein solches Leben glücklich machen würde.

»Um Himmels willen!«, rief Ignatius Fortuna plötzlich aus. Sein Blick war an Jacob vorbei hinunter in den Schlosshof gefallen, wo die Prachtkarosse gerade von einigen Lakaien in eine Remise geschoben wurde.

»Sie ist ja schon angekommen«, sagte er aufgeregt, rannte im selben Augenblick los, stürmte an Jacob vorbei, den Hügel hinunter, drehte sich, unten angekommen, noch einmal um und rief im Laufen zu Jacob hinauf:

»Sie wird mich gewiss schon vermissen! Sie soll sich nicht um mich sorgen, deshalb muss ich mich sputen! Ich wünsche Ihnen viel Glück auf Ihrem Weg. Möge er irgendwann im Himmelreich enden!«

»Aber noch nicht so bald!«, rief Jacob zurück.

Der Kammermohr der Fürstäbtissin hörte ihn nicht mehr. Er lief durch das Tor, rannte über den Schlosshof, die Zugbrücke hinauf und verschwand hinter dem mächtigen Schlossportal.

Der Holzhändler Diedrich war noch außer sich, als Jacob schon längst wieder neben ihm auf dem Kutschbock saß und sie gemeinsam in Richtung Essen rumpelten.

»Der Herr Ignatz war das, der Herr Ignatz persönlich, und er hat mir dir geredet, als wärst du Seinesgleichen, beinahe so wie mit einem alten Gefährten.«

»Was ist daran so außerordentlich?«, wollte Jacob wissen.

»Er ist, er ist«, stammelte Dietrich, und dann dachte er erst einmal eine ganze Weile nach.

»Der Herr Ignatz ist ein wirklich bedeutender Mann«, sagte Diedrich schließlich. »Er ist der engste Vertraute der Fürstin, nicht irgendein Bediensteter. Er schläft auf derselben Etage wie sie, nicht in einer unbeheizten Dachkammer wie die Diener und Lakaien. Er ist fast immer in ihrer Nähe, und er unterhält ihre Gäste mit Versen und mit Musik. Ganz gleich, ob Flöte, Violine, Violoncello oder Trompete, er entlockt allen Instrumenten die wunderbarsten Töne, und er redet mit königlichen Hoheiten, mit Fürsten und Fürstinnen, gerade so, als wäre er einer von ihnen.«

»Und woher weißt du das alles?«

»Die Frau eines Vetters ist Magd in der Abtei. Sie kriegt da so allerhand mit. Und man sieht es ja auch, wenn er durch die Stadt spaziert. Er hat einen Pelzmantel und eine goldene Uhr und immer reichlich Taler in seinem Geldbeutel. Er ist ein reicher und sehr vornehmer Mann, der Herr Ignatz, und er hat mit dir geredet, als wärst du von gleichem Stand wie er.«

»Er ist ein freundlicher Mensch«, sagte Jacob.

Je weiter der braune Wallach das Fuhrwerk in Richtung Essen zog, desto hügeliger wurde die Landschaft. Die Wiesen wurden saftiger und die Wälder dichter.

Immer öfter kamen ihnen jetzt Wagen und Bauern mit Handkarren entgegen, Wanderer, die ihre Beutel auf dem Rücken trugen, und Frauen mit Körben. Ab und zu überholte sie eine Kutsche oder ein einzelner Reiter.

Eine Holzbrücke führte über einen Bach. Kurz dahinter mündete ein Seitenweg in die Landstraße. Mit Peitschenhieben und derben Flüchen trieb ein Mann sein Pferd über den Weg. Es zog einen schweren, mit Kohlen beladenen Wagen. Das Gespann hatte gerade die Landstraße erreicht, als Diedrich und Jacob an der Einmündung vorbeifuhren.

»Idiot«, knurrte Diedrich. »Völlig überladen. Das ist typisch für die vom Schölerpfad. Kriegen nie den Hals voll.«

»Schölerpfad?«, wiederholte Jacob fragend.

»Dahinten, siehst du die Holzschuppen und die Pferde? Die gehören zur Zeche Schölerpfad. Seit hundert Jahren holen sie hier schon Kohlen aus der Erde, und Jahr für Jahr rollen mehr Kohlenwagen nach Essen. Nicht nur von hier. Überall an der Ruhr werden neue Stollen in die Erde getrieben. Eine Seuche ist das. Je mehr von diesem schwarzen Teufelszeug ausgebuddelt wird, desto billiger wird es. Es gibt immer mehr Leute, die jahrelang bei mir ihr Brandholz gekauft haben und plötzlich keines mehr brauchen, weil sie in ihren Öfen Kohle verbrennen. Dabei sieht man es den Gebäuden, in denen mit dem Dreck geheizt wird, schon von weitem an. Die Fassaden sind schwarz vom schmutzigen Rauch, und in solchen Häusern stinkt es in allen Räumen nach Ruß. Aber den Leuten scheint das egal zu sein. Sie wollen es warm haben, und wenn die Kohle wenig kostet, dann heizen sie eben damit, dann brauchen sie mein Holz nur noch, um das Feuer zu entfachen. Ein Elend ist das. Demnächst werde ich mit dem Preis fürs Holz ein ganzes Stück runtergehen müssen. Die Zölle und die Steuern, die ich zu zahlen hab, die werden allerdings nicht sinken. Das ist mal so gewiss wie der Gestank nach einem Furz.«

»Du hast aber doch gar nichts bezahlt«, entgegnete Jacob. »Der Zolleintreiber in der Lipperheide, der hat dir nicht einen Pfennig abgenommen.«

»Weil die hohen Herrschaften schon längst mein Geld haben«, sagte Diedrich mürrisch. Er schlug mit der flachen Hand gegen seine Brust. »Hier, für den Freibrief, den der Kerl am Lipperheidebaum nicht sehen wollte, weil er ja weiß, dass ich ihn habe, für den hab ich zweieinhalb Taler hergeben müssen. Damit ist der Zoll für meine Holzeinfuhren bezahlt, für ein Jahr. So ist es günstiger für mich. Aber ein Drama ist es jedes Jahr aufs Neue, bis ich meinen Freibrief habe, zu einem halbwegs vernünftigen Preis.«

Links und rechts des Weges erstreckten sich jetzt weite, von Pflug und Egge bearbeitete Felder. Auf einem brachte ein Bauer, rasch ausschreitend und seinen Arm weit schwingend, die Saat aus, auf einem anderen streckten schon die ersten zarten Getreidepflanzen ihre grünen Spitzen durch die braunschwarze Erdkruste. Links und rechts der Straße standen ansehnliche Bauernhäuser dicht beieinander. Keines von ihnen war so armselig wie der Sanderhof am Rande der schwarzen Heide in Sterkrade.

»Altendorf«, sagte Diedrich. »Wenn ich hier meinen Handel betreiben würde, hätte ich wohl nur einen Taler für meinen Freibrief bezahlen müssen. Aber ich bin nun mal ein Bürger der Stadt Essen, und von denen nehmen es die fürstlichen Beamten mit Vorliebe. Sie wischen uns gerne eins aus, musst du wissen, weil es ständig irgendwelche Querelen zwischen dem Rat der Stadt und der Fürstäbtissin gibt. Dabei sagen die Leute, Franziska Christine wäre eigentlich eine verständnisvolle Frau, und all den Ärger gäbe es nur, weil sie sich schon seit Jahren nicht mehr selbst ums Regieren und um die Verwaltung des Stiftes kümmert. Die Jesuiten, die um sie herumkreisen, die haben immer mehr Einfluss gewonnen, vor allem der Beichtvater der Fürstin. Schreckliche Leute sind das, wenn mich nicht alles täuscht. Sogar die katholischen Stadtbürger in Essen regen sich inzwischen über die rücksichtslose Bevormundung durch die Jesuiten und die Stiftbeamten auf. Und der Rat der Stadt findet immer wieder neue Gründe, Klage zu führen, mal wegen zu hoher Steuerlasten und mal wegen irgendwelcher Einmischungen in städtische Angelegenheiten. Abzubüßen hat so etwas natürlich immer unsereins. Mir nehmen die Herren Beamten dann kaltlächelnd zweieinhalb Taler ab, damit ich ein paar Karren Holz ins Land bringen darf.«

Diedrich holte tief Luft. Anscheinend hatte er die Absicht, noch eine Weile weiter über sein schweres Los zu jammern. Jacob unterbrach das Klagelied des Holzhändlers mit der Frage: »Wie weit ist es denn eigentlich noch bis Essen?«

»In einer halben Stunde etwa werden wir in der Stadt sein«, sagte Diedrich.

FÜNF

Jacob hatte schnell begriffen, dass es nicht klug war, in der Mitte der Straße zu laufen. Er ging am Rand des Hellweges entlang, seinen Rock hatte er ausgezogen und über den Reisesack gehängt. Als er das Gefühl bekam, seine Füße würden immer heißer, zog er auch Stiefel und Strümpfe aus.

Zu den Utensilien, die die Seniorin von Hiesfeld ihm mitgegeben hatte, gehörten ein Jagdmesser und ein zusammengerollter Strick. Das Messer in der verzierten Lederscheide hatte ihn sofort begeistert, das dünne Seil hatte er jedoch erst eingesteckt, nachdem die Seniorin ihn dazu genötigt hatte. Jacob wusste, dass sie gern Reiseberichte las – einige davon hatte sie ihm schon ausgeliehen –, aber er hatte doch ein paar Zweifel daran gehabt, dass sie überblickte, was ein Mann auf einer Reise tatsächlich brauchte. Jetzt, als er seine Strümpfe in den Sack gestopft, mit dem Messer ein Stück vom Strick abgeschnitten und damit die Stiefel am Ledersack festgebunden hatte, fragte er sich, ob Ludgera von Hiesfeld vielleicht als junge Frau selbst hin und wieder gereist war.

Er verstaute das Jagdmesser, schulterte den Reisesack mit dem darüber liegenden Rock und den daran hängenden Stiefeln, marschierte frohgemut weiter, hörte eine Weile den aufgeregt zirpenden Feldlerchen zu und vertrieb sich dann die Zeit damit, die Fahrzeuge und die Reiter zu zählen, die ihn überholten und ihm entgegenkamen.

Als er sich sechs Bauernkarren, vier zweispännige und zwei vierspännige Kutschen, eine elegante Chaise und sieben Berittene gemerkt hatte, wusste er nicht mehr, wie viele davon ihn überholt hatten und wie viele ihm begegnet waren. Er hörte mit dem Zählen auf und versuchte zu erraten, welche Menschen das waren, die wie er zu Fuß über die Landstraße liefen. Allerlei Arbeitsvolk glaubte er auszumachen, Bauern und Handwerker und Marktfrauen. Die beiden Mädchen, die zwischen sich einen schweren Korb trugen und kicherten, waren Mägde, der Mann mit der Kappe und der Ledertasche am Schulterriemen ein Bote, vielleicht einer von der Post. Es gab aber auch Leute, denen man weder an der Kleidung noch am Inhalt eines Korbes oder an der Ladung eines Handkarrens ansehen konnte, warum sie in dieser Mittagsstunde über den Hellweg wanderten.

Jacob näherte sich ganz allmählich einem Menschen, der etwas langsamer als er von Essen in Richtung Steele marschierte, dem Gang und der Haltung nach ein junger Mann. Er trug Weste, Hemd und Kniehose. Die dunklen bis sehr dunklen Grautöne der Kleider waren vermutlich verwaschene Überreste der Farbe Schwarz. Die braunen Haare des Mannes hingen offen bis in den Nacken, zwischen seinen Schultern baumelte an einem Strick ein Paar Holzschuhe. Er lief, wie Jacob, barfüßig über die Straße.

Als sie Seite an Seite gingen, verlangsamte Jacob seinen Schritt, stellte fest, dass der andere in seinem Alter war, und sagte freundlich: »Ich wünsche dir einen schönen Tag.«

Der Fremde musterte ihn misstrauisch, bevor er entgegnete: »Was wollen Sie von mir?«

Jacob, der einen artigen Gruß erwartet hatte, antwortete verblüfft: »Nichts, gar nichts will ich. Nun ja«, fügte er nach einer Weile hinzu, »ein paar freundliche Worte und ein offenes Ohr vielleicht. Ich dachte mir, dass es kurzweiliger wäre, zu zweit über die Landstraße zu marschieren.«

»Ich habe nicht die Absicht, mein Herr, Sie zu unterhalten.«

Die brüske Abfuhr erstaunte Jacob sehr und verärgerte ihn. »Was soll das? Warum bist du so schroff zu mir?«, wollte er wissen.

Der junge Mann sah ihn noch einmal aufmerksam an, dann antwortete er bedächtig: »Sie scheinen mir einer von diesen Herrschaften zu sein, die es amüsant finden, hin und wieder dem gemeinen Mann aufs Maul zu schauen, mal zu hören, wie der so die Dinge in der Welt betrachtet. Und damit die einfachen Leutchen ohne Scheu daherreden, wie ihnen der Schnabel gewachsen ist, tun Sie so, als wären Sie einer von ihnen. Aber Sie sollten unsereins nicht unterschätzen, mein

Herr. Oder glauben Sie wirklich, nur weil Sie barfüßig neben mir herlaufen, halte ich Sie für einen Mann meines Standes?«

»Du irrst dich«, sagte Jacob. »Ich bin ein Bauernsohn aus dem Clevischen, Gehilfe in einem Kloster. Ich hab für meine Äbtissin etwas in Bochum abzuholen.«

Der Fremde lachte kurz auf. »Ein Bauer mit einem feinen Gehrock und Stiefeln aus weichem Leder? Die sehe ich wohl, auch wenn der Herr sie nicht an den Füßen trägt, sondern sie an seinem Beutel hängen hat. Und der elegante Hut, der sitzt auf seinem Kopf, als wär es der geschwollene Kamm von einem Gockel.«

Jetzt ärgerte Jacob sich so heftig über den frechen Kerl, dass er nicht mehr die geringste Lust verspürte, auch nur ein einziges weiteres Wort mit ihm zu wechseln. Ohne ihn noch eines Blickes zu würdigen, beschleunigte er seine Schritte.

»Närrischer Tölpel!«, schimpfte er vor sich hin. »Dummer Lümmel!«, fügte er nach einer Weile hinzu. Da hatte er aber schon so viel Abstand zwischen sich und den Fremden gelegt, dass er nicht mehr wusste, ob der ihn noch hörte.

Es war nicht immer von Vorteil, in den Augen der Menschen ein vornehmer Herr zu sein. Das ahnte Jacob jetzt, und ihm kam der Gedanke, dass ein Mann vielleicht nur dort aufrichtig geschätzt wurde, wo er unter Seinesgleichen war, ein Bauer in seinem Dorf, ein Fürst bei Hofe, ein Handwerker in seiner Zunft und ein Student im Kreis gebildeter Leute.

Jacob war nirgendwo unter Seinesgleichen. Er war der Sohn eines Kötters und dennoch kein Bauer, gehörte zum Gesinde eines Klosters und lebte doch nicht wie ein Knecht, sah aus wie ein Herr, ohne einer zu sein, wäre gern ein Studiosus und durfte nicht an die Universität.

Wie sollten die Menschen erkennen, zu welchem Stand er gehörte, wenn er selbst es nicht wusste? Sie konnten ihn nur einschätzen nach dem Hut auf seinem Kopf, den Kleidern an seinem Leib, dem Identifikationspapier in seinem Brustbeutel und nach den Worten, die über seine Lippen kamen. Wenn er nicht wollte, dass man ihn für einen vornehmen Mann hielt, dann müsste er mit dem jungen Kerl, den er gerade hinter sich ließ, die Kleider tauschen, das Ausweispapier der Äbtissin in den Graben werfen und daherreden wie ein Bauernlümmel.

Aber das würde er gewiss nicht tun! Bevor er durch das Stadttor von Bochum ging, würde er sich die Stiefel wieder anziehen, den Gehrock oder die Weste übers Hemd streifen, und er würde endlich den seidenen Schal aus dem Reisesack holen und ihn um seinen Hals binden.

Was machte es ihm schon aus, dass irgendein frecher Dummkopf auf der Landstraße ihn ablehnte, weil er daherkam wie ein vornehmer Mann! Der Zolleintreiber in der Lipperheide hatte ihn äußerst zuvorkommend behandelt, und Ignatius Fortuna, der engste Vertraute der Fürstäbtissin, hatte freundschaftlich mit ihm geredet. Darauf kam es an! Mit solch wichtigen Leuten musste man sich gutstellen, wenn man allein durch die Welt zog.

Wenn irgendwelche schlichten Lümmel nichts mit ihm zu tun haben wollten, weil sie ihn für einen noblen, jungen Herrn hielten, dann konnte er damit gut leben. Er musste ja nicht jeden dahergelaufenen Burschen auf der Landstraße ansprechen. Und wenn es ihm drauf ankäme, dann würde er die Leute schon davon überzeugen, dass er nichts Besseres war als sie. Beim Holzhändler Diedrich war ihm das schließlich auch ohne Mühe gelungen, als der ihn für einen studierten Herrn Gesandten gehalten hatte und vor lauter Ehrerbietung beinahe von seinem Kutschbock gerutscht wäre.

Es gab gewiss Gelegenheiten, bei denen es von Vorteil für einen Mann war, wenn die Menschen respektvoll Abstand zu ihm hielten, aber wenn man zu zweit auf einem Wagen saß und durch die Weltgeschichte rumpelte, dann war es nicht angenehm, jemanden neben sich zu haben, der vor lauter Hochachtung kein Wort mehr herausbrachte.

Deshalb war Jacob erleichtert gewesen, als Diedrich das Getue um das Ausweispapier der Äbtissin, um feine Kleider und gepflegte Hände drangegeben hatte und wieder geredet hatte, ohne irgendein Blatt vor den Mund zu nehmen. Er war neugierig darauf gewesen, was ein Mann zu sagen hatte, der seit Jahrzehnten mit seinem Holzkarren in den umliegenden

Grafschaften und Fürstentümern unterwegs war und mehr übers Leben wusste als er. Doch nicht alles von dem, was er dann von Diedrich zu hören bekommen hatte, hatte ihm gefallen. Über die Pilger, die vom Wallfahrtskreuz in Frintrop nach Kevelaer zogen, hatte er ohne Respekt gesprochen, und über die Fürsten hatte er hergezogen, als wären sie Wegelagerer.

Andererseits hatte Diedrich geradezu ehrfürchtig über den Herrn Ignatz geredet, der mit Musik und Versen die adligen Hoheiten im Schloss der Fürstäbtissin unterhielt und mit ihnen verkehrte, als wäre er einer von ihnen. Es war Jacob so vorgekommen, als wäre der Holzhändler auch gern wie Ignatius Fortuna, ein vornehmer Mann, der mit Fürstinnen und Fürsten Umgang pflegte, als schimpfe er nur deshalb über sie, weil er nicht zu ihnen gehören konnte.

Diedrichs Gejammer über das schwere Los eines Holzhändlers, über Steuerlasten und Kohlengruben hatte Jacob noch bis kurz vor den Stadtmauern von Essen ertragen müssen. Dann hatte Diedrich sich allerdings noch einmal als freundlicher und zuvorkommender Weggefährte gezeigt.

Sie waren durch das Limbecker Tor in die Stadt hineingefahren. Der Torwächter, der für jeden Wagen, der über den Hellweg durch Essen rollte, einen deftigen Zoll kassierte, hatte sie hereingewinkt. Er kannte den Holzhändler Diedrich.

Über eine äußerst grob gepflasterte Straße waren sie von Westen nach Osten sehr langsam durch die Stadt geholpert. Die meisten Häuser hatten auf Jacob wenig einladend gewirkt. Ungepflegt waren sie und rußig schwarz. Nur wenige Gebäude hatten einen Schornstein auf dem Dach, stattdessen ragten überall Ofenrohre aus den Wänden heraus. Der Qualm, der aus ihnen aufstieg, strich an den Fassaden entlang und hatte Stein- und Lehmwände gleichermaßen mit einer schmierigen dunklen Schmutzschicht überzogen.

Diedrich hatte ihn mitgenommen in eine Gaststätte neben der Johanniskirche und beim Wirt zwei Schüsseln Linsenbrei und zwei Krüge Bier bestellt. Ein paar mürrische Männer hatten im düsteren und muffigen Gastraum beieinandergehockt, und der Tisch, an den Diedrich und er sich gesetzt hatten, war fleckig und klebrig gewesen. Der Linsenbrei aber hatte überraschend gut geschmeckt, und es hatten sogar ein paar Fettaugen obenauf geschwommen, so als wäre ein Stück Fleisch mit den Linsen gekocht worden. Das Bier war dünn gewesen, aber es hatte den Durst gelöscht, und Diedrich hatte später großzügig die Rechnung für sie beide beglichen.

Dann war Jacob eingefallen, dass er hin und wieder von einer wunderkräftigen Marienstatue aus Gold gehört hatte, zu der von weit her die Menschen nach Essen pilgerten. Er hatte Diedrich gefragt, ob sich die goldene Gottesmutter vielleicht in der benachbarten Johanniskirche befinde.

Nein, hatte der gesagt, die sei in der Münsterkirche gleich hinter der Johanniskirche. Wenn Jacob nun aber meine, er müsse dieser vergoldeten Maria seine Aufwartung machen, dann befremde ihn das doch sehr. Schließlich gäbe es auch in Sterkrade ein wundertätiges Marienbildnis, und wenn Jacob die himmlische Mutter um irgendetwas bitten wolle, dann könne er das nach seiner Heimkehr noch alle Tage tun. Er jedenfalls glaube nicht, hatte Diedrich lachend hinzugefügt, dass die Essener Gottesmutter, weil sie mit Gold überzogen sei, eine größere Wunderkraft besitze als die Sterkrader. Er sei vielmehr davon überzeugt, dass weder die eine noch die andere dafür sorgen könne, dass die Fürstäbtissin die Steuern senke und dass die Zechenleute keine neuen Kohlenfelder mehr in der Erde fänden.

»Wenn du aber unbedingt zur goldenen Madonna willst, dann müssen wir uns jetzt voneinander verabschieden. Ich habe nämlich nicht die geringste Lust, mit dir in die Kirche zu gehen«, hatte Diedrich gesagt. »Andernfalls wäre ich noch bereit, dich aus der Stadt hinauszubegleiten und drauf zu achten, dass der Wächter am Steeler Tor dir keinen Ärger macht. Der ist nämlich in ganz Essen wegen seiner Boshaftigkeit berüchtigt.«

Jacob hatte Diedrichs Geleit einem Besuch bei der Gottesmutter vorgezogen. Der Torwächter hatte dann allerdings ausgesehen wie ein freundlicher Mann, und Jacob konnte sich nicht vorstellen, dass er mit ihm Scherereien bekommen hätte, wenn er nicht in Diedrichs Begleitung gewesen wäre. Jetzt grämte er sich, weil er das weithin gerühmte, goldene Kunstwerk, das schon viele Jahrhunderte in Essen überdauert hatte, nicht gesehen hatte, obwohl er kaum hundert Schritte davon entfernt gewesen war.

Jacob schreckte zusammen, als sich plötzlich eine Hand von hinten auf seine Schulter legte.

»Verzeih mir, ich wollte dich nicht beleidigen«, sagte der Bursche, über den er sich vor ein paar Minuten so heftig geärgert hatte. Jacob hatte gedacht, er hätte ihn inzwischen weit hinter sich gelassen.

»Ich hab mich wohl in dir getäuscht. Hätte ich gleich gewusst, dass du maulen kannst wie ein Pferdeknecht, wär mir das nicht passiert. Wer seinen Weggefährten einen Tölpel und einen dummen Lümmel schimpft, der ist gewiss kein vornehmer Herr.«

Der junge Mann lachte vergnügt.

»Ach so, mein Weggefährte warst du. Das hatte ich allerdings nicht bemerkt«, sagte Jacob. Er war nicht allzu sehr geneigt, dem unverschämten Kerl zu verzeihen. Die schroffe Abfuhr wurmte ihn immer noch.

»Dann lass es mich jetzt sein«, sagte der Fremde und streckte Jacob seine Hand entgegen. »Und nimm mir meine Frechheit nicht mehr krumm! Ich bin der Bastian Bernhard, ein Bergmann aus der Grafschaft Mark.«

»Einer, der Kohle aus der Erde holt?«, fragte Jacob. Er zögerte nur noch ein paar Augenblicke, dann schlug er ein.

Bastian nickte und fragte: »Und du? Willst du mir auch sagen, wie du heißt?«

»Jacob, Jacob Sander.«

»Und du bist Bediensteter in einem Kloster?«

»In der adligen Frauenabtei in Sterkrade.«

»Und die erlauchten Damen haben dich von Kopf bis Fuß so fein ausgestattet?«

»Sie wollen nicht, dass ich herumlaufe wie ein Bauer, wenn ich für sie unterwegs bin.«

»Ich hab die Kleider selbst bezahlt, die ich am Leibe trage«, sagte Bastian.

»Von welchem Geld?«

»Na, von dem, das ich in der Grube verdient habe.«

»Und ich bekomme eben für meine Arbeit weniger Geld und dafür gleich die Kleider, die ein Mann braucht, wenn er hin und wieder verreisen muss. Wo ist da der Unterschied?«

»Nun ja, es kommt wohl auf dasselbe raus«, gab Bastian zu und fragte mit dem nächsten Atemzug: »Wo warst du denn schon überall auf deinen Reisen?«

»In Dinslaken, in Beeck, in Duisburg, in Saarn und in Osterfeld. Und wenn ich eine Weile drüber nachdenke, kommen mir bestimmt noch andere Orte in den Sinn.«

»Duisburg kenne ich«, sagte Bastian.

Die Straße stieg schon seit einer Weile stetig an. Die beiden jungen Männer gingen schweigend bergauf, die höchste Erhebung der frühlingsgrünen Hügellandschaft vor Augen.

»Der Deimelsberg«, sagte Bastian. »Dahinten, siehst du den Schuppen und daneben das Holzgerüst? Da ist ein Schacht vom Deimelsberger Stollen.«

»Und hier bist du Bergmann?«

»Nein, ich hab doch gesagt, dass ich aus der Grafschaft Mark komme. Ich arbeite in der Grube Bongersbank. Kurz hinter Steele ist die.«

Jacob sah zu der Schachtanlage hinüber. Ein paar mit Kohle beladene Schubkarren standen vor dem Schuppen. Eine leere Karre war zur Seite gekippt. In das hölzerne Gerüst, unter dem sich augenscheinlich eine Schachtöffnung befand, war eine Haspel eingehängt, die von zwei Männern gedreht wurde.

Obwohl die Entfernung zu den beiden so groß war, dass Jacob ihnen nicht in die Gesichter sehen konnte, erkannte er an ihrer Körperhaltung, dass ein äußerst schweres Gewicht an dem Seil hängen musste, das sie mit jeder Kurbeldrehung ein Stückchen weiter um die Haspel wickelten.

»Sind die gerade dabei, Kohlen aus der Erde hochzuziehen?«, wollte er wissen.

Bastian nickte. »Die Arbeit der Haspelknechte ist hart, und dabei wird sie nicht einmal gut bezahlt.«

Jacob beobachtete, wie die beiden einen Kübel vom Haken

nahmen, die umgefallene Schubkarre aufrichteten und Kohlenbrocken aus dem Kübel auf die Karre kippten.

»Und die Männer, die unten in der Erde arbeiten, die graben sich immer tiefer in den Schacht hinunter?«

»Nein, nein. So wie du es dir denkst, so haben die Leute es früher gemacht. Wenn sie an der Erdoberfläche Kohle entdeckt haben, haben sie angefangen zu graben, einfach so, von oben nach unten, immer der Kohle hinterher. Pingen nennt man die Löcher, die dabei entstanden sind. Aber da war oft schon ein paar Klafter unter der Erdoberfläche Schluss, wegen des Grundwassers. In einer Pinge, in der Wasser steht, kann man natürlich nicht mehr nach Kohlen graben. Verstehst du?«

Jacob zuckte mit den Schultern. So recht konnte er sich kein Bild von der Angelegenheit machen.

»Was leuchtet dir nicht ein?«, fragte Bastian.

»Ich kann man nicht vorstellen, wie man etwas aus der Erde holen kann, ohne ein Loch zu graben.«

»Das ist eben der moderne Bergbau. Heute sucht man am Fuß eine Hügels oder eines Berges, in Tälern und Flusssenken nach der Kohle. Wenn man das Ausgehende eines Flözes findet, also wenn man auf eine Kohlebank stößt, dann treibt man waagerecht einen Stollen in den Berg hinein, immer dem Flöz folgend. So steht man nicht mehr plötzlich im Grundwasser. Das kann direkt durch den Stollen abfließen. Der Eingang zum Deimelsberger Stollen, das Mundloch, das ist zum Beispiel da ganz unten am Grendbach.«

»Wozu ist dann der Schacht gut, den wir gerade gesehen haben?«, fragte Jacob nach. »Warum wird die Kohle nicht einfach durch den Stollen und durch das Mundloch abtransportiert?«

Bastian lachte. »Was denkst du denn, wie lang so ein Stollen ist?«

»Ich weiß nicht, einen Steinwurf vielleicht.«

»Nein, nein, es gibt Stollen, die sind so lang, da gehst du vom Mundloch aus eine halbe Stunde, bis du vor Ort bist, also am Ende des Stollens, wo gerade die Kohle gehauen wird. Und wenn du eine Karre oder einen Schlitten voller Kohle über eine solche Entfernung schleppen müsstest, dann wärst du mehr als eine Stunde unterwegs. Über die Schächte ist der Weg kürzer, nicht nur für die Kohle, auch für uns Männer. Wir steigen über Leitern ein und sind so viel schneller vor Ort. Und für die Belüftung des Stollens sind die Schächte auch wichtig.«

Während Bastian ihm den Bergbau erklärte, betrachtete Jacob die bewaldeten Höhen ringsum und sah hinüber zum Tal der Ruhr, die sich in einer weiten Schleife durch die Frühlingslandschaft wand. Über dem Fluss schwebte ein Adler. Jacob beobachtete, wie er sich in die Tiefe stürzte und Augenblicke später mit einem fetten Fisch in den Klauen gegen die Sonne davonflog.

Sie gingen den Deimelsberg hinunter. Vor ihnen lag eine Stadt, bei weitem nicht so groß wie Essen, aber auch nicht so düster und eng. Jacob wies mit dem Finger über die roten Ziegeldächer.

»Steele?«, fragte er.

Bastian nickte.

Vor den Toren des Städtchens wurde neben der Landstraße an einem Haus gebaut, dessen Größe Jacob in Erstaunen versetzte. Mit seiner langgestreckten Vorderfront und den beiden Seitenflügeln hatte das von Holzgerüsten eingefasste, unfertige Bauwerk schon jetzt erheblich größere Ausmaße als die Schlossanlage von Borbeck. Jacob erkannte, dass es mindestens drei Stockwerke hoch werden sollte. Am Ostflügel waren Zimmerleute dabei, über dem dritten Geschoss das Dachwerk zu errichten. Wagen voller Steine, Kalk, Sand oder Balken standen am Straßenrand und wurden entladen. Schubkarren wurden über Holzstege geschoben, schwere Balken auf den Schultern mehrerer Männer geschleppt. Zwei kräftige Burschen drehten die Haspel eines Kranes und beförderten ein schweres Fass ganz langsam in die Höhe. Oben auf dem Baugerüst waren mehrere Maurer, sieben zählte Jacob, damit beschäftigt, die Vorderfront des Gebäudes weiter hochzuziehen. Sie trugen mit ihren Kellen Kalkmörtel auf, legten Richtscheite an und beschlugen Steinquader mit Pickelhaue oder Maurerhammer. Zwei von ihnen erwarteten das schwere Fass, das am Haken des Kranbalkens hing. Ein paar junge Handlanger trugen über Leitern schwere

Steine das Gerüst hinauf. Andere mischten Kalk mit Sand, sägten Balken zurecht, spannten Pferde aus, schoben Wagen zur Seite, leerten Schubkarren aus und schleppten Wassereimer herbei.

»Hier geht es ja zu wie in einem Ameisenhaufen«, sagte Jacob beeindruckt. »So viel Betriebsamkeit an einem Platz hab ich in meinem Leben noch nicht gesehen.«

»Mir fällt es gar nicht mehr auf, weil jetzt schon seit zwei Jahren hier gearbeitet wird. Aber es ist wohl wahr, dass es so große Baustellen nur selten gibt«, entgegnete Bastian.

»Wird das ein Schloss?«

»Nein, aber rate weiter!«, sagte Bastian, während sie auf das Stadttor von Steele zugingen.

»Eine Abtei? Eine Kaserne?«

Bastian schüttelte lachend den Kopf. »Ein Haus für Waisen«, sagte er dann.

»Für wen?«, fragte Jacob ungläubig.

»Für Kinder, die keine Eltern mehr haben. Die sollen hier leben und erzogen werden und Schulunterricht bekommen. Die Fürstäbtissin Franziska Christine lässt das Haus erbauen.«

»Ein solcher Palast für Waisenkinder?«

»Nun ja, nicht ganz. Der Westflügel soll wohl der Fürstäbtissin selbst als Residenz vorbehalten bleiben. Aber trotzdem, ich glaube, es ist schon ein wahrhaft mildtätiges Werk der alten Dame. Ihre Untertanen jedenfalls rechnen es ihr hoch an, zumindest die aus Steele. Von den Essenern weiß ich es nicht recht. Die hört man ja immer nur auf die Fürstin und ihre Beamten schimpfen. Die Handwerker hier in der Gegend sind jedenfalls alle hocherfreut. Die werden wohl noch für ein paar Jahre gut bezahlte Arbeit am Waisenhaus haben.«

Während sie durch die Straßen von Steele gingen, sagte Jacob mehr zu sich selbst als zu Bastian: »Wo es viel Arbeit gibt, da haben die Leute viele Groschen in der Tasche, und wenn sie Geld haben, verfallen sie dem Laster und verlieren das Jenseits aus dem Blick.«

Bastian lachte auf. »Wie kommst du jetzt auf so etwas? Glaubst du das wirklich, was du da sagst?«

»Es könnte schon sein, ich weiß nicht so recht.« Jacob zuckte mit den Schultern. »Es kam mir eben gerade in den Sinn. Unser Pfarrer Neustatt predigt so etwas alle Tage von der Kanzel herunter. Die Sterkrader sollen froh sein, sagt er immer, dass sie arme Bauersleute sind, die fürs Laster kein Geld und keine Muße haben. Nur den Armen und Rechtschaffenen steht das Himmelreich offen.«

»Ich weiß ja nicht, welche Laster Eurem Herrn Pfarrer da im Kopf herumschwirren«, sagte Bastian und lachte wieder. »Aber wenn's stimmt, was so geredet wird, dann wird im Clevischen mehr Branntwein konsumiert als irgendwo sonst.«

Davon hatte Jacob noch nichts gehört. Er hatte in Sterkrade zwar öfter mal gesehen, wie einer der besser gestellten Bauern, einer von denen, die es sich leisten konnten, torkelnd das Gasthaus »Zum Brandenburger« neben der Abtei verlassen hatte, aber er zweifelte daran, dass anderswo weniger getrunken wurde.

»Außerdem gibt es Laster, denen man frönen kann, auch wenn man nicht einen einzigen Groschen besitzt«, sagte Bastian und lachte anzüglich in sich hinein.

Jacob dachte an Elseken und daran, wie er in der Heide mit seinen Füßen ihre nackten Waden berührt hatte. Darüber wollte er aber mit Bastian nicht sprechen.

Eine Weile gingen sie schweigend nebeneinander her. Dann fragte Jacob: »Arbeiten auf einer Kohlenzeche auch so viele Männer wie auf der Baustelle?«

»Ach was. Wo denkst du hin? Selbst wenn man alle mitzählt, die drum herum noch gebraucht werden, die Zimmerleute, die die Stützbalken schneiden, die Pferdeknechte und die Fuhrleute, sind es nicht mal halb so viele. Und mit der Förderung der Kohle sind nur fünf oder sechs Männer beschäftigt, vielleicht auch mal sieben oder acht, aber mehr auf keinen Fall.«

»Wie viele sind es auf deiner Zeche?«, wollte Jacob wissen.

»In der Grube Bongersbank arbeiten zwei Hauer und zwei Schlepper im Stollen und zwei Haspelknechte oben am Schacht. Wir fördern ungefähr dreißig Ringel am Tag. Das sind vier bis fünf Wagenladungen. Der Großteil unserer Kohle wird gleich hier verbraucht, in der Steeler Glashütte.«

»Und du bist ein Hauer?«

»Nein, dafür bin ich noch zu jung. Die Hauer sind die wichtigsten Leute im Bergbau. Die schlagen die Kohle aus dem Flöz. Für die Arbeit braucht man die meiste Erfahrung, und sie wird am besten bezahlt. Die Schlepper, die ziehen die Kohle auf Kufenwagen über Holzbretter zum nächsten Schacht. Die bekommen nicht so viel Geld wie die Hauer, aber viel mehr als die Haspelknechte, und sie brauchen die meiste Kraft.«

Bastian spannte seinen Bizeps an und lachte. »Ich habe als Haspelknecht angefangen, seit einem Jahr bin ich Schlepper, und irgendwann werde ich Hauer sein.«

»Und warum arbeitest du heute nicht, sondern spazierst durch die Gegend?«

»Mein Zechenherr hat mich auf einen Botengang nach Essen geschickt. Und ich kann nicht sagen, dass ich ihm böse deswegen bin. An so einem schönen Tag ist es angenehmer, hier oben herumzulaufen, als unten in der Grube zu schuften. Deshalb hab ich es auch nicht sonderlich eilig. Was hältst du von einer Pause, da vorn im Gras, da unter den beiden Bäumen?«

Erst jetzt bemerkte Jacob, dass sie, seitdem sie das Städtchen verlassen hatten, nicht mehr der Hauptstraße folgten. Der Weg, auf dem Bastian sie aus Steele herausgeführt hatte, war zu einem schmalen Pfad geworden, der zwischen Wäldern und Wiesen leicht anstieg.

»He, wo bringst du mich hin?«, fragte Jacob erschrocken.

»Keine Angst«, sagte Bastian lachend. »Die Landstraße schlägt hinter Steele einen Bogen. Das hier ist eine Abkürzung. Nur immer geradeaus, und wir sind gleich wieder auf der Straße.«

Sie setzten sich ins Gras, und Bastian erzählte, dass in der Nähe das Mundloch zum Hünninghauser Stollen sei und etwas weiter schon wieder die nächste Zeche, die Mecklingsbank. Es sei gut, in einer Gegend zu sein, wo so viele Bergleute arbeiteten. Da treffe man oft den einen oder anderen von ihnen in Steele im Gasthaus. Man kenne sich untereinander, und es sei schon oft vorgekommen, dass ein erfahrener Hauer einen tüchtigen, jungen Schlepper bei einem Glas Bier gefragt habe, ob er nicht als Jung-Hauer zu ihm in die Grube kommen wolle.

»Gehst du oft ins Gasthaus?«, fragte Jacob.

»Immer wenn ich Durst und genug Geld habe. Und ein Bergmann, der den ganzen Tag Kohlenstaub schluckt, der hat oft Durst, sehr oft sogar, und meistens hat er auch Geld«, sagte Bastian.

Er erzählte, sein Elternhaus stehe in Höntrop, einer Bauernschaft auf halbem Weg zwischen Steele und Bochum, eine gute Wegstunde von Bongersbank entfernt. Am Samstag nach der Schicht gehe er meistens nach Hause, um den Sonntag bei seiner Familie zu verbringen. Während der Woche schlafe er in einem Schuppen bei der Grube, wo er sich mit Erlaubnis seines Zechenherrn ein Nachtlager eingerichtet habe.

»Aber auch am Sonntag bleibe ich manchmal hier, wenn das Wetter mir zu schlecht ist zum Beispiel, oder eben wenn ich Durst habe und lieber nach Steele gehe, um Bier zu trinken.«

»Ich bin noch nicht oft in einem Gasthaus gewesen«, sagte Jacob.

»Mangelt es am Durst oder am Geld?«, fragte Bastian lachend.

»Wohl eher am Geld«, sagte Jacob und lachte auch.

Als Bastian ihn fragte, welche Pläne er denn für seine Zukunft habe, antwortete Jacob ausweichend. Dass er noch nicht recht wisse, wie es weitergehen werde mit ihm, sagte er nur, und dann fragte er, ob der Weg nach Bochum beschwerlich sei und wie lange er wohl noch brauchen werde, bis er in der Stadt ankomme.

Die Strecke, die noch vor ihm liege, sei nicht beschwerlicher als die, die sie gemeinsam zurückgelegt hätten, sagte Bastian. Es sei nun mal eine hügelige Gegend hier oberhalb der Ruhr, aber auf dem Weg nach Bochum führe die Straße nirgendwo so steil bergan, dass einem die Puste ausgehen könne.

»Nach einer Stunde etwa wirst du durch Stalleicken kommen, anschließend wirst du linker Hand den Flecken Westerfeld sehen und zur Rechten der Straße die Häuser der Bauernschaft Höntrop, mein Heimatdorf. Dann geht es noch eine Stunde lang ohne Biegungen und Kurven geradeaus bis nach Bochum. In etwa zweieinhalb Stunden, bei deinem schnellen Schritt vielleicht auch schon in zwei, wirst du am Bongartstor sein.«

»Das ist gut«, sagte Jacob.

»Und in Bochum hast du für deine Äbtissin etwas abzuholen?«, fragte Bastian.

Während sie wieder aufbrachen, erzählte Jacob von dem Auftrag, den Antonetta von Streithorst ihm erteilt hatte, von ihrem Familienerbstück, von der Verwechslung, durch die es ihr abhandengekommen war, und vom Händler Sylvester Kümmerling, den er in Bochum anzutreffen hoffte.

Sie erreichten eine Anhöhe, und Jacob sah in einiger Entfernung ein Fuhrwerk und zwei Reiter. Sie waren nicht mehr weit von der Landstraße entfernt.

»Das heißt, wenn du diesen Händler nicht findest, dann ist deine Reise in Bochum noch nicht zu Ende, dann musst du weiter?«

»Vielleicht bis nach Berlin«, sagte Jacob.

»Dann wünsch ich dir, dass der Herr schon abgereist ist und du dir noch etwas von der Welt ansehen kannst«, sagte Bastian, streckte ihm eine Hand entgegen und fügte hinzu: »Ich muss jetzt hier runter in Richtung Beile.«

»Sind wir hier noch im Stift Essen oder schon in der Grafschaft Mark?«, wollte Jacob wissen.

»Hier sind wir schon wieder im Hoheitsgebiet unseres gemeinsamen Königs, des großen Friedrich von Preußen. Du kannst dich also wie zu Hause fühlen.« Bastian lachte, und sie schüttelten einander die Hände.

»Und nimm's mir nicht übel, dass ich dich für einen vornehmen Herrn gehalten hab«, sagte Bastian, wendete sich ab und ging davon.

»Gib nur gut acht, dass du nicht am Ende tatsächlich einer wirst!«, rief er, ohne sich noch einmal zu Jacob umzudrehen. »Einem Kerl wie dir könnte das nämlich leicht passieren.«

Bastian lachte vor sich hin, während er rasch den Hügel hinablief.

SECHS

Jacob fühlte sich unbehaglich. Das Gasthaus, in dem er jetzt schon weit mehr als eine Stunde auf Sylvester Kümmerling wartete, war eine elende, heruntergekommene Schänke. Gegen dieses Etablissement war das Lokal, in dem er in Essen mit dem Holzhändler Diedrich einen Topf Linsen gegessen hatte, ein geradezu vornehmes Haus gewesen.

Noch fiel das Tageslicht sonnenhell durch vier kleine Sprossenfenster in den Gastraum, noch schien der Beginn der Abenddämmerung eine gute Weile entfernt, doch es wurde schon getrunken und palavert, kokettiert und gescherzt, krakeelt und gezankt, dass Jacob sich bange fragte, wie es wohl in finsterer Nacht hier zugehen werde.

Um die zwanzig Mannsbilder und eine Handvoll Frauenzimmer standen um den Schanktisch herum oder saßen auf hölzernen Bänken an einem der langen Tische und tranken Bier aus großen weißen Steinkrügen und Branntwein aus tönernen Bechern.

Jacob wunderte sich, dass die Kerle, von denen die meisten jung und kräftig waren, allesamt ihr Tagwerk schon erledigt hatten. Man hätte sie für Bauernknechte halten können, die vor einem Gewitter von den Feldern geflüchtet waren, doch es hatte weder einen Regenguss noch Blitz und Donner gegeben. Und wenn er es recht bedachte, dann war dieser lärmende Haufen auch kein Bauernvolk, das müde von der Feldarbeit kam. Die Männer standen aufrecht und breitbeinig da, keiner hatte einen von Arbeit gebeugten Buckel, alle waren so laut und lebhaft, als hätten sie sich den ganzen Tag ausgeruht und Müßiggang getrieben.

Ihre Hemden und Kittel, Westen und Jacken, Kniehosen und wollenen Strümpfe waren schmutzig. Schmierige Flecken und verkrusteter Dreck hatten sich anscheinend über Wochen auf den Kleidern festgesetzt. Dabei sah man dem einen oder anderen Gehrock noch an, dass er irgendwann einmal aus einem teuren Stoff geschneidert worden war.

Es gab ein paar Kerle, die ihre Haare zu einem Zopf gebunden hatten, andere hatten sie kurz geschnitten, und einige, die vor dem Schanktisch beieinanderstanden, hatten sich das Haupthaar gänzlich abrasiert.

Jacob dachte an Läuse, und er dachte an Pfarrer Neustatt, der vor kurzem noch die Laus als Beispiel herangezogen hatte, um ihm klarzumachen, dass man in der heutigen Zeit nicht mehr alles Wissenswerte über die Welt bei Johann Hübner finden konnte.

Es sei schon in Ordnung, hatte Philippus Neustatt gesagt, dass Hübners *»Vollständige Geographie«* immer noch ein unverzichtbares Lehrbuch an den Gymnasien sei, denn alles Wichtige über die Erde sei dort trefflich beschrieben. Johann Hübners *»Curieuses Natur-, Kunst-, Gewerk- und Handlungslexicon«* gebe hingegen schon lange nicht mehr den Stand der modernen Wissenschaften wieder. In Fragen von Philosophie, Physik, Medizin, Botanik, Chemie und Anatomie werde es zu Unrecht immer noch von vielen Gymnasialprofessoren für den Unterricht herangezogen. Für einen jungen Menschen, der nach einem umfassenden Weltwissen strebe oder sich trefflich auf ein Universitätsstudium vorbereiten wolle, sei heutzutage Johann Heinrich Zedlers *»Großes, vollständiges Universal-Lexicon aller Wissenschaften und Künste«* mit seinen dreiundsechzigtausend Seiten ganz gewiss das Maß aller Dinge.

In dieser Auffassung spiegelte sich vor allem Pfarrer Neustatts Besitzerstolz, denn alle vierundsechzig Bände und die vier Supplementbände von Zedlers Lexikon standen in seinem Bücherregal. Aber es lag in ihr auch viel Wahrheit. Das wurde am Beispiel der Laus offensichtlich. Während Hübner über das Tierchen ganz hinweggesehen hatte, hatte Zedler ihm unter seinem lateinischen Namen Pediculus gleich mehrere Spalten gewidmet.

Der unangenehme Parasit stach in die menschliche Haut, um Blut abzusaugen, hinterließ dabei juckende rötliche Schwellungen, die leicht zu Krätze und Grind werden konnten. In Erinnerung geblieben war Jacob, dass die Laus, unter dem Mikroskop betrachtet, einen Rüssel hat wie ein Schwein und zwei Hörner am Kopf, hinter welchem die Augen stehen. Die

Kopflaus, eine äußerst lästige Art des Pediculus, legte im Haupthaar eine solche Unzahl winzig kleiner Eier ab, dass man sich der Plage kaum erwehren konnte. Zwar beschrieb Zedler in seinem Lexikon allerlei Rezepturen gegen den Befall – von der bekannten Läuse-Salbe über den Knoblauch-Saft bis zu einem Gemisch aus Kohlbrühe und Senf – aber letztlich half wohl nur die vollständige Rasur des Kopfes.

Jacob wusste nicht, ob Kopfläuse auch im Barthaar nisteten. Wenn es so war, dann konnten die kleinen Parasiten nicht der Grund für die kahlen Schädel der Mannsbilder am Schanktisch sein, denn die Kahlköpfigen waren bärtig, so wie alle anderen Kerle im Gastraum auch. Manche trugen lange Vollbärte, andere hielten ihr Barthaar anscheinend mit der Schere leidlich kurz, und einige hatten Wangen und Kinn voller Stoppeln, so als suchten sie seit Tagen vergeblich nach einem Barbier.

Zwei Männer hatten besonders lange und zottelige Bärte. Sie hockten mit vier anderen um einen Tisch herum, alle sechs hatten die Köpfe zusammengesteckt und tuschelten. Ihre Gesichter waren erhitzt und ihre Gesten aufgeregt. Sie heckten etwas aus, und Jacob war sich sicher, dass es nichts Gutes war. Die beiden mit den zerzausten, langen Bärten hielt er für Juden. Er hatte zwar noch nie welche gesehen, aber genau so waren sie ihm immer beschrieben worden. Hager waren sie, hatten finstere Gesichter mit buschigen Augenbrauen und Hakennasen, trugen zerschlissene, lange Mäntel, hatten schwarze Käppis über ihre zerzausten Haare gestülpt, und schmuddelig waren sie auch, aber das war in dieser Schänke kein Merkmal, das sie von anderen unterschied.

Jacob beobachtete das alles aus den Augenwinkeln. Er vermied es, die Menschen um sich herum anzusehen und ihre Aufmerksamkeit auf sich zu ziehen.

Doch es entging ihm nicht, dass immer mal wieder jemand zu ihm herüberschaute, dass manch abschätzender Blick ihn streifte und dass er ab und zu eindringlich gemustert wurde. Eines der Weibsbilder betrachtete ihn jetzt schon eine ganze Weile recht unverhohlen, während drei Kerle sie umringt hatten und gemeinsam auf sie einredeten.

Unter den Gästen gab es zwei Paare. Jedenfalls nahm Jacob

an, dass der Mann, der eine Frau im Arm hielt, zu dieser Frau gehörte, und dass die beiden, die sich ungeniert betatschten und küssten, ein Ehe- oder Brautpaar waren. Drei Frauen gehörten anscheinend zu niemandem. Sie saßen da, ließen sich von Kerlen umgarnen, lachten gewöhnlich, strichen verführerisch durch ihr offenes Haar, hatten ihre Blusen nicht zugeschnürt und ihre Röcke so hoch gerafft, dass man ihre Strumpfbänder und sogar ihre nackten Knie sehen konnte.

In einer Ecke des Raumes lagen Felleisen und Mantelsäcke. Jacob schloss daraus, dass die liederlichen Weiber und die grobschlächtigen Kerle in ihrer Mehrzahl keine Bochumer waren, sondern Leute von der Straße, Vagabunden vielleicht, Bettler oder Hausierer, wenn nicht gar Räuber und Diebe. Ganz ohne Frage war er in ein Gasthaus geraten, in dem vor allem Gesindel verkehrte.

Ein ungutes Gefühl hatte er schon gehabt, bevor er die Stadt betreten hatte. Das Erste, was er von Bochum gesehen hatte, ein gutes Stück noch vor dem Stadttor, war die Richtstätte mit dem Galgen. Als Jacob daran vorbeigegangen war, hatten gerade zwei übel dreinschauende Kerle einen männlichen Leichnam vom Strick abgenommen und ihn wie ein Stück Vieh auf eine Karre geworfen. Der Anblick hatte ihn erschüttert, er hatte entsetzt seinen Blick abgewendet und sich bekreuzigt.

Kurz darauf war er an den ersten Häusern vorbeigekommen, die inmitten weitläufiger Gemüsefelder und Obstgärten lagen. Er hatte sich darüber gewundert, dass Bochum nicht von einer geschlossenen Mauer umgeben war, sondern von Gräben, Wällen, Zäunen und Weißdorngestrüpp. Die Befestigungsanlage hatte einen äußerst durchlässigen Eindruck auf ihn gemacht. Für Steuersünder, die unbemerkt mit ihrer Ware in die Stadt gelangen wollten, und für Schurken, die mit Diebesgut aus Bochum verschwinden wollten, gab es gewiss genügend Schlupflöcher in diesem dürftigen Bollwerk.

Der Torwächter hatte nur flüchtig auf sein Ausweispapier geschaut, so dass Jacob zuerst angenommen hatte, er könne nicht lesen. Doch dann war sein Blick auf die handgeschriebene Liste gefallen, die auf dem Tisch im Torhaus gelegen hatte.

»Ja, ja, so viel ist hier an einem einzigen Tag zu notieren. Und die Leute meinen immer, als Torschreiber verdiene man sein Geld im Schlaf«, hatte der Mann wichtigtuerisch gesagt und Jacob die Liste erläutert: »Neun Fuhrwerke sind heute schon hier durchgekommen. Außerdem vier Handkarren, drei Pferde, sieben Kühe, und Sie, mein Herr, sind jetzt schon der zwölfte fremde Fußgänger. Nun ja, auf der Landstraße von Essen nach Dortmund ist eben viel Betrieb, und da geht's nun mal hier am Bongertstor rein und drüben am Butenbergtor wieder raus aus Bochum. An den drei anderen Eingängen in die Stadt ist es ruhiger. Aber auch da muss jemand sitzen, sonst würde kein Fass Weinbrand und kein Scheffel Getreide mehr versteuert. Ja, ohne uns Torschreiber bliebe die königliche Akzise-Kasse vermutlich leer.«

Als gemächlich ein mit Kisten beladener Wagen herangerumpelt kam, wünschte der Torwächter Jacob einen guten Tag, stellte sich breitbeinig, die Hände in die Hüften gestemmt, mitten auf die Straße und sah dem Fuhrwerk erwartungsvoll entgegen.

Jacob schlenderte in die Stadt hinein, blieb an der ersten Wegekreuzung einen Augenblick unschlüssig stehen und erkundigte sich bei einem alten Mann nach dem Marktplatz, weil er annahm, dass rings um den Markt Herbergen und Gasthäuser zu finden seien.

Der Alte stand vor einem Haus, an dem ein Schild mit der Aufschrift »Galanteriewaren« hing. Er deutete auf den weißen Seidenschal, den Jacob sich bei seiner letzten, kurzen Rast am Straßenrand um den Hals gebunden hatte, und sagte: »Eine feine Krawatte hat der junge Herr da. Aber bei mir findet er gewiss noch ein schöneres Tuch für seinen Hals, in einem dezenten Blau zum Beispiel, passend zu seinem Gehrock. Oder braucht er vielleicht eine formidable Gürtelschnalle oder ein paar glänzende Knöpfe für Jacke oder Hemd? Wenn er der Liebsten ein Kettchen, ein Parfümflakon oder eine Puderdose schenken möchte, könnte ich ihm auch ein paar hübsche Dinge zeigen. Möchte er nicht einmal hereinkommen?«

Jacob bedankte sich artig und fragte noch einmal nach dem

Marktplatz. Der Galanteriewarenhändler überlegte eine Weile, dann fragte er zurück: »Wohin will der junge Herr? Zum alten Markt? Hab ich ihn da richtig verstanden.«

Jacob nahm an, dass der Mann beinahe taub war, und nickte.

»Den Spitzberg entlang, dann laufen Sie drauf zu«, sagte der Alte und deutete in eine Gasse, die von der Hauptstraße abzweigte.

Ein paar Minuten später sah Jacob vor sich einen schmuddeligen Gasthof. Da es ringsum keinen anderen gab, trat er ein. Holzklumpen standen paarweise neben der Eingangstür, und Jacob vermutete zunächst, dass sich vor allem Bauernvolk in der Schankstube aufhielt. Da er den Wirt im Trubel nicht gleich ausmachen konnte, setzte er sich auf eine Bank nahe bei der Tür.

Kurz darauf kam eine dickleibige Frau mit einem Bierkrug in der Hand auf ihn zu. Sie trug ein verwaschenes graubraunes Wollkleid, das einem Sack ähnlich sah. Die Schürze, die sie davorgebunden hatte, diente ihr als Handtuch und Putzlappen. Sie wischte damit über den Tisch, der vor Jacob stand, und beugte sich dabei so weit zu ihm herüber, dass ihm der üble Geruch ihres Achselschweißes in die Nase stieg.

Als sie den Bierkrug vor ihm abstellte, sagte er zaghaft: »Eigentlich wollte ich gar nichts trinken. Ich wollte nur etwas fragen.«

»Das hier ist ein Gasthaus«, fuhr die Frau ihn an. »Hier kann er essen, trinken und übernachten, wenn er dafür bezahlt. Und wenn er ein guter Gast ist, der nicht auf seinen Pfennigen sitzt, dann kann er vielleicht auch eine Antwort auf eine Frage bekommen. Also, will er jetzt was trinken oder nicht?«

»Nun ja, ein wenig Durst hab ich schon.«

»Und was will er essen?«

»Ich suche einen Mann«, sagte Jacob, »und würd gern da etwas essen, wo ich ihn finde.«

»Und warum suchen Sie ihn hier?«

»Weil ich annehme, dass er in Bochum in einem Gasthaus abgestiegen ist.«

»Hier gibt es viele Männer, viel zu viele«, zeterte die Frau.

Jacob beschrieb ihr Sylvester Kümmerling.

»Der könnte schon hier gewesen sein«, sagte sie mürrisch. »Ich werde mich bei meinem Mann erkundigen, während Sie ihr Bier trinken.«

Kurz darauf sah Jacob sie mit einem dürren, grauhaarigen, schlecht rasierten Kerl sprechen, bei dem es sich offenbar um den Wirt des Etablissements handelte. Auch er hatte über Kittel und Hose eine Schürze gebunden. Während seine fettleibige Frau auf ihn einredete, musterte er Jacob ungeniert. Ein paar Minuten später stand er am Tisch neben ihm und bat mit übertriebener Höflichkeit darum, sich zu ihm auf die Bank setzen zu dürfen.

»Ist ja nur für einen Augenblick«, sagte er, rückte zugleich aufdringlich nah an Jacob heran und erklärte hinter vorgehaltener Hand, beinahe flüsternd, so als weihe er Jacob in ein großes Geheimnis ein: »Da kann ich Ihnen sicher helfen, mein Herr. Ein stattlicher Mann mit dünnem, grauen Zopf und einer auffälligen Narbe im Gesicht, ja, der ist häufig mein Gast. Gerade dieser Tage ist er auch wieder hier. Zurzeit ist er zwar unterwegs, aber er wird heute noch zurückkommen. Das hat er jedenfalls gesagt, als er am Mittag aufgebrochen ist. Warten Sie einfach eine Weile! Sie sehen hungrig und durstig aus. Ich bringe Ihnen gerne etwas zu essen. Übernachten können Sie natürlich auch hier. Und die Preise in meinem Haus sind überaus anständig.«

Jacob war überrascht. Es freute ihn, dass er allem Anschein nach auf Anhieb das Gasthaus gefunden hatte, in dem Kümmerling logierte. In seine Freude drängte sich jedoch ein leiser Zweifel. War es möglich, dass der Mann ihm etwas vormachte? Aber warum sollte er das tun? Gäste hatte er reichlich. Er hatte es doch nicht nötig, irgendeine Geschichte zu erfinden, nur um einen Zecher mehr in seinem Etablissement festzuhalten.

»Glauben Sie mir nicht?« Die Frage des Wirtes klang wie eine Drohung.

»Es könnte ja sein, dass Sie einen anderen Mann meinen als ich«, sagte Jacob achselzuckend. »Der Händler, den ich suche, heißt Sylvester Kümmerling.«

»Der Herr, der hier verkehrt, der handelt mit irgendwas. Womit, das weiß ich allerdings nicht, und wie er heißt, das weiß ich auch nicht«, sagte der Wirt griesgrämig. Während er von Jacob wegrückte und sich erhob, fügte er hinzu: »Aber wenn Sie meinen, es liefen mehrere Händler in Bochum herum, die eine Narbe im Gesicht haben, dann können Sie ja woanders nach Ihrem Herrn Kümmerling suchen.«

»Nein, nein«, sagte Jacob und hielt den Wirt am Arm fest. »Sind Sie denn sicher, dass er hierher zurückkommt?«

»Er hat's gesagt«, knurrte der Wirt. »Mehr weiß ich nicht.«

»Dann warte ich eben.«

»Und was wollen Sie essen?«

»Ein Stück Brot, mit etwas Butter vielleicht«, sagte Jacob zögerlich.

»Ich hätte auch noch gepökeltes Fleisch.«

»Nein, nur etwas dunkles Brot und Butter.«

Ein paar Minuten später legte die dicke Wirtin ein Holzbrett mit einem Kanten Brot darauf vor Jacob auf den Tisch.

»Einmal Pumpernickel«, sagte sie unfreundlich.

Das Stück Butter, das neben dem Brot lag, war so klein, dass Jacob es beinahe übersehen hätte.

Während er in seinem Reisesack nach dem Jagdmesser kramte, kam ihm in den Sinn, dass das exquisite Stück in seiner verzierten Lederscheide bei der einen oder anderen zwielichtigen Gestalt, die er inzwischen im Gastraum ausgemacht hatte, vielleicht Begehrlichkeiten wecken könnte. Also ließ er es da, wo es war, nahm seinen Seidenschal vom Hals, faltete ihn und legte ihn zurück in den Sack. Er bekam zunehmend das Gefühl, hier nicht an einem Ort zu sein, an dem es vorteilhaft war, für einen vornehmen Herrn gehalten zu werden.

Er brach das Brot mit den Händen auseinander, zerteilte es in kleine Stücke, von denen er hin und wieder eins durch die Butter zog, bevor er es in den Mund steckte. Das Brot war hart, aber genießbar.

Als er bei seinem zweiten Krug Bier saß, die anderen Gäste eine Weile beobachtet hatte und zu der Überzeugung gekommen war, dass dieses Etablissement vor allem Gesindel beherbergte, als sein Zweifel daran, in einer solchen Spelunke Sylvester Kümmerling anzutreffen, allmählich größer wurde, betrat ein Mann das Gasthaus, der sich so vollkommen von all den Kerlen in der Schänke unterschied, dass Jacob ihn vor Verblüffung mit offenem Mund anstarrte.

Er war schlank und groß gewachsen und trug über weiter Kniehose und zugeknöpfter Weste einen wadenlangen, wollenen Umhang, der von einer silbernen Schnalle vor der Brust zusammengehalten wurde. Die Kleider waren schwarz, ebenso wie die hohen Schaftstiefel und der breitkrempige Hut. Nur die Hemdsärmel, die der Umhang nicht bedeckte, waren blütenweiß. Die Reisetasche, die er in der Hand hielt, war aus geschmeidigem Leder. Er blieb unschlüssig bei der Tür stehen und sah sich um.

Seine Augen waren dunkel, sein Gesicht schmal und ein wenig blass. Jacob schätzte sein Alter auf Mitte zwanzig, vermutete aber zugleich, dass der gepflegte, aber üppige Bart des Mannes ihn älter aussehen ließ, als er war.

Der Fremde entdeckte Jacob, der immer noch mit offenem Mund vor sich hinstarrte. Er presste die Lippen zusammen und lächelte verlegen.

Der junge Mann kam zu ihm an den Tisch.

»Erlauben Sie, dass ich mich zu Ihnen setze?«, fragte er höflich.

»Es würde mich sehr freuen«, sagte Jacob, und das meinte er genau so, wie er es sagte. Er war erleichtert. Von einem Augenblick auf den anderen fühlte er sich nicht mehr allein unter all dem Gesindel.

Während der Mann sich setzte, fiel sein Blick auf Jacobs Reisesack.

»Sie sind auch fremd in der Stadt?«, fragte er.

Jacob nickte.

»Ich bin unterwegs von Hannover nach Duisburg. Bis Herne bin ich auf einem Wagen mitgenommen worden. Von dort bin ich zu Fuß nach Bochum gegangen, und als ich hier ankam, musste ich feststellen, dass es nur ein Postkomptoir gibt, aber keine Poststation. Und jetzt werde ich wohl in diesem armseligen Städtchen übernachten müssen und morgen von hier aus nach Duisburg wandern.«

»Das ist ein weiter Weg für einen Fußmarsch.«

»Gut viereinhalb Meilen. Wenn's Wetter morgen so mild ist wie heute, dann scheu ich mich davor nicht.«

»Ich komme aus der Nähe von Duisburg«, sagte Jacob, »aus Sterkrade, einem Bauerndorf im Herzogtum Cleve.«

Der Fremde fragte ihn, ob das Bier in dieser Schänke etwas tauge. Jacob antwortete, es sei dünn, aber durchaus schmackhaft. Das Brot, das er gerade gegessen habe, sei hart gewesen, aber frei von Schimmel. Die Butter sei äußerst knapp bemessen gewesen, aber er fühle sich satt und gestärkt.

»Mit Verlaub«, sagte der Fremde, nachdem er bei der dicken Wirtin einen Krug Bier und eine Portion dunkles Brot mit Butter bestellt hatte, »Sie sehen so aus, als seien Sie Besseres gewohnt als dünnes Bier und trockenes Brot. Darf ich Sie fragen, was Sie in diese schäbige Spelunke treibt?«

Jacob erzählte es ihm. Und weil der Fremde ihm aufmerksam zuhörte, schmückte er seine Geschichte aus, zog sie hier und da in die Länge, berichtete von seinem Leben im Kloster und von seinem Wunsch zu studieren. Der junge Mann, der ihm gegenübersaß, war ganz offensichtlich kultiviert und klug, und er sollte wissen, dass er es mit Seinesgleichen und nicht mit irgendeinem Bauernlümmel vom Niederrhein zu tun hatte. Er sollte verstehen, warum die Äbtissin von Streithorst gerade ihn, Jacob Sander, mit dem schwierigen Auftrag in die Welt hinausgeschickt hatte, ihr verlorengegangenes Familienerbstück zurückzuholen.

Als der Fremde sein Brot gegessen hatte und Jacob seine Geschichte erzählt hatte, fragte der junge Mann: »Und Sie glauben tatsächlich, dass dieser Mensch, dieser Herr Kümmerling, in einer solch armseligen Herberge absteigt?«

»Es wundert mich schon«, sagte Jacob. »Aber warum sollte der Wirt behaupten, hier verkehre ein Händler mit einer Narbe im Gesicht, wenn es nicht so wäre?«

»Weil er Ihnen angesehen hat, dass Sie ein paar Taler im Beutel haben, und weil er darauf aus ist, sie Ihnen abzunehmen.«

»Das wird ihm nicht gelingen«, sagte Jacob unsicher.

»Wir müssen wachsam sein, äußerst wachsam«, sagte der Fremde mehr zu sich selbst als zu Jacob.

»Und Sie?«, fragte der. »Warum steigen Sie in dieser Spelunke ab?«

»Mein Name ist Adam Feigenbaum.«

»Ein schöner Name.«

»Das ist ein jüdischer Name.«

»Sie sind ein Jude? So sehen Sie nicht aus«, sagte Jacob erstaunt.

»Nein? Wie sehen Juden denn aus?«, fragte Adam Feigenbaum herausfordernd.

»Nun ja, so wie die beiden da vorn, dachte ich.« Jacob deutete auf die Männer mit den zotteligen Bärten und den schwarzen Käppis, die mit ihren vier Kumpanen ein paar Tische weiter saßen.

»Es gibt böse Juden und gute, arme und reiche, schmuddelige und gepflegte, dumme und kluge. Wir sind Menschen«, sagte Adam Feigenbaum.

Jacob schwieg betreten. Anscheinend hatte er sich ein falsches Bild gemacht, hatte allzu leichtgläubig das für bare Münze genommen, was an den Tischen der Wirtshäuser und von den Kanzeln der Gotteshäuser über die Juden erzählt wurde.

»Natürlich ist es so«, sagte Adam nach einer Weile, »dass man auf den Straßen viel heruntergekommenes Judenvolk sieht. Aber woran liegt das denn? Wir werden nicht in die Handwerkszünfte aufgenommen, uns ist es nicht erlaubt, Land zu erwerben, und öffentliche Ämter dürfen wir auch nicht ausüben. Da bleibt den meisten nichts andres übrig, als mit Straßenhandel und Hausiererei ihren Lebensunterhalt zu bestreiten. Aber auch das unterbinden die Obrigkeiten immer wieder. Deshalb sind viele so arm, dass sie sich als Bettler durchschlagen müssen. Und dann werden sie auch noch von den braven Christenmenschen als Schnurrjuden beschimpft.«

»Das wusste ich nicht«, sagte Jacob kleinlaut.

»Ich kann mich nicht beklagen, ich bin als Sohn eines wohlhabenden Schutzjuden auf die Welt gekommen«, erzählte Adam.

»Mein Vater ist ein Brillenmacher in Hannover. Es gibt nur sehr wenige Meister dieses Faches, keine Konkurrenten, die uns vertreiben wollen, und noch keine Brillenmacher-Zunft, die uns ausschließen könnte. Mein älterer Bruder Aaron und ich haben das Handwerk von unserem Vater erlernt. Der Schutzbrief des Vaters wird demnächst auf Aaron übertragen. Das ist schon vom Stadtsyndikus bestätigt worden. Und ich, ich bin jetzt unterwegs zu einem Onkel, der Brillenmacher in Duisburg ist. Er ist ziemlich alt und hat keine Söhne, und wenn alles gut geht, dann darf er mir sein Schutzrecht vererben, obwohl ich nur sein Neffe bin. Der Onkel hat schon mit dem Magistrat von Duisburg verhandelt, der will auch in Zukunft einen Brillenmacher in der Stadt haben, und deshalb habe ich wahrscheinlich Glück.«

»Den kenn ich, den Brillenmacher Feigenbaum in Duisburg«, sagte Jacob erfreut. »Bei dem hab ich hin und wieder Augengläser für eine unserer Klosterdamen abgeholt. Ein freundlicher, älterer Herr, der selbst eine große Brille auf der Nase sitzen hat.«

»Ja, das ist mein guter Onkel Daniel«, sagte Adam und lächelte.

Rings um den Schanktisch wurde inzwischen so laut gelästert und gelacht, geschrien und gestritten, dass es selbst dem Wirt zu viel wurde.

»Macht nicht so einen Lärm, verdammt noch mal! Man versteht ja sein eigenes Wort nicht mehr«, brüllte er seine Gäste an, und tatsächlich wurde es etwas ruhiger.

»Warum Sie in dieser üblen Herberge gelandet sind, das weiß ich jetzt aber immer noch nicht«, sagte Jacob.

»Mir ist es schon zu oft passiert, dass man mich aus besseren Gasthäusern hinausgeworfen hat«, erklärte Adam.

»Weil Sie ein Jude sind? Aber das sieht man Ihnen doch gar nicht an.«

»Ich trage einen Bart. Das tun Männer nur, wenn sie zum Gesindel gehören oder zum Judenvolk. Außerdem lasse ich meinen Hut auf dem Kopf, wenn ich ein Haus betrete. Das macht mich auch verdächtig. Spätestens aber wenn ich in einem besseren Gasthof um ein Nachtlager frage und der Wirt sich meine Ausweispapiere zeigen lässt, weiß er Bescheid. Dann sind plötzlich alle Kammern des Hauses belegt. Nein, nein, das möchte ich in Bochum nicht schon wieder erleben. Ich nehme mal an, dem Besitzer dieses Etablissements wird es egal sein. Wenn er überhaupt einen Ausweis sehen will und feststellt, dass ich ein Jude bin, dann wird er den Preis für die Übernachtung verdoppeln. Aber er wird mich nicht vor die Tür setzen.«

Jacob sah sich um. Tatsächlich waren Adam und die beiden Männer mit den Käppis die einzigen, deren Köpfe bedeckt waren. Alle anderen Kerle hatten entweder keine Hüte, oder sie hatten sie irgendwo abgelegt. Auch sein Dreispitz, der schöne blaue vom alten Torwächter Peter in Sterkrade, lag neben ihm auf der Bank.

»Warum nehmen Sie Ihren Hut nicht ab?«, fragte er Adam.

»Gott wohnt über unsren Köpfen. Aus Ehrfurcht vor ihm lasse ich mein Haupt bedeckt.«

Jacob wusste, dass Adam den Gott meinte, an den auch er glaubte, und wunderte sich.

»Aber es ist doch genau umgekehrt«, sagte er, nachdem er eine Weile nachgedacht hatte. »Wer einem hohen Herrn begegnet und seinen Hut nicht zieht, dem mangelt es an Respekt und an Hochachtung. Und wer eine Kirche betritt und seinen Kopf bedeckt lässt, der zeigt, dass es ihm vor Gott an Demut und an Ergebenheit fehlt.«

»Man muss das tun, wovon man glaubt, dass es Gott wohlgefällig ist«, entgegnete Adam. »Deshalb ist es richtig, dass ich meinen Hut auflasse, und es ist auch richtig, dass Sie Ihren abnehmen.«

»Also ist es Gott eigentlich egal, ob wir ihm mit oder ohne Hut gegenübertreten?«

Adam Feigenbaum lachte. »Wir werden ihn fragen. Eines Tages werden wir ihn danach fragen«, sagte er.

Die Wirtin kam an ihren Tisch und schaute in die Krüge. Sie waren beide noch halb voll. Ärgerlich den Kopf schüttelnd und ohne etwas zu sagen, ging sie wieder. Draußen wurde es dämmrig, nur noch wenig Licht drang durch die Sprossenfenster in den Gastraum. Die Wirtin stellte ein paar Talgkerzen auf die Tische.

Jacob trank von seinem Bier, und Adam fragte ihn: »Sie haben mir vorhin von dem Tödlein der Frau Äbtissin erzählt, das schon ihrer Mutter und deren Mutter gehört hat. Warum besitzt man so etwas, einen Leichnam aus Wachs?«

»Der Mensch soll immer daran denken, dass er sterblich ist, damit ihn der Tod nicht unvorbereitet trifft. Selig die Knechte, die der Herr bei seiner Ankunft wachend findet, heißt es in der Bibel.«

Jetzt dachte Adam eine Weile nach, bevor er erwiderte: »Aber ein Mensch kann nicht leben, ohne hin und wieder zu fehlen, und er kann nicht leben, ohne zu schlafen. Und wenn es Gott gefällt, ihn gleich nach einem Fehltritt oder während des Schlafes abzuberufen, dann lässt sich daran nichts ändern.«

»Wenn er vor das Angesicht unseres Schöpfers tritt, ohne dass er zuvor seine Sünden gebeichtet und die Absolution erhalten hat, dann wird Gott ihn verdammen.«

Adam dachte wieder eine ganze Weile nach, dann fragte er Jacob, ob er eine kleine Geschichte hören wolle. Jacob nickte, und Adam erzählte ihm, was er sich gerade ausgedacht hatte:

Zwei christliche Männer, die bislang ein gottgefälliges Leben geführt haben, reisen in eine fremde Stadt, um ihren Geschäften nachzugehen. Nach einem einträglichen Abschluss trinken sie überaus gut gelaunt in einem zwielichtigen Lokal manches Gläschen Wein und lassen es zu, dass ein paar liederliche Weibsleute sie umgarnen. Beide werden schließlich schwach und verbringen einige wollüstige Stunden mit den Huren. Am nächsten Tag fahren sie mit derselben Kutsche zurück in die Stadt, aus der sie gekommen sind. Der Wagen kommt von der Landstraße ab, stürzt eine Böschung hinunter und überschlägt sich. Der eine der beiden Männer ist sofort tot, der andere ist schwer verletzt. Ein Priester, der des Weges kommt, nimmt ihm die Beichte ab und erteilt ihm die Absolution. Dann stirbt der zweite Mann auch.

»Das ist eine absonderliche Geschichte«, sagte Jacob unwillig.

»So etwas passiert jeden Tag irgendwo auf der Welt.«

Jacob zuckte mit den Schultern und schwieg.

»Ich glaube nicht, dass alles auf die letzte Stunde ankommt«, sagte Adam. »Gott hat uns in der Thora seinen Willen offenbart. Dafür sind wir ihm dankbar, wir Juden. Wir erfüllen seine Gebote aus Liebe zu ihm, nicht aus Furcht vor seinen Strafen. Dabei sind wir nicht vollkommen, kein Mensch ist das. Jeder kann vom rechten Weg abkommen, jeder begeht hin und wieder einen Fehltritt. Doch Gottes Gnade ist groß. Er wird niemals einen Menschen verdammen, der ihn liebt und ihm treu ergeben ist, auch dann nicht, wenn dieser Mensch nach einer Verfehlung stirbt, ohne dass ihm Zeit zur Reue und zur Sühne geblieben ist.«

Noch während Adam redete, wurde die Gasthaustür aufgestoßen, und sieben mit Gewehren und Pistolen bewaffnete Männer stürmten herein. Sie bildeten einen weiten Halbkreis um die urplötzlich verstummenden Zecher und hielten, finster dreinschauend, ihre Schusswaffen im Anschlag. Jacob erstarrte vor Schreck. Furchtsam beobachtete er die Männer mit den Waffen und die Kerle, die vorm Schanktisch standen und an den Tischen saßen. Keiner von ihnen rührte sich vom Fleck.

Ein hagerer, dunkel gekleideter Mann betrat die Gaststube. Er blieb kurz stehen und sah sich um. Dann kommandierte er lauthals: »Die Leute, die sitzen, bleiben an ihren Plätzen. Von den anderen setzen sich die Bochumer dahin, Männer, die nicht in der Stadt wohnen, auf die Bank an der Wand, Frauen, die von auswärts kommen, an den Tisch in der Ecke.«

Alle, die bisher palavernd und saufend herumgestanden hatten, setzten sich schweigend auf die zugewiesenen Plätze.

Drei Bewaffnete stellten sich an den Türen auf. Die übrigen vier bildeten zwei Paare und begannen, die Gäste zu überprüfen, wobei jeweils einer Fragen stellte, sich Papiere zeigen ließ und Felleisen und Taschen durchsuchte, während sein Partner mit schussbereiter Waffe ein paar Schritte daneben stand.

Der Wirt, der zusammen mit seiner dicken Frau hinter dem Schanktisch geblieben war und bisher dem Treiben zugesehen hatte, ohne ein Wort zu sagen, wandte sich kleinlaut an den dunkel gekleideten, hageren Mann: »Herr Landrichter, ich weiß nicht, was das soll.«

»Das kann ich dir erklären«, entgegnete der Angesprochene

so laut, dass jeder im Raum es hören musste. »Die Bürgerwehr und ich suchen nach Gesindel, vor allem nach Mitgliedern von Diebes- und Räuberbanden, die unsere Stadt unsicher machen. Und da dachten wir uns, dass wir in deinem Etablissement vielleicht fündig werden könnten.«

Der Wirt wollte etwas erwidern, aber der dunkel gekleidete Mann, den er Landrichter genannt hatte, machte ihm mit einer schroffen Handbewegung klar, dass er Ruhe zu geben hatte. Er stand in der Mitte des Raumes und beobachtete aufmerksam, was um ihn herum geschah. An dem Tisch, an dem die Bochumer Platz genommen hatten, drei Männer und eine Frau, war die Überprüfung schnell beendet.

»Die sind alle der Person nach bekannt. Zwei Knechte und ein Paar, das hier gleich um die Ecke in der Brückstraße wohnt. Er ist Bäckergeselle und sie eine Waschmagd«, berichtete ein Bürgerwehrmann dem hageren Landrichter.

»Sie sollen nach Hause gehen.«

Die vier Bochumer brachen hastig auf.

»Ihr habt noch nicht bezahlt!«, rief der Wirt.

»Beim nächsten Mal! Wir laufen ja nicht weg! Du wirst dein Geld schon bekommen!«, riefen die Leute zurück, stiegen in ihre Holzschuhe und machten sich davon.

Von den acht Männern, die auf der Bank an der Wand saßen, konnten nur wenige ein Identifikationspapier vorweisen. Die meisten erklärten wortreich, dass sie brave Arbeitsleute seien, die nur auf ehrliche Weise ihren Unterhalt verdienten. Zwei von ihnen gaben an, wandernde Handwerksgesellen zu sein, und zeigten ihre Wanderbücher vor, zwei behaupteten, sie seien Tagelöhner auf der Suche nach einer Beschäftigung, einer gab sich als Scherenschleifer aus, einer als Kesselflicker, einer als Lumpensammler und einer als Garnhändler.

»Der Scherenschleifer redet wie die Leute in der Pfalz. Vermutlich ist er ein kurpfälzischer Deserteur«, hörte Jacob einen der bewaffneten Männer sagen.

»Den nehmen wir mit«, entschied der Landrichter.

Von den vier Frauen gehörte eine zum Garnhändler. Das Paar konnte die Ehebescheinigung eines Wittener Pfarrers vorweisen. Die drei anderen behaupteten, sie seien nach Bochum gekommen, um hier Arbeit als Hausmägde zu finden.

»Wenn die mal nicht im Liegen arbeiten wollen«, sagte ein dicker Bürgerwehrmann. Seine Kollegen stimmten ihm lachend zu.

»Bringt sie vor die Stadttore!«, ordnete der Richter an.

»Jetzt? Im Dunkeln?«

»Sie sollen begreifen, dass sie in Bochum unerwünscht sind.«

Als einer der Bewaffneten mit den drei Frauen verschwunden war und einer gerade den vermeintlichen Deserteur durch die Tür nach draußen schob, richteten die anderen plötzlich ihre Gewehre und Pistolen auf die sechs Kerle, die schon den ganzen Abend an einem Tisch gesessen und ihre Köpfe zusammengesteckt hatten. In zwei Mantelsäcken, die neben ihren Bänken gestanden hatten, war Diebesgut entdeckt worden, eine silberne Sackuhr und zwei vergoldete Kerzenleuchter.

»Wenn das mal nicht die Taschenuhr vom Stadtkämmerer Westhoff ist«, sagte der hagere Richter. »Und die Leuchter haben doch gewiss noch vor kurzem in einem Gotteshaus gestanden. Kirchendiebstahl! Da werdet ihr wohl bald am Galgen baumeln.«

»Das waren die beiden Juden!«, schrie einer.

»Sie werden eingesperrt, alle sechs«, entschied der Landrichter.

Mit vor der Brust verschränkten Armen wartete er ab, bis die Bürgerwehrmänner und ihre lauthals lamentierenden Gefangenen das Gasthaus verlassen hatten, dann sagte er zu den sieben Männern, die noch auf der Bank an der Wand saßen, und zu der Frau des Garnhändlers: »Ihr könnt noch was trinken, wenn ihr euch gesittet benehmt. Ihr könnt auch hier die Nacht verbringen, aber morgen nach Tagesanbruch will ich keinen von euch mehr in Bochum sehen.«

Dem Wirt rief er zu: »Und ich bekomme jetzt sofort einen Branntwein! Den trinke ich dort am Tisch bei den beiden jungen Herren.«

Er stellte sich Jacob und Adam als der zweite Landrichter Emanuel Schluck vor, Assessor am Bochumer Landgericht.

»Es ist furchtbar, die Unsicherheit im Land wird immer

größer«, sagte er, während er sich setzte. »Überall in der Stadt wird eingebrochen und gestohlen, obwohl schon die Nachtwachen verstärkt wurden und die braven Bochumer eine Bürgerwehr gebildet haben. In der letzten Nacht ist sogar unser Stadtkämmerer das Opfer eines Einbruchs geworden. Und auf dem platten Land ist es noch schlimmer. Die Justiz muss hart durchgreifen. Es tut mir leid, dass Sie Zeuge dieses Vorfalls werden mussten.«

Er trank das Glas Branntwein, das der Wirt eilig gebracht hatte, zur Hälfte leer und fragte: »Wollen die jungen Herren sich nicht vorstellen und mir erzählen, was sie in dieses Etablissement getrieben hat?«

Jacob zog sein Ausweispapier hervor und reichte es Assessor Schluck. Auch Adam schob ein Papier zu ihm hinüber. Schluck studierte beide Schreiben in Ruhe, dann sagte er zu Adam: »Warum Sie nicht in einem besseren Gasthaus abgestiegen sind, Herr Feigenbaum, das ahne ich. Aber hier können Sie unmöglich bleiben. Ich werde Sie gleich zu einer jüdischen Kaufmannsfamilie begleiten. Da wird man Ihnen gewiss ein Nachtlager anbieten.«

Er reichte Adam sein Papier zurück und wandte sich an Jacob: »Was Sie, Herr Sander, in dieser lausigen Spelunke tun, das ist mir allerdings ein Rätsel. Das ist doch keine Herberge für den Abgesandten der Äbtissin von Sterkrade.«

Noch einmal erzählte Jacob die Geschichte vom Tödlein, von dessen Verschwinden und von Sylvester Kümmerling. Danach lachte der hagere Assessor Schluck so außerordentlich, dass der Adamsapfel hinter seinem Schal auf und ab hüpfte.

Als er sich beruhigt hatte, fragte er: »Und Sie haben diesem unverschämten Wirt wahrhaftig geglaubt, das Sylvester Kümmerling hier übernachtet? Kennen sie den Herrn Kümmerling denn gar nicht?«

»Doch, ich kenne ihn. Sie etwa auch?«

Schluck nickte, lachte noch einmal, schüttelte ungläubig den Kopf und winkte den Wirt heran.

»Du hast den jungen Herrn hier betrogen. Das wird dich teuer zu stehen kommen«, schnauzte er ihn an.

»Das war nicht meine Absicht, Herr Landrichter. Hier verkehrt wirklich ein Händler mit einer Narbe im Gesicht.«

»Du hast jetzt zwei Möglichkeiten, Wirt«, sagte Schluck. »Entweder gibst du zu, dass du den Herrn Sander belogen hast, entschuldigst dich bei ihm und erlässt den beiden jungen Herren die Zeche. Oder du bleibst bei deiner dämlichen Behauptung. Dann warten wir noch eine Stunde auf deinen narbigen Händler. Sollte er in der Zeit allerdings nicht hier erscheinen, dann bekommst du eine Betrugsanklage an den Hals. Darauf kannst du dich verlassen.«

Der Wirt dachte nicht lange nach.

»Es tut mir leid. Ich hab mich da anscheinend geirrt, was den Händler mit der Narbe angeht«, sagte er kleinlaut. »Ich bitte den jungen Herrn um Entschuldigung, und selbstverständlich ist die Bewirtung kostenlos.«

»Das ist für den Branntwein«, sagte Emanuel Schluck und legte ein kleines Geldstück auf den Tisch. Der Wirt bedankte sich zähneknirschend und entfernte sich.

»So, und wir drei, wir gehen jetzt«, sagte Schluck.

»Wohin?«, fragte Jacob unsicher.

»Lassen Sie sich überraschen. Es wird Ihnen dort gewiss besser gefallen als hier.«

SIEBEN

Jacob wusste nicht recht, was er von dem jungen Mann halten sollte, mit dem er Seite an Seite durch die Straßen von Bochum ging. Er verhielt sich ihm gegenüber freundlich, half ihm bereitwillig bei der Suche nach Sylvester Kümmerling, erzählte ihm unterwegs allerlei Wissenswertes und Unterhaltsames über die Stadt, so beschwingt und leichthin, dass Jacob ihm gern zuhörte, doch etwas hatte sein Begleiter an sich, das Jacob missfiel.

Sein Vortrag über das Landstädtchen Bochum und dessen spießige Bewohner war mit einem solch derben Witz gewürzt, und seine Bemerkungen über seinen Onkel, den zweiten Landrichter Emanuel Schluck, ließen eine so hemmungslose Spottlust erkennen, dass Jacob den jungen Mann nicht nur für freundlich und hilfsbereit, sondern zugleich auch für frech und respektlos hielt.

Der Landrichter hatte ihn als seinen Neffen Carl Arnold vorgestellt, der genauso alt sei wie Jacob selbst, sich in Bochum trefflich auskenne und ihn gern zum Markt begleiten wolle, wo sich das Gasthaus »Zum roten Hirsch« befinde, in dem Kümmerling gewöhnlich logiere.

Als die beiden jungen Männer das Haus des Richters neben der lutherischen Kirche verlassen hatten, sah Jacob die schmucke Fachwerkfassade mit den vollkommen symmetrisch angeordneten schwarzen Balken zum ersten Mal bei Tageslicht.

»Ein prächtiges Haus besitzt dein Onkel«, stellte er fest.

»Von jeder gerichtlichen Prozedur / profitieren am Schluss die Juristen nur«, reimte Carl Arnold und lachte.

»Du meinst, dass der Herr Schluck vor allem seinen eigenen Vorteil bedenkt, wenn er Recht spricht?«

»Ach nein, das denke ich nicht«, entgegnete Carl Arnold. »Als Advokat hat er sicher manchen Prozess in die Länge gezogen und manches Schriftstück vor allem deshalb verfasst, weil es ihm ein paar zusätzliche Taler eingebracht hat. Da war er nicht anders als die meisten Rechtsverbieger in deutschen Landen.

Aber seitdem er ein königlich preußischer Assessor und zweiter Richter am Bochumer Landgericht ist, ist es ihm vor allem ein Herzensanliegen, für Recht und Ordnung zu sorgen.«

»Und er lebt ohne Weib und Kinder in dem großen Haus?«

»Dem Manne behagt es im Ledigenstand / solang seine Magd ihm sehr zugewandt«, reimte Carl Arnold.

Jacob sah seinen Begleiter von der Seite an. Was war das für ein Mensch, der so hämisch über seinen Onkel herzog, obwohl er doch anscheinend in dessen Haus wohnte? Oder waren seine Verse nur neckische Sticheleien, die er nicht böse meinte? Jacob war solcher Spott fremd. Er wusste nicht, was er davon halten sollte. War dieser Carl Arnold ein höhnischer Menschenverächter, oder hatte er nur eine harmlose Freude am schelmischen Spiel mit Worten?

Er war einen halben Kopf kleiner als Jacob, hatte dunkle Haare und eine hohe Stirn. Seine Augen waren groß und stets unruhig in Bewegung, so als sei er von der Sorge getrieben, dass ihm irgendetwas von dem, was sich um ihn herum ereignete, entgehen könnte.

Gekleidet war er vom Dreispitz bis hinab zu den weichen Lederstiefeln ganz ähnlich wie Jacob. Die Leute konnten sie für Studenten auf der Reise in ihre Universitätsstadt, für junge Beamte oder Müßiggänger und wohl auch für zwei Brüder aus einem vornehmen Elternhaus halten.

Carl Arnold erzählte, dass die Gasse, durch die sie gerade gingen, von den Bochumern »Schützenbahn« genannt werde, dass das Gebäude rechts auf dem Feld die Judenschule sei und dass das stattliche Haus gerade vor ihnen einem sehr wohlhabenden Manne gehöre, einem jüdischen Getreidehändler. Jacob ahnte, dass er das prächtige Fachwerkgebäude am Abend zuvor in der Dunkelheit schon einmal gesehen hatte.

»Hier habt ihr beiden, mein Onkel Schluck und du, deinen Saufkumpan aus der Schänke am alten Markt abgeliefert. Du siehst, dein törichter Brillenmacher hatte letzte Nacht eine noch noblere Herberge als du«, sagte Carl Arnold und lachte.

»Wie kommst du dazu, ihn töricht zu nennen?«, fragte Jacob unwirsch. »Ich nehme an, du kennst ihn nicht einmal.«

»Wer in dieser Spelunke absteigt, um eine Nacht zwischen Räubern und dem übelsten Gesindel der Gegend zu verbringen, der ist entweder dumm, oder er ist seines Lebens müde«, sagte Carl Arnold.

»Adam Feigenbaum und ich, wir waren beide noch nie in Bochum. Wir wussten nicht, welch üble Leute in dem Gasthaus verkehren. Und wir hatten beide gute Gründe, da zu sein«, entgegnete Jacob ärgerlich.

»Von euren Gründen hat mein Onkel mir erzählt. Die Sorge dieses Brillenmachers Feigenbaum, aus einem bürgerlichen Gasthaus hinausgeworfen zu werden, die versteh ich ja. Es ist schon befremdlich, wie manche braven Christenmenschen mit den Juden umspringen. Aber in Bochum leben bestimmt vierzig oder fünfzig von ihnen. Da hätte er doch selbst auf die Idee kommen können, bei seinen Glaubensbrüdern um Nachtquartier zu bitten.«

»Vielleicht wusste er nicht, dass es hier eine jüdische Gemeinde gibt, oder er wollte niemandem zur Last fallen. Jedenfalls ist er gewiss kein törichter Mensch. Er ist ein gebildeter und nachdenklicher junger Mann«, sagte Jacob.

»Dann bitte ich für mein vorschnelles Urteil um Vergebung«, sagte Carl Arnold. Jacob hatte den Eindruck, dass es ihm ernst war.

»Und meine Gründe, die haben dir nicht eingeleuchtet?«, wollte er wissen.

»Nun ja, ich finde es schon ein wenig absonderlich, dass du dem Wirt auf den Leim gegangen bist und dass du wirklich geglaubt hast, der Kümmerling würde in so einem Etablissement logieren.«

»Ich hab noch nie in einem Gasthaus übernachtet. Dass es in einer Stadt gute und schlechte Herbergen gibt, fürs brave Volk die einen und fürs Gesindel die anderen, das wusste ich nicht.«

»Du bist noch nie gereist?«

»Noch nie so weit, dass ich am Abend nicht wieder in meiner Kammer im Kloster war«, sagte Jacob.

»Ich verstehe.«

»Trotzdem hätte ich nicht so gutgläubig sein dürfen, da hast du schon recht. Je länger ich das Treiben in der Spelunke beobachtet habe, desto mehr Zweifel hab ich ja auch bekommen. Aber ich hab befürchtet, den Kümmerling zu verpassen, wenn ich weggehen würde. So etwas passiert mir nicht noch einmal. Ich weiß jetzt, dass es nicht ungefährlich gewesen wäre, in dieser Herberge zu übernachten.«

»Drum reist der Mensch durch fremdes Land gern kreuz und quer / dass er hernach gescheiter ist als wie vorher«, reimte Carl Arnold und lachte. Diesmal lachte Jacob mit ihm.

Er war leichtsinnig gewesen, das hatte er längst eingesehen. Er hatte Glück gehabt, dass der Landrichter mit der Bürgerwehr in der Spelunke aufgetaucht war und dass er sich seiner angenommen hatte.

Emanuel Schluck hatte Adam und ihn gestern Abend durch die dunkle, nur von einer schmalen Mondsichel beleuchtete Stadt geführt, hatte irgendwann an eine Haustür geklopft und dem Herrn des stattlichen Bürgerhauses erzählt, dass er gerade den jungen Brillenmacher Adam Feigenbaum davor bewahrt habe, eine Nacht zwischen gefährlichem Gesindel in dem heruntergekommenen Gasthaus am alten Markt zu verbringen. Der Hausherr, ein jüdischer Kaufmann, der mit dem Handel von Getreide zu Wohlstand gekommen war, hatte dem Assessor freundlich dafür gedankt, dass er sich um Adam Feigenbaum gekümmert hatte und dass er ihn in sein Haus gebracht hatte. Es sei eine große Freude für ihn, hatte der Kaufmann beteuert, den jungen Glaubensbruder aufzunehmen.

Jacob hatte sich von Adam verabschiedet und ein paar Minuten später zusammen mit Emanuel Schluck dessen Haus betreten. In der Eingangshalle hatte der Assessor an einem fünfarmigen Leuchter alle Kerzen entzündet, und Jacob hatte an den feinen Flammen und am angenehmen Geruch erkannt, dass sie nicht aus billigem Talg hergestellt waren, sondern aus reinem Bienenwachs. Schluck hatte sich auf die Bank unter der Treppe gesetzt, seine Stiefel ausgezogen, seine Füße in Pantoffeln gesteckt und Jacob, der unschlüssig neben der Haustür stehen geblieben war, eine Weile forschend angesehen. Dann hatte er gesagt:

»Das Nachtlager, lieber Herr Sander, das ich Ihnen in meinem Hause anbieten kann, ist zwar nicht komfortabel, aber es ist ruhig und sauber, und vor allem ist es sicher.«

Jacob hatte erwartet, dass Schluck ihn in ein gutes Gasthaus bringen würde, vielleicht sogar direkt zu Sylvester Kümmerling. Er war überrascht und wusste nicht recht, was er von der Einladung des Landrichters halten sollte. Natürlich war er froh, dem Wirt und seinen zwielichtigen Gästen in der Herberge am alten Markt entkommen zu sein. Aber was wollte Schluck von ihm? Was bewog einen vornehmen Herrn dazu, einen fremden jungen Mann mit in sein Haus zu nehmen und ihm ein Nachtquartier anzubieten?

»Ich dachte, Sie würden sich über mein Angebot freuen«, sagte Schluck, dem Jacobs unschlüssiges Zögern nicht entging.

»Das ist auch so, ganz gewiss. Nur hatte ich nicht damit gerechnet, und ich war auch noch nie der Gast eines vornehmen Herrn, wenn man einmal von unserem Pfarrer absieht, in dessen Studierzimmer ich mich immer aufhalten darf.«

»Mir scheint eher, Sie sind besorgt, weil Sie sich fragen, ob ich irgendwas von Ihnen will. Ist es nicht so?«

»Nun ja, so ganz verstehen kann ich das nicht, dass Sie einen Menschen, den Sie nicht kennen, in Ihr Haus bringen und ihn einladen, über Nacht zu bleiben.«

»Also, lieber, junger Freund, jetzt überraschen Sie mich. Vorhin in der Herberge zwischen Dieben und Huren, da hätten Sie allen Grund gehabt, misstrauisch zu sein. Wollen Sie das jetzt bei mir nachholen? Was meinen Sie denn, was Sie von einem königlich preußischen Landgerichtsassessor zu befürchten haben?«

»Nein, nein, Herr Schluck, ich hege kein Misstrauen gegen Sie, ich bin nur erstaunt«, beteuerte Jacob. »Und ein wenig verunsichert es mich auch, dass ich gänzlich unerwartet in ein so vornehmes Haus geraten bin.«

»Aber Herr Sander, was ist an meiner Einladung denn erstaunlich? Sie sind ein gebildeter junger Mann, Sie sind in Bochum gestrandet, ich habe das Ausweispapier gelesen, in dem die Äbtissin von Streithorst Ihren untadeligen Lebenswandel rühmt, ich habe Ihre wunderliche Geschichte über das Tödlein und den Herrn Kümmerling gehört. Für mich ist es ein sehr naheliegender Gedanke, Sie für eine Nacht in meinem Haus aufzunehmen. So haben Sie ein Quartier, und ich habe einen interessanten Gesprächspartner. Insofern fürchten Sie also nicht ganz zu Unrecht, dass ich etwas von Ihnen will. Wenn Sie nicht zu müde sind, würde ich mich freuen, wenn wir uns noch zu einem anregenden Plauderstündchen in meine Bibliothek setzen könnten.«

»Ja gern, müde bin ich noch nicht«, sagte Jacob.

Schluck bot ihm ein Paar Hausschuhe an und zeigte ihm den Abtritt hinterm Haus, den man durch die Hintertür und durch einen Holzanbau erreichen konnte, ohne hinaus ins Freie zu müssen. Jacob war nach den drei Krügen Bier in der Schänke am alten Markt froh, das stille Örtchen gleich aufsuchen zu können. Als er wieder in die Eingangshalle kam, bat Schluck ihn, ihm zu folgen, ging die Treppe hinauf bis zur ersten Etage und kletterte von dort über eine Stiege weiter hinauf zu den Dachkammern. Er entschuldigte sich bei Jacob dafür, dass er ihn nur in einer der beiden kargen Gesindekammern unterbringen könne. Sein Gästezimmer, so erklärte Schluck, sei belegt. Dort logiere sein Neffe, ein angenehmer, junger Mann, mit dem Jacob sich gewiss gut verstehen werde. Leider habe der Herr Neffe sich offenbar schon zur Ruhe begeben, so werde man das Kennenlernen auf den nächsten Morgen verschieben müssen.

Die Gesindekammern seien zwar gewöhnlich auch beide bewohnt, die eine von der Küchen- und Hausmagd, die andere von der Putz- und Waschmagd, aber Letztere halte sich gerade für einige Tage bei ihren Eltern in Wattenscheid auf, um ihrer schwer erkrankten Mutter beizustehen.

Das Zimmer sei sauber, die Bettstatt verfüge über eine angenehm weiche Matratze, auf der Truhe stehe eine Waschschüssel nebst Wasserkanne, und sogar ein Nachtstuhl sei vorhanden, so dass er nicht bei jedem dringenden Bedürfnis zwei Treppen hinunterlaufen müsse bis zum Abtritt hinterm Haus. Während der Erläuterungen von Emanuel Schluck hatten sie das kleine

Zimmer unterm Dach erreicht, und Jacob fand alles so vor, wie der Herr Assessor es beschrieben hatte.

Es erstaunte ihn nur, dass Emanuel Schluck diese hübsche kleine Kammer als karg bezeichnet hatte. Sie gefiel ihm sehr. Ein Zimmer für sich allein, eine mit Rosshaar gestopfte Matratze, eine Waschgelegenheit und ein Nachtstuhl neben dem Bett, all diesen Komfort hatte Jacob in der Knechtekammer im Sterkrader Kloster nicht.

»Mir scheint, das ist ein ganz wunderbares Nachtlager, und ich bin Ihnen sehr dankbar dafür, Herr Landrichter«, sagte er erfreut.

Seine Freude steigerte sich zu vorbehaltlosem Entzücken, als er ein paar Minuten später Emanuel Schlucks Bibliothek betrat. An den Wänden standen schwere Bücherschränke aus dunklem Holz. Hinter den Glastüren lagen jeweils an die zweihundert Bücher, so dass die Sammlung wohl insgesamt fünf- bis sechshundert Exemplare umfasste. So viele Bücher in einem Raum hatte Jacob noch nie gesehen. Er ging fasziniert von einem Schrank zum anderen und betrachtete beeindruckt all die in Leder und Karton eingebundenen Druckwerke.

Schluck, den Jacobs Faszination ganz offensichtlich beschwingte, begann sogleich, seine umfangreiche Bibliothek zu rühmen und zu erläutern. Einer der drei großen Schränke sei vollgestopft mit juristischen Werken, erklärte er. Da finde man Historisches und Grundsätzliches, Untersuchungen zum römischen Recht, eine Ausgabe der *»Constitutio Criminalis Carolina«*, der peinlichen Halsgerichtsordnung Karls des Fünften, die ja bis zum heutigen Tage der Rechtsprechung in den deutschen Ländern zugrunde liege, aber auch allerlei moderne juristische Texte und Kommentare. Vor allem gebe es Literatur zu einzelnen Bereichen der Jurisprudenz, mit denen er als Advokat und Richter irgendwann einmal in Berührung gekommen sei, zum Handwerksrecht, zur Zunftverfassung in den deutschen Ländern, zu den bäuerlichen Rechtsverhältnissen in den preußischen Provinzen, zum Kameral- und Polizeirecht und so weiter und so weiter.

Im zweiten Schrank, so der sichtlich stolze Emanuel Schluck, befänden sich wichtige Bücher über das Wissen der Welt, zum Beispiel der Atlas von Johann Georg Schreiber, eine Ausgabe von Hübners Lexikon und Johann Georg Hagers ausführliche Geographie in zwei Bänden. Zudem gebe es dort mehrere historische Standardwerke, Ausgaben römischer und griechischer Klassiker sowie Arbeiten einiger wichtiger Philosophen. Zuletzt beschäftigt habe er sich mit dem Werk *»Neue Abhandlungen über den menschlichen Verstand«* von Gottfried Wilhelm Leibnitz. Das Buch sei erst im vorigen Jahr, ein halbes Jahrhundert nach seinem Entstehen, veröffentlicht worden. Allerdings habe es sich ihm nur teilweise erschlossen, obwohl der Herr Leibnitz ja nicht nur Philosoph und Mathematiker, sondern auch Jurist gewesen sei, wie er selbst. Zum Verständnis dieser Schrift habe wohl sein philosophisches Vorwissen nicht ganz ausgereicht, gab Schluck achselzuckend zu.

Im dritten Schrank schließlich habe er einige interessante und erquickliche Werke der schönen Literatur zusammengetragen. Sein liebstes Buch in dieser Sammlung sei immer noch *»Merkwürdiges Leben und trauriges Schicksal des weltberufenen, russischen Staatsministers und Grafen von Ostermann«*. Das sei die äußerst ungewöhnliche Lebensgeschichte des gebürtigen Bochumers Heinrich Johann Friedrich Ostermann, der es bis zum Vertrauten und Kabinettsminister des russischen Zaren gebracht, aber schließlich in der sibirischen Verbannung ein trauriges Ende gefunden habe. Zuletzt gelesen habe er die *»Wunderliche Fata einiger Seefahrer«*. In dem Roman beschreibe Johann Gottfried Schnabel das Leben einiger Schiffbrüchiger auf der Insel Felsenburg im Südmeer. Anders als die bekannte Romanfigur Robinson Crusoe blieben Schnabels Seeleute auf dem Eiland, gründeten eine Kolonie und entwickelten neue, ganz vorbildliche und äußerst beglückende Formen des Zusammenlebens. Eine Utopie sei das zwar, aber eine, die einen Mann wie ihn, einen Richter, der alle Tage die Schattenseiten des Lebens betrachten müsse, doch darüber nachdenken ließe, ob die Welt denn wirklich so sein müsse wie sie ist, so voller Schäbigkeit und Schlechtigkeit. Ein anderes Buch, das ihm sehr gefallen habe, sei die *»Abhandlung des Daseins der Gespenster nebst einem Anhange vom Vampirismus«*, eine formidable Bloßstellung von Irrwitz und Aberglauben, die auch in der modernen Zeit anscheinend nicht auszurotten seien, und zugleich ein entschiedenes Votum für die Vernunft. Doch dieses Werk gehöre, wenn er es gerade so bedenke, eher in das Reich der Wissenschaft und somit in den zweiten Schrank. Noch gar nicht gelesen habe er seine neueste Erwerbung, die Fabeln eines gewissen Gotthold Ephraim Lessing, eines begabten jungen Literaten.

»Eine ganz außerordentliche Büchersammlung ist das«, sagte Jacob beeindruckt.

Eine junge Frau, in der Jacob die Hausmagd vermutete, betrat die Bibliothek, stellte zwei Bierkrüge auf den Tisch in der Mitte des Raumes und verschwand wortlos wieder. Schluck bat Jacob, auf einem der gepolsterten Stühle Patz zu nehmen.

Jacob hatte eigentlich schon genug Bier getrunken, aber er wollte seinen Gastgeber nicht verärgern, hob seinen Krug und sagte: »Auf Ihr Wohl, Herr Richter, und meinen herzlichen Dank auch noch einmal für Ihre Gastfreundschaft.«

»Sie sind ein höflicher junger Mann, Jacob Sander, das gefällt mir«, entgegnete Schluck, der hier in seinem vornehmen Haus, im Sessel zwischen all seinen Büchern sitzend, längst nicht mehr so hager wirkte wie in der Schänke am alten Markt. Er prostete Jacob zu und sagte: »Jetzt erzählen Sie mal ein bisschen über das Sterkrader Kloster und über sich und Ihre Zukunftspläne.«

Als der Landgerichtsassessor Emanuel Schluck kurz darauf erfuhr, dass es Jacobs Wunsch war, möglichst bald ein Studium der Juristerei aufzunehmen, war er äußerst erfreut und wurde so redselig, dass für Jacob in der nächsten Stunde nur die Rolle des Zuhörers blieb. Die war ihm sehr lieb, zumal der Landrichter wahrhaft Bedeutungsschweres zu sagen wusste.

Jedes Gesetz, jedes vom König erlassene Edikt, ja, die gesamte Rechtsordnung des Königreiches Preußen, so deklamierte er, wobei er energisch mit seinen schmalen Händen gestikulierte, diene letztlich dem Wohle eines jeden Bürgers, der rechtschaffen sein Dasein friste, der nichts Böses im Sinn habe und redlich für die Seinen sorge. So sei ein preußischer Landrichter zwar zuallererst ein Diener des Königs, aber er sei auch, indem er dem Recht Geltung verschaffe, ein Diener aller aufrechten Untertanen Friedrichs des Zweiten. In dieser Zeit, in der viele Menschen nach den sieben bitteren Kriegsjahren verarmt und zugleich verroht seien und nun meinten, sie könnten sich durch Diebstahl, Raub oder Betrügereien fremdes Hab und Gut aneignen, in dieser Zeit sei es wichtiger denn je, durch die Bestrafung der Übeltäter die Rechtschaffenen zu schützen. Deshalb unterstütze er nach Kräften die Bemühungen der braven Bochumer, Diebe, Räuber und alles verdächtige Pack aus der Stadt herauszuhalten, und dazu gehöre es auch, hin und wieder mit der Bürgerwehr das Gesindel aufzuspüren, zu verjagen oder es, wenn nötig, ins Gefängnis zu werfen.

Die heute in Haft genommenen Lumpen, die werde er überführen und aburteilen. Da sei er äußerst zuversichtlich. Gefundene Beutestücke seien immer hervorragende Indizien, und wenn die Verdächtigen sich dann auch noch gegenseitig beschuldigten, womit die Halunken ja schon in der Schänke am alten Markt begonnen hätten, dann käme der wahre Sachverhalt meistens schnell ans Licht. Zuerst werde er das Gesindel jetzt aber mal ein paar Tage im Gefängnis schmoren lassen. Er selbst werde morgen nach Hamm reisen, wo er der Hinrichtung eines Räubers und Mörders beiwohnen werde, der auch im Bezirk des Landgerichtes Bochum Überfälle auf Reisende und sogar auf einen Postreiter verübt habe. Trotz genauester Beschreibung seiner Person habe man seiner in hiesiger Gegend nicht habhaft werden können. Aber es sei auch ein Verdienst der Bochumer Justiz und nicht zuletzt seiner eigenen Nachforschungen, deren Ergebnisse er den Kollegen in Hamm übermittelt habe, dass der Mann jetzt dort überführt und zum Tode durch den Strick verurteilt werden konnte. Deshalb sei er nun vom ersten Richter des Landgerichtes Hamm, einem Studienfreund, zur Hinrichtung eingeladen worden, und es sei ihm eine Genugtuung, ja ein Vergnügen, dieser Einladung Folge zu leisten.

Jacob beteuerte, dass all diese Einblicke in die Arbeit eines so bedeutenden Juristen ihm außerordentlich interessant erschienen, dass er aber nun doch einmal die Frage stellen wolle, woher der Assessor Schluck eigentlich den Herrn Kümmerling kenne und wo dieser sich denn seiner Meinung nach aufhalte.

»Sagen Sie mir zuvor noch eines, lieber Jacob: Was um alles in der Welt hat Sie dazu veranlasst, Kümmerling in der Spelunke am alten Markt zu vermuten?«

»Ich hatte gedacht, die Gasthäuser einer Stadt rings um den Marktplatz zu finden. Also habe ich bei meiner Ankunft in Bochum einen alten Mann, der vor einem Galanteriewarenladen stand, nach dem Markt gefragt, und der hat mir den Weg zu einem Platz gewiesen, an dem es nur ein einziges Gasthaus gab, nämlich das, in dem Sie mich gefunden haben.«

»Der alte Galanteriewarenhändler in der Bongartsstraße ist stocktaub«, erklärte Schluck. »Vermutlich hat er Sie missverstanden und Sie deshalb zum alten Markt anstatt zum Marktplatz geschickt.«

»Ja, so war es wohl«, sagte Jacob.

Der beste Gasthof in der Stadt, so Schluck, sei das Haus »Zum roten Hirsch«, und das liege in der Tat am Markt. Dort verkehrten die angesehensten Bochumer Bürger, und auch er verbringe dort hin und wieder einen Abend, um seinem einzigen Laster zu frönen, dem Kartenspiel. Bei einer solchen Gelegenheit habe er dort vor langer Zeit Sylvester Kümmerling, einen ganz ausgezeichneten Whist- und Piquetspieler, kennengelernt. Im Laufe der Jahre habe man sich immer mal wieder im »roten Hirsch« auf ein Spielchen getroffen. Noch gestern habe er einige Stunden mit dem Händler zusammengesessen.

»Er hat noch ein paar Tage in Bochum zu tun, wenn ich ihn recht verstanden habe. Sie werden ihn also morgen im Gasthaus ›Zum roten Hirsch‹ antreffen. Mein Neffe Carl Arnold wird Sie nach dem Frühstück zum Markt bringen, das tut er gewiss gern. Wenn der Herr Kümmerling Ihnen dann dieses Ding, dieses Tödlein der Äbtissin, zurückgibt, können Sie morgen Abend schon wieder in Sterkrade sein.«

Während Jacob mit seinem Begleiter über die Königsstraße ging, fiel ihm etwas auf, was er schon tags zuvor, kurz nach seiner Ankunft in Bochum, zum ersten Mal bemerkt hatte: Neben den wenigen ansehnlichen Wohngebäuden gab es eine Menge schmuckloser, sehr kleiner Häuser. Viele von ihnen waren schlecht instand gehalten oder sogar gänzlich heruntergekommen, und einige machten den Eindruck, unbewohnt zu sein.

»In dieser Stadt gibt es mehr Bierbrauer als Bäcker und mehr Branntweinbrenner als Ackersleute«, sagte Carl Arnold. »Das hat mein Onkel mir dieser Tage erzählt.«

»Sind die Bochumer so sehr dem Schnaps und dem Bier zugetan, dass sie darüber ihre Häuser verfallen lassen?«, fragte Jacob.

»Nein, ganz sicher nicht. Anderswo wird genauso viel getrunken wie hier«, antwortete Carl Arnold kopfschüttelnd. »Nein, nein, der verdammte Krieg, der hat die Menschen ins Elend gestürzt. Eine armselige kleine Landstadt war Bochum schon immer, aber die Truppen, die während des Krieges über den Hellweg marschiert sind, Feinde und Verbündete, Vorrückende und Fliehende, die haben die Stadt vollends ruiniert. In den Jahren, in denen die Franzosen die Gegend beherrschten, hat jedes Regiment und jedes Corps, das hier durchgezogen ist, die Bochumer ausgepresst. Brot, Käse, Butter, Eier, Zucker, Speck, sogar ganze Kühe, Hammel und Hühner, alles, was essbar war, mussten sie den Soldaten geben, und natürlich mussten sie auch Bier, Wein und Branntwein fässerweise liefern. Ganze Wagenladungen Roggen, Weizen, Hafer, Stroh, Kohlen und Holz sind in die Magazine der Regimenter gebracht worden. Als es keine Naturalien mehr zu holen gab, haben die Franzosen Geld verlangt. Gratifikationen für gute Ordnung und gute Mannszucht haben sie gefordert, eine schöne Umschreibung für eine plumpe Erpressung. Hätten die Bochumer nicht bezahlt, wären die Soldaten über ihre Stadt hergefallen, hätten sie ausgeplündert und ihre Frauen und Töchter geschändet.«

»Brandschatzung ist das und nichts anderes«, warf Jacob ein, denn er hatte noch vor kurzem in Zedlers Universallexikon darüber gelesen. »Das ist Kriegsgeschäft seit Jahrhunderten. Wenn Soldaten eine Stadt oder ein Dorf erobert haben, stellen sie die Leute vor die Wahl: Entweder ihr bezahlt, oder wir plündern euch aus und brennen eure Häuser nieder. Im Dreißigjährigen

Krieg passierte das alle Tage irgendwo. Das machen gewiss nicht nur die Franzosen so.«

Carl Arnold sah ihn einen Augenblick erstaunt an, dann erzählte er: »Der Sohn des Bürgermeisters ist einmal als Geisel genommen worden, ein anderes Mal ist der Bürgermeister selbst von einem französischen Kommando aus dem Bett geholt und verschleppt worden. So haben die Franzosen ihren Forderungen Nachdruck verliehen. Den Bochumern blieb nichts anderes, als immer weiter zu zahlen. Als sie kein Geld mehr hatten, haben sie sich welches geliehen. Die Besatzungstruppen mussten ruhig gehalten werden, und die preußische Regierung hat auch noch regelmäßig Kriegsabgaben von der Stadt gefordert. So haben sich in sieben Jahren Unsummen an Schulden angehäuft. Darunter werden die Bochumer noch lange zu leiden haben. Die Stadtkasse ist leer, und die meisten Bürger haben die schlimmen Jahre nur überstanden, weil sie sich geborgt haben, was sie zum Leben brauchten. Und jetzt können sie es nicht zurückzahlen. Viele Leute in der Stadt sind wirklich arm dran, die haben einfach nicht das Geld, um ihre Häuser instand zu setzen. Manche konnten das Elend auch ganz und gar nicht mehr ertragen und sind während des Krieges weggezogen. Deshalb stehen in beinahe jeder Straße Wohngebäude leer und verfallen.«

»Woher weißt du das alles?«

»Meine Verwandten hier reden immer noch alle Tage über den Krieg und seine Folgen. Ich selbst hab nicht viel davon mitbekommen, jedenfalls nicht hier in der Stadt. Meine Kindheit hab ich in Mülheim verbracht. Da war mein Vater Apotheker. Er ist früh gestorben. Meine Mutter hat dann die Apotheke weitergeführt, und heute hat mein ältester Bruder die Direktion inne. Die letzten drei Kriegsjahre hab ich in Dortmund miterlebt. Da hab ich das Gymnasium besucht und bei einem Bruder meines Vaters gewohnt. In Dortmund hab ich auch einiges von den Kriegswirren mitbekommen. Die Stadt ist sehr in Mitleidenschaft gezogen worden, vor allem durch Einquartierungen. Oft waren da mehr Soldaten zu verköstigen als Bürger. Wie es in Bochum war, weiß ich vor allem aus den Erzählungen, und natürlich war ich auch oft zu Besuch hier, schon als Kind.

Meine Mutter kommt von hier, und die meisten Mitglieder ihrer Familie leben heute noch in Bochum.«

»Und jetzt wohnst du im Haus deines Onkels?«

»Nein, ich bin nur für ein paar Tage sein Gast.«

»Um deine Bochumer Verwandten mal wieder zu sehen?«

»Ja«, sagte Carl Arnold, sah Jacob an, lächelte verschmitzt und fügte hinzu: »Aber es gibt noch einen Grund dafür, dass ich gern hierher komme, und der heißt Helena.«

Als Jacob und Carl Arnold um die nächste Hausecke bogen, öffnete sich vor ihnen ein weiter Platz.

»Kein Markttag heute«, stellte Carl Arnold fest, »und am Pranger steht, Gott sei Dank, auch niemand. Ein schändliches Schauspiel ist das jedes Mal. Beschämend für die Übeltäter, aber vor allem für die Gaffer. Brave Leute werden zu gehässigen und unbarmherzigen Scheusalen, wenn vor ihren Augen ein Mensch gedemütigt wird. Mich erschreckt es immer, wenn ich mitbekomme, wie sie höhnisch lachend um den armen Kerl, der irgendwo ein Stück Brot gestohlen hat, oder um die ertappte Ehebrecherin herumstehen. Ich hab sogar schon gesehen, dass sie ihre Kinder ermutigen, Dreck oder Kot auf die wehrlosen Delinquenten zu werfen. Warum sind Menschen nur so?«

»Ich glaube nicht, dass ich Männer oder Frauen kenne, die so etwas tun würden«, sagte Jacob.

Carl Arnold sah Jacob zweifelnd an. Eine Weile sagte er nichts, dann reimte er: »Es werden selbst Menschen von sanftester Natur / im Rudel von Wölfen zur bösen Kreatur.«

Auf dem Marktplatz herrschte nur wenig Betrieb. Zwei Frauen mit Körben am Arm kamen ihnen entgegen. Beim Brunnen standen ein paar Männer und redeten gestikulierend und kopfschüttelnd miteinander. Ein älterer Herr mit einer wuchernden Perücke auf dem Kopf verschwand hinter der Eingangstür des großen Gebäudes zu ihrer Rechten.

»Das Rathaus«, sagte Carl Arnold. »Da tagt nicht nur der Magistrat, sondern auch das Landgericht. Und unten im Keller sitzen jetzt die Kerle, die mein Onkel gestern Abend in Haft genommen hat.«

Die meisten Häuser rings um den Marktplatz waren stattlich

und schmuck, alle waren in einem besseren Zustand als die Wohngebäude in den Nebengassen.

»Die Apotheke, daneben praktiziert ein Chirurg, der Laden des Hutmachers, Bäckerei und Schlachterei, das Postkomptoir, eine Buchbinderei und dahinten Eisenhandel, Uhrmacherwerkstatt und Strumpfweberei«, erklärte Carl Arnold, während er mal hierhin und mal dorthin wies. »Da drüben, auf der anderen Seite der Marktstraße, da stehen nebeneinander die lutherische, die katholische und die reformierte Schule, die Kirchturmspitze dahinter gehört zur katholischen Kirche, und da vorn links ist der Gasthof ›Zum roten Hirsch‹, das Haus, vor dem die beiden Tische stehen.«

In der offenen Tür des Gasthauses stand ein Mann mit ergrautem Haar, der gähnend den fast leeren Marktplatz betrachtete. Er hatte die Arme vor der Brust verschränkt, darunter spannte sich eine saubere Schürze über einem üppigen Bauch. Als er Jacob und Carl Arnold auf sich zukommen sah, nickte er den beiden jungen Männern einladend entgegen.

»Kommen Sie nur herein auf ein Gläschen«, sagte er. »An einem so schönen Maientag sollte man sich etwas gönnen.«

»Guten Tag, Herr Wirt«, sagte Carl Arnold. »Wir setzen uns gleich hier draußen hin, an den Tisch dort, wenn es recht ist.«

»Aber sicher, meine Herren. Das Bier, das in meinem Haus gebraut wird, hat einen ganz ausgezeichneten Ruf. Es mundet immer und überall, aber unter einem so strahlenden blauen Himmel schmeckt es vermutlich am allerbesten.«

»Der Kaffee, den Sie rösten, der ist auch ganz ausgezeichnet«, sagte Carl Arnold, während er und Jacob sich setzten. »Und davon hätten wir gern jeder ein große Tasse.«

»Sie waren also schon einmal mein Gast«, stellte der Wirt erstaunt fest. »Aber Bochumer sind Sie nicht, Sie beide, oder doch?«

»Ein halber Bochumer«, sagte Carl Arnold und lachte.

Der Wirt verschwand kopfschüttelnd in seinem Lokal.

»Warum hast du ihn nicht nach Kümmerling gefragt?«, wollte Jacob wissen.

»Der wird uns schon nicht davonlaufen. Wenn der Wirt uns

den Kaffee bringt, werde ich ihn fragen. Magst du Kaffee? Der ist wirklich ganz ausgezeichnet hier.«

»Hab ich noch nie getrunken«, sagte Jacob.

Unversehens stand der Wirt wieder an ihrem Tisch. Übers ganze Gesicht strahlend streckte er Carl Arnold eine Hand entgegen.

»Jetzt weiß ich, wer Sie sind«, sagte er. »Verzeihen Sie dass ich Sie nicht gleich erkannt habe. Aber er hat sich verändert, der Herr Kortum. Er ist doch der Herr Kortum, nicht wahr?«

Carl Arnold nickte freundlich und schüttelte die dargebotene Hand.

»Und jetzt ist er sogar der Herr Doktor Kortum, wie ich von seinem Onkel erfahren habe. Nun, da gratulier ich auch noch von Herzen zum erfolgreichen Abschluss des Studiums.«

Der Wirt verbeugte sich theatralisch. »Dann werde ich jetzt mal den Kaffee für die beiden Herren zubereiten. Das wird aber eine Weile dauern«, sagte er und verschwand.

Jacob war sich nicht sicher, ob er das gerade richtig verstanden hatte. Dieser freche Verseschmied an seiner Seite, der sollte ein Herr Doktor sein? Nein, das war unmöglich. Der Wirt hatte sich geirrt, oder er hatte einen Scherz gemacht. Dieser Carl Arnold war doch, wenn man von seiner spöttischen Art einmal absah, ein Bursche wie er. Der konnte doch nicht mit seinen zwanzig Jahren schon dort angekommen sein, wohin er sich in seinen kühnsten Träumen sehnte.

»Was hat der Wirt gerade zu dir gesagt?«, fragte er.

»Er hat mich wiedererkannt. Ich war hin und wieder mit meinem Onkel hier, im vorigen Jahr zuletzt.«

»Bist du wirklich ein Doktor?«

»Ja, seit kurzem. Ich hab in Duisburg Medizin studiert und gerade meine Examina abgelegt.«

Jacob war fassungslos. Beinahe wäre es ihm so ergangen wie dem Holzhändler Diedrich, der vor lauter Ehrerbietung ganz kleinlaut geworden war, als er geglaubt hatte, der Mann neben ihm auf dem Kutschbock sei ein studierter Herr Gesandter. Doch so wollte Jacob nicht sein, so unterwürfig wie Diedrich und so voller Bewunderung für einen jungen Kerl, der in seinem

Leben eben mehr Glück gehabt hatte als er. Wäre sein Vater ein wohlhabender Apotheker gewesen, der ihn zum Gymnasium geschickt und ihm ein Studium ermöglicht hätte, dann wäre er vielleicht auch schon ein Herr Doktor, oder er wäre auf dem besten Weg, es bald zu werden. Nein, er war nicht weniger gescheit als sein Gefährte Carl Arnold, da mochte der sein, was er wollte, ein Arzt, ein Advokat, ein Herr Professor oder sonst etwas Bedeutsames. Er war Jacob Sander, der im Auftrag der hochadeligen Antonetta von Streithorst die Welt bereiste, der die Fürstäbtissin von Essen gesehen und ihren Kammermohren Ignatius Fortuna kennengelernt hatte, und der Landrichter Schluck, der hatte gestern Abend in seiner Bibliothek mit ihm geredet wie mit Seinesgleichen. Nein, er hatte es nicht nötig, sich in Gegenwart eines Herrn Doktor Kortum klein und unbedeutend zu fühlen.

Carl Arnold machte es ihm leicht, die Sache so zu sehen. Er erzählte ohne Eitelkeit und Selbstgefälligkeit von seiner Kindheit und Jugend und streute manche Prise Spott in seine Schilderungen ein. Über sich selbst konnte er sich ebenso lustig machen wie über die Schrullen anderer Leute. Er redete wenig über das, was er geleistet hatte, aber viel über die günstigen Umstände seines Lebens, die ihn in die glückliche Lage versetzt hatten, gänzlich sorgenfrei zu lernen und an der Universität zu studieren.

Vor allem seine Mutter hatte ihn energisch unterstützt und gefördert. Sie hatte ein beträchtliches Vermögen von ihrer wohlhabenden Bochumer Familie geerbt und schon frühzeitig eine gehörige Summe für Carl Arnolds Ausbildung auf die Seite gelegt. Für sie war es von Anfang an eine ausgemachte Sache, dass er einmal studieren sollte, und so engagierte sie schon beizeiten einen Hauslehrer. Doch ihr Sohn zeigte zunächst wenig Lerneifer.

»Er lernte nicht gerne und auch nicht genug / der Knabe war scheinbar nicht sonderlich klug«, reimte Carl Arnold und lachte.

Erst als sein Lehrer auf die Idee kam, für ihn Brezeln backen zu lassen, die geformt waren wie die Buchstaben des Alphabets, prägte er sich diese ein und durfte zur Belohnung anschließend das Gebäck aufessen. Mit acht Jahren kam er in Mülheim in die protestantische Schule, die sich als ziemlich erbärmliche Lehranstalt erwies, so dass die Mutter ihn kurzerhand zur katholischen Schule schickte, wo er vor allem im Lateinischen und Französischen Fortschritte machte. Von seinem fünfzehnten Lebensjahr an besuchte er das Gymnasium in Dortmund, wurde von seinen Lehrern geschätzt, aber auch immer mal wieder ermahnt, seinen Hang zur Satire zu bezähmen, seinen drastischen Witz zu zügeln und seine Spottlust zu unterdrücken. 1763, mit siebzehn Jahren also, konnte er sich dann an der Universität in Duisburg einschreiben, wo er ein Studium an der medizinischen Fakultät begann. Nach drei Jahren bestand er seine Examina und verfasste eine Abhandlung über die Epilepsie, die er als Dissertation einreichte. Darin stellte er fest, dass nicht Geister und Dämonen, sondern Veränderungen in Gehirn und Rückenmark die epileptische Krankheit verursachten. Er sprach sich entschieden gegen die bisher übliche Fesselung der Kranken aus und empfahl stattdessen die Verabreichung von Arzneimitteln. Die dreiunddreißig Seiten umfassende Dissertationsschrift gefiel den Herren Professoren, und seit ein paar Wochen war Carl Arnold nun ein Doktor der Medizin.

»Bevor ich als Arzt praktizieren darf, muss ich allerdings noch einen cursus anatomicus absolvieren. Das fordert die preußische Approbationsordnung. So ein anatomischer Lehrgang wird nur an der Charité angeboten. Deshalb bin ich jetzt auf dem Weg nach Berlin. Aber ich muss erst in zwei Wochen dort sein, so dass ich meine Reise hin und wieder unterbrechen kann, zum Beispiel in Bochum, wo ich ein paar nette Menschen kenne«, sagte er und lachte vergnügt.

Carl Arnolds Geschichte faszinierte Jacob. So einfach war es also für einen Knaben, der sich nicht einmal durch besondere Klugheit ausgezeichnet hatte, ein studierter Mann zu werden, wenn nur seine Lebensumstände günstig genug waren. Es grämte ihn in diesem Moment mehr als je zuvor, dass es dagegen für ihn so unendlich schwierig war, denselben Weg zu gehen.

»Ich freu mich auf Berlin«, sagte Carl Arnold, »auf die Stadt und auf den Anatomiekurs. Die Charité ist das bedeutendste Hospital des ganzen Königreichs, und am anatomischen Theater unterrichten die besten und berühmtesten Ärzte.«

»Ich würde auch gern studieren«, sagte Jacob.

»Warum tust du es nicht? Du bist doch ein gescheiter Kerl, wenn mich nicht alles täuscht.«

Bevor Jacob antworten konnte, kam der Wirt an ihren Tisch und brachte ihnen zwei große Tassen Kaffee.

»Sagen Sie bitte, Herr Wirt«, sprach Carl Arnold ihn an. »Der Händler Kümmerling, der bei Ihnen zu Gast ist, ist der zurzeit im Hause? Mein Freund hier, der ist auf der Suche nach ihm.«

»Ich bedaure, aber Sylvester Kümmerling ist nicht mehr mein Gast.«

Die Antwort verblüffte Jacob und Carl Arnold so sehr, dass sie einander eine Weile sprachlos anschauten und dann beide fragend den Wirt ansahen.

»Er ist heute Morgen in der Frühe abgereist, zusammen mit dem Freiherrn von Melschede. Der Freiherr, ein sehr wohlhabender Mann übrigens, der in Begleitung seines Dieners reist, war ebenfalls mein Gast. Gestern Abend, nachdem sie einige Stunden zusammen Karten gespielt hatten, hat der Herr von Melschede dem Herrn Kümmerling angeboten, ihn in seiner Kutsche mitzunehmen. Und da hab ich gehört, wie Kümmerling gesagt hat, dass er in Bochum alles Wichtige erledigt hätte und dass er deshalb gern das Angebot annähme, bis Hamm mitzufahren.«

»Bis Hamm? Sind Sie da sicher?«, fragte Jacob nach.

»Ja natürlich. Dass er in Hamm umsteigen könnte auf die fahrende Post in Richtung Berlin, hat Sylvester Kümmerling gesagt. Das habe ich gehört.«

ACHT

Die Straße war schlecht. Dennoch schenkte der Landrichter Emanuel Schluck ihr nur wenig Aufmerksamkeit. Er hielt den Zügel locker in der einen Hand, die auf seinem Oberschenkel lag, und begleitete mit der anderen gestikulierend seine Erzählungen.

»Armes, aber braves Bauernvolk«, sagte er, als der Wagen an einer brüchigen Stadtbefestigung vorbei durch ein unbewachtes, verfallenes Tor nach Castrup hineinrollte. Noch viel ärger als in Bochum trieben Räuber und Diebe in dieser schlecht gesicherten Stadt ihr Unwesen, erzählte Schluck.

Erst vor zwei Wochen war einem Castruper aus einem Gatter ein Ferkel gestohlen worden. Er machte sich mit ein paar Nachbarn auf, um nach den Dieben zu suchen. Am Waldrand kurz vor Rauxel entdeckten die Männer ein Paar, das überm offenen Feuer an einem Spieß ein Ferkel briet. Die Castruper ergriffen die beiden und brachten sie nach Bochum, wo sie vom Assessor Schluck verhört wurden. Die Verdächtigen führten in ihrem Karren Handwerkszeug und alten Kupfer mit sich und gaben sich als ein Kesselflicker und sein Eheweib aus. Sie behaupteten, das Schwein sei ihnen irgendwo im Tal der Ruhr über den Weg gelaufen und habe sie seitdem verfolgt, obwohl sie immer wieder versucht hätten, es zu verscheuchen. Der Mann hatte eine ziemlich dunkle Haut und schwarzes Haar, so dass Schluck ihn für einen Zigeuner hielt. Nein, das sei er nicht, behauptete der Mann. Er sei der Sohn eines Köhlers und habe als Kind all seine Zeit neben glühenden Meilern und rußender Holzkohle verbracht. Da habe sich seine Haut mit den Jahren braun eingefärbt, und sein Haar sei pechschwarz geworden.

Er hatte ein Papier bei sich, das ihm die Ausübung seines Handwerkes im Kurfürstentum Trier erlaubte. Für Preußen galt es nicht. Ein zweites Dokument, das der Mann vorwies, bescheinigte eine Eheschließung in einer katholischen Pfarrkirche in der Grafschaft Schleiden in der Eifel. Schluck stellte fest, dass die Handwerkserlaubnis auf einen Peter Weiß und die Ehebescheinigung für einen Engelbert Knopp und seine Gattin Katarina ausgestellt worden war. Das Paar fand für diesen sonderbaren Umstand keine plausible Erklärung, und schließlich gaben die beiden zu, nicht verheiratet zu sein. Das Dokument über die Eheschließung hatten sie auf irgendeinem Markt einem betrunkenen Trompetenspieler abgekauft.

Jacob lachte gemeinsam mit Emanuel Schluck und Carl Arnold Kortum über die kuriose Episode.

»Es ist nicht selten, dass Verdächtige ganz unverfroren Lügengeschichten erfinden«, sagte Schluck. »Dabei hat unser Paar sich zwar ziemlich dumm angestellt, aber letztlich war den beiden nicht nachzuweisen, dass sie das Schwein in Castrup gestohlen hatten. Wegen Herumtreiberei und unzüchtigen Lebenswandels haben wir ihn einen Tag am Pranger und sie einen halben Tag am Schandpfahl stehen lassen. Danach haben wir ihn nach Süden ins Herzogtum Berg gebracht und sie nach Norden über die Lippe ins Bistum Münster, und beiden ist unter Androhung von Festungshaft untersagt worden, noch einmal die Grafschaft Mark zu betreten.«

Hinter Castrup wurde der Fahrweg miserabel. Das Zugpferd, eine braune Stute mit heller Mähne, hatte aufgehört zu traben und zog den kleinen Wagen im gemächlichen Schritt durch tiefe Spurrillen, durch vom Wasser ausgespülte Schlaglöcher, über Baumwurzeln und Steine hinweg. Jacob vermutete, dass die unbefestigte Straße bei Regenwetter unbefahrbar war, und er fragte sich besorgt, was wohl passieren würde, wenn ihnen auf dem engen Weg eine Kutsche entgegenkäme.

Emanuel Schlucks Fahrzeug war eine leichte Chaise ohne Verdeck mit einer Sitzbank für zwei Personen. »Für zwei dicke Bochumer Ratsherren«, hatte Schluck lachend gesagt, und in der Tat saßen der hagere Assessor und seine beiden jungen Begleiter bequem nebeneinander auf der mit einem Lederkissen bedeckten Holzbank. Reisesack und Taschen waren hinter den Sitzen auf dem Wagengestell festgebunden worden.

»Die Straße ist ja in einem erbärmlichen Zustand«, stellte Carl

Arnold fest. »Wenn wir über Dortmund und Unna gefahren wären, wären wir schneller vorwärtsgekommen.«

»Aber die sieben Meilen bis Hamm, die hätten wir heute so oder so nicht mehr geschafft, dafür sind wir zu spät aufgebrochen«, entgegnete sein Onkel. »Ich kenne ein gutes Gasthaus in Lünen, da lässt es sich trefflich speisen und angenehm übernachten. Deshalb hab ich mich für diesen Weg entschieden.«

»Ist schon recht«, sagte Carl Arnold. »Die Gegend hier ist ja auch sehr schön.«

Die braune Stute zog sie geduldig talwärts und wieder bergauf, unter ausladenden Baumkronen her, durch deren hellgrün knospendes Blattwerk die Sonne glitzernde Lichtflecke über den Waldboden streute. Die Vögel zwitscherten laut, das Maienkraut duftete würzig süß. Ein einzelner Wanderer begegnete ihnen. Er sah der Chaise mit den drei Männern erstaunt nach, so als habe er auf diesem Weg nie und nimmer einen Wagen erwartet.

Die Wälder lichteten sich, die Hügel wurden flacher, bald lag eine beinahe baumlose Ebene vor ihnen, durch die sich kurvenreich ein schmales Flüsschen wand.

»Das ist die Emscher«, sagte Schluck. »Gleich kommen wir durch Mengede. Da gibt es eine Brücke.«

Jacob war erstaunt, wieder auf den Fluss zu treffen, den er tags zuvor beim Verlassen des Herzogtums Cleve am Schloss Oberhausen überquert hatte.

Die Straße, die in nordöstliche Richtung von Mengede wegführte, war breit und gut befestigt. Die braune Stute trabte jetzt zügig an Bauerndörfern und einzelnen Höfen vorbei durch eine immer weiter sich öffnende Landschaft in Richtung Lünen. Als sie sich der Lippeniederung näherten, entdeckte Jacob in der Ferne eine kleine Herde wilder Pferde, die mit wehenden Mähnen umhersprangen, in zügellosem Galopp mal hierhin und mal dorthin liefen.

In diesem Augenblick gestand er sich zum ersten Mal ein, dass er froh darüber war, dass seine Reise nicht schon in Bochum ihr Ende gefunden hatte. Es gefiel ihm, dass er sich mit jedem Schritt der braunen Stute weiter von Sterkrade und von seinem Platz im Kloster entfernte. Nicht einmal der Gedanke daran, dass auch der Abstand zu Elseken immer größer wurde, konnte ihn betrüben. Es war schön, unterwegs zu sein und die Welt zu entdecken.

Als er vom Wirt im Gasthaus »Zum roten Hirsch« erfahren hatte, dass Sylvester Kümmerling schon abgereist war, hatte er im ersten Augenblick noch enttäuscht reagiert.

»Hätte dein Onkel mich gestern Abend sofort hierher gebracht, dann wäre der Kümmerling mir nicht durch die Lappen gegangen«, hatte er zu Carl Arnold gesagt.

»Und deine Reise wäre jetzt zu Ende. Wäre dir das denn angenehm?«, hatte der ihn gefragt.

Anstatt zu antworten, hatte Jacob mit den Schultern gezuckt und den Kaffee gekostet, den der Wirt vor ihm auf den Tisch gestellt hatte. Das Gebräu war, mit einer Prise Zucker versehen, äußerst wohlschmeckend. Carl Arnold hatte behauptet, es wirke auch anregend, und Jacob hatte tatsächlich nach ein paar Schlucken das Gefühl gehabt, sein Herz schlüge schneller. Vielleicht war er aber nur aufgeregt gewesen, weil er jetzt ein neues Ziel hatte, die Stadt Hamm, die mehr als doppelt so weit von Sterkrade entfernt war wie Bochum. Vielleicht hatte allein die Aussicht, noch weiter reisen zu dürfen, seinen Herzschlag beschleunigt.

»Mein Onkel fährt heute nach Hamm«, hatte Carl Arnold gesagt.

Jacob hatte genickt und entgegnet: »Um sich eine Hinrichtung anzusehen. Davon hat er mir erzählt.«

»Ich werde mit ihm fahren.«

»Du willst dir auch angucken, wie dieser Raubmörder aufgehängt wird?«

»Nein, nein, keinesfalls. Hinrichtungen sind mir zuwider. Menschen sollten überhaupt nicht in der Öffentlichkeit und zur Belustigung des Volkes getötet werden. Nein, nein, mir reicht es, wenn ich demnächst in Berlin die hingerichteten Delinquenten auf dem Seziertisch liegen sehe.«

»Warum fährst du dann mit deinem Onkel?«

»Aus demselben Grund, aus dem auch Kümmerling nach Hamm wollte. Die Post von Cleve nach Berlin macht Station in der Stadt.«

»Ich verstehe.«

»Und du wirst auch mit uns fahren.«

»Ich? Mit deinem Onkel und dir?«

»Ja natürlich. Der Herr Assessor Schluck, der hat es dir ja gewissermaßen eingebrockt, dass du deinen Tödleinhändler verpasst hast, weil er gestern Abend unbedingt ein Schwätzchen mit dir halten wollte. Du wirst schon sehen, der Gute wird ganz zerknirscht sein, wenn er das erfährt, und er wird sich freuen, wenn er es wiedergutmachen kann.«

»Das wäre schön. Wenn ich dem Herrn Richter und dem Herrn Doktor kein zu geringer Reisegefährte bin, dann lass ich mich gern von euch mitnehmen.«

»Nun rede keinen Unsinn! Gestern Abend warst du dem Onkel in seiner Bibliothek ein willkommener Gesprächspartner, und jetzt bist du es mir. Ich würde gern zusammen mit dir reisen, am liebsten bis nach Berlin. Du bist ein sympathischer Kerl, der was im Schädel hat und nicht aufs Maul gefallen ist.«

»Und du bist ein Herr Doktor der Medizin.«

»Ja natürlich, und so einem studierten Manne, dem hat ein Bauernjunge gefälligst mit Respekt und Bewunderung zu begegnen.« Carl Arnold lachte, dachte ein wenig nach und reimte: »Seh ich den Doktorhut auf eines Herren Kopf / fühl ich mich wie ein arg bedeutungsloser Tropf.«

Jacob lächelte verlegen. Er fühlte sich durchschaut.

Carl Arnold legte eine Hand auf seinen Arm und sagte: »Verzeih mir! Ich will dich nicht verspotten. Aber du redest so närrisch daher, dass es mich ärgert. Es ist doch sonnenklar, dass eine hochwohlgeborene Frau Äbtissin, die etwas erledigt haben möchte, was ihr sehr am Herzen liegt, keinen dummen Bauernlümmel in die Welt hinausschickt. Also hör auf, zu denken und zu reden, als wärst du einer. Erzähl mir lieber, warum du nicht studierst. Das wolltest du vorhin schon, als der Wirt mit dem Kaffee kam.«

»Das ist aber eine ziemlich lange Geschichte.«

»Wir haben noch beinahe zwei Stunden Zeit. Vor Mittag brauchen wir nicht bei meinem Onkel zu sein.«

Jacob begann seine Erzählung in der schwarzen Heide im

Kotten seiner Eltern, und er sprach lange über seine Jahre in der Dorfschule, wo er die wichtige Entdeckung gemacht hatte, dass Lernen ihm leichtfiel und ihm Freude bereitete.

»Erst heute weiß ich, welch großes Glück ich damals hatte«, sagte er. »Ich bin in einem Dorf aufgewachsen, in dem es eine Schule gab. Ich hatte Eltern, die mich an jedem Tag, an dem unterrichtet wurde, dorthin gehen ließen, und der alte Lehrer Falke war keiner von den ausrangierten Soldaten, die vielerorts auf den Kathedern sitzen und den Kindern mit dem Stock den Spaß am Lernen austreiben.«

Jacob erzählte Carl Arnold, wie nach dem Lehrer Falke der Pfarrer Neustatt sich seiner angenommen hatte und wie der Herr Pastor die Frau Äbtissin dazu bewogen hatte, ihn ins Kloster zu holen. Er erzählte vom Unterricht, den er vom Pfarrer erhalten hatte, und von den Plänen, die die hochwohlgeborene Frau von Streithorst für ihn geschmiedet hatte.

»Sie wollte dich also studieren lassen?«

»Ja, gewiss wollte sie das. Deshalb hat sie mich in der Abtei aufgenommen, und deshalb hat sie mir all die Jahre genug Zeit gelassen, bei Philippus Neustatt zu lernen. Nur hin und wieder bin ich zu einem Botendienst oder einer Schreibarbeit herangezogen worden, während alle Knechte und Mägde im Kloster von morgens bis abends hart arbeiten müssen. Ich sollte einmal Theologie studieren. Das stand fest, bis vor zwei oder drei Jahren. Da hat sie irgendwann gesagt, sie wolle mir lieber ein Studium der Juristerei ermöglichen, weil ich als Advokat der Abtei noch wichtigere Dienste erweisen könnte. Aber inzwischen ist auch davon keine Rede mehr.«

»Und warum nicht?«

»Es fehlt mir an Gehorsam und Demut, sagt die Frau Äbtissin, und sie hält mir vor, dass ich mich mehr um mein Fortkommen in dieser Welt kümmere als um mein Seelenheil.«

»Aber das ist doch Unsinn«, sagte Carl Arnold kopfschüttelnd.

Jacob sah ihn fragend an.

»Ich kann mir nicht vorstellen, dass du es deiner ehrwürdigen Mutter gegenüber an der nötigen Ehrerbietung fehlen lässt«, erklärte Carl Arnold und fügte nach einer kurzen Pause nachdenklich hinzu: »Nun ja, deinen eigenen Kopf wirst du schon haben, aber das musst du auch, wenn du einmal ein Pfarrer oder ein Advokat sein willst. Und dass du es zu etwas bringen willst in dieser Welt, dass du studieren willst und ehrgeizige Ziele hast, wie kann diese Frau von Streithorst dir das vorwerfen? Hat sie dich nicht gerade deshalb unter ihre Fittiche genommen? Nein, lieber Jacob, was diese wunderliche Frau Äbtissin dir da vorhält, das erscheint mir äußerst fadenscheinig.«

Jacob schaute gedankenverloren zwei jungen Frauen nach, die schwatzend und lachend über den Marktplatz gingen und im Haus des Strumpfwebers verschwanden. »Ich hab schon so oft über das alles nachgedacht«, sagte er schließlich, »und ich hab mich immer wieder gefragt, welche Absichten die Äbtissin verfolgt und warum sie mir ihre Gunst entzogen hat, aber ich begreif sie einfach nicht, diese hochwohlgeborene Dame.«

Er schaute in seine Kaffeetasse. Sie war leer, aber aus dem Gefäß stieg noch ein letzter schwacher Hauch des anregenden Duftes auf.

»Damals, als ich mit vierzehn ins Kloster kam, da war alles so klar. Die ehrwürdige Äbtissin war die bedeutendste Frau, die ich kannte, die Grundherrin meiner Eltern und der meisten Sterkrader Bauern, eine Dame von Adel und zugleich eine Magd Gottes, eine Nonne, die die Gelübde abgelegt hatte und in das Kapitel der Zisterzienserinnen eingetreten war. Sie war großartig und untadelig in meinen Augen, eine Heilige beinahe. Und diese außerordentliche Frau, die bemerkte mich, die holte mich in die Abtei, ließ mich vom Pastor Neustatt unterrichten und wollte mich studieren lassen. Das war für mich so ungeheuerlich, als hätten die Mächte des Himmels sich meiner angenommen. Bei jedem ihrer Worte schien mir gewiss, dass Gott selbst durch sie sprach, und jede Weisung von ihr war für mich beinahe so etwas wie ein göttliches Gebot.«

»Du warst noch ein Kind, und du wusstest nichts anderes als das, was man dir vom Katheder und von der Kanzel herunter erzählt hatte«, sagte Carl Arnold, als müsse es für das, was Jacob damals gedacht hatte, eine Entschuldigung geben.

»Viel klüger bin ich auch heute nicht«, sagte der, »aber dass die Äbtissin des Klosters Sterkrade keine Heilige ist, das ist mir inzwischen klar geworden. Vor allem ist sie eine Grundherrin, vor der die Bauern zittern. Wenn einer seine Abgaben nicht leisten kann, gewährt sie zwar manchmal einen Aufschub, aber oft ist sie hart und unnachgiebig, besonders denen gegenüber, die sich nicht ganz und gar unterwürfig zeigen. Dem Gesinde begegnet sie herablassend, und sogar die adligen Kapitularinnen und Philippus Neustatt fürchten sie. Und sie ist zänkisch. Gegen den Betreiber einer kleinen Eisenhütte in der Nähe des Klosters strengt sie jetzt schon seit zehn Jahren einen Prozess nach dem anderen an. Nein, eine Heilige ist sie gewiss nicht. Manchmal scheint sie mir einfach nur eine selbstgefällige und launische Dame zu sein, aber dann denke ich wieder, dass solche Ansichten über die ehrwürdige Mutter anmaßend und töricht sind. Vielleicht muss eine Äbtissin so handeln wie Antonetta von Streithorst, vielleicht geschieht ja alles, was sie tut, zum Wohle des Klosters und entspricht dem Willen Gottes, und ich bin nur zu einfältig, es zu verstehen.«

Carl Arnold schüttelte entschieden den Kopf. »Einfältig warst du mit vierzehn, als du die Äbtissin für eine Heilige gehalten hast«, sagte er. »Inzwischen hast du viel gelernt und bist erwachsen geworden. Jetzt hast du eine Vernunft, die dir sagt, was richtig und falsch und was gut und schlecht ist. Warum vertraust du ihr nicht?«

»Weil es sein könnte, dass ich mich irre.«

»Ja durchaus, das ist möglich. Aber seine eigenen Irrtümer kann man korrigieren, die von Pastoren, Lehrern, Äbtissinnen und Professoren nicht.«

»Vielleicht gefällt mir aber gar nicht, was meine Vernunft mir sagt.«

»Natürlich gefällt es dir nicht. Eigene Einsichten sind schmerzlich, wenn sie schlichten Kinderglauben und einfache Wahrheiten zerstören, wenn sie aus einer großartigen und untadeligen Klosterfrau eine launische Grundherrin machen.«

»Was spricht dann überhaupt dafür, sich auf seine eigene Urteilskraft zu verlassen?«

»Nichts, gar nichts, wenn du dir die Welt von Nonnen und

Pfaffen erklären lassen willst. Aber wenn du sie wirklich begreifen willst, dann musst du dich von deiner Vernunft leiten lassen, dann musst du beobachten, deine Erfahrungen machen und Fragen stellen, dann musst du deinen Verstand gebrauchen und eigene Schlüsse ziehen.«

Das Wirtshaus »Zum goldenen Löwen« nahe beim Lipptor, dem nördlichen Stadttor von Lünen, war die nobelste Herberge, die Jacob je betreten hatte. Diese Einschätzung behielt er allerdings für sich, denn er vermutete, dass sie nicht von großem Wert war. Er kannte den Gasthof »Zum Brandenburger« neben dem Kloster in Sterkrade, in Duisburg hatte er irgendwann in einem Brauhaus eine Kleinigkeit gegessen, mit dem Kutscher Derrick war er in Dinslaken mal in einer Schankstube gewesen, und während seiner Reise hatte er bisher ein schmuddeliges Lokal in Essen und eine Spelunke in Bochum kennengelernt. Da musste er natürlich ein Gasthaus für äußerst vornehm halten, in dem Kupferstiche an den Wänden hingen und ältere Herren mit gepuderten Perücken und silbernen Tabaksdosen an den Tischen saßen, in dem der Wirt überdies auf Sauberkeit und einen freundlichen Umgangston bedacht war.

Jacob nahm jedoch an, dass nur er das Wirtshaus, das zugleich Station der Postlinie Berlin–Cleve war, für außergewöhnlich hielt, dass seine beiden weltgewandten Reisegefährten Gasthöfe wie diesen, in dem wohlhabende Bürger und gut betuchte Reisende verkehrten, schon in vielen Städten besucht hatten.

Auf den ersten Blick schien in Lünen nichts anders zu sein als anderswo. Die Stadtmauern mit den drei Toren, die Fachwerkgebäude mit den roten Ziegeldächern, der Marktplatz, gesäumt von den schmucken Häusern der Handwerksmeister und Krämer, das aus Stein gebaute stattliche Rathaus, gleich daneben die Kirche Sankt Georg, die Hauptstraße, die hier Lange Straße hieß und vom nördlichen zum südlichen Tor, holprig gepflastert, die Stadt durchzog, das alles war so, als könnte es irgendwo in Duisburg oder in Essen oder in Bochum sein.

Aber Lünen hatte auch seine Eigentümlichkeiten, und die erstaunlichste war Jacob schon vor den Toren aufgefallen. Das

Städtchen lag da wie eine Insel, umschlossen von Wasserläufen, von der Lippe im Norden, von der Seseke im Süden und Westen, und von breiten Gräben, die sich aus den beiden Flüssen speisten. Drei Brücken hatten sie überqueren müssen, bevor sie am Steintor angekommen waren.

Die Stadtmauer war brüchig und lückenhaft. Jacob hatte das auf die Wassergräben zurückgeführt, die das Städtchen so gut schützten, dass eine Mauer überflüssig erschien. In Wahrheit aber war der schlechte Zustand der Befestigung eine Folge des Krieges, in dessen Verlauf die Franzosen die Stadtmauer geschleift hatten. Das erfuhr Jacob von Emanuel Schluck, der behauptete, Lünen habe in den sieben Kriegsjahren noch weit mehr abgekriegt als Bochum. Hier seien die Truppen beider Seiten nicht nur durchgezogen, an der Lippe hätten sie sich häufig gegenübergestanden, und rings um Lünen habe es immer wieder blutige Scharmützel gegeben. Viele Einwohner seien getötet worden oder geflüchtet, fast um ein Viertel habe der Krieg die Bevölkerung reduziert.

Das verwunderte Jacob, denn von Kriegsschäden sah er in der Stadt weniger als in Bochum. Ja, mit Lünen gehe es wieder aufwärts, bestätigte Schluck. Neue Manufakturen siedelten sich in der Stadt an, unter anderem eine Strumpffabrikation und eine Kaffeemühlenherstellung, und zudem gäbe es schon seit Jahrzehnten Überlegungen, die Lippe schiffbar zu machen. Wenn das gelänge und Waren aus Lünen bis nach Wesel und von dort weiter über den Rhein verschifft werden könnten, dann stünde das Städtchen gewiss am Beginn einer blendenden Zukunft.

Jacob gewann den Eindruck, dass der Landrichter schon oft in Lünen Station gemacht hatte und sich hier bestens auskannte. Er wusste allerhand zu erzählen, zum Beispiel, dass die Lünener vor Jahrhunderten ihre Stadt am Nordufer der Lippe abgerissen und sie am Südufer wieder aufgebaut hatten.

Vom Wirt wurde Schluck begrüßt wie ein wohlbekannter und gern gesehener Gast, überaus freundlich und zuvorkommend. Gleich nach ihrer Ankunft im Gasthaus »Zum goldenen Löwen« ging der Landrichter von Tisch zu Tisch, um etlichen dort sitzenden Herren die Hände zu schütteln. Dann stellte er dem Hausherrn seine beiden jungen Begleiter vor, seinen Neffen, den Herrn Doktor Kortum, und dessen Freund, den Herrn Sander, Sekretarius im hochadeligen Frauenkloster zu Sterkrade im Herzogtum Cleve. Der Löwenwirt schien beeindruckt, verbeugte sich einige Male sehr tief und offerierte aus seiner Küche gebratene Schnepfen und Bohneneintopf mit Schweinerippen und aus seinem Keller allerlei flüssige Köstlichkeiten. Schluck beklagte, dass Frühjahrsschnepfen nicht fett genug und deutlich weniger schmackhaft seien als Herbstschnepfen, bestellte dann aber doch die gebratenen Vögel, einen für jeden, dazu helles Brot, leicht geröstet, und Weißwein von der Mosel. Als Jacob ihm zuraunte, dass seine finanziellen Mittel begrenzt seien, ließ der Herr Assessor lachend seinen Adamsapfel hüpfen und sagte, dass Carl Arnold und er selbstverständlich seine Gäste seien.

Während sie auf das Essen warteten, erzählte Emanuel Schluck von der alten Marienkirche jenseits der Lippe, die die Lünener damals beim Umzug der Stadt vom Nordufer an das Südufer nicht abgerissen hatten. In diesem alten Gotteshaus stehe seit Jahrhunderten eine Marienstatue, sechzehn und einen halben Zoll hoch, genannt »Unsere liebe Frau von Altlünen«. Die Menschen seien davon überzeugt, dass von ihr wundertätige Kräfte ausgingen, und von weit her kämen alle Tage fromme Wallfahrer in der Hoffnung auf Hilfe in Krankheit und Not.

Jacob hörte die Geschichte mit großer Verwunderung. Gestern Morgen war er beim Gnadenbild der Mutter vom guten Rat in Sterkrade aufgebrochen, kurz darauf war er am Wallfahrtskreuz der Kevelaerpilger in Frintrop vorbeigekommen, dann hatte er in Essen ganz in der Nähe der goldenen Madonna eine Linsensuppe gegessen, und jetzt war er also schon wieder in einer Stadt mit einem wunderkräftigen Marienbildnis. Das hatte er vor seiner Reise nicht geahnt, dass die Gottesmutter an so vielen Orten, aus so vielen Bildchen und Statuen heraus für Wunder sorgte.

Nach dem vorzüglichen Essen setzte Schluck sich zu einigen der Herren, denen er zur Begrüßung die Hände geschüttelt hatte, um mit ihnen Karten zu spielen. Jacob und Carl Arnold bummelten noch ein Stündchen durch die Stadt. Bei Einbruch der Dunkelheit kehrten sie zurück ins Gasthaus »Zum Goldenen Löwen«, wo sich die Bratendüfte allmählich im angenehmen Geruch verloren, der aus einem guten Dutzend qualmender Tabakspfeifen emporstieg. Das gediegene Raunen, das am frühen Abend den Gastraum erfüllt hatte, war zu einem geräuschvollen Palaver angeschwollen. Eindringlich wurde über den Zustand der Stadt Lünen, des Königreiches Preußen und der ganzen Welt debattiert, und an den Tischen der Würfel- und Kartenspieler wurde laut gelacht und ebenso laut geflucht.

Der Wirt brachte Jacob und Carl Arnold, die sich auf eine Bank in einer Ecke der großen Gaststube gesetzt hatten, eine Karaffe Wein, zwei Gläser und eine Schale mit gedörrtem Obst.

»Der Herr Landrichter wünscht, dass die beiden jungen Herren es sich schmecken lassen«, sagte er freundlich.

Carl Arnold hatte während des Spaziergangs durch die Stadt über Helena gesprochen, die er schon gekannt hatte, als sie noch Kinder waren, und jetzt erzählte Jacob ihm von Elseken. Sie redeten über die Liebe, über die Sehnsucht, über das Begehren und lange über die Frage, ob die Gefühle der Frauen gänzlich oder nur ein wenig anders seien als die der Männer.

Später, als sie auf den beiden sehr weichen Betten in der Kammer über dem Gastraum lagen, ihre Kerzen gelöscht hatten und kaum noch das Lärmen der letzten Zecher und Kartenspieler hörten, redeten sie immer noch über Frauen, nicht nur über Elseken und Helena, sondern auch über ihre Mütter, über Cousinen und Tanten, über treulose Ehefrauen und unzüchtige Mägde, über elegante Fürstinnen und hochnäsige Damen, über Nonnen und Huren.

Carl Arnold sagte irgendwann scherzhaft: »Auch das schönste Mädchengesicht / reizt ohne Geld zum Ehestand nicht.« Danach lachten beide müde und schliefen kurz darauf ein.

Am nächsten Morgen frühstückten sie ein wenig Brot mit gerührtem Ei und Milch, dann brachen sie auf. Die Landstraße zog sich gerade und eben durch das Tal der Lippe. Die Müdigkeit des Landrichters Schluck, der zwischen Jacob und Carl Arnold in seiner Chaise saß, war nicht zu übersehen. Die Zügel lagen in seinen halb geöffneten Händen, und hin und wieder, wenn seine Augenlider herunterfielen und sein Kopf nach vorn kippte, fürchtete Jacob, der lederne Riemen würde ihm entgleiten und zwischen Pferd und Wagen zu Boden rutschen. Aber das passierte nicht, und der braunen Stute gefiel es offenbar, am lockeren Zügel zu laufen. Sie trabte behutsam in nordwestliche Richtung, überholte ein Paar mit einem Handkarren in großem Bogen und verlangsamte ihren Schritt, wenn ihnen ein Reiter oder eine Kutsche entgegenkamen.

»Jetzt sind es keine drei Meilen mehr. In gut zwei Stunden sollten wir in Hamm sein«, murmelte Schluck vor sich hin. Kurz darauf schlummerte Jacob ein. Das Rumpeln der Räder und das Trappeln der Pferdehufe begleiteten ihn in den Schlaf und wurden zur Geräuschkulisse eines Traumes, in dem er in einer prächtigen Karosse durch ein menschenleeres, baum- und hügelloses, unendlich sich ausdehnendes Land fuhr, weiter und immer weiter, bis ein schriller Signalton ihn aufschreckte.

Er rieb sich die Augen, gähnte, hörte den durchdringenden Ton zum zweiten Mal und erkannte, dass es der Klang eines Posthorns war. Die vierspännige Kutsche kam ihnen in schneller Fahrt entgegen. Kurz vor ihnen blies der Postillion noch einmal ins Horn. Das brave Pferd des Richters blieb erschrocken am rechten Straßenrand stehen, die Postkutsche polterte vorbei, zog eine monströse Staubwolke hinter sich her und entfernte sich rasch.

Während die braune Stute sich langsam wieder in Bewegung setzte, versuchten Emanuel Schluck, Carl Arnold und Jacob, mit ihren Hüten den Staub von ihren Gesichtern wegzuwedeln.

»War das die fahrende Post aus Berlin?«, fragte Jacob.

Carl Arnold nickte. »Auf dem Weg nach Cleve.«

»Jetzt sind die Herrschaften erst mal unterwegs nach Lünen«, sagte Schluck. »Da werden sie gleich die Pferde wechseln und im Gasthaus ›Zum goldenen Löwen‹ gewiss ein gutes Mittagessen bekommen.«

»Und heute Abend werden sie in Cleve sein?«, wollte Jacob wissen.

»Nein, das schaffen sie auf keinen Fall, das sind bestimmt

noch dreizehn oder vierzehn Meilen. Morgen Abend werden sie wohl am Ziel sein«, erklärte Schluck, zog seine Sackuhr aus der Westentasche, las die Zeit ab und stellte fest: »Die sind aber auch recht spät in Hamm aufgebrochen.«

Hamm war groß. Das war das Erste, was Jacob über die Stadt dachte, als sie auf das westliche Tor zufuhren.

»Da leben ja auch so viele Menschen wie in Bochum und Lünen zusammen, mindestens zweieinhalbtausend, und dazu noch das ganze Militär«, sagte Schluck und fügte kurz darauf hinzu: »Es ist gleich Mittag, und ich hab Hunger. Vor allem aber hab ich einen gewaltigen Durst.«

Während die Stute langsam über das städtische Straßenpflaster trottete, sagte Jacob, es käme ihm so vor, als seien die Häuser hier schmucker und gepflegter als anderswo.

»Das scheint Ihnen so, weil sie noch nicht so alt sind«, vermutete Schluck. »In Hamm ist nach mehreren großen Stadtbränden vieles neu erbaut worden.«

Kurz vor dem Marktplatz bogen sie von der Hauptstraße ab. Die Chaise rumpelte eine Weile in nördliche Richtung, bis Schluck sie neben einem langgestreckten, zweigeschossigen Gebäude zum Halten brachte. »Gasthaus am Nordtor« las Jacob auf dem Schild neben der Tür.

»Da vorne geht es schon wieder raus aus der Stadt, in Richtung Münster«, sagte Schluck. »Und das hier ist der Gasthof vom Meister Voss. Der ist ein ganz ausgezeichneter Brauer und ein ebenso guter Bäcker, und hier werden wir jetzt einkehren.«

Der Wirt, ein großgewachsener Mann um die vierzig mit beinahe schwarzem Haarschopf und kurzem Zopf, begrüßte den Landrichter Emanuel Schluck genauso freundlich wie der Löwenwirt in Lünen. Die beiden Männer sprachen eine Weile miteinander, während Jacob und Carl Arnold sich setzten.

Als Schluck sich zu ihnen gesellte, sah er zufrieden aus.

»Es ist alles geregelt«, sagte er und rieb sich die Hände. Er hatte etwas zu essen und zu trinken bestellt und dafür gesorgt, dass die braune Stute versorgt und die Chaise anschließend zum Anwesen seines Freundes gefahren wurde.

»Euer Gepäck wird nach oben in eine Kammer gebracht«, sagte er zu Jacob und Carl Arnold. »Die hab ich für euch beide gemietet, für eine Nacht erst mal. Morgen müsst ihr dann sehen, was ihr tut, ob ihr noch länger hier bleibt oder weiterreist.«

»Ich weiß aber doch noch gar nicht, ob ich hier übernachten will«, protestierte Jacob schüchtern. »Ich muss erst mal herausfinden, ob Sylvester Kümmerling noch in der Stadt ist.«

»Seit gestern Morgen ist von Hamm aus keine Post mehr in Richtung Berlin gefahren«, entgegnete Schluck.

»Da war Kümmerling noch nicht hier. Er war frühestens gestern Abend in der Stadt. Also kann er noch nicht weitergereist sein«, stellte Carl Arnold fest.

»Ja, er muss noch hier sein«, bestätigte Schluck. »Und heute wird er Hamm auch nicht mehr verlassen. Der nächste Postwagen nach Berlin fährt nämlich erst morgen früh.«

»Also muss ich Kümmerling heute noch finden«, sagte Jacob.

»Nein, das musst du nicht. Wir müssen morgen nur vor Abfahrt der Postkutsche an der Station sein. Dein Tödleinhändler wird uns nicht mehr durch die Lappen gehen«, sagte Carl Arnold und lachte.

»Vorausgesetzt, er ist tatsächlich in Hamm«, wendete Jacob skeptisch ein.

»Das ist er«, sagte Schluck. »Er war gestern Abend hier im Gasthaus und hat mit einigen Herren Whist gespielt.«

Jacob spürte, dass sein Herz ein wenig schneller schlug, gerade so wie gestern beim Kaffee in Bochum am Markt. Es sah so aus, als hätte er das Ziel seiner Reise erreicht.

»Er ist also Gast in diesem Haus?«, fragte Carl Arnold seinen Onkel.

»Nein, er war nur am Abend ein paar Stunden hier, ohne Gepäck. Wo er die Nacht verbracht hat, weiß der Meister Voss nicht.«

»Und der Wirt ist sich sicher, dass der Mann, von dem er spricht, Sylvester Kümmerling ist?«, wollte Jacob wissen.

»Ja natürlich. Der Meister Voss kennt ihn seit Jahren.«

Der Wirt brachte drei Krüge Bier, einige Scheiben Rinderbraten und Brot an ihren Tisch. Während sie aßen und tranken, dachte Jacob darüber nach, ob Kümmerling nicht doch schon Hamm wieder verlassen haben könnte. Vielleicht hatte er sich ja eine Extrapost geleistet, oder er hatte wieder jemanden gefunden, der ihn mitgenommen hatte.

»Wo können wir den Mann denn suchen, wenn wir nicht bis morgen auf ihn warten wollen?«, fragte Carl Arnold seinen Onkel.

»Er könnte am Markt logieren, vielleicht in der Post. Aber ihr braucht eigentlich nur auf ihn zu warten. Hier wird ein gepflegtes Whist gespielt, und das wird Kümmerling sich an keinem Abend entgehen lassen, solange er in der Stadt ist.«

»Dann sieht es ja so aus, als müsste ich morgen allein weiter in Richtung Berlin reisen«, stellte Carl Arnold betrübt fest.

»Warte es mal ab! Noch ist das Tödlein der Äbtissin nicht in Jacobs Reisesack«, sagte Schluck beschwichtigend.

Als der Fleischteller ganz und die Bierkrüge fast geleert waren, hielt der Bochumer Landrichter die Zeit für gekommen, nun allmählich zum Haus seines Freundes hinüberzuspazieren. Dort werde er sich noch ein Weilchen ausruhen, sagte er, und am Nachmittag würden sie dann gemeinsam hinausfahren zum Galgenplatz. Den Abend werde er wohl mit dem Freund in dessen Bibliothek verbringen, um über allerlei Juristisches zu plaudern, aber wohl auch über allerlei Menschliches.

»Also heißt es jetzt Abschied nehmen«, stellte er in einem Tonfall fest, der keinen Zweifel daran ließ, dass er diesen Umstand bedauerte.

»Sie waren so überaus freundlich zu mir, dass ich gar nicht weiß, wie ich Ihnen danken soll«, sagte Jacob.

»Kommen Sie mich besuchen, irgendwann, wenn Sie mal wieder durch Bochum reisen. Ich möchte wissen, wie die Geschichte um das Tödlein der Äbtissin ausgeht. Und wie es mit Ihnen weitergehen wird, das interessiert mich noch viel mehr. Wenn Sie mir versprechen würden, bei nächster Gelegenheit noch mal mein Gast zu sein, dann wäre mir das lieber als jede ausschweifende Dankesrede.«

»Das verspreche ich Ihnen gern, wirklich sehr gern«, beteuerte Jacob.

Weil er dem Landrichter Schluck und seinem Neffen Carl Arnold die Gelegenheit geben wollte, sich ungestört voneinander zu verabschieden, sagte er, er würde sich jetzt gern ein wenig die Beine vertreten, nach der langen Kutschfahrt und dem guten Essen.

»In einer halben Stunde bin ich zurück«, sagte er zu Carl Arnold. Dann ließ er sich von Emanuel Schluck lange die Hand schütteln, setzte seinen blauen Hut auf und ging zur Tür.

Als er sie öffnete, stand er einem Mann gegenüber, der gerade das Gasthaus betreten wollte.

Er war so groß wie Jacob und ziemlich dick, sein graues Haar hatte er zu einem dünnen Zopf zusammengebunden, quer über seine linke Wange zog sich eine rote Narbe.

»Herr Kümmerling«, stammelte Jacob.

»Der Jacob Sander aus Sterkrade? Na, was machen Sie denn hier in Hamm?«

»Ich bin auf der Suche nach Ihnen«, sagte Jacob.

NEUN

Jacob saß im blassgrünen Gras der flachen Uferböschung unterhalb der Stadtmauer, nur einen Schritt vom seichten Lippewasser entfernt, das träge über die brüchigen Steine rieselte, die wie achtlos hingeworfen zu seinen Füßen lagen. Am Himmel flossen weiße und graue Wolken ineinander, wurden schwer und sanken am Horizont herab bis in die Flussniederung.

In der Mitte der Lippe zogen zwei Fischer ein leeres Netz in ihr Boot. Mit wenigen Ruderschlägen erreichten sie das jenseitige Ufer, schoben den kleinen Kahn an Land, wandten sich vom Fluss ab und liefen eilig durch die Auen. In einiger Entfernung stießen sie auf den Münsterschen Weg und gesellten sich zu den Menschen, die aus der Stadt gekommen waren und alle demselben Ziel entgegenstrebten, dem Galgenplatz, der irgendwo dort im Norden von Hamm zwischen Wiesen und Äckern am Rande der Straße nach Münster lag.

Obwohl mit dem Einbruch der Dämmerung und der Hinrichtung erst in etwa zwei Stunden zu rechnen war, verließen immer mehr miteinander lachende Männer, aufgeregt rufende Frauen, ihre Mütter umringende Kinder, lauthals schwadronierende Soldaten in blauen Röcken, pomadig auf hohen Rössern sitzende Offiziere und vornehm dreinschauende Herren in ihren Kutschen durch das Münstersche Tor die Stadt und eilten über die Lippebrücke nordwärts.

Jacob sah ihnen kopfschüttelnd nach. Carl Arnold, der neben ihm im Gras hockte, schwieg.

Irgendwann ließ Jacob sich auf den Rücken fallen, sah lange zum wolkenbedeckten Himmel hinauf und dann zu Carl Arnold hinüber.

»Sag mir, was du tun würdest, wenn du an meiner Stelle wärst«, bat er ihn.

»Du hast bisher nur erzählt, der Kümmerling hätte sich ein wenig eigenartig verhalten und du wüsstest nicht, ob er überhaupt bereit ist, dir das Tödlein zu geben. Was soll ich dazu sagen?«

Jacob ließ sich noch einmal das Gespräch in allen Einzelheiten durch den Kopf gehen, das er mit Sylvester Kümmerling im »Gasthaus am Nordtor« geführt hatte. Nachdem der Händler dort aufgetaucht war, hatten sie eine Weile zu viert geplaudert, dann hatte Carl Arnold seinen Onkel zu dessen Freund, dem ersten Hammer Landrichter, begleitet. Kümmerling war bei Jacob am Gasthaustisch sitzen geblieben und hatte sich erzählen lassen, was nach seinem letzten Besuch in Sterkrade passiert war. Als er erfuhr, dass er der Anlass für Jacobs Reise war, amüsierte er sich köstlich.

Er hatte angeblich nicht lange darüber nachgedacht, als Elseken ihm sechs anstatt fünf wächserne Tödlein ausgehändigt hatte, sondern angenommen, Ludgera von Hiesfeld sei nicht ganz bei der Sache gewesen und habe ihm versehentlich die falsche Zahl genannt. Also, so erzählte er, habe er das sechste Tödlein eben zusätzlich bezahlt und sich keine weiteren Gedanken über die Angelegenheit gemacht. Dass sie solche Wogen geschlagen habe, das sei ja nun doch eher komisch als tragisch, befand er. Das arme Kind, dieses Elseken, das tue ihm allerdings ein wenig leid. Wie er die Äbtissin kenne, habe sie bestimmt ihren Ärger über den Verlust des Betrachtungssärgleins an dem Mädchen ausgelassen. Dagegen habe das kleine Versehen für ihn, Jacob Sander, ja etwas sehr Angenehmes zur Folge gehabt, nämlich den Auftrag der Frau von Streithorst, das Tödlein zurückzuholen. Für einen jungen Mann könne es doch gar nichts Schöneres geben, als hinauszuziehen in die weite Welt.

Jacob nickte und sagte, dass ihm die Reise bisher sehr gefallen habe.

»Und die Frau Äbtissin hat Sie beauftragt, mir zu folgen, bis Sie mich gefunden haben, notfalls bis nach Berlin?«, fragte Kümmerling.

Jacob nickte.

»Und sie hat Sie mit den nötigen finanziellen Mitteln ausgestattet?«

»Zwölf Taler hat sie mir mitgegeben und einen Brief an ihre Cousine. Die ist Nonne im Kloster Benninghausen, und sie soll mir, falls nötig, Geld für die weitere Reise geben.«

»Erstaunlich«, murmelte Kümmerling und bestellte einen

Krug Bier. Er sei ja eigentlich nur ins Gasthaus gekommen, um eine Verabredung für den Abend zu treffen, sagte er, aber da er nun schon einmal hier sitze, wolle er die Gelegenheit nicht ungenutzt verstreichen lassen. Das feine Gebräu vom Meister Voss, das könne man ja wahrhaftig zu jeder Tages- und Nachtzeit genießen. Ein so gutes Bier wie er brauten in Hamm allenfalls noch die Franziskaner.

Nachdem er den ersten Schluck genommen hatte, seufzte er versonnen und schloss für eine Weile die Augen. Dann schüttelte er den Kopf und sagte: »Für mich sind diese sechs Tödlein eins wie das andere. Nun ja, die eine Wachsfigur hat vielleicht ein Würmchen hier, die andere eine Kröte dort, die eine hat einen etwas breiteren Schädel und die andere einen etwas weiter geöffneten Brustkorb, aber im Grunde unterscheiden sie sich doch so gut wie gar nicht. Ich habe sie jedenfalls alle für Arbeiten der Frau von Hiesfeld gehalten.«

»Sie hat das Erbstück der ehrwürdigen Mutter restauriert. Aus dem Grund lag es ja noch in ihrer Zelle. Ich vermute, dass es deshalb auch ihren eigenen Modellen sehr ähnlich sieht«, entgegnete Jacob.

»So, das vermuten Sie also.« Kümmerling sah ihn stirnrunzelnd an. »Heißt das, dass Sie das Tödlein, hinter dem Sie her sind, noch nie gesehen haben?«

»Weder das noch die anderen«, gab Jacob zu.

»Und wie wollen Sie dann die Figur der Äbtissin von den vier anderen unterscheiden?«, fragte Kümmerling.

»Von den fünf anderen«, korrigierte Jacob.

»Nein, Sie brauchen sie nur noch von vieren zu unterscheiden. Ich habe ein Betrachtungssärglein dem Herrn Baron von Melschede überlassen, mit dem ich von Bochum nach Hamm gereist bin. Er war so begeistert von der Kunstfertigkeit der Wachsbildnerin, dass er unbedingt eins der Figürchen haben wollte. Es passe ganz fabelhaft in seine kleine Wunderkammer, hat er gesagt und drei Taler bezahlt.«

»Um Himmels willen«, sagte Jacob bestürzt. »Und wenn Sie nun das Tödlein der Frau Äbtissin verkauft haben?«

»Dann hat sie wohl Pech gehabt«, sagte Kümmerling, lachte

vergnügt, trank vom Bier und wiederholte seine Frage: »Also, woran wollen Sie das Erbstück der Frau von Streithorst erkennen?«

»Es ist etwas schwerer als die anderen, weil es um einen metallischen Kern gearbeitet ist, während die Seniorin ihre Tödlein gewöhnlich um einen Gipskern herum modelliert. Die Wachsfigur der Äbtissin hat als Einzige eine Kröte mitten auf der Stirn, und sie liegt in einem schwarz lackierten Särglein.«

»Jetzt, wo Sie es sagen, fällt mir wieder ein, dass ich mich über das schwarze Kistchen gewundert habe, weil die Seniorin von Hiesfeld doch all die Jahre ihre Figuren in unbemalte Holzsärge gelegt hat«, erinnerte Kümmerling sich. »Ich habe noch gedacht, auf die Idee hätten sie ja auch schon früher kommen können, dann hätte ich wohl noch den einen oder anderen Groschen mehr mit den Tödlein verdient.«

»Und? Haben Sie das schwarze Särglein dem Herrn Baron verkauft?«, fragte Jacob beunruhigt.

»Nein, nein, er hat sich für eine Wachsfigur in einer unbehandelten Holzkiste entschieden.«

»Und er hat drei Taler dafür bezahlt?«

»Ja, das hat er. Aber denken Sie jetzt bitte nicht, dass ich die Frau von Hiesfeld übervorteilt habe. Die zehn Groschen, die ich ihr immer gegeben habe, sind schon ein guter Preis für so ein Tödlein. Wenn ich die Dinger auf Kirchweihfesten und Märkten verkaufe, erziele ich gewöhnlich einen Preis zwischen zwanzig Groschen und einem Taler dafür.«

Zwanzig bis vierundzwanzig Groschen also, dachte Jacob bei sich, und zehn gibt er der Seniorin. Da macht der Herr wahrhaftig ein gutes Geschäft mit dem Tod.

»Die Äbtissin von Streithorst hat mir aufgetragen, Ihnen so viel zu bezahlen, wie Sie sonst auch bekommen, wenn Sie ein Tödlein verkaufen«, sagte er.

»Was ich sonst bekomme, das ist sehr unterschiedlich«, entgegnete Kümmerling und trank einen Schluck Bier. »Da müsste ich schon wissen, ob Sie mir so viel bezahlen sollen wie ein Marktbesucher oder ob Ihrer ehrwürdigen Mutter das Tödlein genau so viel wert ist wie einem Herrn Baron.«

»Ich soll auf Ihre Forderungen eingehen, hat sie gesagt. Also werde ich Ihnen wohl auch drei Taler geben können, so wie dieser Baron von Melschede.«

»Erstaunlich, das ist wirklich alles äußerst erstaunlich«, murmelte Sylvester Kümmerling vor sich hin, schüttelte den Kopf und sah Jacob nachdenklich an.

»Das will mir gar nicht recht zu der Frau von Streithorst passen, dass sie so viel daransetzt, dieses Tödlein zurückzubekommen, obwohl die Seniorin von Hiesfeld ihr gewiss ein ganz Gleiches fabrizieren könnte«, sagte er nach einer Weile. »Nur weil ihre Großmutter es schon besessen hat, ist es ihr so viel wert? Das haben Sie doch gesagt, nicht wahr? Das ist seltsam, äußerst seltsam, dass diese kühle Dame eine so sentimentale Seite haben soll.«

»Nun, es ist aber wohl so«, sagte Jacob, »und mir wäre es lieb, wenn wir den Handel bald abschließen könnten. Wo haben Sie das Tödlein denn? Ich meine, wo haben Sie den großen Holzkoffer, den Sie in Sterkrade immer dabeihatten, mit den Büchern und den Kupferstichen und all den Sachen?«

Sylvester Kümmerling antwortete ausweichend auf die Frage. Er trage seine Waren nun mal nicht immer mit sich herum, sagte er. Ja, der Koffer sei in Hamm, natürlich sei er hier, in dem Haus, in dem er übernachte. Aber zu diesem Haus könne er jetzt gerade nicht gehen, und er könne Jacob auch nicht sagen, wo es sich befinde. Ja, er wisse, dass das seltsam klinge, aber er habe seine Gründe für die Geheimniskrämerei. Und außerdem müsse er über den seltsamen Handel noch einmal nachdenken. Am Abend werde er wieder hier sein, um Karten zu spielen, sagte er, dann werde man weitersehen.

»So lange wird der junge Herr Sander aus Sterkrade sich wohl oder übel noch gedulden müssen«, fügte er hinzu, trank sein Bier aus, klopfte Jacob auf die Schulter und verließ ohne ein weiteres Wort das »Gasthaus am Nordtor«.

Jacob erzählte Carl Arnold in allen Einzelheiten von seinem Gespräch mit Kümmerling. Danach saßen sie eine Zeit lang nachdenklich schweigend nebeneinander am Lippeufer, bis Carl

Arnold sagte: »Du solltest jetzt nicht schwarzsehen. Warte erst mal ab, was der Abend bringt. Ich habe jedenfalls heute Mittag im Gasthaus nicht den Eindruck gehabt, dass dieser Händler ein übler oder hinterhältiger Kerl ist.«

Später, als die tief über den Auen hängenden Wolken vor der sinkenden Sonne zartgelb und blassrosa schimmerten, gingen sie durch das Münstertor zurück in die Stadt, und Jacob ahnte, dass Carl Arnold jetzt auch an den Mann am Galgen dachte. Eine Weile spazierten sie schweigend durch die dämmrigen Gassen. Ohne einer Menschenseele begegnet zu sein, kamen sie irgendwann wieder am Gasthaus an. Sie setzten sich auf die Bank neben der rückwärtigen Tür und sahen zu, wie die Dunkelheit Besitz von der Stadt ergriff. Noch bevor ihr das gänzlich gelungen war, brandete vom Münstertor her ein dumpfes Raunen durch die Straßen, die kurz darauf von lärmenden Menschen überflutet wurden.

Jacob und Carl Arnold betraten durch die Hintertür das Gasthaus, gingen an der Küche und an der Treppe, die hinauf zu den Kammern führte, vorbei und wollten gerade vom Flur her die Gaststube betreten, als hinter ihnen die Küchentür aufgestoßen wurde. Ein Mädchen, vielleicht sechzehn oder siebzehn Jahre alt, kam herausgestürzt und hielt sie beide an den Armen fest.

»Kommen Sie, kommen Sie bitte mit mir in die Küche!«, sagte sie aufgeregt.

»Was ist los?«, fragte Jacob verdutzt

»Was soll das?«, fragte Carl Arnold.

»Nun kommen Sie schon! Setzen Sie sich bitte hier auf die Bank. Ich hol den Vater, der wird es Ihnen erklären.«

Das Mädchen hielt immer noch die beiden verblüfften jungen Männer an den Armen fest, drückte sie auf die Holzbank neben dem Küchenschrank, verschwand in der Gaststube und kam kurz darauf mit Meister Voss zurück.

»Nichts für ungut, die Herren, nichts für ungut«, sagte der und hob die Hände, als wolle er sich für den Überfall seiner Tochter entschuldigen und zugleich die beiden jungen Männer beruhigen, die auf seiner Küchenbank hockten und irritiert zu ihm aufblickten. »Ich hab vorhin die Bemerkung gemacht, dass es jetzt besser für den Herrn Doktor und seinen Freund wäre, sich nicht im Gastraum sehen zu lassen, und das hat meine Tochter gehört. Deshalb hat sie Sie hier festgehalten.«

»Das müssen Sie uns erklären«, sagte Carl Arnold.

»Ja, selbstverständlich.« Der Wirt zog einen dreibeinigen Hocker heran, setzte sich Jacob und Carl Arnold gegenüber, sah sie an, hob noch einmal beschwichtigend die Hände und wandte sich seiner Tochter zu: »Anna, geh rüber und hilf deiner Schwester beim Servieren. Und bring uns drei Krüge Bier, aber möglichst unauffällig.«

»Ich dachte schon, der Leibhaftige wäre im Gastraum und Sie wollten uns vor ihm verstecken. Aber dann würden Sie ja jetzt nicht Ihre Tochter da hineinschicken«, sagte Carl Arnold.

»Der Leibhaftige ist in meiner Gaststube«, entgegnete Voss mit todernster Miene. »Aber Mädchen sind vor ihm sicher, er nimmt nur junge Männer mit in die Hölle.«

»Nun reden Sie doch kein dummes Zeug«, sagte Carl Arnold ärgerlich.

Der Wirt beugte sich verschwörerisch nach vorn. Obwohl außer seiner Frau, die auf der Kochstelle die Feuer schürte, und einer Magd, die in einer Holzschüssel herumrührte, niemand in der Küche war, sagte er beinahe flüsternd: »Der Herr von Wolffersdorff ist vor ein paar Minuten hereingekommen, und jetzt sitzt er da mit seinen Offizieren beim Würfelspiel.«

»Den Mann kenn ich nicht«, sagte Carl Arnold.

»Ich auch nicht«, sagte Jacob.

Voss beugte sich noch ein wenig weiter zu ihnen herüber. Was sie in den nächsten Minuten erfuhren, fand Jacob zunächst interessant, dann absonderlich und schließlich außerordentlich beunruhigend. Er schloss aus Carl Arnolds Mienenspiel und aus seinen gelegentlichen Kommentaren, dass es ihm nicht anders erging.

Der Herr, der da mit einigen seiner Offiziere in der Gaststube saß, war Carl Friedrich von Wolffersdorff, Generalmajor der preußischen Armee und Kommandeur des westfälischen Regiments zu Fuß, der mächtigste und am meisten gefürchtete Mann in Hamm. In der bedeutendsten Stadt der Grafschaft Mark, so Voss, gebe es zwar viele wichtige Herren – Bürgermeister und Magistrat, königliche Beamte und Landrichter, die Herren von der Recke, die als Landräte den Kreis Hamm regierten, und noch manch andere Personen von Rang und Stand – aber wenn es einmal wirklich drauf ankäme, dann zähle allein der Wille des Herrn General. Er habe sich im Siebenjährigen Krieg so große Meriten erworben, dass Friedrich der Zweite ihm äußerst zugetan sei. Der Preußenkönig habe ihm nicht nur das Regiment übergeben, er habe dem Herrn von Wolffersdorff auch eine goldene Tabaksdose und dazu noch das Gut Ostholz außerhalb der Stadt geschenkt. So sei es nicht weiter verwunderlich, dass der Herr General selbst wie ein König residiere. Sein Amtssitz sei die alte Stadtburg der Grafen von der Mark. Zwischen ihr und Ostholz habe er gerade eine prächtige Allee anlegen lassen, und wenn er von der Stadt zum Gut kutschiert werde, dann lasse er sich gern von einem Wagen begleiten, vollgeladen mit Regimentsmusikern, die während der Fahrt zu seinem Vergnügen aufspielten. Überdies sei der unverheiratete Herr von Wolffersdorff jungen Damen sehr zugetan, jedenfalls werde da so einiges gemunkelt.

Über all das rümpften die Leute in Hamm zwar die Nasen, aber weiter kümmere es sie nicht, wenn so ein hoher Herr mache, was er wolle – solange er sie in Ruhe lasse. Aber genau das tue der Herr General eben nicht. Er lasse die Soldaten seines Regiments in den Häusern der Stadt einquartieren, rücksichtslos, ohne die Verhältnisse der Bewohner zu beachten. Nicht einmal die vornehmsten Bürger würden verschont. Es gebe kaum ein Wohnhaus, das nicht mit zwei oder drei Soldaten belegt sei, und wenn ein Hausherr darüber Klage führte, könnten es auch fünf oder sechs werden.

»Das Schlimmste dabei ist«, sagte Meister Voss, »dass wir nicht nur brave, junge Wehrpflichtige aus der Grafschaft Mark unterbringen müssen. Fast die Hälfte des Regiments besteht aus fremden Söldnern, Lotterbuben und Galgenstricken, die zu nichts taugen als zum Kriegshandwerk. Schrecklich für die braven Leute ist das, wenn sie solche Kerle im Haus haben.«

Er hielt inne, als seine Tochter Anna mit drei Krügen Bier in der Küche erschien.

»Die Herren Offiziere spielen ganz friedlich mit ihren Würfeln, und zu mir sind sie recht freundlich«, berichtete Anna, während sie die Krüge auf die Küchenbank stellte.

»Gib nur acht, dass sie nicht zu freundlich werden«, sagte Voss so leise, dass seine Tochter es nicht mehr hörte. Dann prostete er Jacob und Carl Arnold zu.

»Die Scherereien, die der Herr General den Bürgern von Hamm macht, sind aber noch gar nichts gegen das, was er jungen Männern antut, die nicht den Uniformrock seines Regiments tragen«, sagte Voss, nachdem er sich den Bierschaum vom Mund gewischt hatte. »Die sind in seinen Augen allesamt Strolche und Deserteure, und wenn es so stattliche Kerle sind wie Sie beide, dann sind sie, ehe sie sich's versehen, Rekruten in der preußischen Armee.«

Carl Arnold lachte auf. »Ich bin Arzt, ich bin auf dem Weg zu einem anatomischen Lehrgang an der Charité in Berlin, und ich habe Papiere dabei, die das belegen. Sie glauben doch nicht allen Ernstes, dass so ein Herr General mich aus einem Gasthaus abführen lassen und in sein Regiment stecken kann. Wir sind in Preußen und nicht in irgendeiner gesetzlosen Wildnis.«

»Hier in Hamm ist der Herr General von Wolffersdorff das Gesetz. Und wenn er Ihre Papiere bei der Überprüfung verlegt, wenn Ihr Name am nächsten Tag auf einer Rekrutenliste steht und ein Offizier behauptet, die Unterschrift darunter, die hätten Sie selbst in seinem Beisein geleistet, dann sieht es schlecht für Sie aus. Wenn Sie sich dann davonmachen, werden Sie als Fahnenflüchtiger verfolgt, und ich fürchte, dann kann Ihnen niemand mehr helfen, auch Ihr Onkel, der Herr Landrichter Schluck, nicht.«

»So etwas gibt es doch nicht«, sagte Carl Arnold, aber seine Stimme klang ein wenig dünn, so als sei er sich seiner Sache nicht mehr ganz sicher.

»So etwas hat es gegeben, hier in Hamm, und zwar nicht nur ein Mal«, beteuerte Voss.

»Ich komme aus dem Herzogtum Cleve, da müssen die jungen Männer nicht zu den Soldaten«, sagte Jacob.

»Ja, ja, das ist ja nicht nur in Cleve so.« Voss winkte ab. »In den abgelegenen Provinzen des Königreichs werden keine Rekruten ausgehoben, weil sich dort zu viele Kantonisten über die nahen Grenzen aus dem Staub gemacht haben. Dann sind sie für Preußen nicht nur als Soldaten, sondern auch als Arbeitskräfte verloren. Ich weiß, dass in diesen Gegenden stattdessen Ersatzabgaben erhoben werden. Aber ich versichere Ihnen, das kümmert die Herren Offiziere einen Dreck. Für die sind die freigestellten jungen Männer aus den Grenzprovinzen Drückeberger, die man unbedingt mal an die Kandare nehmen müsste. Wenn sie so einen in die Finger kriegen, dann lassen sie ihn nicht so ohne Weiteres wieder laufen.«

»Aber preußische Offiziere handeln doch nicht gegen die Verordnungen ihres Königs«, sagte Jacob ungläubig.

Meister Voss bedachte den Einwand mit einem gequälten Lächeln. »Nicht weit von hier ist die Stadt Altena, die hat ein Privileg, sie braucht keine Soldaten zu stellen, weil in der Gegend viel Draht gezogen wird und in den Manufakturen alle jungen Kerle gebraucht werden«, erzählte er. »Als der General von Wolffersdorff die kräftigen Burschen bei einem Besuch in der Stadt gesehen hat, hat er gesagt, es sei ein Jammer, wenn so schöne, starke Leute nicht Soldaten würden. Kurz drauf ist er dann mit einer ganzen Kompanie Infanteristen zurückgekommen. Er wollte die jungen Drahtzieher gewaltsam verschleppen und in sein Regiment zwingen. Aber die Bürger von Altena, die hatten das geahnt und haben die Soldaten von ihren Dächern herunter mit siedendem Wasser begossen und sie mit glühenden Eisenstangen attackiert. Der General musste mit seinen Männern unverrichteter Dinge wieder abziehen, und die Altenaer, die haben sich natürlich beim König beschwert. Der hat ihnen zwar recht gegeben und den Herrn von Wolffersdorff angeblich gerügt, aber die Angelegenheit hatte keinerlei Konsequenzen für den General. Wenn's drauf ankommt, ist unser König Friedrich eben immer auf der Seite seiner Armee.«

Die Frau des Wirtes, die auf der Kochstelle unter einem gewaltigen Rauchabzug zwei Feuer in Gang hielt, sagte leise vor sich hin, so als spräche sie mit den gerupften Vögeln, die vor ihr am Spieß brieten: »Der Mann redet sich doch allzu gern um Kopf und Kragen.«

Sie drehte den Spieß, wendete sich dann dem eisernen Topf zu, der an einem Haken über dem zweiten Feuer hing, rührte energisch darin herum, bis ein dumpfer Kohlgeruch durch die Küche waberte, drehte sich schließlich zu ihrem Gatten um und maulte ihn an: »Du musst jetzt zurück in die Gaststube und sehen, was die Mädchen machen!«

Der Wirt stand auf. »Es ist natürlich Ihnen überlassen, was Sie tun«, sagte er zu Carl Arnold und Jacob. »Aber ich würde Ihnen empfehlen, in der Küche zu bleiben, solange Wolffersdorff und seine Männer hier sind.«

»Ich denke, das werden wir tun«, entgegnete Carl Arnold. »Und haben Sie vielen Dank für Ihre Warnung.«

»Aber ich muss den Herrn Kümmerling treffen. Der wartet gewiss schon auf mich«, wandte Jacob missmutig ein.

Meister Voss öffnete die Tür zur Gaststube einen Spalt weit. Geschwätz und Gelächter drangen in die Küche. Der Wirt schaute nur kurz, dann schloss er die Tür wieder.

»Der sitzt da, der Herr Kümmerling«, sagte er. »Er sieht allerdings nicht so aus, als warte er auf jemanden. Er spielt mit einigen anderen Herren Karten, ganz gebannt, wenn mich nicht alles täuscht. Sein Gesicht ist so gerötet, dass man kaum noch die Narbe darin erkennen kann.«

»Ich bin mit ihm verabredet«, erklärte Jacob dem Wirt.

»Er wird Ihnen schon nicht davonlaufen«, sagte Meister Voss beschwichtigend.

»Hat er einen Kasten dabei, einen Holzkoffer?«, fragte Jacob.

Der Wirt schaute noch einmal durch den Türspalt. »Nein, er hat kein Gepäck«, stellte er fest.

Jacob zog ratlos die Schultern hoch, schaute bekümmert zu Meister Voss hinauf und hilfesuchend zu Carl Arnold hinüber. Der klopfte ihm beruhigend auf die Schulter. »Warum sollte Kümmerling seinen Warenkoffer mit sich herumschleppen? Das Betrachtungssärglein der Äbtissin steckt wahrscheinlich in seiner Rocktasche. Oder ist es dafür zu groß?«

Jacob war sich nicht ganz sicher und zuckte noch einmal hilflos mit den Schultern.

»Nun seien Sie mal unbesorgt«, sagte Voss. »Die Herren Offiziere, die sind durstig von der Hinrichtung gekommen und gleich ins erste Gasthaus hinterm Münstertor eingekehrt. Ich vermute, die werden bald weiterziehen zur nächsten Schänke und heute Abend noch einige Etablissements mit ihrem Besuch beglücken. Der Kümmerling wird gewiss länger bleiben. Wenn der erst mal mit dem Kartenspiel angefangen hat, dann kann er so bald nicht wieder aufhören.«

Meister Voss sollte recht behalten. Eine halbe Stunde später erschien er grinsend an der Tür und winkte Jacob und Carl Arnold in die Gaststube. General von Wolffersdorff und seine Offiziere waren gegangen. Sylvester Kümmerling ließ sich zunächst beim Kartenspiel nicht stören, doch kurz nachdem Jacob und Carl Arnold an einem Tisch Platz genommen hatten, setzte er sich mit hochrotem Kopf zu ihnen. Eine dünne Kette von Schweißperlen lag unterhalb des dürftigen Haaransatzes auf seiner Stirn.

»Haben Sie das Tödlein der Äbtissin bei sich?«, fragte Jacob erwartungsvoll.

Der Händler überhörte seine Frage.

»Ich denke, es ist zwanzig Taler wert«, sagte er.

»Es ist was?« Jacob glaubte sich verhört zu haben. »Heute Mittag war noch von drei Talern die Rede, so viel, wie der Herr Baron bezahlt hat.«

»Wie viel soll dieses Ding wert sein?«, fragte Carl Arnold erbost.

»Nach allem, lieber Herr Doktor, was Ihr Freund Jacob erzählt hat, denke ich, dass es der Äbtissin von Streithort zwanzig Taler wert ist.«

»Das ist unverfroren«, sagte Carl Arnold.

»Nein, das ist das wichtigste Gesetz des Handels«, entgegnete Kümmerling ungerührt. »Ein jedes Ding ist so viel wert, wie ein Käufer dafür zu zahlen bereit ist. Und wenn ich mir das so durch den Kopf gehen lasse, was diese Dame alles anstellt, um ihr Familienerbstück zurückzubekommen, dann würde es mich sehr wundern, wenn sie nicht willens wäre, zwanzig Taler dafür herzugeben.«

»So viel Geld hab ich nicht«, sagte Jacob.

»Natürlich nicht«, entgegnete Kümmerling. »Sie werden in Benninghausen die Cousine der Äbtissin darum bitten müssen. Ich habe hier noch einen Tag zu tun, übermorgen werde ich nach Lippstadt weiterreisen. Sehen Sie also zu, dass Sie morgen nach Benninghausen kommen und dort genug Geld auftreiben. Die Abtei ist nicht weit von Lippstadt entfernt. Dort treffen wir uns dann.«

»Und wo werde ich Sie in der Stadt finden?«

»Sie können in der Poststation auf mich warten.«

»Und da bekomme ich von Ihnen das Tödlein.«

»Wir werden sehen, wir werden sehen«, sagte Kümmerling unwillig.

»Was soll das heißen?«

»Ob ich Ihnen das Betrachtungssärglein in Lippstadt geben kann, weiß ich noch nicht. Es könnten Umstände eintreten, die das unmöglich machen. Vielleicht kann ich es Ihnen erst in Braunschweig aushändigen, vielleicht sogar erst in Berlin.«

»Welche Umstände könnten das sein?«, fragte Carl Arnold ärgerlich.

»Haben Sie das Tödlein der Äbtissin überhaupt noch?«, wollte Jacob wissen.

»Aber meine lieben, jungen Herren, jetzt seien Sie mal nicht so misstrauisch«, sagte Sylvester Kümmerling, zog ein Tuch aus seiner Rocktasche, tupfte sich ein paar Schweißperlen von der Stirn und wandte sich an Jacob: »Geben Sie dieser Nonne in Benninghausen morgen den Brief der Äbtissin, und sagen Sie ihr, dass die Verhandlungen mit dem verflixten Händler Kümmerling sich äußerst schwierig gestalten, dass eine Forderung von zwanzig Talern im Raume steht, dass er das Tödlein bisher partout nicht herausrücken will und dass Sie nicht wissen, wie weit Sie ihn noch begleiten müssen. Sehen Sie zu, dass Sie von der Dame so viel Geld bekommen wie möglich. Übermorgen treffen wir uns dann in der Poststation in Lippstadt. So, und jetzt werde ich weiter Karten spielen.«

Kümmerling stand auf, ging zurück zum Tisch der Whistspieler und ließ im Laufe des Abends nicht mehr mit sich reden.

In der folgenden Nacht schlief Jacob schlecht, obwohl die Betten im »Gasthaus am Nordtor« weich und sauber waren. Die schweren Wolken, die sich am Nachmittag über der Lippe zusammengeschoben hatten, ließen Regen auf die Stadt fallen. Jacob lauschte den Tropfen, die über ihm prasselnd auf dem Dach tanzten und vor dem Haus plätschernd über das Straßenpflaster hüpften. Während Carl Arnold nebenan im Bett tief atmete, kreisten seine Gedanken um Sylvester Kümmerling.

In all den Jahren, in denen dieser stets fein gekleidete und bestens gelaunte Herr nach Sterkrade gekommen war, um Schwester Ludgeras wächserne Tödlein zu kaufen, hatte Jacob ihn für einen frommen und ehrenhaften Mann gehalten. Sie hatten zwar nur ab und zu ein paar freundliche und belanglose Worte miteinander gewechselt, aber für Jacob hatte es immer außer Frage gestanden, dass jemand, der mit Dingen handelte, die armen Sündern den Weg ins Himmelreich ebneten, ein guter Mensch sein müsse. In dieser Regennacht in Hamm war er sich dessen nicht mehr sicher. Er hielt es für möglich, dass Sylvester Kümmerling das Geschäft mit dem Tod nur deshalb betrieb, weil es überaus einträglich war, dass ihm das Seelenheil seiner Kunden völlig gleichgültig war und dass er sogar das eigene Seelenheil für einen vorteilhaften Handel aufs Spiel setzen würde.

Als Jacob am nächsten Morgen zusammen mit Carl Arnold an der Lippe entlang zügig in Richtung Osten voranschritt, teilte er dem Reisegefährten seine nächtlichen Überlegungen mit.

»Auf kein einziges Ding in der ganzen Welt / wird so sehr spekuliert wie aufs schnöde Geld«, reimte Carl Arnold.

Jacob sah ihn an. »Du lachst dieses Mal ja gar nicht über deinen Vers«, stellte er fest.

»Nein, ich lache nur über witzige Reime, diesen finde ich eher betrüblich«, sagte Carl Arnold, und dann lachte er doch, und Jacob lachte mit ihm.

»Dazu fällt mir auch ein Vers ein«, sagte er nach einer Weile.

»Dann lass ihn hören!«

»Spekulier nicht auf Geld und auf Doktorhüte, / denn am Schluss zählt allein deines Herzens Güte.«

Carl Arnold schmunzelte immerhin. »Fein gereimt«, sagte er, »doch scheint es mir ein Spruch für die Kanzel zu sein, einer, mit dem der Herr Pfarrer die kleinen Bauersleute aufs Jenseits vertröstet, damit sie nicht anfangen, über ihr hartes und armseliges Leben zu murren.«

»Ja, gewiss sagt auch unser Pastor Neustatt solche Sachen, aber doch nicht, um die Bauern zu beruhigen, sondern weil er ihnen den rechten Weg ins Himmelreich weisen will.«

»Und trotzdem spekuliert der junge Herr Sander selbst auf einen Doktorhut und will unbedingt an die Universität«, sagte Carl Arnold und lächelte.

Ein unverbesserlicher Spötter ist er, dachte Jacob, sah den Gefährten von der Seite an, fand in seinem Lächeln jedoch keine Häme, sondern ein nicht erwartetes Mitgefühl. Er schob den blauen Hut vom alten Peter aus seiner Stirn und hob den Blick zum Himmel, der heute freundlicher aussah als tags zuvor. Die schweren Regenwolken hatten sich verflüchtigt, nur ein paar unstete Federwolken schwebten ziellos durchs tiefe Himmelsblau.

»Ja, ja«, sagte er kleinlaut, »ich weiß, dass so ein Doktorhut da oben nichts zählt, und trotzdem träume ich vom Studieren, als hinge meine ewige Seligkeit davon ab. Das ist bestimmt falsch, und die ehrwürdige Mutter meint es vielleicht nur gut mit mir, wenn sie mir vorwirft, dass ich allzu sehr aufs Irdische gerichtet bin.«

»Rede nicht einen solchen Unsinn!« Carl Arnold schlug mit der flachen Hand auf Jacobs Hut und lachte. »Dieser Kopf ist fürs Studieren gemacht«, sagte er. »Den hat der Herrgott dir nicht gegeben, damit du für deinen Vater oder für eure Frau Äbtissin die Schweine hütest.«

»So etwas hat Elseken vor ein paar Tagen auch zu mir gesagt.«

Carl Arnold hob einen runden Stein vom Weg auf und warf ihn mit Schwung in den Fluss.

»Ein kluges Mädchen, dein Elseken«, stellte er fest, schwieg ein paar Augenblicke und fügte hinzu: »Und eine Schande ist es, dass nicht auch Weibsleute, die einen wachen Verstand haben, Frauen wie Elseken und Helena, an den Universitäten studieren dürfen. Das war in Gottes Schöpfungsplan nicht so vorgesehen, da bin ich mir sicher.«

Was Carl Arnold da sagte, verblüffte Jacob sehr. Er hatte sich schon so oft darüber gegrämt, dass er nicht studieren durfte, aber dass Elseken und alle anderen Frauen auf der Welt dieses Los mit ihm teilten, daran hatte er noch nie gedacht.

Eine Zeit lang gingen sie schweigend nebeneinander her, schritten, während jeder seinen Gedanken nachhing, zügig aus und kamen gut voran.

»Vier Meilen, vielleicht ein bisschen mehr«, hatte Meister Voss geantwortet, als sie ihn nach der Entfernung zwischen Hamm und Benninghausen gefragt hatten. In sieben Stunden sollten zwei junge Kerle wie sie die Strecke zurückgelegt haben, auch wenn der eine einen Reisesack über der Schulter und der andere eine Tasche unter dem Arm zu tragen hatte. Ein paar Pausen zwischendurch würden sie machen, die Füße in der Lippe abkühlen, eine Brotzeit am Mittag halten. Neun Stunden insgesamt hatten sie eingeplant. Um kurz vor acht in der Früh waren sie aufgebrochen. Nach der Vesper, aber noch vor der Komplet, dem abendlichen Chorgebet um sieben, wollten sie in der Abtei ankommen.

Das flache Land, das vor ihnen lag, schien endlos zu sein. Die Lippe schlängelte sich durch ihre Auen, manchmal in weiten Biegungen, oft in engen Windungen. Sie erinnere ihn an eine Ringelnatter, sagte Carl Arnold irgendwann. Mal führte der schmale Fußpfad, auf dem sie voranschritten, nah am Wasser entlang, dann wieder wendete sich der Fluss in einer ausgedehnten Schleife so weit von ihnen ab, dass sie ihn aus den Augen verloren.

Gestärkt vom Regen der vergangenen Nacht entfalteten Hundsrosen ihre weißen Blüten, verströmten Holundersträucher süßlichen Duft, reckten Weißdorne junge Triebe der Sonne entgegen. Frische Gräser überzogen die Ebene mit strahlendem Grün, zwischen ihnen blühten zarte Wildblumen gelb und lila und blau. Geschäftige Vögel zirpten aufgeregt, ein grauer Reiher stand starr im seichen Uferwasser der Lippe, stieß seinen langen Schnabel ins Wasser, zog ihn ohne Beute wieder heraus und ging gemächlich einige wiegende Schritte flussabwärts. Die beiden Wanderer auf dem nahen Fußpfad würdigte er keines Blickes.

Sie begegneten nur wenigen Menschen. Zwei Frauen mit einem Korb tropfend nasser Wäsche kreuzten, vom Fluss kommend, ihren Weg, ein Schäfer, der bei seiner Herde stand, nickte ihnen zu, ein Hütejunge, der ein paar Rindviecher durch die Auen trieb, winkte zu ihnen herüber.

Jacob und Carl Arnold sprachen ab und zu miteinander, schwiegen dann wieder für lange Zeit, bis einer von ihnen aufs Neue zu reden begann, weil ihm ein Gedanke in den Kopf gekommen war, an dem er den anderen teilhaben lassen wollte.

Carl Arnold erzählte vom Studieren in Duisburg und von den erfreulichen Fortschritten der medizinischen Wissenschaft, die nur langsam den Weg aus der Universität in die alltägliche Heilkunst fänden, wo immer noch Dummheit und Scharlatanerie vorherrschten. Er sprach über seinen hochgeschätzten Professor Johann Gottlob Leidenfrost, von dem er mehr über den menschlichen Körper und dessen Behandlung gelernt hatte als von irgendjemandem sonst, beschrieb Jacob die Gärten der Universität, wo er sich gern und oft aufgehalten und viele Arten von Heilpflanzen, Kräutern und fremdländischen Gewächsen kennengelernt hatte, und er erzählte begeistert von seinem Herbarium, einer Sammlung getrockneter und gepresster Pflanzen. Er redete aber auch über unerfreuliche Dinge, vor allem über die unzulängliche anatomische Ausbildung in Duisburg. Viel zu wenige Leichen waren aus den Gefängnissen und Armenhäusern in die Universität gebracht worden, und wenn doch einmal eine Sektion stattgefunden hatte, dann unter miserablen Bedingungen in der Friedhofskapelle an der Duisburger Salvatorkirche. Nun freute Carl Arnold sich umso mehr auf den cursus anatomicus, von dem er annahm, dass er viel mehr sein werde als nur ein Nachholen des Versäumten, da nirgendwo sonst im Königreich Preußen so viele medizinische Kapazitäten forschten und lehrten wie in Berlin an der Charité und im anatomischen Theater.

Jacob wollte, dass Carl Arnold nach Antonetta von Streithorst und Elseken auch die anderen Menschen kennenlernte, mit denen er im Kloster in Sterkrade sein Leben teilte. Er erzählte von der verehrten Seniorin Ludgera von Hiesfeld, von der umsichtigen und freundlichen Kellnerin Bernardina von Bärenklau, vom geschätzten Pfarrer Philippus Neustatt, der, wie er, ein Bauernsohn war, von Martinus Blume, dem Kaplan und Sekretarius, dem die Robe eines Advokaten wohl besser zu Gesicht stünde als ein Messgewand, von Dorothea Wolff, dem zickigen Kammermädchen der Äbtissin, von der stets fröhlichen Köchin Mechthilde, von Derrick Berger, dem Kutscher und Baumeister, der lieber bei seiner Frau schlief als im Gesindehaus, vom Meister Johann Butt, der braute, buk und schlachtete und dabei noch Zeit fand, der Mechthilde den Hof zu machen, und er sprach lange über den Torwächter Peter, den liebenswerten, schmuddeligen alten Mann, der ihm seinen schönsten Hut mit auf die Reise gegeben hatte, der allerlei eigenartige Gedanken im Kopf hatte und davon überzeugt war, schon bald dem Gevatter Tod am Klostertor zu begegnen.

Während sie redeten und schwiegen, zuhörten und nachdachten, gingen Jacob und Carl Arnold immer weiter in Richtung Osten, ließen das Wasser der Lippe an sich vorüberziehen und mit ihm die Stunden des Tages.

Die Sonne hatte sich längst unbemerkt von ihnen hinter ihre Rücken geschlichen, ihre beiden Schatten hatten sie schon vor einer Weile überholt und eilten ihnen voraus, als sie endlich in der Ferne ein Gemäuer erblickten, stattliche Steinbauten, überragt von einem Kirchturm, die Abtei Benninghausen.

ZEHN

Jacob lag, die Hände hinterm Kopf verschränkt, die Beine von sich gestreckt, auf einer Decke aus Schafsfellen im Stroh. In den feinen Häusern, in denen er die vergangenen Nächte verbracht hatte, hatte er sich auf keiner Bettstatt so behaglich gefühlt wie auf dieser in der Scheune der Abtei Benninghausen.

Nach neun Stunden Fußmarsch, einer angenehmen Begegnung mit Adelheidis von Erwitte, der Cousine der Äbtissin von Streithorst, und einem Abendbrot im Gesindehaus des Klosters, war er zufrieden und müde und konnte doch noch keinen Schlaf finden.

»Ich frag mich die ganze Zeit, ob ich dem Kümmerling gram sein muss, weil er mich im Ungewissen lässt, oder ob ich ihm dankbar dafür sein soll, dass meine Reise noch nicht zu Ende ist«, sagte er zu Carl Arnold, der sein Nachtlager gleich neben ihm eingerichtet hatte.

»Und? Welche Antwort gibst du dir auf die Frage?«

»Ich kann ihm nicht gram sein, ich würde am liebsten noch bis nach Berlin reisen. Dabei muss ich mir doch eigentlich wünschen, morgen in Lippstadt das Tödlein zu bekommen, sonst ist es nicht recht gegenüber der Frau von Streithorst.«

»Ach Jacob, rede keinen Unsinn! Solange du tust, was du tun kannst, um ihr dieses Ding zu verschaffen, kannst du dir wünschen, was du willst.«

Jacob lag mit offenen Augen da. Die tiefe Dunkelheit, die die Scheune ausfüllte, lastete nicht auf ihm, sondern hüllte ihn ein. Sein Blick ruhte in ihr, er roch staubiges Stroh und die säuerliche Wärme, die durch eine rissige Bretterwand aus dem Viehstall herüberströmte. Er hörte das Schnauben einer Kuh, das ängstliche Blöken eines Kälbchens und ein unruhiges Stampfen auf lehmigem Boden.

Ihm war beigebracht worden, dass auch Wünsche sündig sein können, aber was Carl Arnold sagte, das klang vernünftig. Vielleicht wurden Wünsche ja erst zu Unrecht, wenn man ihnen nachgab. Das würde er nicht tun, ganz gewiss nicht. Er würde weiter alles daransetzen, das Tödlein möglichst bald von Kümmerling zu bekommen.

»Wenn ich nur wüsste, was der Mann im Schilde führt«, sagte er. »Vielleicht hält er mich hin, bis wir in Berlin sind, und dann gibt er mir das Betrachtungssärglein doch nicht. Wenn ich am Ende meiner Reise ein kleines Vermögen ausgegeben habe und trotzdem ohne das Tödlein zurück nach Sterkrade komme, dann sei mir Gott gnädig. Das würde die Äbtissin rasend machen. Und wenn sie mich hinauswirft aus dem Kloster, weiß ich nicht, was aus mir werden soll.«

»Du bist viel zu kleinmütig, mein lieber Freund. Ein junger Mann, der lesen und schreiben kann, der so viel gelernt hat wie du, der sich auszudrücken weiß und als Abgesandter einer Äbtissin schon ein Stück von der Welt gesehen hat, der wird immer und überall ein gutes Auskommen finden.«

Jacob schwieg. Er dachte an Elseken, an seinen Vater und seine Geschwister. Es war leicht, die Heimat zu verlassen, wenn man wusste, dass man zurückkehren würde. Für immer wegzugehen, allein, um irgendwo in der Fremde einen Broterwerb zu suchen, das war etwas anderes. Jacob fürchtete, dass ihm darüber das Herz brechen würde.

»Wir sind töricht. Wir reden über Probleme, die es gar nicht gibt«, stellte Carl Arnold fest. »Die Frau von Erwitte will dir morgen dreißig Taler geben. Das ist doch ganz wunderbar. Also, lass uns einfach den schönen Mai und unsere gemeinsame Reise genießen, solange sie dauert.«

»Adelheidis von Erwitte ist eine Frau wie unsere Seniorin von Hiesfeld«, sagte Jacob. »Sie ist freundlich und großzügig, ganz anders als ihre Cousine.«

»Ja, sie ist eine warmherzige Frau.«

»Warum wolltest du, dass ich dich ihr als meinen Reisegefährten vorstelle, ohne dabei zu sagen, dass du ein Arzt bist?«

»Wäre die Frau von Erwitte dem Herrn Doktor Kortum freundlich begegnet, dann würde ich denken, dass sie es vielleicht nur aus Respekt vor dem Titel getan hätte. Jetzt bin ich mir sicher, dass sie wirklich eine gute Seele ist.«

»Dieser störrische Mensch am Tor, der wäre vielleicht etwas zuvorkommender gewesen, wenn er gewusst hätte, mit wem er es zu tun hatte«, sagte Jacob.

»Ja, wahrscheinlich wäre er das, aber dann wüssten wir jetzt nicht, dass er ein griesgrämiger, knurriger Kerl ist.«

Der Mann, der sie so mürrisch in Empfang genommen hatte, hatte Jacob an den alten Peter erinnert. Der würde vermutlich auch zwei Wanderern, die er noch nie zuvor in Sterkrade gesehen hatte, sehr skeptisch entgegentreten. Erst als Jacob sein Anliegen vorgetragen und den Brief der Frau von Streithorst aus seinem Beutel gezogen hatte, war der Mann am Benninghausener Klostertor ein wenig zugänglicher geworden. Er hatte nach einem Mädchen gerufen, das gerade über den Hof gelaufen war, und als Jacob auch dem erklärt hatte, er wolle im Auftrag seiner Äbtissin deren Cousine aufsuchen, hatte es keine Viertelstunde mehr gedauert, bis Carl Arnold und er im Besucherzimmer der Abtei dem Konventsfräulein Adelheidis von Erwitte gegenübergestanden hatten.

Lächelnd hatte die schon in die Jahre gekommene Dame, begleitet von dem Mädchen, den großen, schmucklosen Raum betreten. Sie hatte den beiden jungen Männern, nachdem diese sich artig verbeugt hatten, Gottes Segen gewünscht, sie gebeten, an dem schweren, ovalen Holztisch in der Mitte des Zimmers Platz zu nehmen, hatte das Mädchen hinausgeschickt und sich den beiden gegenübergesetzt.

Adelheidis von Erwitte hatte Haube und Velan auf dem Kopf und war in den langen weißen Chormantel gehüllt, den die Zisterzienserinnen gewöhnlich anlegten, wenn sie in der Kirche Gottesdienste feierten und sangen. Jacob nahm an, dass sie die Absicht hatte, gleich weiterzugehen ins Gotteshaus zur abendlichen Komplet. Während sie sich setzte, entdeckte er, dass sie, wie auch die meisten Fräuleins in Sterkrade, unter dem Mantel nicht das Ordenshabit, sondern das feine Kleid einer noblen Dame trug.

Jacob stellte sich und seinen Reisegefährten vor, und sagte, dass er im Auftrag der Äbtissin von Streithorst eine Reise unternehme, die ihn vielleicht noch bis nach Berlin führen werde.

»Meine ehrwürdige Mutter hat mich gebeten, Ihnen dieses Schreiben zu übergeben, falls mein Weg mich nach Benninghausen führen sollte«, fügte er hinzu und legte, ohne seinen Auftrag näher zu erläutern, den Brief auf den Tisch.

Adelheidis von Erwitte zog ihn zu sich heran, betrachtete das Siegel ihrer Cousine und schob ihn wieder zur Seite. Sie sah Jacob abschätzend, aber immer noch lächelnd an.

»So, so«, sagte sie nach einer Weile, »Sie sind also der gescheite junge Mann, aus dem Antonetta einen studierten Herrn machen möchte.«

Jacob war überrascht. Verlegen und unbeholfen nickte er und zog zugleich die Schultern hoch.

»Sie hat vor ein paar Jahren hin und wieder von Ihnen geschrieben«, erklärte die Benninghausener Klosterdame. »In letzter Zeit allerdings hat meine Cousine Sie in ihren Briefen nicht mehr erwähnt.«

Jacob wusste darauf nichts zu sagen. Er war froh, als Adelheidis das Thema wechselte und sich nach dem Befinden der Frau von Streithorst und einiger anderer Fräuleins des Sterkrader Kapitels erkundigte. Sie seien bei seiner Abreise vor vier Tagen alle wohlauf gewesen, sagte Jacob.

Auf andere Fragen antwortete er nur vage. Wie es um das Augenlicht von Ludgera von Hiesfeld stand, wusste er nicht genau. Er sagte, dass er für sie schon lange keine neuen Augengläser mehr in Duisburg geholt habe. Wie es im Winter mit Sibilla von Hamm zu Ende gegangen war, wusste er nur vom Hörensagen. Dass alle, die dabei waren, erzählt hätten, sie sei friedlich eingeschlafen, sagte er. Wie es in den Vorratskammern und Speichern des Sterkrader Klosters aussah, wusste er zwar ziemlich genau, sie waren nach einer reichen Ernte im vergangenen Jahr bis in diesen Frühling hinein gut gefüllt gewesen, aber er sagte nur zurückhaltend, dass man ohne Not über den Winter gekommen sei.

Das sei leider in Benninghausen nicht so gewesen, erklärte Adelheidis von Erwitte. Sieben Jahre Krieg hätten nicht nur die Städte und Dörfer in der Lipperegion, sondern auch die Abtei und ihre Güter an den Rand des Ruins gebracht. Die Gegend sei Durchmarschgebiet und für eine schreckliche Zeit auch Kampfgebiet gewesen. Höfe und Felder seien verwüstet worden und die erzwungenen Abgaben und die Kontributionszahlungen hätten die Möglichkeiten des Klosters weit überstiegen.

»Auch drei Jahre nach Kriegsende können die ausgeplünderten und zerstörten Klostergüter noch längst nicht wieder so wirtschaften wie vor dem Krieg, und dazu lasten auf uns die Schulden, die wir machen mussten, um die ärgsten Notzeiten zu überstehen. Ach, es steht nicht gut um uns und unsre Abtei«, sagte Adelheidis und seufzte.

Während sie nach dem Schreiben ihrer Cousine griff, das Siegel brach, das Papier auseinanderfaltete und zu lesen begann, dachte Jacob, dass seine Aussichten auf einen Besuch in der Hauptstadt des Königreichs Preußen wohl gerade ein ganzes Stück schlechter geworden waren. Wenn es den Damen des Benninghausener Kapitels nicht gut ging, wie sollte dann eine von ihnen die Taler erübrigen, die er brauchte, um seine Reise fortzusetzen und den Forderungen Kümmerlings nachzukommen?

Adelheidis von Erwitte hatte den Kopf in beide Hände gestützt und war in den Brief der Sterkrader Äbtissin vertieft, so lange, dass Jacob irgendwann vermutete, sie verstehe nicht recht, was ihre Cousine da geschrieben hatte. Vielleicht tat sie aber auch nur so, als lese sie immer noch, und dachte unterdessen angestrengt nach.

»Das Betrachtungssärglein ihrer Großmutter mütterlicherseits«, murmelte sie schließlich vor sich hin, fügte dann laut und erklärend hinzu: »Mit diesem Zweig ihrer Familie bin ich nicht verwandt, aber mir schwant, dass ich als Kind schon einmal von dem Erbstück gehört habe.«

Eine Weile schwieg sie, beugte sich noch einmal über den Brief, sah Jacob eindringlich an und fragte: »Aus welchem Material ist dieses Tödlein denn?«

»Aus Wachs«, antwortete Jacob.

»Ja, ja«, sagte sie, so als erinnere sie sich, und schaute Jacob unverwandt an.

Schließlich lachte sie und sagte kopfschüttelnd: »Das ist doch typisch für Antonetta. Da will sie ihr Tödlein unbedingt zurückhaben und schickt einen jungen Mann mit ganzen zwölf Talern in der Tasche diesem Händler hinterher. Als käme man damit heutzutage noch weit, wenn man es eilig hat, wenn man Kutschen mieten und in Gasthäusern speisen und übernachten muss.«

Jacob hielt es für klüger, nichts von all den glücklichen Umständen seiner bisherigen Reise zu erzählen, die dazu geführt hatten, dass er noch nicht einen Pfennig vom Geld der Äbtissin ausgegeben hatte. Bis Essen hatte ihn der Holzhändler Diedrich mitgenommen, die nächsten Meilen bis Bochum war er zu Fuß gegangen, von dort war er in der Chaise von Emanuel Schluck bis nach Hamm gefahren, und die heutige Etappe nach Benninghausen hatte er zusammen mit Carl Arnold auf Schusters Rappen zurückgelegt. In Essen hatte er auf Diedrichs Kosten Linsen gegessen, in Bochum hatte Schluck dafür gesorgt, dass er in der Spelunke am alten Markt nicht zahlen musste, und an den nächsten Tagen war es dem Landrichter ein Vergnügen gewesen, seine beiden jungen Begleiter auszuhalten. Sogar die Brotzeit, die Meister Voss ihnen am Morgen in Hamm eingepackt hatte, hatte Schluck schon im Voraus bezahlt. Auch die drei Übernachtungen in Bochum, Lünen und Hamm hatten Jacob dank der Einladung des großzügigen Richters nichts gekostet. So waren alle zwölf Taler noch genau da, wo er sie vor seiner Abreise aus Sterkrade verstaut hatte: sechs, eingebunden in ein Tuch, in den Tiefen seines Reisesackes, drei in seinem Brustbeutel und drei, bestehend aus verschiedenen kleinen Münzen, im Geldbeutel in seiner Hosentasche.

»Haben Sie denn eine Ahnung, wo dieser Händler sich inzwischen aufhält?«, fragte Adelheidis von Erwitte.

Jacob erzählte ihr von den beiden Begegnungen mit Sylvester Kümmerling in Hamm, von dessen unverschämter Forderung, vom verabredeten Treffen in Lippstadt, und er betonte, dass er nicht wisse, was der Händler im Schilde führe, und dass es durchaus möglich sei, dass er ihm bis nach Berlin folgen müsse.

Lächelnd zuckte die Benninghausener Konventsdame mit den Schultern. »Dann wird die liebe Cousine das Familienerbstück wohl recht teuer zu stehen kommen«, stellte sie fest. »Nun, an mir soll es nicht liegen. Sie hat mich in dem Brief gebeten, Ihnen so viel Geld vorzustrecken, wie Sie brauchen. Es steht außer Frage, dass ich es von ihr zurückbekommen werde. Ich verfüge zwar im Augenblick nur über sehr begrenzte Mittel, aber dreißig Taler könnte ich Ihnen ohne weiteres überlassen. Denken Sie, die Summe wird ausreichen?«

Jacob nickte. Das war mehr, als er erwartet hatte. Mit den zwölf Talern, die er noch in seinen Taschen hatte, würde er damit über eine beachtliche Reisekasse verfügen, selbst wenn er Kümmerling die geforderten zwanzig Taler geben müsste.

»Gut, ich werde Ihnen das Geld morgen früh geben. Sie sollten Buch führen, lieber Jacob Sander, über jeden Pfennig, den Sie davon ausgeben. Das empfehle ich Ihnen dringend. Wie ich Antonetta kenne, wird sie nach Ihrer Rückkehr darauf bestehen, dass Sie über alle Ausgaben Rechenschaft ablegen.«

»Das tue ich«, sagte Jacob.

Als kurz darauf die Glocken der Abteikirche zur Komplet läuteten, stand Adelheidis von Erwitte auf, rief das Mädchen herein und wies es an, dafür Sorge zu tragen, dass Jacob und Carl Arnold ein Abendessen in der Küche und ein bequemes Nachtlager in der Scheune bekämen.

»Sie sind zu Fuß von Hamm gekommen, nicht wahr? Dann sind Sie sicher hungrig und müde. Das Mädchen wird sich um alles kümmern. Und wenn Sie morgen früh ausgeschlafen haben, dann lassen Sie sich eine Schale Grütze oder ein Stück Brot und ein Glas Milch geben. Danach treffen wir uns wieder hier. Aber jetzt wünsche ich Ihnen erst mal ein gesegnetes Abendbrot und eine gute Nachtruhe.«

»Es leidet an Verstopfung sehr / fast nie der Knecht, doch oft der Herr«, reimte Carl Arnold.

»Wer leidet an Verstopfung?«, fragte Jacob in die Dunkelheit der Scheune hinein.

»Adelheidis von Erwitte.«

»Woher weißt du das denn?«

»Wissen tu ich es nicht. Dafür müsste ich sie erst untersuchen. Ich vermute es nur, weil ab und zu hinter ihrem Lächeln eine Leidensmiene zum Vorschein kam. Und dann hat sie immer wieder, beiläufig und unbedacht, eine Hand auf ihren Unterbauch gedrückt, so als sitze ihr in der Gegend irgendwas quer.«

»Ist mir nicht aufgefallen.«

»Bei Menschen, die zu üppig essen, zu viel Fleisch und süßes Gebäck, klappt es oft nicht gut mit der Verdauung. Deshalb hab ich mich über die Unpässlichkeit der Dame gewundert, wo sie doch so geredet hat, als müssten die armen Konventsfräuleins in Benninghausen Hunger leiden. Und dass eine Klosterfrau so mir nichts, dir nichts dreißig Taler erübrigen kann, während hier angeblich alle noch unter den Kriegsfolgen leiden, das will mir auch nicht so recht in den Kopf.«

»Als Adelheidis anfing, von der Not des Kapitels und den Schulden der Abtei zu erzählen, da hab ich auch einen Schreck bekommen und gedacht, dass es nun wohl vorbei wäre mit meiner Reise. Aber die Fräuleins haben eben alle auch ihr eigenes Geld, vor allem wenn sie aus einer wohlhabenden Familie stammen.«

»Ich hab den Eindruck, hier geht es niemandem schlecht, weder den adeligen Damen noch ihren Domestiken. Der Tisch im Gesindehaus war doch mit allem gedeckt, was man zu einer Abendmahlzeit erwarten kann, und die Mägde und Knechte sahen gut genährt und zufrieden aus.«

»Für eine hochwohlgeborene Adelheidis von Erwitte bedeuten die Worte ›Wohlergehen‹ und ›Not‹ vermutlich etwas anderes als für uns.«

»Du meinst, wenn in so einem adeligen Frauenkloster nicht jeden Monat ein fettes Schwein geschlachtet werden kann, dann haben die Konventsdamen schon das Gefühl, sich in einer Notlage zu befinden?«

»Die eine oder andre von ihnen ganz gewiss.«

»Üblicherweise kommt also jeden Tag ein Stück Fleisch auf den Tisch?«

»Für die Konventsfräuleins? Aber ja. Es gibt Fleisch und Kuchen, Obst, eine Suppe und einen Gemüsetopf.«

»Um Himmels willen! Und das tagein und tagaus? Da wundert mich ein verstopfter Darm aber gar nicht mehr.«

»Es gibt fünf Gänge am Mittag, in Sterkrade jedenfalls, und vier am Abend, außer in der Fastenzeit. Da gibt es abends nur zwei, eine Suppe und ein Brot mit Butter. Aber die Damen lassen sich gern von den Fastengeboten befreien. Sie schreiben dem Abt in Kamp, dass sie an Leibesschwachheit leiden, und der entbindet sie dann von den strengen Vorschriften.«

»Woher weiß du das alles?«

»Ich hab eine schöne Handschrift und kopiere oft Dokumente im Sekretariat unserer Abtei, auch Briefe an den Vater Abt. Wenn ein Fräulein vom Fasten befreit werden will, habe ich immer denselben Bittbrief zu schreiben. Den kenne ich schon auswendig.«

Carl Arnold erwiderte nichts. Jacob horchte eine Weile in die finstere Stille hinein, hörte ein Schnauben aus dem benachbarten Stall und ein kurzes Rascheln im Stroh.

»Willst du schlafen?«, fragte er.

»Nein, ich denke darüber nach, welch eigenartiges Leben diese Damen führen, und frage mich gerade, ob es wohl in allen Frauenklöstern so zugeht.«

»Nein, nein, das ist ganz bestimmt nicht der Fall. Aber Sterkrade und Benninghausen haben viel Gemeinsames, beide Kapitel gehören dem Orden der Zisterzienserinnen an, und in beide Klöster werden nur adelige Damen aufgenommen.«

»Sieht es in Sterkrade genauso aus wie hier?«

»Das Abteigebäude hier ist schöner und neuer, aus einem Guss gebaut, vier Flügel um den Kreuzgang herum. In Sterkrade ist alles ein bisschen älter und düsterer, mit vielen Umbauten und Anbauten. Aber das ist der einzige Unterschied, der mir aufgefallen ist. Die Kirche und die Wirtschaftsgebäude, die Scheune hier und der Kutschenschuppen nebenan, die Viehställe und die Werkstätten, Brauhaus, Backhaus, Waschhaus, auch die Hofanlage mit dem Tor, die Bleiche und die Gärten, das alles ist in Benninghausen nicht anders als in Sterkrade.«

»Ein sehr großzügiges Anwesen für die frommen Damen. Weißt du, wie viele hier leben?«

»Im Kloster Sterkrade gehören zurzeit die Äbtissin und acht Fräuleins zum Konvent. Etwa so viele werden es wohl auch hier sein.«

»Neun Menschen in so einem riesigen Gebäude. Da sind die sogenannten Klosterzellen wohl in Wahrheit prachtvolle Säle?«

»Nein, das sind ganz normale Stuben, recht fein eingerichtet mit den privaten Dingen der Damen allerdings. Jedenfalls ist es in Sterkrade so. Aber es gehören eben noch viele andere Räume zu einer Abtei. Refektorium, Empfangssaal und kleiner Kapitelsaal, Sekretariat, Archiv und Bibliothek, die Wohnungen für den Pfarrer und den Kaplan, eine große Küche und eine Gesindeküche, die Kammern der Mägde und Knechte und die Gästestuben. Und dann gibt es von den Getreidesöllern bis zum Weinkeller und zum Bierkeller natürlich noch etliche Wirtschafts- und Vorratsräume, zum Beispiel die Milchkammer, die Leinwandstube, den Fleischkeller oder die Kerzenkammer.«

»Für mich hört sich das so an, als würdest du die Räumlichkeiten eines fürstlichen Schlosses beschreiben«, sagte Carl Arnold. »Und was du über den Alltag dieser Fräuleins erzählst, das klingt nach einem äußerst angenehmen Leben hochwohlgeborener Damen, aber nicht nach dem gottgefälligen Dasein einiger frommer Ordensfrauen.«

»Sie gehen viermal am Tag in die Kirche, um zu singen und zu beten, das erste Mal am Morgen um fünf.«

»Und sie tragen noble Kleider, essen maßlos, drücken sich um die Fastengebote herum, laben sich an Wein und Bier, sind so reich, dass sie jederzeit dreißig Taler verleihen können, leben in fein eingerichteten Stuben, lassen ihre Domestiken für sich arbeiten und leiden an Verstopfung.«

Jacob war konsterniert. Es kam ihm so vor, als hätte er gerade mitanhören müssen, wie die ehrwürdigen Klosterfrauen aufs Übelste beschimpft wurden. Dabei wusste er sehr wohl, dass Carl Arnold nur, so zugespitzt, wie es nun mal seine Art war, ein paar Tatsachen aneinandergereiht hatte.

Eine Entgegnung erwartete er anscheinend nicht. Er sagte kurze Zeit später: »Wenn du über die Kapitularinnen redest, sprichst du nie von Nonnen, sondern immer von Damen oder Fräuleins. Das ist mir aufgefallen.«

»Wenn ich eine von ihnen anrede, nenne ich sie geschätzte Dame oder wohlgeborenes Fräulein. Das tun alle so, die Bediensteten des Klosters, die Bauern, auch fremde Gäste und sogar unsere beiden geistlichen Herren. Die Äbtissin ist für alle die ehrwürdige Mutter und Ludgera von Hiesfeld die verehrte Seniorin. Gegenseitig reden die Frauen sich mit Schwester oder auch schon mal mit Fräulein an. Im Schriftverkehr mit dem Vater Abt, dem Erzbischof oder der Regierung in Cleve, auch in Verträgen und Dokumenten, werden sie meistens als Kapitularinnen oder Damen des adligen Kapitels tituliert, manchmal auch als Konventualinnen oder Konventsfräuleins. So nennen sie sich auch selbst. Als Nonnen bezeichnet sie kein Mensch.«

»Aber sie haben doch die Gelübde abgelegt, oder nicht?«

»Sie haben Armut, Keuschheit und Gehorsam gelobt.«

Nebenan im Stall blökte eine Kuh. Carl Arnold lachte.

»Wenn die noblen Damen es mit der Keuschheit ebenso halten wie mit der Armut, dann ist so ein adeliges Frauenkloster aber wahrhaftig ein ganz infamer Sündenpfuhl«, sagte er.

Jacob schwieg.

»Möchtest du darüber nicht reden?«, fragte Carl Arnold.

»Ich weiß darüber nicht viel zu sagen. Ich hab mal ein paar betrunkene Bauern gehört, die eine Wut auf die Abtei hatten und mit gemeinsten Worten über Ausschweifungen der Fräuleins geredet haben. Und hin und wieder werden Gerüchte verbreitet über unzüchtige Klosterfrauen in Sterkrade oder anderswo. Aber ich glaube nichts davon. Die Leute erfinden solche Geschichten aus Missgunst und Neid auf das angenehme Leben der Damen. Wenn's anders wäre, hätte ich irgendwann in den vergangenen Jahren etwas davon mitbekommen müssen. Und Elseken erst recht. Die hat ihre Kammer gleich neben den Zellen der Konventsfräuleins. Und außerdem, wenn ich es recht weiß, lässt es sich nicht vermeiden, dass Frauenzimmer, die Unzucht treiben, hin und wieder in andere Umstände geraten. Und so etwas hat es in der Abtei in Sterkrade noch nicht gegeben.«

»So ein Malheur kann man unter weiten Röcken gut verbergen«, sagte Carl Arnold leise, »und unterm Ordenshabit vermutlich auch.« Seine Stimme klang schläfrig.

Jacob fiel die Geschichte wieder ein, die sich vor ein paar Jahren im Kloster zugetragen hatte. Zunächst hatte er nur wenig davon mitbekommen, später hatte er Schriftstücke gesehen, die in der Angelegenheit aufgesetzt worden waren, und es waren ihm selbst Zweifel an der Tugendhaftigkeit der Fräuleins gekommen.

Während er noch überlegte, ob er Carl Arnold von der Sache erzählen sollte, hörte er dessen tiefe Atemzüge, die hin und wieder in ein leises Schnarchen übergingen. Auch Jacob hätte jetzt gern Schlaf gefunden, aber die lästigen Erinnerungen an die unschönen Streitigkeiten von damals waren nicht mehr zu verscheuchen.

Begonnen hatten sie mit einem Brief, von dem Jacob später eine Abschrift zwischen den Dokumenten im Sekretariat gefunden hatte. Der Erzbischof und Kurfürst von Köln, damals noch der inzwischen verstorbene Clemens August, hatte ihn an den Abt des Klosters Kamp geschrieben. Er hatte sich in diesem Brief bitter darüber beklagt, dass sich Männer in Frauenklöstern aufhielten, dass dort getanzt werde und dass Nonnen ausgingen, um an Festlichkeiten und Tanzvergnügungen teilzunehmen. Der Erzbischof hatte den Abt angewiesen, für eine strenge Einhaltung der Klausur in den ihm unterstellten Frauenklöstern zu sorgen, um dort alles Unzüchtige schon im Keime zu ersticken.

Daraufhin wurde Philippus Neustatt, der als Beichtvater und Pfarrer nach Sterkrade entsandt worden war, aber nach wie vor zum Kapitel der Zisterzienser von Kamp gehörte, in sein Mutterkloster gerufen. Dort bekam er von seinem Vater Abt den Auftrag, den Damen in Sterkrade die Weisung des Kölner Erzbischofs zu unterbreiten und darauf zu achten, dass sie künftig eine strenge Klausur einhielten.

Der brave Philippus Neustatt setzte also die Konventsfräuleins auftragsgemäß vom bischöflichen Edikt in Kenntnis – und erlebte sein blaues Wunder. Die feinen Damen, plötzlich gar nicht mehr fein, bestürmten ihn wie die Furien. Es stehe ihm nicht zu, ihnen eine solche Order zu überbringen, dafür habe er überhaupt keine Qualifikation, schleuderten sie ihm an den Kopf.

Den Versuch des Fürsten und Erzbischofs, sich in ihren

klösterlichen Alltag einzumischen, hielten sie für eine Ungeheuerlichkeit. Der hohe Herr wolle sie doch nur gängeln und sie hinter den Klostermauern einsperren, wetterten sie und verteidigten ihre Freiheiten mit Klauen und Zähnen und schließlich auch mit Hilfe des Advokaten Lilienthal aus Beeck. Der ersann eine juristische Spitzfindigkeit: Clemens August war Herrscher im Kurfürstentum Köln und geistliches Oberhaupt des Erzbistums Köln. Sterkrade gehörte zwar zu seinem Bistum, aber nicht zu seinem Fürstentum. So war er zwar oberster kirchlicher Herr der Ordensfrauen, ihr oberster Landesherr aber war König Friedrich in Berlin. Der Advokat vertrat die Auffassung, der Bischof könne zwar, wann immer er wolle, Glaubensfragen, religiöse Lehrinhalte, kirchliche Riten und dergleichen in seinem Bistum regeln, aber er habe nicht das Recht, den Untertanen des preußischen Königs vorzuschreiben, wie sie zu leben hätten. Genau das aber täte Clemens August mit seiner Anweisung zur klösterlichen Klausur.

Die Damen griffen enthusiastisch nach dem juristischen Strohhalm und beklagten sich über das Edikt aus Köln bei der Kammer in Cleve. Der Fall war den Beamten dort zu brisant, sie reichten die Angelegenheit weiter nach Berlin.

In den Briefen, die die Damen damals an die preußische Justiz schrieben, argumentierten sie, die jetzt beanstandeten lockeren Klausurregeln hätte es schon gegeben, als sie ihre Gelübde abgelegt und sich an die Abtei gebunden hätten. Es sei schon deshalb gar nicht statthaft, sie im Nachhinein zu strengeren Regeln zu verpflichten. Im Übrigen reichten die bestehenden Bestimmungen völlig aus. Niemand habe Zutritt zu den Zellen, außer einer Magd. Nur in Notfällen und mit ausdrücklicher Genehmigung der Äbtissin sei es Arzt und Wundarzt gestattet, die Zimmer zu betreten. Verlassen dürfe keine Dame das Abteigelände ohne die Erlaubnis der Äbtissin. Die strikte Klausur, die der Erzbischof fordere, könne man auch schon deshalb nicht einhalten, weil dazu hohe Mauern und Gefängnisgitter erforderlich wären, und die gäbe es in Sterkrade nun mal nicht. Es würden erhebliche Umbauten erforderlich, und die könne die arme Abtei sich gar nicht leisten.

Jacob, der die Protestschreiben, die Bitt- und Klagebriefe der Frauen kannte, einige hatte er in Schönschrift übertragen, andere fürs Archiv kopiert, hielt ihre Erklärungen für unredlich. Es war zwar richtig, dass niemand die Zellen der Konventsfräuleins betrat, aber was bedeutete das schon, wenn sie überall sonst in der Abtei, von der Bibliothek über die Werkstätten bis zu den Gärten, mit jedermann Umgang haben konnten. Es stimmte zwar, dass die Äbtissin zum Verlassen des Klostergeländes ihre Erlaubnis geben musste, aber auch das hieß nichts. So war es den Damen zum Beispiel gestattet, in der schönen Jahreszeit nach der Vesper einen Spaziergang zu machen. Ob sie in den Eichelkamp gingen oder bis in die Heide, ob sie allein spazierten oder in Begleitung, das beobachtete niemand.

Am meisten fürchteten die Konventsfräuleins um ihren Urlaub. Vier Wochen im Jahr durften sie das Kloster verlassen, um Verwandte und Freunde zu besuchen. Aus gesundheitlichen Gründen, zur Genesung oder zur Erholung bei Leibesschwachheiten wurde die Frist oft verlängert.

Ohne diese Reisen bräche das Klosterleben komplett zusammen, behaupteten die Damen. Ihre privaten Dinge, zum Beispiel Kaffee oder Kleidung, bezahle die Abtei nämlich nicht. Um diese kaufen zu können, müssten sie Handarbeiten anfertigen und veräußern. Wo aber sollten sie Abnehmer finden, wenn nicht im Familien- und Freundeskreis? Dort bekämen sie oft auch ihre Materialien, Garne und Tuche für ihre Stickereien zum Beispiel.

Das Argument erschien Jacob fadenscheinig. Er glaubte nicht, dass die Reisen der Damen nötig waren. Sie hätten es auch so machen können wie Ludgera von Hiesfeld, die ihre wächsernen Tödlein von Sylvester Kümmerling im Kloster abholen ließ und Jacob ab und zu nach Duisburg schickte, um Material zu besorgen.

Die Konventsfräuleins führten an, sie müssten sich ungehindert auf dem Klostergelände und ringsum bewegen können, um die Geschäfte der Abtei abzuwickeln und zu überwachen, beispielsweise den Holzverkauf oder die Anlieferung der bäuerlichen Abgaben. Wenn dies bei einer strikten Klausur nicht mehr möglich wäre, müsste man weit mehr Domestiken haben und sich auf diese verlassen, wobei die tägliche Erfahrung zeige, dass das Gesinde doch nur den eigenen Nutzen, Essen und Trinken im Kopf habe, aber nicht das Wohl der Abtei.

Als Jacob diesen Satz abgeschrieben hatte, hatte er sich mächtig geärgert. Das Gesinde der Sterkrader Abtei dachte nicht nur an den eigenen Nutzen, ans Essen und ans Trinken! Das war die Unwahrheit!

Die preußischen Beamten in Berlin, die mit der Angelegenheit befasst waren, gingen auf die Argumente der Damen nicht ein. Dennoch entschieden sie ganz in ihrem Sinne, denn sie stellten fest: Die Anweisung des Kölner Erzbischofs, betreffend eine strengere Klausur in Klöstern, ist ein kurkölnisches Mandat, welches im Königreich Preußen nicht verkündet werden darf.

Die Angelegenheit wurde an das Landgericht nach Dinslaken überwiesen, und dort machten die Richter nun Philippus Neustatt als Übeltäter aus, weil er die verschärften Klausurregeln in Sterkrade verbreitet hatte. Der arme Pfarrer beteuerte zwar, er habe doch nur im Auftrag seines Abtes gehandelt und die Damen lediglich auf das Edikt hingewiesen, er habe es weder vorgelesen noch erläutert, aber das Gericht ließ sich davon nicht beeindrucken. Es verurteilte Neustatt zur Zahlung einer Strafe von sechzehneinhalb Talern, so dass er letztlich zum einzigen Leidtragenden des ganzen juristischen Hickhacks wurde. Der Pfarrer war empört und zutiefst enttäuscht von seinen Klosterfrauen, die ihm das eingebrockt hatten. Sie hatten ihn über die Klinge springen lassen, um sich ihre zweifelhaften Freiheiten zu erhalten.

Im Stich gelassen fühlte er sich auch von seinem Vater Abt. Der versuchte nach dem Urteil, Neustatt von einem Einspruch bei Gericht abzuhalten. Die Angelegenheit enthielt so viel politischen Zündstoff, dass der Abt von Kamp es für klüger hielt, die Sache auf sich beruhen zu lassen. Er beschwichtigte den Sterkrader Pfarrer, die sechzehneinhalb Taler wurden bezahlt, offiziell von Philippus Neustatt, doch jeder nahm an, dass das Geld aus den Barschaften der Abtei Kamp gekommen war.

Die Damen des Sterkrader Kapitels hatten ihr Ziel erreicht.

Niemand versuchte mehr, sie zu einer strengeren Klausur zu verpflichten.

Jacob hatte ihre Verbissenheit, ihre Rücksichtslosigkeit gegenüber Pfarrer Neustatt und ihren Ungehorsam gegenüber Abt und Bischof mit großer Verwunderung beobachtet. Er hatte angefangen zu grübeln, und je länger er nachgedacht hatte, desto größer waren seine Zweifel an der Tugendhaftigkeit der Damen geworden.

Hehre Ziele waren es nicht, die sie verfolgt hatten, da war er sich sicher. Es waren höchst irdische Vergnügungen, um deren Erhalt sie gekämpft hatten, es war vor allem der unschickliche Wunsch nach einem leichten und angenehmen Leben, der sie zu ihrer Widerspenstigkeit getrieben hatte.

Dabei beteuerten die Konventsfräuleins gänzlich ungeniert, sie hätten in dieser Auseinandersetzung immer nur ihr Seelenheil vor Augen gehabt. Sie verstiegen sich sogar zu der Behauptung, die strengeren Klausurregeln hätten sie in einen verzweifelten Tod getrieben, allein durch ihren jetzigen lockeren Lebenswandel könnten sie zu einem seligen Ende finden. Jacob erinnerte sich noch sehr genau an die ebenso maßlosen wie unglaubwürdigen Worte, mit denen die Damen in einem Schreiben ans Gericht die Folgen einer Klausurverschärfung als ein Szenario des Schreckens dargestellt hatten:

»Die strikte Klausur, würde sie uns widerrechtlich aufgedrängt, wäre für uns schwere Bürde und Last, erschiene uns als eine alle Augenblicke zu erleidende Tortur, käme uns vor wie ein ewiger Kerker, ja, wie ein sehr langsamer, aber desto grausamerer Tod. Entstehen würden daraus unheilbare Melancholien, andere gefährliche Krankheiten und Leibesschwachheiten und schließlich ein Tod voller Verzweiflung. Würden wir hingegen in unserem wohl hergebrachten Wandel ruhig belassen, könnten wir unser Leben gemäß getaner Gelübde einrichten und es so vollenden, dass wir unsere Seelen dem Schöpfer zu ewigen Freuden übergeben könnten.«

ELF

Jacob wusste immer noch nicht recht, wie ihm geschah. Vor ein paar Stunden erst war er in der Scheune der Abtei Benninghausen aufgewacht, hatte die lange Wanderung des Vortages in seinen Beinen gespürt, missmutig an den heutigen Fußmarsch nach Lippstadt gedacht, aber auch erwartungsvoll dem Städtchen und der Begegnung mit Kümmerling entgegengesehen, und jetzt fand er sich in einer Postkutsche wieder und sah, als er sich noch einmal umschaute, die Dächer und Türme von Lippstadt hinter sich.

Außer Jacob saßen noch zwei Passagiere im Wagen: neben ihm, ebenso erstaunt über den Verlauf der Ereignisse wie er, Carl Arnold Kortum, ihnen gegenüber, vor Aufgeregtheit schwitzend, Sylvester Kümmerling.

Vom Postillion sah Jacob nur den blauberockten Rücken und das Posthorn, das an einem Schulterriemen hing. Mit grimmigen Rufen und gelegentlichen Peitschenhieben trieb der Mann vom Kutschbock herunter die vier Pferde zur Eile an. Das gefiel Jacob nicht. Ihm wäre es lieber gewesen, wenn der Postillion die Tiere beruhigt und sie zu einer beschaulicheren Gangart angehalten hätte. Der Weg, den sie befuhren, war eng und holprig, die Bank, auf der er saß, war hart, und schon nach einer Viertelstunde hatte Jacob begriffen, warum die Postkutschen von den Leuten gern als Marterkästen und Knochenknacker bezeichnet wurden.

»Wir hätten doch über Erwitte fahren sollen«, knurrte Kümmerling vor sich hin. »Aber dieser Weg ist nun mal kürzer«, fügte er nach einer Weile hinzu, tupfte sich mit seinem großen Taschentuch den Schweiß von der Stirn und sagte zu Jacob und Carl Arnold, als wolle er sich bei ihnen für die unangenehme Fahrt entschuldigen: »In Geseke erreichen wir den Hellweg, dann wird es nicht mehr so rumpeln. Und in vier Stunden sind wir vielleicht schon in Paderborn.«

Sylvester Kümmerling saß auf einer weichen Decke, die er vor der Abfahrt aus seiner großen ledernen Reisetasche geholt hatte. Er hatte gewusst, was ihn in der Kutsche erwartete. Vermutlich geriet ein Mann, der zeit seines Lebens von Stadt zu Stadt gereist war, nur noch selten in unvorhergesehene Situationen. Und doch wirkte Kümmerling auf Jacob wie ein Gehetzter, sogar wenn er die Augen schloss, die Arme vor der breiten Brust verschränkte und sich zurücklehnte, so wie er es gerade tat. Er atmete schnell und unregelmäßig, und jedes Mal, wenn der Schlaf ihn übermannen wollte, öffnete er erschrocken wieder die Augen. Der Händler Sylvester Kümmerling verhielt sich wie ein Mann, der auf der Flucht war, und wie eine Flucht war Jacob auch der Aufbruch in Lippstadt vorgekommen.

»Nein, nein, auf die ordinäre Post kann ich nicht warten. Ich habe eine Extrapost geordert, und die ist abfahrbereit«, hatte Kümmerling gesagt, und er hatte ihn und Carl Arnold gedrängt, in den bereitstehenden Wagen zu steigen.

So war denn die erste Postkutschenreise in Jacobs Leben gleich zu einer Fahrt mit der Extrapost geworden. Die hatte er bis zum heutigen Tag für ein Fortbewegungsmittel gehalten, das ausschließlich wichtigen und wohlhabenden Männern vorbehalten war. Nur wer es sehr eilig hatte und auf seine Taler nicht achten musste, fuhr mit der Extrapost. Vier Pferde und ein Postillion für mindestens vier Meilen von Lippstadt bis Paderborn, das kostete ein Vermögen, rund sechs Taler, rechnete Jacob aus. Was hatte Kümmerling nur zu dieser enormen Ausgabe getrieben?

War jemand hinter dem Händler her? Hatte er in Hamm beim Piquet oder beim Whist einem Mitspieler so viel Geld abgeknöpft, dass er jetzt dessen Zorn fürchtete? Hatte er vielleicht sogar beim Spiel betrogen?

Irgendetwas stimmte nicht, da war Jacob sich sicher. Er vermisste auch den hölzernen Koffer, den großen, den er aus Sterkrade kannte, in dem der Händler seine Waren transportierte, in dem er wahrscheinlich auch das Betrachtungssärglein der Äbtissin aufbewahrte. Jacob hatte den Warenkoffer zwischen den Gepäckstücken, die hinten auf dem Wagen befestigt waren, nicht gesehen. Zweimal hatte er jetzt schon danach gefragt, und

Carl Arnold hatte gleich nach ihrem Aufbruch in Lippstadt wissen wollen, was denn die übertriebene Eile solle, aber Sylvester Kümmerling hatte sie bisher nur mit beruhigenden Floskeln vertröstet, sie hingehalten und ihnen versprochen, beizeiten alles zu erklären.

Während sie an Dörfern vorbeirumpelten, deren Namen der Postillion ihnen zurief, »Dedinghusen!«, »Ehringhusen!«, »Bönninghusen!«, hielt Jacob sich mit einer Hand in der Fensteröffnung fest und stützte sich mit der anderen auf der Holzbank ab, um nicht allzu heftig hin- und hergeschaukelt zu werden. Er fühlte sich nicht wohl.

Dabei hatte der Tag so gut für ihn begonnen. Er hatte, während Carl Arnold noch schlief, die sonntägliche Frühmesse in der Abteikirche besucht und war anschließend zusammen mit dem Freund in die Gesindeküche gegangen. Dort hatte ihnen eine junge Magd das Morgenbrot aufgetragen. Ihr sanftes Gesicht, ihr anmutiger Gang und ihre zarte Gestalt hatten ihn so sehr entzückt, dass er in ihrer Gegenwart nicht ein einziges Mal an Elseken gedacht hatte. Im Besucherzimmer des Klosters hatte Adelheidis von Erwitte lächelnd dreißig Taler auf den Tisch gelegt und zudem den äußerst erfreulichen Vorschlag gemacht, sie sollten doch auf dem Karren des Abteiknechtes mitfahren, der gleich nach Lippstadt müsse, um beim Seifensieder und beim Buchdrucker einige Besorgungen zu machen. So waren sie schon vor der Mittagszeit gut gelaunt in der Stadt angekommen.

Sie hatten sich überlegt, dass mit Kümmerling vor dem frühen Abend kaum zu rechnen sei, und waren eine Weile ziellos herumgebummelt.

Durch viele Gassen von Lippstadt floss in schmalen Kanälen Wasser. Wenn man nicht bis zur nächsten Brücke gehen wollte, gelangte man nur durch einen Sprung von einer Straßenseite auf die andere. Jacob überquerte einige Male übermütig hüpfend die künstlichen Wasserläufe.

»Lass es lieber, mit deinem schweren Reisesack auf dem Rücken«, empfahl ihm Carl Arnold, »sonst liegst du bald auf der Nase.«

»Verrückt ist das«, sagte Jacob lachend. »Bäche, die mitten durch die Straßen fließen. Was soll das?«

»Das ist doch praktisch, so können die Leute ihren Unrat aus der Stadt hinausspülen. Und für die Brandbekämpfung sind solche Kanäle sicher auch günstig.«

»Eine schöne Stadt«, sagte Jacob. »Die Straßen sind so breit, da kommen bestimmt drei Wagen aneinander vorbei.«

»Nach allem, was Adelheidis von Erwitte und der Abteiknecht uns erzählt haben, wundert mich, wie wenig man hier noch von den Kriegsfolgen sieht«, sagte Carl Arnold.

»Der Abteiknecht hat doch gar nicht über den Krieg gesprochen. Er hat nur mal kurz diese seltsame Viehseuche erwähnt, die angeblich die Ochsen der Franzosen hier eingeschleppt haben.«

»Ja, die meine ich. Dadurch haben die Leute schließlich fast alle ihre Rinder verloren. Aber jetzt schau sie dir mal an, die Lippstädter! Die sind allesamt wohlgenährt. Und gut gekleidet sind sie auch. Hier sieht niemand so aus, als leide er Not«, sagte Carl Arnold. »Und die Gebäude ringsum, die sind fast alle fein renoviert, und an vielen wird gerade gearbeitet. Das alles sieht ganz anders aus als in Bochum, wo die Leute nicht das Geld haben, ihre Häuser wieder instand zu setzen.«

»Das Rathaus ist uralt und macht einen baufälligen Eindruck«, entgegnete Jacob.

»Aber es ist ein stattliches Rathaus. Und die Kirche daneben ist riesig, fast wie ein Dom.«

Jacob sah eine Weile zu dem großen Gotteshaus hinüber, dann sagte er: »Schon seit dem ersten Tag meiner Reise wundere ich mich darüber, dass es in jeder Stadt so viele Kirchen gibt. Das hatte ich nicht erwartet. Und hier sind es sogar noch mehr als anderswo.«

»Fünf hab ich gezählt.«

»Es sind sechs, vier lutherische, eine reformierte und das Kloster der Augustinerinnen, das zugleich die Pfarrkirche für die Katholischen ist.«

»Woher weißt du das?«, fragte Carl Arnold verblüfft.

»Vom Abteiknecht.«

Carl Arnold nahm seinen Hut vom Kopf und fuhr mit den

Fingerspitzen durch seine Haare. »Wann hat er dir das denn erzählt? Ich war doch immer dabei, wenn ihr zusammen gesprochen habt.«

»Nein, das warst du nicht. Kurz vor Lippstadt hast du ihn mal gebeten, anzuhalten, und bist in den Büschen verschwunden.«

»Ich erinnere mich«, sagte Carl Arnold und lachte.

Kurz nachdem sie zum zweiten Mal am Marktplatz vorbeigekommen waren, schlug Carl Arnold vor, nach einem Barbier Ausschau zu halten. Er strich über seine kräftigen dunklen Bartstoppeln, sah Jacob an und stellte fest: »Eine Rasur täte uns beiden gut.«

Jacob hatte zwar nur ein wenig blonden Flaum im Gesicht, aber er stimmte dem Freund zu. Nachdem sie eine Weile Ausschau gehalten hatten, sagte Carl Arnold: »Sieh mal, da vorn ist die Poststation.«

»Dahin müssen wir aber jetzt noch nicht. Kümmerling kann noch nicht hier sein.«

»Das weiß ich, aber wir sollten uns den Platz merken.«

Jacob nickte, und dann sahen sie ihn beide gleichzeitig: Sylvester Kümmerling stand vor der Station neben einer Postkutsche, hatte sie auch gerade entdeckt und winkte sie aufgeregt zu sich heran.

Ein paar Minuten später saßen sie in einem Wagen der Extrapost, und nur eine gute Stunde nachdem sie in Lippstadt angekommen waren, verließen sie in aller Eile die Stadt in Richtung Paderborn.

Hinter Geseke hörte das Rumpeln auf, aber die Rufe und Peitschenhiebe, mit denen der Postillion sein Gespann antrieb, wurden lauter. Mit einer Geschwindigkeit, die Jacob an allerlei Übles denken ließ, an Stürze und Achsenbrüche und an die kleine Geschichte, die Adam Feigenbaum in Bochum erzählt hatte, preschte die Postkutsche über den alten Hellweg, die Landstraße in Richtung Osten.

Jacob kam ein Satz in den Kopf, den er vor einer Weile irgendwo gelesen hatte:

»Willst du, dass die Postillione stark fahren sollen, so gehe davon aus, dass die Versprechung eines guten Trinkgeldes hierbei mehr ausrichtet als die Androhung von Schlägen, die einige Passagiere anzuwenden pflegen.«

Nun, eine Tracht Prügel hatte Kümmerling dem Mann auf dem Kutschbock vermutlich nicht angedroht. Also konnte man aus dem rasanten Tempo des Wagens wohl schließen, dass er auf den enormen Preis für die Extrapost auch noch ein ordentliches Trinkgeld draufgelegt hatte.

Nicht weit hinter Geseke wurde die Kutsche langsamer, und der Postillion blies ins Horn.

»Die Grenze zum Fürstbistum Paderborn«, sagte Kümmerling, tupfte sich Schweiß aus dem Gesicht und lächelte zum ersten Mal, seitdem sie ihn in Lippstadt getroffen hatten.

Jacob fingerte nach dem Ausweispapier der Äbtissin in seinem Brustbeutel. Er nahm an, dass sie bald an einer Grenzschranke halten würden, schaute aus dem Fenster, sah den erwarteten Schlagbaum, stellte aber überrascht fest, dass er bereits geöffnet war. Zwei Grenzsoldaten standen am Straßenrand. Der eine grüßte den Postillion, der andere warf einen flüchtigen Blick in die vorbeirollende Kutsche.

»So ist das, wenn man mit der Extrapost fährt«, sagte Kümmerling zufrieden. »Vornehme Herren, die viel Geld fürs schnelle Fortkommen bezahlen, die überprüft man nicht, als wären sie gewöhnliches Volk.«

Der Wagen nahm rasch wieder an Fahrt auf, doch so halsbrecherisch wie vor der Grenze wurde das Tempo nicht mehr. Nur hin und wieder rief der Postillion den Pferden noch etwas zu, nur selten knallte noch die Peitsche. Die Geschwindigkeit war Jacob angenehmer als die Raserei zuvor, das Rumpeln hatte nachgelassen, die Kutsche schaukelte nur noch sanft, und selbst die Holzbank erschien Jacob jetzt weniger hart. Er spürte nicht mehr jeden Stoß in seinem Rücken.

»Jetzt sind wir im Land von Wilhelm Anton, dem Asseburger«, sagte Kümmerling, und es klang so erleichtert, dass Jacob ihn geradeheraus fragte: »Haben Sie etwas Verbotenes getan in Hamm? Sind Sie auf der Flucht vor der preußischen Justiz?«

Sylvester Kümmerling lachte amüsiert.

»Wir sind schon lange nicht mehr im Königreich Preußen«, sagte Carl Arnold zu Jacob. »Irgendwann auf unserem Weg von Hamm nach Benninghausen haben wir beide gestern die Grenze zum Herzogtum Westfalen überschritten. Du hast es nur nicht bemerkt, weil es auf dem Fußpfad an der Lippe keinen Schlagbaum gab.«

»Was soll dann die Hast?«, fragte Jacob den Händler. »Der überstürzte Aufbruch an der Poststation und die Extrapost, wozu das alles? Wieso waren Sie überhaupt schon vor Mittag in Lippstadt? Und was ist mit Ihrem Warenkoffer? Wo ist das Tödlein der Äbtissin? Das möchte ich jetzt endlich wissen«, sagte er ärgerlich.

»Nun beruhigen Sie sich mal, mein lieber Jacob Sander«, sagte Kümmerling beschwichtigend. »Ich versteh ja Ihre Verwunderung über meine Eile durchaus, aber vergessen Sie doch bitte darüber nicht die angenehmen Seiten unserer gemeinsamen Kutschfahrt. Ihre schöne Reise, Herr Sander, die ist noch nicht zu Ende, und Sie, Herr Doktor Kortum, Sie kommen Berlin ein Stück näher, mit der Extrapost und dazu noch auf meine Kosten.«

»Jetzt halten Sie uns schon wieder hin, anstatt Jacobs Fragen zu beantworten«, stellte Carl Arnold fest.

»Na gut«, sagte Kümmerling und seufzte, »Sie sind ja erwachsene Männer. Sie wissen, was menschliche Schwächen sind, und zu denen, die sich nach Pfaffenart darüber entrüsten, gehören Sie ja anscheinend nicht.«

Er sah Jacob ein paar Augenblicke skeptisch an. »Wo haben Sie denn in Hamm mein Nachtquartier vermutet?«, fragte er dann.

Jacob zuckte mit den Schultern.

»Vermutet haben wir gar nichts«, sagte Carl Arnold. »Wir haben uns nur drüber gewundert, dass Sie ein Geheimnis draus gemacht haben.«

»Na immerhin«, sagte Kümmerling und schmunzelte. »Und dann ist Ihnen nicht ein naheliegender Verdacht gekommen?«

Jacob hatte plötzlich eine Ahnung, und Carl Arnold äußerte

sie im selben Moment: »Sie hatten sich bei einer Dame einquartiert.«

»Bei einer Witwe, einer ganz reizenden Frau und einer sehr guten Freundin«, sagte Kümmerling, seufzte noch einmal und fügte hinzu: »Jedenfalls hielt ich sie bis gestern Abend dafür.«

Hendrine, so nannte Kümmerling die Weibsperson, war bei einer seiner Stippvisiten in Hamm vor ein paar Jahren seine Kundin geworden, eine sehr vermögende Kundin, wie er bald bemerkte. Sie erwarb bei ihrer ersten Begegnung einen Kupferstich, beim zweiten Besuch des Händlers in ihrem Haus fand sie Gefallen an der erbaulichen Literatur in seinem Warenkoffer, beim dritten Zusammentreffen kaufte sie ein wächsernes Tödlein, und Kümmerling begann, ihr den Hof zu machen. Auch dafür zeigte die Dame sich sehr empfänglich, und so ergab es sich schon bald, dass Sylvester Kümmerling während seiner Aufenthalte in Hamm kein Gasthausbett mehr bezahlte, sondern seine Nächte im Bett der Witwe Hendrine verbrachte.

Er beglückte sie nicht nur dort, sondern auch während mancher Tagesstunden in ihrem Salon, brachte ihr bei, wie man mit Karten Mariage und mit Würfeln Hazard spielte. Er versäumte es nicht, sie mit Büchlein und Broschüren aus seinem Warenkoffer zu beschenken, wobei er bald schon ihre Vorlieben für alles Metaphysische und Unerklärbare entdeckte. Mit Titeln wie *»Weissagungen von viel wunderbaren Zukunften«* und *»Merckwürdige Prophezeyungen des berühmten Nicolai Drabicii«* versetzte er sie in höchstes Entzücken.

Hendrine dankte es ihm mit äußerster Großzügigkeit. Sie schenkte ihm nach und nach einen seidenen Schal, eine Sackuhr mit einem sehr präzisen Uhrwerk und eine silberne Tabaksdose. Dazu wanderte auch so mancher Taler aus dem Kästchen der Dame in den Beutel des Händlers. Mal sollte Sylvester davon ein besonders feines Fläschchen Rebensaft trinken, mal sollte er sich ein besonders gutes Essen gönnen, mal in einem besonders noblen Gasthaus absteigen, vor allem aber sollte er, während er auf Reisen war, aß, trank oder im Bette lag, allzeit an seine Hendrine in Hamm denken.

Das für beide Seiten erfreuliche Verhältnis hatte eine erste leichte Eintrübung erfahren, als Hendrine beim Mariage-Spiel darauf hinwies, dass es sie immer wieder beglücke, wenn König und Dame zu einer Mariage zusammenfänden. Dabei schaute sie ihren Sylvester begehrlich an. Der verstand sehr wohl, dass Hendrine andeuten wollte, wie glücklich eine Vermählung sie machen würde, aber er stellte sich dumm. »Ja so eine Mariage ist wirklich beglückend, immerhin bringt sie zwanzig Punkte und in der Trumpffarbe sogar vierzig«, sagte er.

Danach war das heikle Thema nicht mehr angesprochen worden, bis Kümmerling bei seinem jüngsten Besuch in Hamm damit herausrückte, dass er sein Leben als Reisender aufzugeben gedenke, dass er in Zukunft in Berlin leben und vermutlich nur noch sehr selten nach Hamm kommen werde.

Nach einigen längeren Gesprächen, die aus Hendrines Sicht allesamt unerfreulich verliefen, setzte sie Sylvester Kümmerling die Pistole auf die Brust: Entweder erkläre er sich mit einer sofortigen Eheschließung einverstanden, oder sie bekäme umgehend von ihm alle Geschenke zurück, Halstuch, Sackuhr, Tabaksdose und einhundertfünfundachtzig Taler.

Sie habe in den vergangenen Jahren sein Liebesgeflüster und seine Tollheit in ihrem Bett nur dahingehend deuten können, dass er über kurz oder lang ganz gewiss um ihre Hand anhalten werde. Nur in der Annahme einer bevorstehenden Eheschließung habe sie sich immer wieder auf das sündige Beisammensein mit ihm eingelassen, und selbstverständlich habe sie ihn auch nur in Erwartung einer gemeinsamen Zukunft so reich beschenkt. Wenn sich nun herausstelle, dass er eine Vermählung nie in Erwägung gezogen habe, dann habe er sich also Liebesstunden und Verlobungsgeschenke durch die Vorspiegelung falscher Tatsachen erschlichen. Das sehe sie jedenfalls so, und sie sei recht zuversichtlich, dass man das bei Gericht auch so sehen werde.

Diese unmissverständliche Drohrede hielt Hendrine ihrem Sylvester gestern am frühen Abend. Kümmerling reagierte äußerlich gelassen, schlug vor, noch einmal in Ruhe alle Möglichkeiten einer gemeinsamen Zukunft zu erwägen, am nächsten Tag vielleicht, denn an diesem Abend habe er keine Zeit mehr für eine so weitschweifende Erörterung, weil er im »Gasthaus am Nordtor« zum Kartenspiel verabredet sei.

Hendrine war zufrieden, hielt ihm mit dem Lächeln der Siegerin auf dem Gesicht ihre Wange zum Abschiedskuss hin und ging zur Abendandacht in die Kirche. Kümmerling raffte panisch einige seiner Sachen zusammen, packte sie in die große Reisetasche, schaffte seinen hölzernen Warenkoffer die Treppe hinunter bis vors Haus und merkte, als er dastand mit Tasche und Koffer, japsend und schwitzend, dass er so nicht allzu weit kommen würde.

Fluchend und ächzend schleppte er die schwere Reisetasche und den sehr schweren Warenkoffer durch die halbe Stadt bis zum Haus eines Mannes, mit dem er schon viele Nächte Piquet gespielt und beinahe ebenso viele Nächte über die günstigsten Strategien beim Piquetspiel diskutiert hatte. Erst jüngst hatten sie festgestellt, dass in all den vielen Piquet-Büchlein, die es gab, nicht halb so viele geistreiche Ideen und Raffinessen steckten wie in ihren gemeinsamen Überlegungen, und sie hatten sich vorgenommen, zu zweit eine neue Broschüre über das Spiel zu verfassen und sie bei Kümmerlings Bruder in Berlin drucken zu lassen. Darüber hinaus verband die beiden Männer auch die Überzeugung, dass es sich im Junggesellenstand angenehmer und friedvoller leben ließ als im Ehestand, so dass man alles in allem ihr Verhältnis zueinander als durchaus freundschaftlich bezeichnen konnte.

Das erwies sich am gestrigen Abend als Glücksfall für Sylvester Kümmerling. Der Freund verschloss Türen und Fensterläden, entzündete ein paar Kerzen, holte einen Krug Wein aus seinem Keller und schlug vor, zur Erholung und zur Sammlung zunächst ein paar Runden Piquet zu spielen. Das taten sie. Erst als sie vom Trinken und vom Spielen ziemlich entspannt waren, schmiedeten sie einen gut durchdachten Fluchtplan.

Nach ein paar Stunden unruhigen Schlafes verließ Sylvester Kümmerling beim ersten Morgengrauen das Haus des Freundes und schlich durchs Halbdunkel zum Münstertor, das, wie alle Stadttore, bei Tagesanbruch geöffnet wurde.

Er grüßte gähnend den Torwächter, erzählte, dass er die ganze

Nacht keinen Schlaf gefunden habe und nun, um ein wenig müde zu werden, eine Weile an der Lippe spazieren gehen wolle. Den Mann am Tor schien das alles nicht im Geringsten zu interessieren, aber Kümmerling hoffte, er werde sich bei einer möglichen Befragung an die Geschichte erinnern und auch daran, dass der Händler Sylvester Kümmerling ohne Gepäck die Stadt verlassen hatte.

Er lief an der Lippe entlang in Richtung Osten, bis Hamm ein gutes Stück hinter ihm lag, dann bog er nach Süden ab und erreichte kurz darauf die Allee, auf der sein Freund ihn bereits in seiner Chaise erwartete. Der hatte die Stadt, mit Kümmerlings großer Tasche auf dem Wagen, durch das Berliner Tor verlassen und dort dem Torschreiber erzählt, er wolle einen Besuch bei einem Bekannten in Soest machen und am späten Abend wieder in Hamm sein.

Die sechste Stunde des noch jungen Tages war gerade vorüber, als Sylvester Kümmerling zu dem Freund in die Chaise stieg. Fünf Stunden später kam er in Lippstadt an.

Er glaubte zwar nicht, dass Hendrine ihm nachreisen würde, aber er war sich auch nicht sicher, dass sie es nicht tun würde. Viereinhalb Meilen trennten ihn jetzt von ihr. Das war nicht viel. Er begab sich umgehend in die Poststation, wo der Posthalter sich nach dem Empfang eines außerordentlichen Trinkgeldes sehr dienstbeflissen zeigte. Es dauerte nicht allzu lange, bis ein Wagen der Extrapost abfahrbereit vor dem Haus stand.

Kümmerling nahm an, dass Hendrine, falls sie ihm tatsächlich folgen sollte, von Lippstadt aus über Bielefeld und Minden weiter in Richtung Berlin reisen würde, auf der Hauptroute der Clevischen Post. Im Fürstbistum Paderborn würde sie gewiss nicht nach ihm suchen. Als die Grenze hinter ihnen lag, war er davon überzeugt, dem Gefängnis der Ehe entkommen zu sein und das kleine Vermögen behalten zu können, das er Hendrine verdankte.

Während die Kutsche langsam durch das Städtchen Salzkotten rollte, beteuerte Kümmerling: »Ich habe ihr niemals etwas abverlangt, kein Geschenk und kein Geld, und schon gar nicht hab ich ihr jemals irgendetwas versprochen.«

»Nun ja, sie hat sich aber etwas versprochen«, stellte Carl Arnold fest. »Und Sie haben das gewusst, spätestens seit Hendrines Bemerkung beim Mariage-Spiel. Ich denke, Ihnen war schon klar, dass die Dame Sie mit ihrer Großzügigkeit an sich binden wollte.«

»Nein, lieber junger Freund, das war mir keinesfalls klar«, entgegnete Kümmerling energisch. »Ich habe immer gedacht, unsere Beziehung, so wie sie war, wäre für sie genauso erfreulich wie für mich. Ich habe mich wohlgefühlt in ihrem Haus und war gern mit ihr zusammen. Egal ob ich von Norden nach Süden oder von Osten nach Westen unterwegs war, wenn es eben ging, hab ich meine Reiseroute so gelegt, dass sie mich durch Hamm führte. So gefiel es uns beiden. Ihre Großzügigkeit habe ich immer für einen Ausdruck ihrer Zuneigung und ihrer Zufriedenheit gehalten und nie für eine Investition in irgendeine gemeinsame Zukunft. Natürlich war mir klar, dass mein Plan, mit dem Reisen aufzuhören und mich in Berlin niederzulassen, ihr nicht gefallen würde. Aber unsere Beziehung hätte ja trotzdem nicht zu Ende sein müssen. Wir hätten uns Briefe schreiben und uns zwei-, dreimal im Jahr gegenseitig besuchen können. Eigentlich wollte ich ihr das vorschlagen, aber dazu bin ich gar nicht mehr gekommen, weil sie mich gleich vor die Alternative gestellt hat, sie zu heiraten oder ihr alle Geschenke zurückzugeben. Nein, nein, mein lieber Herr Doktor Kortum, ich habe in diesem Spiel immer meine Karten offengelegt. Die Falschspielerin war Hendrine. Sie hatte die ganze Zeit ein heimtückisches Ass im Ärmel stecken, und gestern Abend ist es ihr herausgefallen.«

Jacob befremdete es, dass Sylvester Kümmerling das, was er mit dieser Dame in Hamm getrieben hatte, ein Spiel nannte. Sie hatten miteinander gesündigt, anscheinend über Jahre hinweg, als gäbe es keinen Gott und keine Gebote. Es wunderte ihn nicht, dass so ein lasterhaftes Treiben mit einem Zerwürfnis geendet hatte. Was ihn hingegen sehr verwunderte, war Kümmerlings krampfhaftes Bemühen, seine Rolle in dieser schändlichen Beziehung als untadelig darzustellen. Da gab er unumwunden zu, sich hemmungslos im Morast der Sünde gesuhlt zu haben, und zugleich legte er größten Wert auf die Feststellung, dass er sich dabei nicht die Hände schmutzig gemacht hatte.

Noch vor ein paar Tagen hatte er diesen Händler für einen braven und frommen Mann gehalten, der sich mit seinem Gewerbe um das Seelenheil der Menschen verdient machte. Jetzt sah er in Sylvester Kümmerling nur noch einen selbstsüchtigen, habgierigen und gottlosen Kerl. Es erschien ihm absonderlich, dass dieser Mann so energisch bestritt, Hendrine hintergangen und ausgenutzt zu haben, gerade so, als habe er ein Gewissen und eine Moral.

Jacob nahm an, dass für Kümmerling auch die Verhandlungen um das Tödlein der Äbtissin nur ein Spiel waren, bei dem er so lange bluffen und taktieren würde, bis er am Ende den größtmöglichen Gewinn herausgeschlagen hatte.

»Wo ist denn nun Antonetta von Streithorsts Betrachtungssärglein?«, fragte er zaghaft, ohne sich allzu große Hoffnung auf eine erfreuliche Antwort zu machen.

»Wo soll es wohl sein? In meinem Warenkoffer ist es«, antwortete Kümmerling leichthin.

»Und den haben Sie in Hamm gelassen, nehme ich an«, sagte Jacob argwöhnisch und versuchte, die Wut zu unterdrücken, die langsam in ihm hochstieg.

»Ja, den konnte ich bei meiner heimlichen Abreise nicht mitnehmen, der ist noch bei meinem Freund.«

»Und mich schleppen Sie mit nach Paderborn. Was soll das?«, platzte es aus Jacob heraus. »Warum haben Sie sich nicht in Lippstadt die zwanzig Taler von mir geben lassen und mich mit einem Brief zurückgeschickt nach Hamm? Dort hätte Ihr Freund mir das Tödlein aushändigen können, und ich wäre übermorgen wieder in Sterkrade gewesen.«

Kümmerling sah ihn verdutzt an. »Das ist eine ziemlich geistreiche Idee«, sagte er nach einer Weile und lachte amüsiert. »Darauf bin ich, ehrlich gesagt, nicht gekommen.«

»Was haben Sie vor mit mir, Herr Kümmerling?«, fragte Jacob erbost. »Sie führen mich an der Nase herum. Warum tun Sie das?«

»Es ist wirklich nicht meine Absicht, Sie zu foppen, lieber Herr Sander«, sagte Kümmerling beschwichtigend.

Jacob glaubte ihm kein Wort mehr. Er war zornig und sprachlos.

Carl Arnold mischte sich ein. »Sie hätten dem Jacob schon am ersten Abend in Hamm das Tödlein geben können, oder Sie hätten das Betrachtungssärglein bei Ihrem Freund aus dem Warenkoffer holen, es in Ihre Reisetasche stecken und mitnehmen können. Und natürlich hätten Sie den Jacob auch von Lippstadt aus mit einem Brief zurück nach Hamm schicken können. Das alles haben Sie nicht getan«, stellte er mit ruhiger Stimme fest. »Wenn Sie nicht die Absicht haben, ihn hereinzulegen, dann erklären Sie uns jetzt bitte, was Sie wollen.«

»Was könnte ich denn wollen?«, fragte Kümmerling zurück.

»Jetzt hören Sie auf mit Ihren Spielchen!«, fuhr Jacob ihn barsch an. »Wir wollen endlich eine Antwort von Ihnen.«

Kümmerling blieb gelassen. »Zwei kluge, junge Männer sollten eigentlich dazu in der Lage sein, sich die Frage selbst zu beantworten. Was könnte ich wollen?«

»Sie wollen mich hinhalten, um den Preis weiter in die Höhe zu treiben. Ihnen geht es nur ums Geld«, schimpfte Jacob.

»Die Cousine der Äbtissin hat Ihnen genug gegeben, um mir zwanzig Taler bezahlen zu können?«, fragte Kümmerling, ohne seinen freundlichen Tonfall aufzugeben.

Jacob nickte.

»Das ist ja überaus erfreulich, damit hatte ich gar nicht gerechnet«, sagte Kümmerling, dachte kurz nach und fragte: »Und wenn ich jetzt noch mehr Geld verlangen würde, was wäre dann?«

»Mehr könnte der Jacob Ihnen nicht geben, er braucht ja auch noch ein paar Taler für die Rückreise nach Sterkrade«, sagte Carl Arnold.

»Und Sie denken, das wäre mir nicht klar?«, fragte Kümmerling, lachte, schüttelte den Kopf und fügte hinzu: »Ein guter Spieler erkennt, wann er sein Kartenblatt ausgereizt hat. Nein, meine Herren, ich weiß, dass in dieser Partie nicht mehr zu holen ist. Warum also sollte ich versuchen, den Preis weiter in die Höhe zu treiben?«

»Aber Sie halten den Jacob hin, das lässt sich doch nicht bestreiten«, sagte Carl Arnold.

»Das bestreite ich ja auch gar nicht«, entgegnete Kümmerling.

»Sie geben mir das Tödlein nicht, weil Sie es gar nicht mehr haben«, sagte Jacob entmutigt.

»Welch ein Unsinn.« Kümmerling schüttelte den Kopf. »Das hätte ich Ihnen doch sofort in Hamm gesagt. Meinen Sie, ich wüsste nicht, was Ihnen blüht, wenn Sie zwanzig oder dreißig Taler Reisegeld vergeudet haben und ohne dieses Ding zurück nach Sterkrade kommen? Wenn Sie Glück haben, dürfen Sie dann jahrelang die Ställe der Abtei ausmisten, bis Sie das Geld abgearbeitet haben, und wenn Sie Pech haben, wird die hochwohlgeborene Frau von Streithorst Sie des Betruges bezichtigen und Sie vors Gericht zerren. Warum sollte ich Ihnen das antun?«

Jacob zuckte mit den Schultern.

»Also, was wollen Sie?«, fragte Carl Arnold noch einmal.

Lächelnd fragte Kümmerling zurück: »Ihnen fällt also nicht eine einzige plausible Antwort ein?«

Jacob schüttelte den Kopf.

»Offenbar nicht«, sagte Carl Arnold unwillig.

Kümmerling verschränkte seine Hände über dem Bauch, lehnte sich zurück, schloss die Augen und sagte so leise, dass es im Rumpeln und Rattern der Postkutsche beinahe unterging: »Dabei ist es doch ganz einfach.«

Jacob hätte die einfache Antwort gern gehört, aber Kümmerling saß da, so stillvergnügt, als sei er ganz und gar mit sich zufrieden und mit der Welt im Reinen, so in sich ruhend, als hätte er nicht die Absicht, irgendwann noch einmal die Augen oder den Mund zu öffnen. Doch dann gähnte er herzhaft, beugte sich mit einem Ruck nach vorn und sagte:

»Ich kenne da einen jungen Mann, den Sohn eines armen Kötters, der immer ein paar freundliche Worte mit mir gewechselt hat, wenn ich ihm in Sterkrade begegnet bin. Er hat gerade zum ersten Mal in seinem Leben sein schäbiges Dorf und die düstere Abtei, in deren Knechtestube sein Bett steht, verlassen. Jetzt sitzt er in einem Wagen der Extrapost, ist unterwegs, sieht sich ein wenig in der Welt um und hat ganz offensichtlich seine Freude daran. Mir würde es gefallen, wenn er noch nicht zurückmüsste hinter seine Klostermauern, wenn er noch etwas mehr erleben und die großartige Stadt Berlin kennenlernen könnte. Und weil er weiterreisen muss, bis ich ihm dieses lächerliche Erbstück der Äbtissin aushändige, habe ich die Absicht, ihn noch eine Weile hinzuhalten. Das kostet mich keinen Pfennig und ihn auch nicht. Das bezahlt alles die hochnäsige Frau von Streithorst, zähneknirschend zwar, aber das macht für mich das Vergnügen nur umso größer.«

Jacob war baff. Er sah Sylvester Kümmerling sprachlos an. Nur allzu gern hätte er ihm geglaubt, aber das gelang ihm nicht. Sicher, Kümmerlings Worte klangen plausibel, und eine andere Erklärung für sein Verhalten schien es nicht zu geben, aber Jacob traute ihm nicht. Zu undurchsichtig war ihm dieser seltsame Händler des Todes, dessen Leben eine einzige unbeschwerte Reise zu sein schien. Konnte dieser Mensch sein Verbündeter sein? Er war ein selbstsüchtiger Witwenverführer. Warum sollte ausgerechnet ihm etwas daran gelegen sein, dass ein Bauernjunge aus Sterkrade die Welt kennenlernte? Er war ein leidenschaftlicher Spieler. So einer ließ sich nicht in die Karten schauen. Warum auch immer dieser Sylvester Kümmerling ihn jetzt schon seit Tagen hinhielt, dass er es nur zu seinem Wohl tat, das konnte Jacob nicht glauben.

»Mein Freund wird morgen den Warenkoffer in Hamm zur Post bringen, er soll als Paket nach Braunschweig expediert werden«, sagte Kümmerling. »In drei Tagen wird er voraussichtlich dort ankommen.«

»Dann bestehe ich darauf, dass Sie mir in Braunschweig das Tödlein geben«, sagte Jacob.

»Ich denke, wir werden dort noch einmal verhandeln müssen«, sagte Kümmerling grinsend.

Der Postillion blies ins Horn. Die Kutsche umkurvte eine Gruppe von etwa dreißig Menschen, die am Straßenrand entlangliefen. Eine Fahne flatterte ihnen voraus. Sie war mit einem Marienbildnis bestickt. Die Männer und Frauen waren ärmlich gekleidet, fast alle trugen ein Bündel auf dem Rücken, ein Paar Schuhe in der einen und einen Rosenkranz in der anderen Hand.

»Wallfahrer, die aus Paderborn kommen«, stellte Carl Arnold fest.

»Vielleicht haben sie den heiligen Liborius besucht, der hilft bei Leibesnöten und beseitigt sogar Nierensteine. Oder sie waren bei den Knöchelchen von Sankt Blasius, oder sie haben vorm Backenzahn vom heiligen Petrus um ein paar kleine Wunder gebetet«, sagte Kümmerling und lachte, als hätte er einen Witz erzählt.

»Wo die Reliquien Schmerzen vertreiben / wird ein Herr Doktor nicht gern lange bleiben«, reimte Carl Arnold und lachte mit.

»Möglich ist auch«, sagte Kümmerling nach einer Weile, »dass die Leutchen auf dem Weg nach Telgte im Münsterschen sind. Da gibt es eine wurmstichige Madonna, zu der die Bewohner dieser Gegend in Scharen pilgern. Und in Werl im Herzogtum Westfalen, da sitzt auch so ein Gottesmütterchen aus Holz, das Wunder tut. Dahin wallfahren die Leute von hier auch sehr gern.«

»Das einfache Volk glaubt eben alles, was die geistlichen Herren ihm erzählen. Das ist schon immer so gewesen«, stellte Carl Arnold fest.

»Die Pfaffen schüren den Aberglauben des Bauernvolks, weil sich ein gutes Geschäft damit machen lässt«, sagte Kümmerling. »In einem Wallfahrtsort müssen die Pilger erst mal ein paar Münzen in den Opferstock werfen, und dann müssen sie essen, trinken und übernachten, und ein paar fromme Andenken werden sie wohl auch noch kaufen. Eine wundersame Geldvermehrung kann man von so einem Gnadenbildchen mit Gewissheit erwarten. Mich erstaunt, dass es nicht noch viel mehr davon gibt.«

Kümmerlings abfälliges Gerede wunderte Jacob nicht, aber dass Carl Arnold zusammen mit dem gottlosen Händler über die Wunderkräfte von Reliquien und Marienbildnissen spottete und seine Scherze machte, das setzte ihm zu. Er hätte Carl Arnold gern widersprochen und wäre Kümmerling am liebsten übers Maul gefahren, hätte beiden gern klargemacht, dass sie irrten, aber er fürchtete, dass ihm das nicht gelingen würde.

Er hätte ihnen sagen können, das sei alles nicht so einfach, wie sie es sich vorstellten, hätte ihnen vielleicht erklären können, dass ein Abbild der Gottesmutter erst dann zu einem Gnadenbild wird, wenn es nachweislich Wunder bewirkt hat, aber er erinnerte sich nur zu gut daran, dass er an einem solchen Wunderbeweis selbst schon seine Zweifel gehabt hatte.

Um das Sterkrader Marienbild war es damals gegangen, dessen Wunderkraft schon zu einer Zeit festgestellt und vom Kölner Erzbischof bestätigt worden war, an die er sich nicht mehr erinnern konnte.

In seinen Kindertagen hatte er immer gern den erstaunlichen Geschichten von Wunderheilungen gelauscht, die unter den Bauern kursierten. Später, als er im Kloster lebte, hatte er einmal gehört, wie die Äbtissin sich bei Pfarrer Neustatt über die geringen Pilgerzahlen beklagt hatte. In den Opferstöcken sei längst nicht mehr so viel Geld wie in den Vorjahren, hatte sie geschimpft und ärgerlich hinzugefügt, es sei viel zu lange kein Wunder mehr geschehen. Dabei würden doch immer wieder Menschen von schweren Krankheiten geheilt. Unter denen müsse sich doch jemand finden lassen, der schon einmal zum Sterkrader Marienbildnis gepilgert sei. Da habe der Herr Pfarrer gefälligst die Augen und Ohren offenzuhalten und möglichst bald das Zeugnis eines solchen Menschen aufzunehmen und für dessen Verbreitung zu sorgen.

Kurz darauf hatte Philippus Neustatt eine Krücke in der Kirche neben dem Gnadenbild entdeckt. Nachdem er deren Besitzer ausfindig gemacht hatte, hatte er freudestrahlend berichtet, das Gnadenbild habe endlich einmal wieder seine wundertätige Kraft gezeigt.

Später hatte Jacob das Zeugnis des Geheilten für ein Schreiben an den Kölner Erzbischof kopiert.

Der Mann war, seiner Aussage zufolge, fünfeinhalb Jahre gelähmt gewesen. Nur auf Krücken hatte er sich noch fortbewegen können. Dann hatte er seine Zuflucht zum wundertätigen Marienbild von Sterkrade genommen, hatte gelobt, die Gottesmutter allzeit zu verehren, und schon bald waren die Schmerzen in seinen Füßen geringer geworden. Etwa ein Jahr nach seiner Wallfahrt hatte er seine Krücken wegwerfen können.

Obwohl der fromme Mann, der bezeugte, er sei allein durch

die Fürbitte der Gottesmutter und die Hilfe des Herrn wieder gesund geworden, ein Doktor der Medizin aus Steele war, hatte Jacob an der Beweiskraft dieser Heilung Zweifel gehabt. Hätte der Mann vor dem Gnadenbild bemerkt, wie seine Schmerzen nachließen, hätte er ohne Krücken die Kirche verlassen, dann hätte ihn die Geschichte überzeugt, aber wenn die Beschwernisse einer Krankheit im Laufe eines Jahre allmählich geringer wurden, dann konnte es dafür gewiss auch den einen oder anderen ganz natürlichen Grund geben.

Er hatte mit Pfarrer Neustadt darüber gesprochen. Der hatte lächelnd gesagt, Jacob solle nicht so viel grübeln, der Glaube sei eine Sache des Herzens. Gottes Werke seien zu groß, als dass wir sie mit unserem Verstand erfassen könnten. Danach hatte Jacob, bis zum heutigen Tag, nicht mehr über das Gnadenbild und seine Wunderkraft nachgedacht.

ZWÖLF

Jacob war froh, dass er die Nacht nicht inmitten des Trubels im großen Gastraum der Poststation verbringen musste. Kümmerling war mit dem Wirt handelseinig geworden und hatte eine Dachkammer mit drei Bettstätten gemietet.

»Zweieinhalb Groschen für jeden. Die Zimmer sind sauber, die Decken auf den Matratzen auch. Heute Abend gibt es Pumpernickel und Westfälischen Schinken und morgen in der Früh ein Morgenbrot. Bier, Wein und Branntwein müssen natürlich extra bezahlt werden«, berichtete Kümmerling vom Ergebnis seiner Verhandlungen mit dem freundlichen schwergewichtigen Mann hinterm Schanktisch, der in diesem Hause Wirt und zugleich Posthalter war.

»Ein voller Bauch und eine ruhige Nacht in einem sauberen Zimmer, dafür sind zweieinhalb Groschen nicht viel«, befand Carl Arnold.

»Dass es eine ruhige Nacht wird, kann ich nicht versprechen. Hendrine hat sich oft über mein Schnarchen beklagt«, sagte Kümmerling und lachte.

Viele Reisende, die vor der Poststation in Paderborn aus einer Kutsche oder vom Pferd stiegen und ein paar Stunden, eine ganze Nacht oder sogar zwei blieben, wenn es so lange dauerte, bis ein Postwagen in die gewünschte Richtung fuhr, konnten sich keine Kammer leisten. Sie schliefen im Gastraum der Posthalterei, der zugleich Schankstube, Speisezimmer, Wartesaal und Postkontor war.

Manche saßen mit geschlossenen Augen da, den Rücken gegen die Wand gelehnt, manche legten sich auf die harten Holzbänke, andere bereiteten sich aus den Strohsäcken, die in einer Ecke der Gaststube gestapelt waren, aus Mänteln oder Fellen, die sie darüber deckten, ein Lager und schliefen zwischen all dem aufgeregten Treiben der ankommenden, essenden und trinkenden, palavernden und wieder abreisenden Gäste anscheinend tief und fest.

Vor dem Abendessen hatten Jacob, Carl Arnold und Sylvester Kümmerling ihr Gepäck in die gemietete Kammer gebracht. Jacob hatte die Tür verschlossen und erleichtert den Schlüssel in seine Hosentasche geschoben. Befreit von der ständigen Sorge um seinen Reisesack und die vielen Taler, die er seit Benninghausen darin aufbewahrte, hatte er sich gut gelaunt mit seinen beiden Reisegefährten im großen Gastraum an einen Tisch gesetzt.

Als er reichlich dunkles Brot und Schinken gegessen und einen halben Krug Bier getrunken hatte, fühlte er sich recht behaglich. Kümmerling, der nicht zum ersten Mal im Gasthaus »Auf der Post« logierte, hatte einige Bekannte entdeckt und setzte sich in der Hoffnung auf ein Spielchen zu ihnen.

Hinter Jacobs Rücken beklagte sich ein Mann in einem fremden Dialekt beim Wirt, dass es ihn nach dem Verzehr von Schinken und Pumpernickel nun schon zweimal zum Abtritt getrieben habe und dass es gerade schon wieder höchst unangenehm ziehe und zwicke in seinem Gedärm.

Man esse nun mal deftig hier in der Gegend, entgegnete der Posthalter, und auch seine Mundart klang in Jacobs Ohren fremd, zudem derb und ungeschliffen im Vergleich zum Singsang des jammernden Gastes. Der Schinken und das Brot seien jedenfalls gut, fast alle Gäste hier im Raum hätten davon gegessen, erklärte der Wirt freundlich, aber bestimmt. Wenn der empfindliche sächsische Magen des Herrn dem schweren Pumpernickel und dem westfälischen Schinken nicht gewachsen sei, tue ihm das wohl leid, aber daran trage er nicht die Schuld.

»Könnte der Herr Doktor nicht / helfen diesem armen Wicht / bevor es ihm den Darm zerreißt / und er sich in die Hosen scheißt?«, reimte Jacob.

Carl Arnold lachte so ungestüm, dass einige Gäste sich kopfschüttelnd nach ihnen umschauten. Sein Lachen steckte Jacob an. Es dauerte eine ganze Weile, bis sie sich wieder beruhigt hatten und Carl Arnold sagte: »Ich könnte ihm einen Sud brauen, wenn ich die Zutaten hätte. Aber es schadet auch nichts, wenn so ein feiner Herr, der vermutlich alle Tage nur weißes Brot und gekochtes Geflügel isst, einmal lernt, was er seiner Verdauung zumuten kann und was nicht.«

Ein Mann in den Vierzigern, fein gekleidet und von einer Wolke süßlichen Parfüms umweht, drängte sich hinter Carl Arnold vorbei. Sein bekümmertes Gesicht, die zusammengepressten Lippen und die kurzen schnellen Schritte, mit denen er zur Tür eilte, die zum Hinterhaus und von dort nach draußen führte, ließen Jacob vermuten, dass es sich um den leidenden Sachsen handelte.

Jacob bemerkte erst, dass der Posthalter an ihren Tisch herangetreten war, als der ihn aufgeregt ansprach:

»Verzeihen Sie, Herr Doktor, dass ich Sie belästige, aber wir brauchen Ihre Hilfe.«

»Ich bin kein Herr Doktor«, sagte Jacob verdutzt.

Der Wirt sah in entgeistert an. »Aber der Herr Kümmerling hat doch gesagt, seine beiden jungen Begleiter seien ein Arzt und ein Sekretär.«

»Das stimmt, aber der Arzt ist er«, sagte Jacob und deutete auf Carl Arnold. Der nickte dem Wirt aufmunternd zu.

»Die Terese, eine unserer Mägde, liegt in den Wehen, hinten in der Kammer neben der Küche. Sie stöhnt und schreit, als ginge es mit ihr zu Ende. Und die Hebamme, die alte Vettel, liegt sturzbetrunken auf einer Bank im Flur und schläft. Nur ein Gläschen Branntwein zum Aufwärmen hat sie von mir haben wollen und ein zweites eine Weile später. Zwei Schnäpse könnte sie wohl vertragen, hab ich mir gedacht. Ich konnte ja nicht ahnen, dass sie meine Gattin und meine Tochter und die Schankmagd und den Brauknecht schon um dieselbe Gefälligkeit gebeten hatte. Jetzt ist sie völlig hinüber und nicht wach zu kriegen.«

»Ich versteh nicht viel von Geburtshilfe. Das ist eigentlich ja auch nicht die Sache von uns Ärzten. Es gibt doch sicher noch eine andere Hebamme in der Nähe«, sagte Carl Arnold ausweichend.

»Wir haben schon nach der nächsten Wehmutter geschickt, aber die ist in einem anderen Geburtshaus und dort nicht abkömmlich.«

»Sonst gibt es keine Hebamme mehr in Paderborn?«

»Doch schon. Aber bis wir eine gefunden und hierher geschafft haben, ist es vielleicht zu spät.«

»So schlimm steht es um die junge Frau?«

»Ich weiß es nicht, Herr Doktor. Deshalb bitte ich Sie ja, dass Sie wenigstens einmal nach ihr schauen.«

»Wie alt ist die Gebärende denn?«, fragte Carl Arnold.

»Ungefähr zwanzig«, schätzte der Wirt.

»Ist es ihre erste Niederkunft?«

»Nein, die zweite.«

»Und wer ist bei ihr?«

»Meine Gemahlin, unsere Stubenmagd und eine Nachbarsfrau.«

»Und sie macht einen so jämmerlichen Eindruck, dass man um ihr Leben fürchten muss?«

Der Wirt nickte.

»Ich werde sie mir ansehen«, sagte Carl Arnold und erhob sich.

Woher der Mann in der schwarzen Soutane kam, der plötzlich neben ihm stand, wusste Jacob nicht. Vermutlich hatte er von ihnen abgewendet an einem der Tische gesessen, so dass Jacob nur seinen Rücken gesehen und seinen Priesterrock für eine Jacke gehalten hatte.

Der geistliche Herr mochte um die fünfzig sein, vielleicht auch etwas älter. Sein Haar war dicht, aber schon fast weiß. An den Schläfen war es zu Locken aufgedreht, der kurze Zopf wurde von einer sorgfältig gebundenen schwarzen Samtschleife gehalten. Die Nase des Mannes war ungewöhnlich lang, sein Gesicht war glatt rasiert und hatte eine ungesunde blassrote Färbung.

»Sie werden das Gebärzimmer nicht betreten, auf gar keinen Fall!«, fuhr er Carl Arnold an. »Das schickt sich nicht für eine Mannsperson.«

Nur für einen kurzen Augenblick war Carl Arnold verstört, dann entgegnete er entschlossen: »Ich bin Arzt. Es ist meine Pflicht, einem leidenden Menschen beizustehen.«

»Die Magd des Posthalters ist nicht krank. Sie kommt nieder.

Ihr zu helfen, ist allein die Sache einer Wehmutter«, sagte der Priester aufgebracht. Seine Stimme klang schrill. Etliche Gäste, Reisende und einheimische Zecher, wurden auf den lautstarken Disput der beiden Männer aufmerksam und beobachteten neugierig den jungen Arzt und den zürnenden Geistlichen, die einander feindselig gegenüberstanden.

»Was Sie da behaupten, das ist unrichtig, mein Herr«, sagte Carl Arnold schroff. »Wenn bei einer Geburt Komplikationen drohen, dann sind Hebammen heutzutage, Gott sei Dank, so vernünftig, einen Arzt oder einen Chirurgen hinzuzuziehen.«

»Lassen Sie Gott aus dem Spiel, Sie unverschämter Lümmel!«, schrie der Mann in der Soutane. Seine blassrote Gesichtsfarbe hatte sich zu einer bedrohlich wirkenden Zornesröte verdunkelt. »Hier gibt es keine Hebamme, die eine Komplikation festgestellt hat. Und wenn eine Wehmutter tatsächlich einmal ärztliche Hilfe braucht, dann zieht sie einen alten, erfahrenen Medicus zurate, der nicht mehr von Fleischeslust bedrängt wird, aber gewiss keinen jungen Gecken, der behauptet, ein Arzt zu sein.«

Bevor Carl Arnold auf den Ausbruch des geistlichen Herrn etwas erwidern konnte, mischte der Wirt sich ein.

»Herr Vikar, jetzt ist es genug«, sagte er und zog den Priester energisch am Arm ein paar Schritte zur Seite. Jacob beobachtete, wie der Hausherr mit gedämpfter Stimme, aber sehr eindringlich auf den Geistlichen einredete. Hin und wieder entgegnete der Priester etwas, unwillig zunächst, den Kopf schüttelnd, später den Kopf hin- und herwiegend, bis er schließlich die Schultern hochzog und nickte.

»Kommen Sie bitte, Herr Doktor«, sagte der Wirt laut zu Carl Arnold. »Der Herr Vikar sieht ein, dass Sie der Einzige sind, der jetzt der Terese helfen kann. Er wird Sie in das Geburtszimmer begleiten und dort beten und Sie im Auge behalten, wenn es recht ist.«

Es war Carl Arnold nicht recht. Er widersprach dem Vorschlag zwar nicht, aber sein Unwille stand ihm ins Gesicht geschrieben.

»Ich bitte Sie, Herr Doktor«, sagte der Wirt und kam so nah an Carl Arnold heran, dass nur er und Jacob ihn noch verstehen konnten. »Das törichte Misstrauen dieses unangenehmen Menschen ist mir genauso ein Ärgernis wie Ihnen. Glauben Sie mir das! Aber das kleine Arrangement hat ja auch eine gute Seite: Wenn der Herr Vikar während Ihrer Untersuchung anwesend ist, dann kann Ihnen nachher kein Mensch irgendwelche unzüchtigen Handlungen vorwerfen. Weiß Gott, wie schnell die Leute sonst mit ihren Verdächtigungen bei der Hand sind, wenn ein junger Mann sich bei einer Gebärenden unter den Röcken zu schaffen macht.«

Carl Arnold sagte immer noch nichts. Er sah Jacob an, so als erwarte er eine Aufmunterung. Jacob nickte ihm zu. Der Priester stand mit seinem wieder etwas blasser gewordenen Gesicht ein paar Schritte abseits. Um ein versöhnliches Lächeln bemüht, forderte er Carl Arnold mit einem Wink auf, ihm zu folgen.

»Na gut«, sagte Carl Arnold endlich und verließ hinter dem Mann in der schwarzen Soutane den Gastraum durch die Hintertür.

»Erlauben Sie?«, fragte der Hausherr und wies auf Carl Arnolds verwaisten Platz. Als Jacob nickte, ließ er sich seufzend nieder, rief eine der beiden Schankmägde heran, bat sie, zwei Krüge Bier zu bringen, und sagte kopfschüttelnd: »Ist das nicht unglaublich? Dieser Pfaffe hätte die Terese, ohne mit der Wimper zu zucken, krepieren lassen, und danach hätte er jede Schuld von sich gewiesen und behauptet, es sei Gottes Wille gewesen.«

»Er hat sich ja noch eines Besseren besonnen«, sagte Jacob beschwichtigend.

»Er hat sich besonnen?« Der Posthalter lachte auf. »So würde ich das nicht nennen. Er hat der ärztlichen Konsultation nur zugestimmt, weil er keine andere Wahl hatte. Wenn er dem Herrn Doktor nicht den Zutritt zum Geburtszimmer gestattet hätte, dann hätte ich heute Abend noch damit begonnen, meine Gäste darauf aufmerksam zu machen, dass der Erstgeborene von der Terese genauso eine lange Hakennase im Gesicht hat wie der Herr Vikar selbst. Es wundert mich schon lange, dass es noch niemandem aufgefallen ist. Aber wenn man die Leute erst mal drauf stoßen würde, dann würde sich in ein paar Tagen gewiss ganz Paderborn das Maul darüber zerreißen.«

»Aber so eine Ähnlichkeit kann doch zufällig sein«, sagte Jacob.

»Ist sie aber nicht«, entgegnete der Posthalter und lächelte bitter.

»Sie sind ein feiner junger Mann«, sagte er nach einer Weile. »Das sehe ich Ihnen an. Und Sie werden morgen Abend schon in einer anderen Stadt sein. Deshalb möchte ich Ihnen gern eine Geschichte erzählen, die hier in Paderborn niemand kennt und auch niemand kennen muss.«

Jacob war sich nicht sicher, ob er die Geschichte hören wollte. Er zuckte mit den Achseln. Die Schankmagd stellte zwei volle Bierkrüge auf den Tisch, machte einen artigen Knicks und verschwand wieder.

»Jetzt sind also ein studierter Arzt, ein betender Priester und drei tüchtige Weibsbilder bei der Terese. Da muss doch alles gut gehen. Meinen Sie nicht auch?«, sagte der Posthalter, prostete Jacob zu, trank in einem Zug seinen Krug halb leer, wischte sich mit dem Handrücken den Mund ab und erzählte die Geschichte, die in Paderborn angeblich niemand kannte.

»Die Terese ist eine fleißige Magd, und im Grunde ihres Herzens ist sie auch ein braves Mädchen. Sie war fünfzehn oder sechzehn Jahre alt und noch nicht lange in meinem Dienst, als sie einem Priester anvertraut hat, dass sie von unziemlichen Begierden und von sündhaften Gedanken geplagt wurde. Herr des Himmels, als spürten nicht alle Weibsbilder und Burschen in dem Alter hin und wieder die Lust des Fleisches! Das ist eben die Natur. Die hat der Herrgott nun mal so eingerichtet, damit das Menschengeschlecht nicht ausstirbt. Aber das dumme Kind hat sich Vorwürfe deswegen gemacht und gemeint, es müsse ihrem Beichtiger davon erzählen. Und dem haben Tereses Geschichten nur zu gut gefallen. Alles, was ihr in den Kopf gekommen war, musste sie ihm schildern, und dann musste sie ihm zeigen, wo sie Hand an sich gelegt hatte, und schließlich hat er sich selbst unter ihren Röcken zu schaffen gemacht. Nur so könne er ihr die bösen Begierden austreiben, hat er behauptet. Fromm und brav, wie das Mädchen war, ist es ihm gar nicht in den Sinn gekommen, sich gegen den geistlichen Herrn aufzulehnen. Sie hat ihn machen lassen, so lange, bis sie eines Tages in anderen Umständen war.«

»Von diesem Herrn Vikar?«, fragte Jacob ungläubig.

»Von niemand anderem«, sagte der Posthalter böse und trank von seinem Bier. »Das Mädchen hat sich meiner Frau und mir anvertraut. Sonst weiß niemand davon. Unter den Leuten haben wir verbreitet, ein Fremder hätte die Terese beim Bettenmachen in einer Gästekammer mit Gewalt geschwängert. Hätte sie die Wahrheit erzählt, hätte man sie wegen Verleumdung an den Pranger gestellt oder sogar in den Turm geworfen, da bin ich mir sicher. Der Herr Vikar hätte sein schändliches Tun bestritten, und einem Mann, der eine Soutane trägt, dem glaubt man hier in Paderborn alles.«

Die Schankmagd, die ihnen das Bier gebracht hatte, kam wieder an ihren Tisch und flüsterte dem Wirt etwas zu. Er sprang, ohne ein Wort zu sagen, auf, lief hinter dem Mädchen her und verschwand mit ihm durch die hintere Tür.

Jacob war verwirrt. Die Geschichte um den Vikar und das Mädchen hatte ihn verstört, die plötzliche Hast des Posthalters erschreckte ihn. Er befürchtete, dass Tereses Lage sich verschlechtert haben könnte, dass Carl Arnold vielleicht in eine Situation geraten war, die ihn überforderte.

Er schaute sich unschlüssig um, stand auf, ging am Schanktisch vorbei, zwischen Tischen hindurch, sah Kümmerling, der offenbar von den Ereignissen der letzten Minuten nichts mitbekommen hatte, mit einem Kartenblatt in der Hand, verließ den Gastraum und blieb nach ein paar Schritten im Flur stehen. Rechts die Treppe führte hinauf zu den Kammern, dahinter war der Ausgang nach draußen und zum Abtritt. Links von ihm musste die Küche sein. Er ging weiter bis zur nächsten Tür, hörte Stimmen und ein leises Wimmern. Er stand vor dem Geburtszimmer.

Erschrocken drehte er sich um, als hinter seinem Rücken die Küchentür aufgestoßen wurde. Heraus kam die Schankmagd, dahinter der Wirt, einen schweren Messingeimer schleppend. Jacob trat zur Seite, die Magd klopfte an die Zimmertür.

»Der Herr Posthalter bringt das heiße Wasser«, rief sie.

Die Tür wurde geöffnet. »Er soll den Eimer dorthin stellen«, sagte eine Frauenstimme.

Jacob schaute durch die offen stehende Tür und erblickte Terese. Sie sah jünger aus als zwanzig, trotz ihrer vom Schmerz verzerrten Züge. Sie erschien ihm zerbrechlich und zart, trotz ihres unförmigen Leibes. Terese saß, so weit nach hinten gekippt, dass sie beinahe lag, auf einem hölzernen Gestell, einem Gebärstuhl, vermutete Jacob. Ihr Gesicht war blass, Schweißtropfen standen auf ihrer Stirn, ihre Augen waren geschlossen, ihr Mund geöffnet. Sie atmete in kurzen, heftigen Stößen. Eine ältere Frau tupfte mit einem Tuch ihre Stirn ab und sprach beruhigend auf sie ein. Außer Tereses Gesicht sah Jacob nicht viel von der Gebärenden. Ihre Hände, die zwei Holzgriffe an den Lehnen des Gebärstuhls umklammerten, schauten seitlich unter einer Decke hervor, die über ihren Körper gebreitet war. Darunter zeichnete sich die Wölbung ihres Bauches ab. Ihr blauer Rock war bis fast zu den Knien hochgeschoben. Ihre Strümpfe waren weiß, die Füße lagen in zwei Stützen. Zwischen Tereses Füßen und den gespreizten Beinen saß Carl Arnold auf einem Hocker. Er hatte seine Jacke ausgezogen und die Hemdsärmel hochgekrempelt. Als seine Hände und Unterarme unter Tereses Röcken verschwanden, waren seine Augen geschlossen. Jacob begriff, dass er sich auf seine tastenden Hände zu konzentrieren versuchte. Gesehen hätte Carl Arnold auch mit offenen Augen nicht mehr von der Gebärenden als Jacob. Der blaue Stoff ihres Rockes hing wie ein Vorhang zwischen seinem Gesicht und Tereses Schoß.

Den Vikar entdeckte Jacob nicht, er hörte nur seine leise murmelnde Stimme.

Der Posthalter hatte den Wassereimer abgestellt. Während er das Zimmer verließ, wagte er es, einen flüchtigen Blick auf die gebärende Magd und den jungen Arzt zu werfen. Dann schloss er die Tür.

»Wenigstens schreit sie nicht mehr«, sagte er, als er neben Jacob im Flur stand. »Der Herr Doktor scheint zu wissen, was er tut. Gott sei Dank. Kommen Sie, wir sollten unser Bier nicht verschalen lassen.«

Jacob nickte und folgte ihm. Als sie die Tür zur Gaststube erreicht hatten, hörten sie aus dem Geburtszimmer einen durchdringenden Schrei.

»Herr des Himmels, jetzt geht es wieder los«, sagte der Wirt, bekreuzigte sich, drängte sich mit Jacob in den Gastraum und schloss hinter sich die Tür. Jacob war erleichtert, als er wieder das Lärmen der Zecher, die Gespräche und das Gelächter der Reisenden in den Ohren hatte und Tereses erbarmungswürdiges Geschrei nicht mehr hören musste.

Als er mit dem Posthalter am Tisch saß und beide einen Schluck getrunken hatten, fragte er: »Und der Vater des Kindes, das gerade auf die Welt kommt, wer ist das?«

»Ein wandernder Bäckergeselle, der dem Mädchen den Kopf verdreht hat. Er hat der Terese das Blaue vom Himmel versprochen, hat gesagt, er wolle sie zur Frau nehmen, obwohl sie schon den Bastard vom Vikar hatte. In einem fort hat er ihr schöne Worte gemacht, bis sie endlich schwach geworden ist. Kurz darauf war er weg, der Herr Geselle, und der Terese schwoll der Bauch.«

Der Wirt leerte seinen Krug und stand auf. »Entschuldigen Sie mich bitte für eine Weile. Sobald ich etwas Neues aus dem Geburtszimmer erfahre, werde ich es Sie wissen lassen«, sagte er und verschwand in der Küche.

Jacob brauchte nicht lange auf Neuigkeiten zu warten. Kurz nachdem der Posthalter gegangen war, betrat Carl Arnold durch die hintere Tür den Gastraum, die Hemdsärmel immer noch hochgekrempelt, die Jacke über die Schulter gehängt. Er schaute erleichtert und zufrieden drein.

»Es war gar nicht schwierig«, sagte er, als er sich gesetzt hatte. »Das Kind lag gut, kam mit dem Köpfchen zuerst, und die Geburtsöffnung war reichlich groß. Am Ende haben die Frauen das Knablein ganz ohne meine Hilfe geholt. Und was jetzt noch zu tun ist, mit dem Kind und mit der Wöchnerin, das wissen sie sowieso besser als ich.«

»Aber die Terese hat geschrien, als hätte ihr letztes Stündlein geschlagen.«

»Weil es nun mal heftige Schmerzen sind, die eine Gebärende

erleiden muss. Die Wehen, der Austritt durch den engen Geburtskanal, ich bin froh, dass wir so etwas nicht durchmachen müssen. Maßlos erschöpft ist die junge Frau jetzt, aber ich denke, es geht ihr gut.«

»Dem Kind auch?«

»Das Knäblein liegt fest eingewickelt da / es schreit, als wüsst' es nicht, wie ihm geschah«, reimte Carl Arnold und fügte vergnügt lächelnd hinzu: »Einen strammen Burschen mit einer kräftigen Stimme hat die Terese zur Welt gebracht.«

Der Posthalter kam freudestrahlend zu ihnen, stellte ein Servierbrett mit drei Gläsern Branntwein und drei Krügen Bier auf den Tisch, zog einen Hocker heran und setzte sich.

»Ein Prachtkerl, der wird eines Tages einen tüchtigen Brauer oder einen schneidigen Postillion abgeben«, sagte er fröhlich. »Von mir aus sollen die Leute sich ruhig das Maul über die Terese zerreißen. Meine Frau und ich, wir behalten sie hier bei uns, und ihre beiden Knaben auch. Wir haben selbst nur vier Töchter, und für ein Haus wie dieses kann es nur gut sein, wenn darin auch ein paar stattliche Burschen heranwachsen.«

Während er Branntweingläser und Bierkrüge über den Tisch schob, bedankte er sich überschwänglich bei Carl Arnold.

Der winkte ab. »Die Frauen hätten das auch ohne mich geschafft.«

»Seien Sie nicht so bescheiden, Herr Doktor. Ich betrachte es als ein Geschenk des Himmels, dass Sie gerade heute hier bei uns eingekehrt sind«, sagte der Wirt, nahm sein Schnapsglas in die Hand und fügte beschwingt hinzu: »Und jetzt trinken wir auf den neuen Erdenbürger. Möge er ein munterer Knabe werden und ein tüchtiger Mann!«

Jacob und Carl Arnold stießen mit dem Posthalter an. Als sie getrunken hatten, fragte Jacob: »Wo ist denn eigentlich der Herr Vikar geblieben?«

Der Posthalter lächelte verschmitzt. »Der hätte am liebsten das Knäblein gleich mit in die Kirche genommen, um es zu taufen. Da haben die Weibsleute ihm aber gehörig Bescheid gesagt. Dass der Junge erst mal zu Kräften kommen muss, dass er heute ins Bett und an die Brust seiner Mutter gehört und sonst nirgendwohin, haben sie ihm klargemacht. Und dann haben sie ihm auch noch sehr deutlich zu verstehen gegeben, dass er im Wöchnerinnenzimmer unerwünscht sei, so deutlich anscheinend, dass der Herr Vikar sich durch die Hintertür davongemacht hat.«

Die drei Männer lachten miteinander und tranken Branntwein und Bier, und weil der Posthalter dem jungen Herrn Doktor gern begreiflich machen wollte, wie wenig er von diesem Herrn Vikar hielt, der sich mit seiner schwarzen Soutane der medizinischen Wissenschaft in den Weg stellte, nannte er ihn einen heuchlerischen Pfaffen, und dann erzählte er auch Carl Arnold die Geschichte, die in Paderborn angeblich niemand kannte.

Kurz nachdem er seiner Schankmagd aufgetragen hatte, noch drei Schnäpse und drei Krüge Bier an den Tisch zu bringen, verfinsterte sich seine Miene schlagartig. »Die alte Hexe, jetzt ist sie wach und munter, wo sie niemand mehr braucht«, sagte er mürrisch.

Augenblicke später stand die Hebamme, eine in die Jahre gekommene, hagere Frau mit strähnigen grauen Haaren, einem faltigen Gesicht und einer dumpfen Alkoholfahne, an ihrem Tisch.

»Dass der Herr Posthalter nur nicht meint, er könne sich ums Bezahlen herumdrücken«, keifte sie. »Ein kleines Nickerchen hab ich gemacht, und das steht mir zu. Wenn er einen gänzlich unerfahrenen, jungen Arzt hinzuzieht, anstatt mich zu wecken, ist das seine eigene Dummheit. Zu entlohnen hat er mich trotzdem. Ich war immerhin den ganzen Tag im Geburtshaus und hab alle nötigen Vorkehrungen treffen lassen.«

»Du wirst dein Geld schon bekommen«, sagte der Wirt mürrisch.

Die Alte wollte sich trotzdem nicht beruhigen.

»Und ganz schnell aus dem Staub gemacht hat dieser Herr Doktor sich, als das Knäblein da war. Wenn ich der Frau Posthalter und der Nachbarin nicht mit meinem Rat zur Seite gestanden hätte beim Abtrennen der Nabelschnur, beim Reinigen des Kindes und bei der Nachgeburt, dann wär die Sache übel ausgegangen. Und das Zungenbändchen des Knaben, das werde ich jetzt auch noch durchtrennen, aber nur wenn der Herr Posthalter mir meinen Hebammenlohn gibt, und zwar voll und ganz und auf der Stelle.«

»Die Nabelschnur abgebunden und durchschnitten hat die Frau Nachbarin. Ganz sachkundig hat sie das gemacht. Da waren Sie noch gar nicht im Geburtszimmer. Und das Zungenbändchen werden Sie dem Kind nicht durchtrennen, sonst gibt der Herr Posthalter Ihnen nicht einen einzigen Pfennig. Dafür werde ich sorgen«, sagte Carl Arnold so energisch, dass die Hebamme ihn eingeschüchtert ansah.

»Sind Sie etwa der junge Herr Doktor?«, fragte sie zaghaft.

Carl Arnold überhörte die Frage. »Eine Unart ist das, den Neugeborenen das Zungenband zu zerreißen oder zu zerschneiden«, sagte er aufgebracht. »Wissen Sie, wie viele Kinder dadurch schon verblutet sind? Für nichts und wieder nichts. Wenn ein Neugeborenes nicht säugen kann, oder wenn sein Schreien kläglich klingt, dann muss man schauen, ob die Zunge angewachsen oder das Bändchen zu kurz ist, und eventuell einen Chirurgen hinzuziehen. Aber das ist bei diesem Kind nicht der Fall.«

»Ich mach es so, wie ich es gelernt habe, und es kann ja nicht plötzlich falsch sein, was seit Menschengedenken richtig war«, sagte die Hebamme gekränkt.

»Das Durchtrennen der Zungenbändchen ist eine böse Gewohnheit und sonst gar nichts. Viele Hebammen zerreißen es sogar mit ihren Nägeln, eine Ungeheuerlichkeit ist das. Die medizinische Wissenschaft macht Fortschritte, die können Sie doch nicht einfach ignorieren! Kennen Sie denn nicht den Herrn Doktor Schütte und sein Lehrbuch? Johann Schütte ist Landphysikus, und sein Büchlein *»Die wohlunterwiesene Hebamme«* ist voriges Jahr erscheinen. Man sollte überhaupt keine Weibsperson mehr zur Geburtshilfe zulassen, die es nicht gründlich studiert hat.«

Wie versteinert stand die Frau neben Carl Arnold und starrte ihn aus weit aufgerissenen Augen an. Jacob war sich nicht sicher, ob sie im nächsten Augenblick weinend ihre Unzulänglichkeit eingestehen würde oder ob sie eher dazu neigte, sich keifend auf diesen frechen jungen Herrn Doktor zu stürzen.

Der Posthalter stand auf und griff nach ihrem Arm.

»Kommen Sie!«, sagte er. »Sie setzen sich jetzt da vorn an den Tisch, und ich bring Ihnen Ihr Geld und ein großes Glas Branntwein. Das trinken Sie in aller Ruhe, und dann gehen Sie nach Hause.«

Die Frau nickte ergeben und ließ sich vom Posthalter wegführen, ohne noch ein einziges Wort zu sagen.

Jacob und Carl Arnold hatten einen Barbier gefunden und sich rasieren lassen. Danach waren sie durch die Stadt geschlendert. Dem ersten Bettler, der ihnen nachgelaufen war und ihnen versprochen hatte, in der heiligen Messe für ihr Seelenheil zu beten, hatte Jacob den geforderten Groschen gegeben. Als wenig später ein zweiter, ein dritter und ein vierter Bettler sie mit demselben Versprechen und derselben Forderung verfolgten, hatten Jacob und Carl Arnold nicht mehr zugehört.

Jetzt saßen sie müde auf einem Mäuerchen an den Quellen der Pader im Schatten des gewaltigen Domes.

Jacob gähnte. »Das war zu viel Branntwein gestern Abend. Ich bin es nicht gewohnt, Schnaps zu trinken.«

»Sieh zu, dass es so bleibt«, sagte Carl Arnold und gähnte auch. »So viel wie gestern hab ich auch noch nicht oft getrunken. Aber wenn auf das Wohl eines neuen Erdenbürgers angestoßen wird, dann kann man eben schlecht Nein sagen.«

»Wenn ein Wirt so spendabel ist wie unser guter Posthalter, dann fällt das doppelt schwer.«

Carl Arnold lachte. »Wir haben es ja ganz gut überstanden. Ein bisschen müder als sonst bin ich heute, aber das vergeht schon. Und es liegt vielleicht nicht mal an den alkoholischen Getränken, sondern an Kümmerlings Schnarchen. Davon bin ich mehrmals aufgewacht in der Nacht.«

»Ich hab nichts davon gehört. Als er in die Kammer kam, hab ich wohl schon tief geschlafen.«

»Es amüsiert mich, dass er von allem, was gestern Abend passiert ist, nichts mitbekommen hat. Kann das Kartenspielen denn einen Menschen so gefangen nehmen, dass die Welt um ihn herum ganz und gar versinkt?«

»Es scheint so«, sagte Jacob. »Sonst wäre er heute Morgen wohl nicht aus allen Wolken gefallen, als der Wirt ihm erzählt hat, dass du gestern Abend seiner Magd geholfen hast, ein Knäblein zu gebären.«

»Er hat es so dramatisch geschildert, dass mir im Nachhinein noch angst und bange geworden ist«, sagte Carl Arnold vergnügt.

Jacob betrachtete staunend, wie zu ihren Füßen glucksend und sprudelnd das Quellwasser der Pader zusammenströmte. Irgendwas hatte Philippus Neustatt ihm einmal etwas über den Fluss erzählt. Er versuchte, sich daran zu erinnern.

Nach einer Weile sagte Carl Arnold: »Der Posthalter ist ein braver Mann. Wie er zur Terese steht, das ist aller Ehren wert. Das geht sicher nicht ohne Anfeindungen ab inmitten all der Frömmelei in dieser Stadt. Und es gehört gewiss eine Portion Mut dazu, sich in Paderborn mit einem geistlichen Herrn Vikar anzulegen.«

»Mir hat gefallen, wie er mit der Hebamme umgegangen ist. Es hätte ihm niemand verübeln können, wenn er die Alte rausgeworfen hätte. Aber er hat ihr die Demütigung erspart, ihr das Hebammengeld und noch einen Branntwein obendrauf gegeben.«

»Meinst du, ich war zu grob zu ihr?«, fragte Carl Arnold.

Jacob schüttelte den Kopf. »Du wolltest das kleine Kerlchen beschützen. Das war ein guter Grund für deinen Groll.«

Carl Arnold gähnte, reckte sich, sah Jacob an und fragte: »Warum starrst du die ganze Zeit ins Wasser?«

»Jetzt fällt es mir wieder ein«, sagte Jacob. »Pfarrer Neustatt hat erzählt, dass die Pader auf wundersame Weise unter dem Chor-Altar der hohen Domkirche entspringt und aus dem Gestein des Gotteshauses so stark hervorquillt, dass sie schon nach zwanzig Schritten zu einem Fluss geworden ist, der Mühlen antreibt.«

»Ihr seid immer so schnell mit Wundern bei der Hand, ihr Katholischen«, sagte Carl Arnold unwillig. »Soviel ich weiß, versickert Wasser auf den Höhen rings um Paderborn und fließt durch unterirdische Höhlen und Grotten herunter in die Stadt. Hier strömt es dann aus vielen Quellen wieder aus. Das ist zwar ein erstaunliches Phänomen, aber nichts Wundersames. Wenn das Wasser hier überall hervorschießen würde und gerade unter dem Dom nicht, dann wäre das für mich eher ein verwunderlicher Umstand.«

»Und was der Posthalter erzählt hat, dass das hervorsprudelnde Wasser im Sommer kühl ist, im Winter dagegen so warm, dass es dampft, hältst du das etwa auch nicht für ein Wunderzeichen?«

»Nein, keineswegs. Steig mal im Sommer in eine tiefe Kellergrotte hinab, dann wirst du merken, dass es dort kühler ist als draußen. Im eisigen Winter dagegen ist es tief unter der Erde längst nicht so kalt wie an der eisigen Luft. Das ist doch eine ganz alltägliche Erfahrung. Also ist das Wasser, das aus unterirdischen Höhlen hervorströmt, selbstverständlich im Sommer kühler und im Winter wärmer als die Außentemperatur. Dasselbe Phänomen kennst du doch auch von unserer Atemluft. Wenn du dir die Finger verbrannt hast, pustest du auf die Haut, um sie zu kühlen, wenn du an einem Wintertag durch den Frost wanderst, steigt Dampf aus deinem Mund auf. Bei Hitze kann unser Atem kühlen, bei Kälte beginnt er zu dampfen, eine ganz natürliche Sache.«

Jacob entdeckte zwei geistliche Herren in schwarzen Soutanen. Sie schlenderten müßig am Dom entlang. Beiläufig segnete einer der beiden ein altes Weib, das ihnen entgegenkam. Die Frau trug in der einen Hand einen Rosenkranz, mit der anderen bekreuzigte sie sich unablässig.

Jacob fragte nach einer Weile zaghaft: »Glaubst du denn gar nicht an Gott?«

»Was redest du da!«, sagte Carl Arnold bestürzt. »Ich hatte lange die Absicht, Theologie zu studieren, bevor ich mich für die Medizin entschieden hab. Ich dachte, das hätte ich dir erzählt. Und außerdem hatte ich gehofft, es wäre dir nicht entgangen, dass ich ein gottesfürchtiger Mensch bin.«

»Verzeih mir!« Jacob legte eine Hand auf Carl Arnolds Schulter. »Du hast so vieles gesagt in den letzten Tagen, was mich unsicher gemacht hat.«

»Du zweifelst daran, dass ich an Gott glaube, weil ich in den Quellen der Pader kein Wunder entdecken kann?«

Jacob dachte lange nach, bevor er antwortete: »Wenn du glaubst, dass die Welt Gottes Werk ist, wie kannst du dann leugnen, dass er in ihren Lauf eingreifen kann, wann immer er will? Das verstehe ich nicht. Gott ist allmächtig, er kann jederzeit Dinge geschehen lassen, die die Naturgesetze auf den Kopf stellen, Wunderdinge eben.«

»Vielleicht könnte er das, aber sein Werk ist vollkommen, warum sollte er darin herumpfuschen?«

»In seinen Wundertaten offenbart Gott sich den Menschen.«

»Nein«, widersprach Carl Arnold energisch, schüttelte den Kopf und deutete auf das gurgelnde Wasser zu ihren Füßen. »Er zeigt sich uns in seiner Schöpfung. Schau dir das an! Ist es denn nicht großartig, dass so ein sprudelnder Quell eben keine Zauberei ist, dass die Natur, so wie Gott sie geschaffen hat, so etwas hervorbringen kann?«

»Du glaubst, dass überhaupt keine Wunder geschehen?«

»Alles, was es gibt ist, lässt sich erklären. Unser Wissen ist zwar noch unvollkommen, so dass uns vieles rätselhaft erscheint, aber wir fangen ja auch gerade erst an, unseren Verstand zu gebrauchen und unserer Vernunft zu vertrauen. Die Wissenschaften werden Fortschritte machen, und die Menschheit wird irgendwann ergründen und durchschauen, was wir heute noch für unergründlich und undurchschaubar halten.«

Jetzt war es Jacob, der den Kopf schüttelte. »In meinen Ohren klingt das vermessen, was du da sagst. Es wird immer Dinge geben, die wir nicht erklären können, die Wunderkraft von Gnadenbildern und Reliquien zum Beispiel.«

»Die gibt es nicht, das ist Aberglaube und sonst gar nichts«, sagte Carl Arnold schroff.

Jacob lachte böse. »Dass du so denkst, hab ich schon bemerkt, als du zusammen mit Kümmerling die Wallfahrer verspottet hast, die wir aus der Kutsche gesehen haben. Ihr habt dahergeredet wie zwei gottlose Gesellen. Nun gut, du bist keiner, das will ich dir glauben. Also ist es wohl nur alles Katholische, was dir zuwider ist.«

»Ach Jacob, jetzt hör aber auf! Ich hab dir erzählt, dass ich eine katholische Schule besucht habe. Da hab ich mich wohlgefühlt, da gab es gute Menschen und hervorragende Lehrer. Nein, nein, was mich abstößt, ist stupide Frömmelei. Von Reliquien, Wallfahrten und Gnadenkapellen steht nichts in der heiligen Schrift. Die Lehre Jesu ist schlicht und erhaben. Wer nicht bei ihr seine Zuflucht sucht, sondern bei den Backenzähnen von irgendwelchen Heiligen, bei Splittern, die angeblich aus dem Kreuzesholz stammen, und bei Papierbildchen mit Gnadenkraft, der ist nicht mehr weit weg vom Glauben an Hexen und Gespenster und an Untote, die nachts über die Friedhöfe schleichen.«

Jacob sah lange schweigend zur den Türmen des Doms hinauf. Ein ungeheuerlicher Gedanke drängte sich ihm auf: Wenn die Menschen in ihrer Vermessenheit eines Tages annehmen würden, sie könnten alles, was es gab, begreifen und erklären, dann müssten sie das, was doch unbegreiflich und unerklärbar blieb, als nichtig und bloßen Aberglauben abtun, am Ende sogar Gott selbst.

»Sollen wir hineingehen in den Dom?«, fragte Carl Arnold.

Jacob schüttelte stumm den Kopf.

»Willst du dir lieber die Universität ansehen?«

Jacob zuckte unschlüssig mit den Schultern.

»Eine Jesuitenuniversität, an der es eine theologische und eine philosophische Fakultät gibt.«

»Ich weiß«, sagte Jacob. »Lass uns lieber zurück zur Poststation gehen, vielleicht wartet Kümmerling ja schon auf uns.«

DREIZEHN

In Paderborn zu paderbörnern, sei doch immer wieder ein ganz besonderes Vergnügen, sagte Sylvester Kümmerling, während die Kutsche, in der er mit Jacob Sander und Carl Arnold Kortum saß, holpernd und schaukelnd in die Egge hinauffuhr.

Er sah lachend in die fragenden Gesichter seiner beiden jungen Reisegefährten.

Das Paderbörnern sei ein Kartenspiel, erklärte Kümmerling gut gelaunt, und zwar eines, über das sie sogar schon mal miteinander geredet hätten. Da habe er es allerdings Mariage genannt. Anderenorts heiße es Sechsundsechzig, weiter im Süden des Heiligen Römischen Reiches sei es als Schnapsen bekannt. Ja gewiss, das seien, von kleinen Regelschwankungen einmal abgesehen, alles Bezeichnungen für ein und dasselbe Spiel, das er sehr schätze, weil es einfach sei, aber doch Geschick und Klugheit erfordere.

»Deshalb hab ich also nie gewonnen«, sagte Carl Arnold und lachte.

»Spielen Sie etwa auch Karten?«, fragte Kümmerling überrascht.

»Einen Mann, der studiert hat und nicht irgendwann mit seinen Kommilitonen in der Schänke gesessen und ein Kartenblatt in der Hand gehalten hat, werden Sie wohl nur schwerlich finden.«

»Sechsundsechzig hab ich auch schon gespielt. Das hat der alte Peter, unser Torwächter, mir beigebracht«, sagte Jacob.

»Na, wenn ich das gewusst hätte! Dann hätten wir ja gestern Abend miteinander paderbörnern können«, entgegnete Kümmerling fröhlich.

»Warum haben die Leute dem Spiel diesen seltsamen Namen gegeben?«, wollte Jacob wissen.

»Die Paderborner nennen es so, weil sie glauben, es sei vor über hundert Jahren in ihrer Stadt erfunden worden, in einer Schankwirtschaft mit der Hausnummer sechsundsechzig.«

»Wenn Sie mit uns beiden gespielt hätten, dann säßen wir jetzt vermutlich nicht in dieser schönen Kutsche«, sagte Carl Arnold.

»Jedenfalls nicht zu diesem günstigen Tarif«, entgegnete Kümmerling und rieb sich lachend die Hände.

Ungefähr einen Taler hatte er am Vorabend einem Mitspieler beim Paderbörnern abgeluchst. Später hatte er mit ihm noch ein Glas getrunken und erfahren, dass der Mann Josef Schröder hieß und ein Bauer und Lohnkutscher aus Höxter war. Er hatte einen Domherrn und einen jungen Kaplan, die im Auftrag des Fürstbischofs in der Benediktinerabtei Corvey nach dem Rechten gesehen hatten, zurück nach Paderborn gebracht.

Nachdem er etwa ein Viertel seines Kutscherlohns verspielt hatte, war es dem Manne recht jämmerlich zumute gewesen. Für die Rückfahrt nach Höxter hatte er keine Passagiere. So hatte Kümmerling ihn gefragt, ob er nicht ihn und seine beiden Reisegefährten mitnehmen könne. Als Entgelt hatte er Josef Schröder den auf dem Tisch liegenden kleinen Haufen aus Groschen und Pfennigen angeboten, den er gerade von ihm gewonnen hatte.

Der Herr möge doch noch einen halben Taler drauflegen, hatte Josef Schröder vorgeschlagen. Dann sei er nicht nur bereit, ihn und seine beiden Begleiter in der Kutsche mitzunehmen, sondern auch, sie in seinem Haus in Höxter zu verköstigen und ihnen ein Nachtquartier zu geben. Dieses kleine Arrangement habe den Vorteil, dass man am Abend ein Spielchen machen könne, Piquet oder Sechsundsechzig, ganz nach Wunsch. Kümmerling hatte das gewonnene Geld und dazu zwölf gute Groschen über den Tisch zu Schröder geschoben und noch zwei oder drei Gläschen mit ihm getrunken.

Vor gut einer Stunde, kurz nachdem Jacob und Carl Arnold von ihrem Stadtbummel zurück zur Poststation gekommen waren, waren sie in Paderborn aufgebrochen, Josef Schröder auf dem Kutschbock, Kümmerling, Jacob und Carl Arnold in der feinen Kutsche, deren Sitze und Rückenlehnen mit einem Lederpolster beschlagen waren.

»Wo liegt eigentlich Höxter?«, fragte Jacob.

»Das Städtchen gehört zur Abtei Corvey«, antwortete Kümmerling.

»Und die liegt am Weg nach Berlin?«

»In Höxter ist eine Station der Reichspost-Linie von Kassel nach Braunschweig. Wenn wir ein bisschen Glück haben, sind wir in zwei Tagen bei meiner Schwester und bei meinem Schwager.«

»Und Ihr Koffer mit dem Tödlein der Frau von Streithorst ist dann auch in Braunschweig?«

»Vielleicht«, sagte Kümmerling.

Die Kutsche hielt vor den Toren einer kleinen Stadt. Josef Schröder kletterte vom Kutschbock herunter.

»Die Pferde brauchen eine Pause und frisches Gras«, sagte er. »Der Weg hinauf in die Egge ist anstrengend für die Tiere, und sie sollen uns ja noch bis nach Höxter bringen.«

Jacob und Carl Arnold stiegen aus, streckten ihre Glieder und sahen sich unter der gleißenden Mittagssonne blinzelnd um.

»Schön ist es hier«, sagte Jacob.

Kümmerling folgte ihnen behäbig aus der Kutsche, breitete seine Reisedecke aus und ließ sich ächzend darauf nieder.

»Driburg« sagte Schröder und deutete mit einer Kopfbewegung auf das Städtchen. »Knapp drei Meilen haben wir bis jetzt zurückgelegt, und gut vier haben wir noch vor uns.«

»Driburg ist das? Die Stadt mit dem berühmten Sauerbrunnen?«, fragte Carl Arnold.

Schröder nickte lachend. »Der Ruhm des Driburger Sauerwassers ist jedenfalls bedeutend größer als seine Wirkung«, stellte er fest.

»Ach, meinen Sie das wirklich?« Kümmerling, der auf der Decke hockte und Tabak aus seiner silbernen Tabaksdose in eine Pfeife stopfte, sah Schröder enttäuscht an.

»Nun ja.« Josef Schröder hob unschlüssig seine Schultern. »Die Leute reden doch so, als wär das mineralische Wasser ein Wundermittel, der reinste Zaubertrank. Meine Frau behauptet, dass es gegen beinahe alles hilft, gegen Verstopfung und Kopfweh, gegen Wassersucht und Podagra, gegen Schwindel und Wahnwitz und sogar gegen die schwere Not.«

»Die schwere Not? Was ist das denn?«, fragte Jacob. Von einer solchen Krankheit hatte er noch nie gehört.

»Das böse Wesen«, sagte Kümmerling.

»Die schwere Not und das böse Wesen, ja, ja.« Carl Arnold lachte und schüttelte den Kopf. »So nennt man die Epilepsie, weil man immer geglaubt hat, dass die Krankheit magisch ist und von bösen Geistern ausgelöst wird. In alten Büchern werden allerlei kuriose Arzneien aufgezählt, die gegen die schwere Not helfen sollen, vom Kot eines Pfaus bis zum Blut eines Geköpften. Amulette bei sich zu tragen, einen Smaragd zum Beispiel oder das gegerbte Fell eines Wolfes, soll angeblich auch helfen. Aber ich hab noch nirgendwo gelesen, dass das Wasser aus einem Sauerbrunnen schon mal die Epilepsie geheilt hätte.«

»Aber Herr Doktor Kortum, dass Sauerwasser gegen Verstopfung und gegen Podagra hilft, das ist doch erwiesen«, sagte Kümmerling streng, »das können Sie doch nicht bestreiten.«

Carl Arnold lachte wieder. »Nein, nein, das will ich ja gar nicht bestreiten«, sagte er. »Ich müsste allerdings erst einmal wissen, wie das Driburger Wasser zusammengesetzt ist, welche Mineralien in ihm enthalten sind, um Ihnen sagen zu können, wogegen es hilft.«

»Es enthält besonders viel Brunnengeist, und Eisen soll auch drin sein«, sagte Schröder.

»Also wenn Sie mineralisches Wasser anstatt Schnaps und Bier und Wein trinken, und wenn Sie während einer Sauerwasserkur nicht üppig essen, sondern stattdessen viel spazieren gehen, dann hilft das gewiss gegen Verstopfung und ebenso gewiss gegen die Gicht«, stellte Carl Arnold klar.

»Na also«, sagte Sylvester Kümmerling zufrieden, zog an seiner Tabakspfeife und ließ ein paar Qualmwölkchen in die klare Luft aufsteigen.

Schröder verschwand hinter der Kutsche, kam kurz darauf mit einem Korb in der Hand, in dem einige mit Korken verschlossene Tonflaschen lagen, wieder zum Vorschein und sagte achselzuckend: »Ich muss jetzt jedenfalls etwas von dem Zauberwasser holen, für meine Frau. Wenn ich an Driburg vorbeifahre und ihr nichts von dem Zeug mitbringe, dann macht sie Ärger. Es ist nur ein kurzer Fußweg bis zum Sauerbrunnen.«

»Ich gehe mit Ihnen in die Stadt«, sagte Kümmerling.

»Nein, nein, ich muss nicht in die Stadt hinein. Der Sauerbrunnen ist dahinten, am Ende der Allee«, sagte Schröder.

»Welcher Allee?«, fragte Carl Arnold.

»Na ja, der Weg dort, der war immer von Linden gesäumt. Die sind während des Krieges abgeholzt worden.«

»Dahin oder dorthin, Allee oder Weg, ich gehe jedenfalls mit Ihnen. Ich will von diesem Sauerwasser kosten«, sagte Kümmerling und kam mühsam auf die Beine.

»Sie bleiben bei der Kutsche und achten auf die Pferde?«, fragte Schröder.

Jacob und Carl Arnold nickten.

»Wirklich schön ist es hier«, sagte Jacob, während Schröder und Kümmerling miteinander redend davongingen. »Die kleine Stadt, das weite Tal, die sanften Hügel ringsum, die Burgruine da oben, idyllisch ist das alles, beinahe wie gemalt.«

Carl Arnold legte sich auf den Rücken und verschränkte die Hände unter seinem Kopf. »Es riecht gut nach Kräutern, nach Kummerblumen und Quendelkraut, glaube ich.«

»Nach Frühling«, sagte Jacob und legte sich neben Carl Arnold ins Gras.

Nachdem sie eine Weile mit geschlossenen Augen dagelegen und nichts gehört hatten als die Vögel, die zirpten und zwitscherten, und die beiden Pferde, die das frische Gras rupften und zermalmten, fragte Jacob: »Denkst du eigentlich oft an Helena?«

»Ja«, sagte Carl Arnold.

»Ich hab in den letzten Tagen nur selten an Elseken gedacht.«

»Du hast allerlei Neues und Aufregendes erlebt. Du musstest über vieles nachdenken.«

»Am Abend vor meiner Abreise in Sterkrade, als ich sie im Arm hielt, da war ich mir sicher, dass sie mir sehr fehlen würde und dass ich große Sehnsucht nach ihr haben würde.«

»Ja, ja«, sagte Carl Arnold nur, dann lagen Jacob und er schweigend nebeneinander unter der Frühlingssonne, bis Schröder und Kümmerling vom Sauerbrunnen zurückkamen, der eine einen schweren Korb schleppend, der andere leichtfüßig und fröhlich lächelnd.

Als sie wieder in der Kutsche saßen, erzählte Kümmerling begeistert von der überwältigenden und raschen Wirkung des Sauerwassers. Schon nach den ersten beiden Gläsern, die er in dem kleinen Brunnenpavillon getrunken hatte, habe sein Gedärm rumorend zu arbeiten begonnen, und er habe sich in den Wiesen erleichtert.

Ja, genau so fühle er sich jetzt, erleichtert und dazu noch beschwingt. Auch das Ziehen und Zwicken in seinen Füßen und Gelenken, das ihn in letzter Zeit immer häufiger geplagt habe, habe er während seines Spaziergangs mit Schröder nicht ein einziges Mal gespürt. Das sei ganz eindeutig eine Folge des Driburger Sauerwassers, befand Kümmerling. Seine Freude am augenblicklichen körperlichen Wohlbefinden war so groß, dass er allerlei Pläne schmiedete, um dieses zu erhalten. Erst einmal wolle er in Berlin feststellen, ob das Sauerwasser tatsächlich, in Flaschen abgefüllt, in der Hauptstadt zu kaufen sei, wie es der junge Driburger Herr im Brunnenpavillon behauptet hatte. Und dann wolle er, um sein Wohlgefühl noch weiter zu steigern, genau das tun, was der Herr Doktor Kortum ihm empfohlen habe, nämlich weniger Alkoholisches trinken und nicht mehr gar so üppig essen. Und öfter mal spazieren gehen wolle er natürlich auch.

Ganze zwei Stunden hielten Sylvester Kümmerlings gute Vorsätze, dann verspürte er einen furchtbar quälenden Hunger und einen ganz argen Durst und musste unbedingt auf der Stelle etwas dagegen unternehmen. Er nötigte seine Reisegefährten, in der kleinen Stadt Brakel ein Gasthaus aufzusuchen, wo er mit Schinken und Bier gegen Hunger und Durst ankämpfte.

Vom Wirsingtopf, der am Abend bei ihrer Ankunft auf Schröders kleinem Hof am Rande von Höxter überm Feuer in der Küche hing, so als habe die Hausfrau damit gerechnet, dass ihr Mann Gäste mitbringen würde, aß Kümmerling dann auch noch reichlich.

Das ganze Haus roch nach dem Gemüse, das anscheinend schon stundenlang vor sich hin geköchelt hatte. Mit den Augen war nicht auszumachen, was außer Wirsing noch in dem zerkochten bräunlichen Brei enthalten war. Erst als Jacob vorsichtig einen Löffel davon gekostet hatte, glaubte er, Zwiebeln, Lauch, Möhren und kleine Stückchen von geräuchertem Schweinefleisch zu erkennen. Das deftige Essen schmeckte wesentlich besser, als er es aufgrund des strengen Geruchs und des trüben Anblicks erwartet hatte. Obwohl es kräftig gesalzen war, ließ Jacob sich von Josef Schröder nicht zu einem Krug selbstgebrauten Bieres überreden. Nach dem Abend in der Poststation in Paderborn, nach all dem Branntwein und Bier, das er auf das Wohl von Tereses Söhnchen getrunken hatte, hatte er, genau wie Carl Arnold, das Bedürfnis, seinen Durst heute mit Wasser zu stillen.

Noch während die vier Männer essend und trinkend um den Tisch in Schröders Küche saßen, bereitete seine Frau aus Fellen und Decken auf einer Bank beim Feuer einen Schlafplatz für Kümmerling.

Für Jacob und Carl Arnold wurde ein Nachtlager aus Strohsäcken in der Scheune hergerichtet. Obwohl es noch taghell war, zogen sie sich nach dem Essen mit einem Krug Wasser dorthin zurück. Beiden stand nicht mehr der Sinn nach einem Spaziergang durch das Städtchen Höxter, und in der Küche sitzen bleiben, sich vom Tabaksqualm umnebeln lassen und dem Gezänk der beiden Männer zuhören, die sich nicht einigen konnten, ob sie paderbörnern oder doch lieber Piquet spielen sollten, wollten sie auch nicht.

»Ich werde aus diesem Sylvester Kümmerling nicht schlau«, sagte Jacob und setzte sich ins Stroh.

»Weißt du eigentlich, woher er die Narbe auf seiner Wange hat?«, fragte Carl Arnold.

Jacob schüttelte den Kopf.

»Ich glaube, dass er kein schlechter Kerl ist«, sagte Carl Arnold nach einer Weile.

»Er will zwanzig Taler für das Tödlein. Das ist Wucher.«

»Er will sie doch nicht von dir, sondern von der adligen Frau von Streithorst, die er für eine reiche, hochnäsige Dame hält. Ist das wirklich so verwerflich?«

»Sein ganzer Handel ist schändlich. Die Dinge die er feilbietet, mahnen die Menschen, sich auf den Tod und das Jenseits vorzubereiten, und ihm geht es dabei nur um seinen Profit, um möglichst viel Geld, damit er spielen und saufen und fressen kann. Im Stillen macht er sich doch lustig über die braven Leute, die sich um ihr Seelenheil sorgen und seine Waren kaufen.«

»Ich weiß nicht«, sagte Carl Arnold. Er hatte sich neben Jacob gesetzt und Wasser aus dem Krug in zwei Becher gefüllt. »Für ihn sind die Dinge, die er verkauft, eben Handelswaren, Artikel die gefragt sind und sich gut zu Geld machen lassen. Es gibt auch Händler von chirurgischen Werkzeugen, die selbst nicht damit umgehen können. Man muss die Dinge nicht schätzen, mit denen man handelt. Kümmerling verkauft wächserne Tödlein und Kupferstiche, auf denen der Gevatter mit der Sense umherschleicht, obwohl er sie für überflüssig hält. Na und? Er selbst möchte die Freuden des Lebens genießen, ohne alle Tage an sein Ende erinnert zu werden. Das macht ihn aber noch nicht zu einem schlechten Menschen.«

»Heute in der Kutsche hat er sich doch entlarvt, als er über Paderborn und Köln gesprochen hat, wo er angeblich immer die besten Geschäfte gemacht hat. In beiden Städten gäbe es viel zu viele Pfaffen und Betschwestern und Menschen, die übers Wallfahren und Messefeiern das Arbeiten vergessen würden, hat er gelästert. Er hat behauptet, nirgendwo so viel Armseligkeit, heruntergekommenes Volk und herumlungernde Bettler gesehen zu haben wie im heiligen Köln und in Paderborn. Das sind nach Kümmerlings Meinung die Folgen tumber Frömmelei.«

»Er hat doch recht«, sagte Carl Arnold. »Denk mal an Lippstadt, wo wir uns gestern beide darüber gewundert haben, dass dort nichts mehr von den Kriegsfolgen zu sehen ist. Da geben die Reformierten den Ton an, und die denken eben nicht nur alle Tage ans Jenseits, sondern sorgen sich bei aller Frömmigkeit auch um ihr irdisches Wohl. Das sieht man dem Städtchen an. Und natürlich bleibt es auch nicht ohne Folgen für eine Stadt, wenn ihre Bewohner öfter einen Rosenkranz in die Hand nehmen als eine Schaufel und eine Maurerkelle.«

Jacob leerte seinen Becher in einem Zug, grübelte vor sich hin, ließ sich von Carl Arnold Wasser nachschenken, saß lange schweigend im Stroh und stellte, während die Abenddämmerung langsam in die Scheune kroch, dem Freund die Frage:

»Glaubst du dem Kümmerling auch, was er gestern in der Postkutsche behauptet hat?«

»Was hat er da behauptet?«

»Dass er mich mit dem Tödlein nur deshalb hinhält, weil er möchte, dass ich noch weiterreisen kann.«

»Mir erscheint es plausibel«, antwortete Carl Arnold. »Und einen anderen Grund für sein Verhalten kann ich nicht erkennen.«

»Und wenn ich ihm in Braunschweig sage, dass mir an der Reise nichts mehr liegt, dass ich unter allen Umständen die Gunst der Frau von Streithorst zurückgewinnen möchte und dass ich deshalb so schnell wie möglich nach Sterkrade will? Glaubst du, dass er mir das Tödlein dann sofort geben wird?«

»Ja, das nehme ich an. Aber das wirst du ihm doch nicht sagen, oder?«

Jacob ließ sich rückwärts ins Stroh fallen, gähnte und blieb Carl Arnold eine Antwort schuldig.

Wohl doppelt so hoch wie der Kirchturm von Sterkrade reckten sich die beiden schlanken Türme der Abteikirche von Corvey in den Himmel. Gewaltig wie ein Dom überragte das Gotteshaus die weitläufigen Klosteranlagen, deren imposante Gebäude nichts mit den Abteien und Klöstern gemeinsam hatten, die Jacob bisher in seinem Leben gesehen hatte.

»Nein, ein armseliges Benediktinerkloster ist das hier zweifellos nicht«, sagte Carl Arnold. »Das ist die fürstliche Residenz eines Landesherrn, des Fürstabtes von Corvey.«

»Eine solche Pracht hatte ich nicht erwartet.«

»Bist du denn nicht am Schloss der Fürstäbtissin von Essen

vorbeigekommen? Das ist doch auch nicht gerade ein schlichtes Klösterchen.«

»Das Schloss in Borbeck? Das hab ich gesehen, aber das ist doch längst nicht so eindrucksvoll wie das hier.«

»Das Ländchen der Fürstäbtissin ist ja auch bei weitem nicht so groß wie das Territorium des Fürstabtes von Corvey.«

Sie umrundeten die Residenz und spazierten, nachdem Jacob die schmucke Toranlage, Schloss und Kirche, Türme und Türmchen, die Großzügigkeit der Gebäude und die Weitläufigkeit der Gärten schweigend bewundert hatte, langsam zurück in Richtung Höxter.

Auf halbem Weg zwischen der Abtei und dem Städtchen setzten sie sich am Weserufer ins Gras.

»Wann fährt die Postkutsche ab?«, fragte Jacob.

»Erst am späten Nachmittag. Wir haben noch Zeit.«

Jacob ließ seinen Blick über das helle Gleißen des Wassers und über das Sprießen und Blühen im weiten Tal hinweg nach Süden wandern, wo er irgendwo auf einer fernen Bergkuppe hoch über der Weser das braunschweigsche Schloss Fürstenberg zu erkennen glaubte, von dessen Porzellanmanufaktur Josef Schröder ihnen beim Morgenbrot erzählt hatte. Eine Kette ganz unterschiedlich geformter Berge, hier von dichten Wäldern bewachsen, dort von niedrigem Buschwerk bedeckt, hin und wieder auch bloß kahles Gestein, das unter der Sonne rötlich schimmerte, umsäumte das Wesertal. In den Hängen grasten Herden von Schafen und Ziegen, unzählige weiße Tupfer im leuchtenden Grün.

»Wenn ich das alles hier sehe und an Sterkrade denke, an die Heide, den sandigen Boden und das dürre Gestrüpp, dann frage ich mich, was unser Herrgott sich wohl dabei gedacht hat, die Schönheiten der Welt so ungleich zu verteilen«, sagte Jacob.

»Vor ein paar Tagen, als du im warmen Sand gesessen hast, unter der Maisonne, ganz nah bei Elseken, war die Heide da nicht für dich der wunderbarste Platz auf Erden?«, fragte Carl Arnold ihn.

»Nun ja«, gab Jacob zu, »in dieser Stunde war sie das wohl.«

»Und dieses schöne Land hier«, sagte Carl Arnold und sah

sich um, »das kann ich mir nicht anschauen, ohne dabei an das zu denken, was Schröder uns heute Morgen erzählt hat. Ich sehe, wie sich das Wasser in der Weser blutrot verfärbt, und ich höre da vorn in Höxter die Menschen schreien, Kinder, Frauen und alte Männer, die grausam misshandelt und abgeschlachtet werden.«

»Du denkst an dieses Blutbad im Dreißigjährigen Krieg? Das ist über hundert Jahre her.«

»Die Zeit heilt nun mal nicht alle Wunden«, entgegnete Carl Arnold. »Siehst du dahinten den maroden Steinhaufen? Als wüchse eine Pestbeule aus dieser herrlichen Landschaft, so liegt er da. Das sind die Überreste einer alten Weserbrücke, die damals von Soldaten gesprengt worden ist.«

Jacob betrachtete das träge dahinfließende Wasser der Weser und schwieg.

Irgendwann sagte Carl Arnold: »Es kommt mir so vor, als verberge sich in jedem Ding immer auch das Gegenteil von dem, was es zu sein scheint, als wäre das Hässliche immer auch schön und als hätte jede Schönheit einen Makel.«

Erst viel später, als sie durch das Corveyer Tor nach Höxter hineingingen, sagte Jacob: »Es ist seltsam, dass die Brücke nie wieder aufgebaut worden ist. Dabei gibt es nirgendwo in der Gegend eine andere. Jedenfalls habe ich keine gesehen.«

»Es gibt keine«, bestätigte Carl Arnold. »Wer ans andere Ufer will, wird mit der Fähre übergesetzt. Du wirst es gleich erleben.«

Ein paar Stunden später spazierten die beiden durch die kleine Stadt Holzminden, am jenseitigen Weserufer im Herzogtum Braunschweig gelegen.

Die Pferde wurden gewechselt, und die Passagiere der Fahrpost hatten Zeit, ein kräftigendes Abendessen einzunehmen oder sich im Städtchen die Füße zu vertreten.

Kümmerling hatte sich gemeinsam mit einem älteren Paar aus Gandersheim, das nach einem Verwandtenbesuch in Höxter auf dem Heimweg war, fürs Essen entschieden, Jacob und Carl Arnold hatten einen Stadtbummel vorgezogen.

Gepflegte Fachwerkhäuser säumten die holprig gepflasterten, engen Gassen, die Kirchtürme überragten alles, und das spitzgiebelige Rathaus stand am Markt. Jacob beschlich wieder das Gefühl, all das in den vergangenen Tagen irgendwo schon einmal gesehen zu haben, und auch der Lärm, der ihm in den Ohren dröhnte, während sie auf die südwestliche Stadtmauer zugingen, kam ihm bekannt vor.

»Das hört sich an wie der Hammer eines Eisenwerkes«, sagte er, »das Geräusch kenne ich von der Antonyhütte.«

»Es gibt hier eine Eisenfabrik. Das hat der Herr aus Gandersheim mir auf der Fähre erzählt.«

»Dieser alte Wüstling? Hast du gesehen, wie er den beiden jungen Mägden während der Überfahrt unablässig auf den Busen gestarrt hat?«

»Als seiner Gattin Reiz dahinging mit den Jahren / hat er entdeckt, wie schön die andren Weiber waren«, reimte Carl Arnold.

»Ja, so ist das wohl«, sagte Jacob, und beide lachten.

Carl Arnold hätte gern das Eisenwerk besichtigt, aber dazu blieb keine Zeit.

»Hättest du es dir nicht auch gern angeschaut?«, fragte er Jacob, während sie zurück zur Poststation gingen.

»Ich hab mich oft genug an der Antonyhütte herumtreiben müssen.«

»An dem Eisenwerk, gegen das deine Äbtissin Klage führt?«

»Woher weißt du das?«

»Du hast in Bochum gesagt, dass die Frau von Streithorst seit zehn Jahren gegen den Betreiber einer kleinen Eisenhütte einen Prozess nach dem anderen anstrengt.«

Jacob nickte. »Seit mehr als zehn Jahren. Die Äbtissin kämpft mit allen Mittel gegen diese Hütte.«

»Warum?«

»Angeblich, weil sie sich um unser Wasser sorgt.«

»Angeblich?«

Jacob erzählte Carl Arnold, dass die kleine Hütte im Vest Recklinghausen direkt neben dem Elpenbach errichtet worden war, weil der Hüttenbetreiber, der Herr von Wenge, das Wasser als Kraftquelle für die Blasebälge, fürs Erzwaschen und als Antrieb für den Schmiedehammer brauchte. Damit immer genug Wasser für den Hüttenbetrieb verfügbar war, war mit einem Damm aus Eichenpfählen ein Teich angestaut worden.

Unterhalb der Hütte überquerte der Elpenbach die Grenze zum preußischen Sterkrade und floss am Kloster der Zisterzienserinnen vorbei, die ihn Marienbach nannten. Sie tranken sein Wasser und nutzten es zum Kochen, Backen, Brauen und zum Waschen. Sie tränkten ihr Vieh mit dem Bachwasser, versorgten ihre Fischteiche damit und ließen von ihm ihre Mühlen antreiben.

Gleich als der Herr von Wenge die Errichtung der Hütte am Elpenbach und die Nutzung des Wassers beantragt hatte, hatten die adligen Klosterdamen dagegen protestiert. Sie argumentierten, die Erzwäsche würde das Bachwasser verschmutzen, es ungenießbar für Menschen und Tiere machen und die darin lebenden Forellen vernichten. Durch den Hüttenbetrieb verschlamme auf Dauer der Bachlauf, außerdem sei ein Bruch des Dammes nicht auszuschließen, und der könne verheerende Folgen haben, zum Beispiel die Zerstörung der klösterlichen Mühle durch herabgespülte Eichenstämme.

Die Klosterfrauen ließen einige Gutachten anfertigen und klagten. Bei den Gerichten des Kölner Kurfürsten, der als Landesherr im Vest Recklinghausen dem Herrn von Wenge Hüttenbetrieb und Wassernutzung erlaubt hatte, blitzten die Damen ab. Also wandten sie sich an die preußische Justiz in Cleve. Die schlug sich auf die Seite der Klosterfrauen. Die Äbtissin rieb sich die Hände. Es sah so aus, als hätte sie es wieder einmal geschafft, die zwischen Preußen und dem Kurfürstentum Köln schwelende Feindschaft zu ihren Gunsten zu nutzen. Doch dann schwappte der Siebenjährige Krieg in das Herzogtum Cleve hinein, und der »Fall Antonyhütte« wurde für die preußischen Behörden zu einer Nebensache, um die sie sich nicht mehr kümmerten.

1758, sechs Jahre nachdem mit den Bauarbeiten begonnen worden war, konnte auf Sankt Antony endlich zum ersten Mal der Hochofen angeblasen werden.

Bis hierhin kannte Jacob den Verlauf der Auseinandersetzungen nur aus den Unterlagen, die Kaplan Blume im Sekretariat aufbewahrte. Doch dann wurde er selbst in den Streit hineingezogen. Kurz nachdem er 1760 ins Kloster gekommen war, schickte die Äbtissin ihn und einige andere Bedienstete – der Förster, der Kutscher Derrick Berger und der alte Peter waren dabei – zur Antonyhütte, wo sie in einer Nacht- und Nebelaktion den Hüttenteich leerfischten. Die Äbtissin wollte dem Herrn von Wenge demonstrieren, dass sie nach wie vor das Fischereirecht am gesamten Bachlauf besaß. Der Hüttenherr zeigte sich äußerst verärgert, und wieder wurden die Gerichte bemüht. Erst kürzlich hatte die Bonner Hofkammer endgültig entschieden, die Aktion sei illegal gewesen, Hüttenteiche seien vom Fischereirecht grundsätzlich ausgenommen.

Die Äbtissin ließ in ihrem Kampf gegen die Hütte nicht locker. Jacob gewann mit den Jahren den Eindruck, dass es ihr längst nicht mehr um die Reinheit des Wassers ging, sondern nur noch darum, recht zu behalten und die Vormachtstellung des Klosters am Elpenbach zu behaupten.

Sie formulierte mit dem Advokaten Liliental aus Beeck Eingaben, reichte beim Landgericht in Dinslaken Klagen wegen der angeblich zunehmenden Verschmutzung des Bachwassers ein und schickte Jacob immer wieder zu den Klosterweiden an der Hütte, wo er beobachten sollte, was auf Sankt Antony vor sich ging. Außerdem sollte er sich bei den Bauern umhören, die als Erzwäscher für die Eisenhütte arbeiteten oder als Fuhrleute Holzkohle herankarrten und fertige Produkte zum Ruhrorter Hafen beförderten.

Lange hatte der Äbtissin gefallen, was Jacob ihr berichtete. Es lief nicht gut auf Sankt Antony. Die Gusswaren, Töpfe und Pfannen vor allem, hatten nicht die gewünschte Qualität und konnten nicht gewinnbringend verkauft werden. Es gab technische Probleme am Hochofen, und ein Wasserrad ging zu Bruch. Mal stand zu wenig Holzkohle zur Verfügung, dann fehlte es an Fuhrleuten, weil die Bauern auf ihren Feldern beschäftigt waren. Später verhinderten die Kriegswirren den Fortgang der Arbeiten. Vom ersten Anblasen des Hochofens 1758 bis zur zweiten Kampagne vergingen vier lange Jahre.

Als es mit der Hütte dann doch aufwärtsging, als alle Klagen abgewiesen waren, weil eine Verschlechterung der Wasserqualität in Sterkrade nie nachzuweisen war, sah die Äbtissin von Streithorst nur noch eine Möglichkeit, ein Verbot des Hüttenbetriebs zu bewirken: Schon einmal, kurz nach seiner Errichtung, war der Hüttendamm durch heftige Regengüsse weggespült worden. Eichenstämme und Schlamm hatten den Bachlauf verstopft, doch die Hüttenleute hatten den Schaden schnell behoben. Für das Kloster war der Dammbruch ohne Folgen geblieben. Wenn so etwas allerdings noch einmal passieren würde, so vermutete die Äbtissin, dann würden die Behörden einen Hüttenteich nicht mehr genehmigen. Das wäre das Ende für Sankt Antony.

Scheinbar beiläufig ließ sie in einem Gespräch mit Jacob die Bemerkung fallen, ein geschickter junger Mann, dem das Wohl des Klosters am Herzen liege, sei gewiss dazu in der Lage, während einiger nächtlicher Besuche am Hüttenteich den Damm so raffiniert zu manipulieren, dass er den nächsten Wolkenbruch nicht überstehen werde.

Jacob verstand die Aufforderung sehr wohl, aber er dachte nicht einen Augenblick daran, ihr Folge zu leisten. Die Äbtissin war nie mehr auf das Gespräch zurückgekommen, doch Jacob hatte sich damals zum ersten Mal gefragt, ob die ehrwürdige Mutter tatsächlich die untadelige Klosterfrau war, für die er sie immer gehalten hatte, und er hatte damals zum ersten Mal geahnt, dass ihre Gunst kein bedingungsloses Geschenk war, sondern eine Zuwendung, für die sie Gegenleistungen erwartete.

Ein Jahr später, 1763, war der Hüttendamm dann tatsächlich zum zweiten Mal gebrochen. In Sterkrade wurde gemunkelt, das Kloster stecke dahinter, doch niemand ging der Sache nach. Auch der zweite Dammbruch führte nicht zu nachhaltigen Schäden. Die Hoffnung der Äbtissin erfüllte sich nicht. Der Teich wurde wieder angestaut, ohne dass die Behörden einschritten.

Die Beamten schüttelten längst die Köpfe über die zänkische Frau von Streithorst und ihre Fräuleins. Bei den Gerichten hielt man die ständigen Klagen aus Sterkrade mittlerweile nur noch für die Folgen eines unter Klosterfrauen weit verbreiteten Eigensinns und einer typisch weiblichen Starrköpfigkeit.

In der Abenddämmerung verließ die Postkutsche Holzminden. Während die Landschaft allmählich im Dunkel versank, bemerkte Jacob am verlangsamten Tempo, am unsteten Schaukeln des Wagens und am Schnauben der Zugpferde, dass sie das Tal der Weser verlassen hatten und bergauf fuhren.

»Das sind nur ein paar kleine Hügel, Ausläufer der Solling und der Ith«, sagte der Herr aus Gandersheim in die Dunkelheit hinein. Dann war es still in der Kutsche.

Jacob dachte an Elseken und an die hübsche Magd, die er vorgestern in Benninghausen gesehen hatte. Er hätte Carl Arnold, der neben ihm saß, gern gefragt, ob ihm jemals ein anderes Mädchen gefallen hatte als Helena. Aber er scheute sich, vor den anderen Passagieren eine solch intime Frage zu erörtern. Außerdem war es inzwischen so dunkel geworden, dass er nicht einmal mehr sehen konnte, ob Carl Arnold noch die Augen geöffnet hatte oder ob er schon eingenickt war.

Gerade als er sich entschlossen hatte, selbst eine Weile zu schlafen, begann Kümmerling laut zu schnarchen. Jacob schloss die Augen. Kurz darauf schnarchte auch der Herr aus Gandersheim. Seine Gattin seufzte.

Jacob hatte gehofft, die Kutsche würde ihn in den Schlaf schaukeln, aber das Rattern der Räder, das in unregelmäßigen Abständen erklingende Tuten des Posthorns, das unablässige Schnauben der Pferde, die Rufe und Peitschenhiebe des Postillions und das Geschnarche der beiden Männer ließen ihn nicht einschlafen.

Erst hinter der Station Wickensen, wo nur Kümmerling kurz den Wagen verließ, um, wie er sagte, etwas Dringendes zu erledigen, fiel Jacob in einen unruhigen Schlummer, aus dem er immer wieder aufschreckte. In Greene wurden die Pferde gewechselt. Die Passagiere saßen derweil müde und schweigsam in der Gaststube der Poststation.

Einmal sah Kümmerling im Kerzenschein auf seine Sackuhr.

»Noch ein paar Minuten, dann haben wir die Geisterstunde unbeschadet überstanden«, sagte er und lachte. Niemand lachte mit ihm.

Gleich hinter Greene überquerte die Kutsche die Leine. Die nächsten Stunden erschienen Jacob endlos lang. Er konnte weder schlafen noch über die Dinge nachdenken, die ihn beschäftigten. Allerlei Gedanken, überflüssige und bedeutsame, sinnlose und schwerwiegende, tauchten in ihm auf, stolperten durch seinen Kopf und verschwanden wieder, ohne dass er sie fassen konnte.

In Gandersheim verabschiedete sich das ältere Ehepaar von ihnen. In Seesen wurden wieder die Zugpferde ausgetauscht. Als Jacob die ersten Vögel zwitschern hörte, fuhren sie auf Lutter zu. In der Poststation setzte er sich während des Pferdewechsels an einen Tisch und legte den Kopf auf seine Arme, aber schlafen konnte er auch hier nicht.

Beim Aufbruch in Lutter stellte er fest, dass es taghell geworden war. Doch die Sonne hatte noch keine Kraft. Er begann vor Müdigkeit zu frieren. Die Kutsche rollte rumpelnd über einen engen Waldweg, als ihn endlich der Schlaf übermannte.

Irgendwann rüttelte Carl Arnold an seinem Arm.

»Was ist passiert?«, fragte Jacob verstört.

»Komm, wach auf! Du zitterst ja vor Kälte. Es ist Zeit fürs Morgenbrot. Wir sind in Barum.«

Im Posthaus trank Jacob warme Milch, aß Brot mit Käse und gähnte unablässig. Kaum war er nach dem Frühstück zurück in den Wagen geklettert, fielen ihm wieder die Augen zu.

Als Carl Arnold ihn das nächste Mal weckte, folgte er ihm im Halbschlaf in eine Poststation, legte sich dort auf eine Bank und schlief weiter, bis der Freund ihn wieder wachrüttelte und ihm auf die Beine half.

In der Kutsche fiel er noch einmal in einen oberflächlichen Schlummer, aus dem die Sonne ihn bald aufweckte, die inzwischen ziemlich hoch am Himmel stand und warm und hell in sein Gesicht schien.

Als er blinzelnd die Augen öffnete, fuhr der Postwagen in rasantem Tempo über eine gut ausgebaute, breite Allee, auf der Reiter und Fußgänger, behäbige Fuhrwerke und elegante Chaisen unterwegs waren.

»Wo sind wir?«, fragte Jacob.

»Zuletzt waren wir in Wolfenbüttel, aber das schöne Städtchen hast du verschlafen«, sagte Carl Arnold.

»Es dauert nicht mehr lange, dann sind wir am Ziel«, fügte Sylvester Kümmerling hinzu.

Eine halbe Stunde vor Mittag erreichte die Postkutsche Braunschweig.

VIERZEHN

Jacob musste immer wieder an den alten Peter denken. Die Weisheiten über Kopfbedeckungen, die Balthasar Lobenstein von sich gab, hätten ihm gefallen. Und geradezu entzückt hätten ihn gewiss die Komplimente, die der Hutmachermeister für den blauen Dreispitz übrig hatte, den Peter vor acht Tagen Jacob geschenkt hatte.

»Eine ausgezeichnete Arbeit, sehr feiner Filz, ganz gewiss ohne Kälber- und Hundehaar, eine wunderbare Kopfbedeckung für einen vornehmen jungen Herrn«, säuselte Lobenstein. »Der hat sicher einiges gekostet, zwei Taler oder sogar noch etwas mehr, nicht wahr?«

Da Jacob den Preis nicht kannte, antwortete er mit einem zurückhaltenden Lächeln, in dem Balthasar Lobenstein anscheinend einen Ausdruck von Bescheidenheit sah. Jedenfalls quittierte er Jacobs Schweigen mit einem wohlwollenden Kopfnicken und drang nicht weiter in ihn.

Der Hutmacher führte seinen Schwager Sylvester und die beiden jungen Männer, die mit ihm reisten, durch seine Werkstätten, und zum ersten Mal seit Stunden redete er nicht salbungsvoll und frömmlerisch daher wie ein erleuchteter Wanderprediger, sondern schlicht und verständlich, wie Jacob es von einem Handwerksmeister erwartete.

»Die Wolle einheimischer Schafe und Haare von Bibern und Kaninchen, unser Ausgangmaterial, alles gründlich gesäubert, zum Teil schon gerupft, aber noch nicht gebeizt«, erklärte er in einer Kammer, in der Hasenfelle, Schafsvliese und Biberbälge lagen und mindestens zwanzig Fässer, gefüllt mit Haar- und Wollbüscheln, an den Wänden aufgereiht standen.

Der Meister führte seine Gäste durch mehrere hintereinanderliegende Räume, vorbei an großen Kesseln und gemauerten Öfen, an zahlreichen Steinwannen, Holzfässern und Kupfergefäßen und an langen Arbeitstischen, auf denen allerlei Werkzeug lag. Jacob war beeindruckt von der Ausdehnung der Hutmacherei und überrascht von der Vielzahl der Arbeitsschritte, die erforderlich waren, um aus einem Knäuel Schafswolle einen blauen Dreispitz werden zu lassen.

»Erst nach dem Rupfen, Säubern, Beizen, Trocknen, Schlagen, Ziehen und Fachen ist unser Material so weit vorbereitet, dass es gefilzt werden kann. Das geschieht auf Filzblechen da vorn über den Öfen«, erklärte Lobenstein. »Und dann kann endlich mit dem Walken, also dem eigentlichen Gestalten des Hutes, begonnen werden.«

»Ist das nicht ungeheuerlich, wie viel Arbeit in so einer Kopfbedeckung steckt?«, fragte Sylvester Kümmerling seine beiden Reisegefährten. »Als ich das alles hier zum ersten Mal gesehen habe, konnte ich es kaum glauben.«

»Ja, es ist wirklich imposant«, sagte Carl Arnold.

Lobenstein nahm zufrieden lächelnd die Bewunderung seiner Gäste zur Kenntnis. »Wenn die Hüte kochend heiß aus den Walkkesseln kommen«, fuhr er säuselnd fort, »müssen sie für einige Tage in die Trockenkammer.«

Er öffnete schwungvoll eine Tür, durch die ihnen ein Schwall feuchtwarmer Luft entgegenschlug. »So sehen die Hüte aus, wenn sie gerade gewalkt sind, schmuddelig grau, und sie sind so weich, dass sie schon beim ersten Regenschauer ihre Form verlieren würden, und eine schöne Krempe haben sie auch noch nicht.«

Während der Hutmacher die letzten Arbeitsschritte beschrieb, das Bimsen und Färben, das Steifen in einem Schleim aus Leinsamen und Quittenkörnern und das Plätten der Hutränder, rümpfte Jacob die Nase. Immer unangenehmer wurden ihm die penetranten Dünste und Dämpfe, die durch die Werkstätten waberten. Schon im Wohnhaus hatte er einen lästigen Geruch wahrgenommen, der sich hier, zwischen der galligen Beize, dem säuerlichen Sud in den Walkkesseln und den ranzigen Brühen der Färberei, zu einem unerträglichen Gestank verdichtet hatte. Und jetzt hörte er auch wieder das Geräusch, das er im Hof zwischen Wohnhaus und Werkstatt zum ersten Mal wahrgenommen hatte, dieses merkwürdige unablässige Rauschen.

Als Balthasar Lobenstein sich lautstark über die Verirrung

der Mode empörte, die es heutzutage beiderlei Geschlechtern erlaube, Hüte zu tragen, schlenderte Jacob zu einem geöffneten Fenster hinüber, wo er ein wenig frische Luft zu erheischen hoffte.

Hüte seien seit Menschengedenken eine Zierde des Mannes, und das sollten sie auch bleiben, schimpfte Lobenstein. Frauen sollten, wie es die guten Sitten seit alters her erforderten, ihre Köpfe mit Hauben oder Tüchern bedecken. Er jedenfalls werde sich nicht dazu herablassen, Kopfbedeckungen für Frauenzimmer zu fabrizieren. Seine Filzpantoffeln, ja gut, die könnten auch von Weibspersonen getragen werden, aber ein Hut auf dem Kopf einer Frau, nein, das sei lächerlich und würdelos, gerade so, als bekleide sich eine Frau mit einer Hose.

Das gleichmäßige Rauschen wurde umso lauter, je näher Jacob dem offenen Fenster kam. Er streckte seinen Kopf hinaus und entdeckte unmittelbar hinter dem Gebäude einen Fluss. Ein Steg aus Holzbohlen führte von der rückwärtigen Werkstatttür über die seichte Uferböschung hinweg mitten aufs Wasser.

»Es erfreut mich immer, wenn junge Männer ihre Hüte nicht schonen, sondern fleißig mit der Hand nach ihnen greifen«, salbaderte Lobenstein im Hintergrund. »Vor allem sehe ich es gern, wenn sie nicht nur höher gestellten Herren, sondern auch dem gottesfürchtigen Nachbarn oder dem in Ehren ergrauten Landmann auf diese Weise ihre Hochachtung bezeugen. Leider ist das heutzutage ja nicht mehr selbstverständlich, obwohl das Abziehen des Hutes doch wahrlich keine Mühe verursacht. Selbst vor unserem Herrgott lässt mancher Stutzer es an Ehrerbietung fehlen. Wenn ich so einen ruchlosen jungen Menschen sehe, der an einer Kirche oder an einem Wegekreuz vorbeispaziert und seinen Hut auf dem Kopf lässt, dann wird's mir bange um die Zukunft unserer Zivilisation.«

Balthasar Lobenstein war wieder vom Handwerksmeister zum frommen Prediger geworden. So wie jetzt, da er doch eigentlich über sein Handwerk redete, hatte er bisher einem jeden Gespräch irgendwann eine Wendung hin zum Religiösen und Salbungsvollen gegeben.

Einen ersten Eindruck davon, welch ein Kauz dieser Hutmachermeister war, hatten Jacob und Carl Arnold schon bekommen, bevor sie dessen Haus betreten hatten.

Als sie an der Poststation aus der Kutsche gestiegen waren, hatte Kümmerling auf seine Sackuhr geschaut und achselzuckend festgestellt: »Leider sind wir ein wenig spät für die Mittagstafel bei den Lobensteins. Mein Schwager besteht darauf, dass um zwölf Uhr alle am Tisch sitzen, und zwar pünktlich. Dann wird erst mal endlos lange der Herrgott gepriesen und aus der Bibel gelesen, bevor man etwas zwischen die Zähne kriegt. Wer Gebet und Bibelsprüche versäumt, der bekommt auch nichts zu essen.«

Sie waren in einem Gasthaus eingekehrt, und dort hatte Kümmerling wortreich über das frömmlerische Getue seines Schwagers geklagt und zugleich seine Schwester bedauert, die an der Seite des Hutmachers nicht viel zu sagen und noch weniger zu lachen habe.

»Aber sie ist von Natur aus ein stilles und duldsames Wesen, ganz anders als ich und ganz anders auch als unsre Mutter, die ein zänkisches Weibsbild war. Die Petronella ist mit ihrem Leben in Braunschweig zufrieden, ihre Freude sind die fünf Kinder und der große Haushalt, den sie mit rechtem Geschick zu führen weiß«, hatte Kümmerling gesagt. Er hatte geseufzt und beinahe unmerklich den Kopf geschüttelt, und Jacob hatte gespürt, dass er seiner Schwester vom Grunde seines Herzens her ein anderes, ein freudvolleres Leben wünschte. Den Klagen über den allzu frommen Schwager hatte Jacob allerdings wenig Beachtung geschenkt. Einer wie Kümmerling hatte vermutlich an jedem gottesfürchtigen Mann etwas auszusetzen.

Vom Gasthaus aus folgten Jacob und Carl Arnold dem Händler durch die verwinkelten Straßen der Stadt, überquerten Plätze und Brücken, bis sie irgendwann in eine enge Gasse einbogen, die, gesäumt von hohen, düsteren Fassaden, unerreichbar für die Strahlen der Maisonne im Schatten lag. Das Haus, an dem das Schild mit dem Hut und dem Namenszug »Lobenstein« hing, hatte eine schwarze Tür, in die, augenscheinlich als Zierrat, zahlreiche Nägel eingeschlagen waren.

Eine Magd öffnete ihnen, erkannte lächelnd den Herrn

Schwager Kümmerling und führte sie in eine Stube, die trotz ihrer Größe finster und beklemmend auf Jacob wirkte. Die holzgetäfelten Wände waren dunkelbraun, die Fußbodenbretter ausgetreten und farblos. Die niedrige Decke, die einmal weiß gewesen sein mochte, war von derselben rußigen Schwärze überzogen wie die Ziegel am großen Ofen. Schrank und Truhe waren ebenso dunkel gebräunt wie die Wandvertäfelung. Ein grober Holztisch mit zwei Bänken an den Längsseiten und einem Stuhl am Kopf stand in der Mitte des Raumes. Ein zweiter, dem ebenfalls Bänke und ein Stuhl beigestellt waren, war genauso groß, wirkte aber in seiner Ecke nahe bei der Küchentür kleiner und unbedeutender als der Tisch in der Zimmermitte. All diese Düsternis wurde nur vom spärlichen Tageslicht, das durch die kleinen Sprossenfenster seinen Weg in die Stube fand, ein wenig aufgehellt.

Der Herr des Hauses, der nach einer Weile erschien, begrüßte die unerwarteten Begleiter seines Schwagers mit unverhohlener Skepsis. Die verflog jedoch augenblicklich, als er erfuhr, dass die beiden jungen Männer der Gesandte einer Äbtissin und ein Herr Doktor waren. Er setzte ein bittersüßes Lächeln auf, nannte Jacob und Carl Arnold »Brüder im Herrn« und hieß sie unter seinem Dach willkommen.

Jacob bemerkte überrascht, dass der Meister keinen Hut auf dem Kopf hatte, sondern eine Pelzmütze. Dazu trug er ein altertümliches braunes Kamisol über einem blauen Arbeitshemd. Die Schürze, die er umgebunden hatte, war schwarz.

Balthasar Lobenstein war jünger als sein Schwager, klein und schmächtig, hatte ein blasses Gesicht mit tiefen Furchen zwischen Nasenflügeln und Mundwinkeln. Unter den buschigen Augenbrauen und den tief herabhängenden Lidern wirkte sein Blick verschlossen und abweisend, es sei denn, Lobenstein hob ihn zum Himmel, was er gern und oft tat. Dann strahlten seine Augen jedes Mal vor schwärmerischem Entzücken.

Er redete, begleitet von gezierten Gesten, wie Jacob sie von einem Handwerker nicht erwartet hätte, mit säuselnder Stimme, zumeist langsam und schleppend. Wenn der Hutmacher sich jedoch erregte, etwa über die Liederlichkeit wandernder Gesellen, die Faulheit der Lehrburschen, die Sittenlosigkeit der adligen Kundschaft, die Bosheit seiner Nachbarn oder die Ruchlosigkeit des gesamten Menschengeschlechtes, dann wurde aus dem langsamen Säuseln ein kurzatmiges, schrilles Keifen. All das gottlose Volk, das sich in den letzten Jahren in Braunschweig niedergelassen habe, wandele unausweichlich auf den Abgrund zu, um am Ende hinabzustürzen in die tiefsten Tiefen der Hölle, sagte Balthasar Lobenstein mit verächtlicher Miene.

Im Laufe des Nachmittags bezog Jacob zusammen mit Carl Arnold eine kleine Kammer über der Werkstatt, die von einer der beiden Mägde für sie hergerichtet worden war. Die beiden Lehrburschen, die sie gewöhnlich bewohnten, waren für die nächsten Tage beim Gesellen einquartiert worden.

Petronella, Kümmerlings Schwester und Lobensteins Gattin, sahen sie zum ersten Mal, als sie um kurz vor sieben zum Abendbrot wieder in die große Stube kamen. Sie war so, wie Kümmerling sie beschrieben hatte, still und unscheinbar. Sie begrüßte die beiden jungen Männer mit höflicher Zurückhaltung und bat sie, sich auf eine der beiden Bänke am großen Tisch in der Zimmermitte zu setzen.

Pünktlich um sieben hatten alle Bewohner und Gäste des Hauses ihre Plätze eingenommen. Gegenüber von Jacob, Carl Arnold und Sylvester Kümmerling warteten ein Geselle und drei Lehrburschen auf das Abendessen. Am Kopf der Tafel räusperte Meister Lobenstein sich vernehmlich, und augenblicklich wurde es still in der Stube, auch am zweiten Tisch, wo die Hausfrau, ihre fünf Kinder und die beiden Mägde ihre Hände falteten und die Köpfe senkten.

Während seines langatmigen Tischgebetes redete Lobenstein wieder über die Frevelhaftigkeit der Menschenkinder und bat Gott, sie zur Einsicht und zur Umkehr zu führen. Seine Leute mahnte er: »Haltet euch fern von Bösewichtern und Tunichtguten, fürchtet euren himmlischen Vater, ehret euren irdischen Vater und dient mit Eifer und Treue dem Meister, unter dessen Dach ihr ein Heim gefunden habt! So wird euch dereinst ein Platz im Himmelreich gewiss sein.«

Als die Mägde aufgetragen hatten und Jacob, wie alle anderen, seine dünne Biersuppe löffelte, wunderte er sich vor allem über sich selbst. Er saß am Tisch eines frommen Mannes und fühlte sich beinahe so unwohl wie in der Spelunke am alten Markt in Bochum.

Auf der Bank neben der Werkstatttür im Hof saß einer der drei Lobensteinschen Lehrburschen, ein schmaler, stupsnasiger Junge von vielleicht fünfzehn Jahren. Er war Jacob schon während des Abendessens aufgefallen, als er still und ein wenig abgerückt von den anderen am Tisch gesessen und Carl Arnold und ihn immer wieder verstohlen aus seinen großen, wachen Augen gemustert hatte.

Als Jacob und Carl Arnold auf die Hofbank zugingen, stand der Bursche auf.

»Bleib doch sitzen! Es ist Platz genug für drei«, sagte Carl Arnold freundlich.

Der Lehrjunge machte einen artigen Diener, lächelte verlegen und nahm am äußersten Rand der Bank wieder Platz.

»Bist du einer von den beiden Lehrlingen, die ihre Kammer für uns räumen mussten?«, fragte Carl Arnold, während Jacob und er sich setzten.

Der Junge nickte.

»Es tut uns leid, dass du unseretwegen Unannehmlichkeiten hast. Aber wir werden nicht lange bleiben, höchstens zwei Nächte.«

Der Junge lächelte gequält.

»Dein Meister hat uns die Werkstätten gezeigt. Das war beeindruckend«, sagte Jacob.

Der Junge nickte und lächelte.

»Ich hätte nicht gedacht, dass man als Hutmacher so viel können muss, so viel Verschiedenes«, sagte Carl Arnold.

»Ich kann noch nicht viel«, war das Erste, was der Junge sagte. »Ich bin Anton Reiser, gerade erst ein halbes Jahr beim Meister Lobenstein und von den Lehrburschen der geringste.«

»Der jüngste bist du vermutlich, aber deshalb doch nicht geringer als die anderen«, widersprach Jacob ihm.

»Ich habe die niedrigsten Beschäftigungen zu verrichten,

Holz zu spalten, Wasser zu tragen und die Werkstatt auszukehren. Wenn ich einmal mit dem Raufeisen ein Biberfell rupfen darf, dann muss ich das schon für eine Ehre halten. Glauben Sie es mir, mein Herr, unter des Meisters Dach werden Sie keinen geringeren Bewohner finden.«

Obwohl Anton Reiser seine Rolle im Hause Lobenstein mit fester Stimme beschrieb, obwohl er weder klagte noch jammerte, hörte Jacob doch allzu deutlich, dass sich hinter jedem Wort des jungen Hutmacherlehrlings Kummer und Schwermut verbargen.

Auch Carl Arnold schien das zu bemerken. »Es wird nicht immer so bleiben, wie es jetzt ist, Anton«, sagte er tröstend. »Wenn du so alt bist wie wir, dann wirst du ein Geselle sein und auf Wanderschaft gehen und die Welt kennenlernen.«

»Vielleicht«, sagte Anton.

»Wie lange wird deine Lehrzeit dauern?«, wollte Jacob wissen.

»Fünf Jahre mindestens, vielleicht sogar sieben.«

»Oh je, das ist eine lange Zeit«, entfuhr es Jacob.

»Wenn einer Lehrgeld bezahlt, dann geht es schneller. Aber mein Vater ist nur ein Musikus beim Militär, da gibt es kein Schulgeld und kein Lehrgeld für einen Sohn. Und er ist, genau wie der Meister Lobenstein, ein Anhänger des Herrn von Fleischbein, der ein begnadeter Prediger und ein großer Seelenführer ist. Und weil mein Vater und der Meister sich durch den Herrn von Fleischbein kennen, hat der Herr Lobenstein mich ganz ohne Lehrgeld in sein Haus genommen. Und dafür muss ich ihm dankbar sein.«

»Gefällt es dir denn, das Hutmacherhandwerk zu erlernen?«, fragte Jacob.

»Darauf kommt's doch nicht an«, gab Anton zur Antwort, schüttelte flüchtig den Kopf und sagte leise: »Kein Mensch hat mich das bisher gefragt.«

»Aber du selbst, du hast dir die Frage doch gewiss schon gestellt«, entgegnete Jacob.

Der Lehrbursche, der bisher vornübergebeugt dagesessen und auf seine Hände gestarrt hatte, richtete sich auf und sah zum ersten Mal den beiden jungen Männern an seiner Seite in die Augen, scheu und nicht ohne Misstrauen, wie Jacob bemerkte.

»Was wir hier besprechen, das bleibt unter uns«, sagte er zu dem Jungen. »Du brauchst nicht zu befürchten, dass dein Meister irgendwas von uns erfährt.«

»Da kannst du wirklich unbesorgt sein«, fügte Carl Arnold hinzu. »Ich für meinen Teil werde überhaupt nicht mehr mit dem Meister Lobenstein reden, weder über dieses Gespräch hier noch über Fragen der medizinischen Wissenschaft noch übers Hutmacherhandwerk. Am Schluss macht der Herr ja doch aus allem eine salbungsvolle Predigt und echauffiert sich über die Schlechtigkeit von jedermann, als wär er berufen, über die ganze Menschheit zu richten.«

»Ich schließe immer brav meine Augen und senke den Kopf, wenn der Meister Lobenstein seine frommen Reden hält. Das gefällt ihm, weil es so aussieht, als würde ich ihm ganz andächtig zuhören«, erzählte Anton. »In Wahrheit denk ich mir Geschichten aus, wenn er redet. Zum Beispiel die von einem Hund. Der wird alle Tage von seinem Herrn geprügelt, aber dadurch wird sein Fell nur immer buschiger und dichter, und schließlich sind ihm die Schläge ganz gleichgültig geworden, weil er unter seinem dicken Fell nichts mehr spürt. Mir ist es so ähnlich ergangen. All die schrecklichen Worte über die Hinterlist des Satans und über das ewige Heulen und Zähneknirschen im Höllenfeuer sind immer wie Schläge für mich gewesen. Schon mein Herr Vater hat mich damit gequält, jahrelang und so arg, dass der Meister Lobenstein mich jetzt mit seinen Predigten nicht mehr erschüttern kann. Sein kleiner Sohn, der ist heute so voller Bangigkeit, wie ich es als Kind gewesen bin. Er schleicht sich oft in meine Kammer, um bei mir Trost zu suchen. Erst gestern hat er mir gesagt, er habe große Angst davor, dem Satan zu begegnen und ihn nicht zu erkennen, und es graue ihm vor der Ewigkeit, weil's in ihr so viel Schreckliches gibt und weil sie niemals endet. Und dann hat er mir gestanden, dass er in der Schule schon seit Wochen nicht mehr dem Unterricht folgt, weil er fürchtet, seine Einfalt zu verlieren, wenn er zu viel lernt. Ich hab ihn gefragt, warum er denn so einen Unsinn denkt, und er hat geantwortet, weil der Vater zur Mutter gesagt hat, sie solle nur ihren Weg in Einfalt wandeln, dann sei ihre Seele gerettet.«

»Und die Frau Lobenstein? Was sagt die zu der Frömmelei ihres Gatten?«, wollte Jacob wissen.

»Gar nichts.«

»Aber sie spürt doch, dass er den Kindern Angst macht. Widerspricht sie ihm denn nicht wenigstens hin und wieder mal?«

»Nein, das tut sie nie. Das tut niemand hier im Haus.«

»Schlägt der Meister euch?«

»Nicht mit einem Stock, nur mit Worten. Aber das tut genauso weh. Wenn er meint, ich hätte etwas Unrechtes getan und wenn er dann mit seiner Leidensmiene vor mir steht und ganz langsam sagt: ›Anton, Anton, hüte dich vor der Hölle!‹, dann geht mir das jedes Mal durch Mark und Knochen.«

Anton Reiser sah sich besorgt im Hof um, schaute hinüber zu den Sprossenfenstern des Wohnhauses und hinauf zu den Luken der Gesindekammern über der Werkstatt. Erst als er sich vergewissert hatte, dass niemand in Hörweite war und dass alle Fensteröffnungen verschlossen waren, fügte er leise hinzu: »Als er das zum ersten Mal zu mir gesagt hat, konnte ich nachher vor lauter Sorge und Grübelei ein paar Nächte keinen Schlaf finden. Jetzt ist es nicht mehr ganz so schlimm, weil ich weiß, dass er verrückt ist.«

»Ein Hutmacherlehrling, der suchte und fand / im Hut seines Meisters nur wenig Verstand«, reimte Carl Arnold und schmunzelte vor sich hin.

»Nein, nein«, sagte Anton ernst, »ich meine nicht, dass der Herr Lobenstein so töricht daherredet, weil er dumm oder ein bisschen durcheinander ist. Nein, er ist richtig krank in seinem Kopf. Das sind viele Hutmacher. Alle wandernden Gesellen, die hier vorbeikommen, erzählen von Meistern oder Altgesellen, die mit den Jahren verrückt geworden sind. Es heißt, das käme vom Quecksilber in der Beize. Wer alle Tage die Dämpfe davon einatmet, der bekommt irgendwann Gliederzittern oder Lähmungen und oft auch einen Schaden im Kopf.«

Jacob sah Carl Arnold fragend an. »Möglich ist das«, sagte der. »Es gibt durchaus Hinweise darauf, dass Quecksilberdämpfe schädlich sind.«

Während Jacob und Carl Arnold eine Weile gemeinsam mit dem jungen Hutmacherlehrling schwiegen, drang das Rauschen des Wassers wieder an Jacobs Ohr.

»Der Fluss hinterm Haus, wie heißt der eigentlich?«, fragte er Anton.

»Das ist die Oker. Da hol ich jeden Tag viele Eimer Wasser raus und schlepp sie in die Werkstatt. Aber abends wird der Fluss zu meinem Freund. Dann setz ich mich oft unten in die Böschung, ganz nah an der Hauswand, wo mich niemand sieht, und dann schließ ich die Augen und lass mich davontreiben, bis ich ganz weit weg bin vom Meister Lobenstein und seiner Hutmacherei.«

»Würdest du gern eine Schule besuchen?«, fragte Jacob.

»Das hab ich schon«, sagte Anton, und dann erzählte er von der Lateinschule und von der Stadtschule in Hannover und von einem Herrn Pfarrer, der ihm sehr zugetan war und es gern gesehen hätte, wenn Anton zum Gymnasium gegangen wäre. Er hatte sich dafür eingesetzt, dass ihm das Schulgeld erlassen wurde, hatte ihm eine kostenlose Kammer bei braven Leuten verschafft und einige fromme Gönner gefunden, die bereit waren, Anton reihum an ihren Tischen zu beköstigen. Alles war geklärt worden, bis auf die Finanzierung der Kleider und der Schulbücher. Aber die braucht ein Gymnasiast nun mal. Der Herr Pfarrer hatte sich bemüht, hatte bei wohlhabenden Mitgliedern seiner Gemeinde ein Wort für den jungen Reiser eingelegt, aber niemand war bereit gewesen, seine Taler für den Sohn eines armen Musikers herzugeben. Auch Antons Vater hatte abgewinkt. Er sei ja geneigt, dem Herrn Sohn das Studieren zu erlauben, aber nur, wenn es ihn keinen Pfennig koste, hatte er gesagt. So waren alle schönen Hoffnungen Antons in einem Augenblick zerplatzt, in dem er sich schon wie ein Schüler am Gymnasium und ein künftiger Student an der Universität gefühlt hatte. Kurze Zeit später hatte sein Vater ihn zum Meister Lobenstein nach Braunschweig gebracht.

Als es dämmrig wurde im Hof des Hutmachers, hatte sein jüngster Lehrbursche seine Scheu gegenüber den beiden jungen Herren, die neben ihm auf der Bank saßen, gänzlich abgelegt. Diese Stunde, in der Haus und Werkstatt seines Meisters allmählich in der Dunkelheit versanken, in der er mit seinem Kummer einmal nicht allein war, in der er mit seinen Wünschen ernst genommen wurde, war für Anton Reiser eine ganz besondere. Das fühlte Jacob, und er erzählte von seinen Hoffnungen, die denen des Jungen so ähnlich waren, vom Kloster, von der Äbtissin von Streithorst und von Philippus Neustatt. »Von ihm und aus seinen Büchern hab ich alles gelernt, was ich weiß«, sagte er. »Man muss nicht das Gymnasium besucht haben, wenn man studieren will. Daran solltest du denken.«

»In diesem Haus gibt es keine Bibliothek«, sagte Anton. »Der Meister Lobenstein hat nur die Bibel und ein paar besinnliche Schriften.«

»Und wenn du dir vorstellst, dass du irgendwann ein Geselle bist und auf Wanderschaft gehst, kann dich das nicht trösten?«, fragte Carl Arnold.

»Die Geschichten, die ich mir erfinde, die trösten mich. Und dann hab ich ja auch noch meine Phantasien. Schon morgens wenn ich die Kerzen in der schaurig dunklen Werkstatt anzünde, stell ich mir vor, der Diener in einem Tempel zu sein, und wenn ich dann die Flamme unter dem großen Kessel entfache, dann denk ich mir, dass ich ein heiliges Feuer entzünde und dass ich ein sehr wichtiges Amt ausübe, weil alle Geschäftigkeit in diesen heiligen Räumen ohne meine Vorbereitungen gar nicht möglich wäre. Solche Vorstellungen machen mir das Leben erträglich.«

»Was würdest du denn tun, wenn du von hier wegkönntest?«, wollte Jacob wissen.

»Vor einer Weile hab ich eine Schauspielertruppe gesehen. Mit solchen Leuten umherzuziehen, Stücke zu schreiben und auf der Bühne aufzutreten, das würde mir gefallen. Vielleicht könnte ich aber auch irgendwann mal ein Dorfschulmeister sein und Kinder wie den kleinen Lobenstein unterrichten und ihnen ihre Ängste wegnehmen.«

»Aber am liebsten würdest du zum Gymnasium und später zur Universität gehen?«, fragte Carl Arnold.

»Ja gewiss. Einmal ein Herr Doktor sein, vor dem die Menschen den Hut ziehen, einmal etwas bedeuten auf dieser Welt, das möchte ich gern.«

»Man muss nicht studiert haben, um ein angesehener Mann zu sein«, sagte Carl Arnold. »Auch der Meister Lobenstein ist gewiss ein geachteter Herr in Braunschweig.«

»Aber Hutmacher werde ich nicht, auf keinen Fall. Ich will nicht mein Leben in einer stinkenden Werkstatt verbringen, und verrückt werden vom Quecksilber, das will ich schon gar nicht.«

Eine Weile saßen Jacob und Carl Arnold noch schweigend neben Anton Reiser auf der Bank. Es gab nichts mehr zu sagen. Hinter dem Haus rauschte der Fluss.

Am nächsten Morgen schlenderte Jacob mit Carl Arnold und Sylvester Kümmerling durch Braunschweig, an Sankt Martini vorbei über den alten Stadtmarkt, hinüber zum Kohlmarkt und weiter zur mittelalterlichen Burg Dankwarderode. Die Bürgerhäuser waren stattlich und schmuck, die Straßen und Gassen belebt. Auffallend viele nobel gekleidete Herren und vornehme Damen entdeckte Jacob unter dem Volk.

»Seitdem der Herzog seine Residenz von Wolfenbüttel nach Braunschweig verlegt hat, sind viele wichtige Leute, studierte Herren und Beamte und natürlich auch ihre feinen Damen in die Stadt gekommen«, sagte Kümmerling.

Jacob gähnte. Er hatte nicht gut geschlafen. Ein schwacher Hauch des Gestanks, der das ganze Lobensteinsche Anwesen durchwehte, war in der Nacht auch durch die Schlafkammer gezogen und hatte ihn gepeinigt.

Sogar hier, in den Gassen der Stadt, fühlte Jacob sich wieder vom unangenehmen Geruch belästigt.

»Ich glaube, der üble Dunst aus der Hutmacherwerkstatt hat sich in meiner Nase festgesetzt«, sagte er missmutig.

Carl Arnold amüsierte sich. »Ein medizinisches Wunder, der junge Herr«, stellte er lachend fest. »Ich sollte ihn in der Charité meinen Kollegen vorführen.«

»Da seien Sie mal unbesorgt, lieber Jacob, Ihre Nase ist schon in Ordnung«, sagte Kümmerling und lachte auch. »Hier gibt es ein paar Fabriken, in denen Zichorienwurzeln zu Kaffee verarbeitet werden. Die Dämpfe, die beim Trocknen und Rösten entstehen, die verpesten ab und zu, wenn der Wind ungünstig steht, die Luft in der Stadt.«

Auf dem Platz zwischen der Burg Dankwarderode und der uralten trutzigen Stiftskirche, stand mächtig und erhaben ein bronzener Löwe auf seinem Sockel.

»Vorsicht!«, sagte Kümmerling. »Der hat mich schon mal angesprungen. Seitdem hab ich die Narbe im Gesicht.«

Jacob wich erschrocken einen Schritt zurück. Erst als er Carl Arnold herzhaft lachen hörte, wurde ihm klar, welchen Unsinn Sylvester Kümmerling da gerade geredet hatte, und er lachte auch.

»Der Burglöwe. Die Leute erzählen, dass er schon seit Jahrhunderten die alte Burg bewacht«, sagte Kümmerling.

»Wenn der es nicht war, wer war es dann?«, fragte Carl Arnold und deutete auf Kümmerlings Narbe. »Verraten Sie uns das?«

»Ein Räuber war das, der mit seinen Kumpanen eine Postkutsche überfallen hat, in der ein junger Händler namens Sylvester Kümmerling saß.«

»Ist das wahr oder denken Sie sich das gerade aus?«, fragte Jacob skeptisch.

»Es ist schon lange her, aber es ist wahr«, sagte Kümmerling. »Irgendwo in der Grafschaft Blankenheim ist es passiert, in der Eifel. Eine fürchterliche Gegend, karg und kalt. Und stürmisch und regnerisch war es auch noch an dem Herbstabend damals. Irgendwann hielt der Postillion die Kutsche an, weil ein Baum quer über dem Weg lag. Alle stiegen aus, um das Hindernis zu beseitigen, und dann waren wir plötzlich von ein paar Kerlen umringt, bewaffnet mit Pistolen und Messern. Die nahmen uns alles ab, durchsuchten jede Tasche und jeden einzelnen Passagier. Ich hatte nur wenig Geld, weil ich gerade Ware gekauft hatte, holzgeschnitzte Tödlein und Kupferstiche, auf denen Gevatter Tod mit einer Jungfer tanzte. Daran hatten die Räuber kein Interesse, auch an den Andachtsbroschüren nicht, die in meinem Koffer lagen. Den Verlust der paar Taler, die ich in meinem Beutel hatte, hätte ich verschmerzen können. Ich zog es nicht mal in Erwägung, mich gegen die bewaffneten Räuber zur Wehr zu setzen. Aber da gab es unter den Passagieren einen Herrn Pfarrer aus der Gegend. Philippus hieß er, genau wie euer Pastor Neustatt in Sterkrade. Er war ein angenehmer Reisegefährte, schätzte gutes Essen, einen kräftigen Trunk und das Kartenspielen. Doch während des Überfalls benahm er sich wie ein Narr. Als einer der Räuber ihm seine goldene Sackuhr aus der Tasche ziehen wollte, stürzte er sich auf ihn. Es fiel ein Schuss. Die Kugel verfehlte den Herrn Pfarrer und streifte meine Wange. Hätte ich nur einen Zoll weiter links gestanden, wäre ich tot gewesen, und hätte mich nicht in der nächsten Poststation eine Kräuterfrau mit einer Salbe behandelt, dann hätte sich die Wunde entzündet. So hatte ich Glück, doppeltes Glück sogar. Aber die Narbe, die ziert mich seit jenem Abend in der Eifel.«

Danach sei er nie mehr wieder unter die Räuber gefallen, nur einmal sei er noch in einer Herberge bestohlen worden, erzählte Kümmerling. Wenn man bedenke, wie lange er schon auf den Straßen unterwegs sei und wie viele Mordbuben, Diebesbanden und Wegelagerer es heutzutage auf Reisende und Postkutschen abgesehen hätten, dann sei er wohl alles in allem recht glimpflich davongekommen.

Sie ließen den Burgplatz und den bronzenen Löwen hinter sich und bogen in eine schmale Gasse ein.

»Sie haben seit Benninghausen ein kleines Vermögen in Ihrem Reisegepäck, um die vierzig Taler«, sagte Kümmerling zu Jacob. »Ich hoffe, Sie haben das Geld gut versteckt.«

»Ich hab es aufgeteilt, hier was und da was«, entgegnete Jacob ausweichend.

»In der Nacht in Paderborn lag Ihr Reisesack vor Ihrem Bett, und der Herr Kortum und Sie schliefen fest, als ich in die Kammer kam. Da hätte jeder Dieb ein leichtes Spiel gehabt.«

»Das war unvorsichtig«, gab Jacob zu, »aber solange Sie noch nicht im Zimmer waren, konnten wir die Tür ja nicht verschließen.«

»Ein Mann sollte nicht so viel Geld bei sich tragen«, sagte Kümmerling.

»Da haben Sie recht«, stimmte Carl Arnold ihm zu. »Wenn ich unterwegs bin, habe ich immer nur wenig Bares in der Tasche. Ich ziehe es vor, mit Kreditbriefen zu reisen, das ist sicherer.«

»Wenn Sie wollen, nehme ich gern einen Teil des Geldes in Verwahrung, bis wir in Berlin sind«, bot Kümmerling an.

»Ich werde darüber nachdenken«, sagte Jacob.

Kurz darauf stand er staunend neben Carl Arnold vor dem prachtvollen neuen Residenzschloss der Braunschweiger Herzöge.

Sylvester Kümmerling bemerkte die bewundernden Blicke seiner beiden jungen Reisegefährten und sagte schmunzelnd: »Ich bin nicht der einzige Berliner, der Schwester und Schwager in dieser Stadt hat. Aber die Verwandten des anderen Herrn, die wohnen etwas großzügiger als die Lobensteins. Die verbringen ihre Tage in diesem herrlichen Palast.«

»Der Braunschweiger Herzog Karl der Erste und seine Gemahlin Philippine Charlotte«, sagte Carl Arnold. »Und sie ist eine Schwester vom König Friedrich.«

»Erstaunlich, was er alles weiß, der junge Herr Doktor«, sagte Kümmerling beeindruckt.

Sie schlenderten zurück zum Kohlmarkt, setzten sich vor einem Wirtshaus auf eine Bank und ließen sich drei Portionen Zichorienkaffee bringen.

Während Sylvester Kümmerling seine Pfeife stopfte, sagte er: »Ich mag meinen Schwager nicht, aber meine Schwester hab ich gern. Deshalb ertrage ich diesen bigotten Hutmacher ab und zu.«

Der Kaffee aus Zichorienwurzeln schmeckte Jacob gut, doch er wirkte nicht so anregend wie der Röstkaffee in Bochum.

»Im Hause Lobenstein hüte ich stets meine Zunge. Ich enthalte mich jeder Lästerei, schlage beim vielen Beten artig die Augen nieder und nehme nie ein Kartenblatt in die Hand«, erzählte Kümmerling und blies ein paar Qualmwölkchen in die Frühlingsluft. »Außerdem achte ich darauf, nicht allzu viel von meinem Lebenswandel preiszugeben. Von der Hendrine zum Beispiel weiß der Herr Schwager nichts. Trotzdem mag er mich ebenso wenig wie ich ihn.«

Er hatte die Lobensteins vor allem deshalb besucht, weil er Petronella für den Herbst nach Berlin einladen wollte. Der ältere Bruder, der Drucker Kaspar, hatte die Schwester schon seit Jahren nicht mehr gesehen. Gestern Abend, so erzählte Sylvester Kümmerling, hatte er den Schwager gebeten, Petronella die Reise zu gestatten. Lobenstein hatte sich zunächst sehr abweisend gezeigt. Erst als Petronella vorgeschlagen hatte, die beiden jüngsten Kinder mitzunehmen und den Mägden genaue Anweisungen für die Zeit ihrer Abwesenheit zu hinterlassen, war er ein wenig zugänglicher geworden, aber zugestimmt hatte er noch nicht.

»Heute Abend wollen wir noch mal miteinander reden«, sagte Kümmerling und seufzte. »Dabei würde er sie nicht einmal vermissen. Er braucht eine Köchin und eine Kinderfrau. Aus einer liebenden Gattin hat dieser Mann sich noch nie etwas gemacht. Als die Petronella zum fünften Mal schwanger geworden war, hat er gesagt, dass er nun seine Pflicht erfüllt habe, und ist aus der gemeinsamen Schlafkammer ausgezogen.«

Kümmerling schüttelte missmutig den Kopf und seufzte noch einmal.

»Es wäre zu schön, wenn die Petronella für ein paar Wochen nach Berlin kommen könnte, vor allem für sie. Da würde ihr noch mal ein frischer Wind um die Nase wehen, anstatt der ewige Mief des Lobensteinschen Hauses.«

Als Jacob und Carl Arnold durchblicken ließen, dass auch sie sich nicht recht wohlfühlten unter dem Dach des Hutmachermeisters, machte Sylvester Kümmerling ihnen einen Vorschlag: »Was halten Sie denn davon, wenn Sie mit der nächsten Postkutsche nach Helmstedt vorausfahren? Da gibt es eine Universität und sicher viele interessante junge Menschen. Sie schauen sich einen Tag in der Stadt um, dann fahren Sie weiter nach Magdeburg. Dort treffen wir uns wieder.«

»Aber Herr Kümmerling, Sie reden so, als wäre ich auf einer Vergnügungsreise«, wandte Jacob zaghaft ein. Er räusperte sich, versuchte, entschlossener zu klingen, und fügte hinzu: »Ich will das Tödlein und dann zurück nach Sterkrade.«

Kümmerling lachte. »Ich kann Ihnen das Ding nicht geben. Mein Koffer ist noch nicht in Braunschweig.«

»Wann rechnen Sie denn mit ihm?«, fragte Jacob.

»Heute oder morgen.«

»Dann werde ich darauf warten.«

»Lieber Jacob Sander, das ist doch sinnlos. Ich werde Ihnen das Tödlein der Frau von Streithorst in Braunschweig noch nicht aushändigen. Das müssten Sie doch inzwischen begriffen haben.«

»Ich will es zumindest einmal sehen«, sagte Jacob mürrisch.

»In Magdeburg werde ich es Ihnen zeigen.«

Carl Arnold stieß Jacob in die Rippen. »Komm, sei kein Narr! Ob du das Tödlein hier zu Gesicht bekommst oder dort, das macht doch keinen Unterschied. Lass uns nach Helmstedt fahren!«

»Ich weiß nicht«, sagte Jacob unschlüssig.

»Je weiter Sie fahren, desto näher kommen Sie Ihrem Tod«, sagte Kümmerling, lachte vergnügt und korrigierte sich: »Ihrem Tödlein, meine ich natürlich.«

FÜNFZEHN

Joachim Heinrich Campe, ein Reisegefährte aus der Postkutsche, hatte ihnen die Stadt gezeigt: die Kirchen, den Marktplatz mit dem schmucken Rathaus und die Universität. Sie vor allem hatte Jacob beeindruckt. Ihre Gebäude, das Juleum novum, in dem Hörsäle und Bibliothek untergebracht waren, und die Collegienflügel waren mehr als anderthalb Jahrhunderte alt und sahen mit ihren Türmen und Torbögen und der reich verzierten Fassade des Juleums so vornehm aus wie ein fürstliches Schloss. Von der Universität hatte Joachim sie geradewegs zu der Kellerwirtschaft am Juliusplatz geführt.

»Hier trifft man sich abends zur zwanglosen Kneiperei. Wer hier nicht war, der hat das Studentenleben von Helmstedt nicht kennengelernt«, hatte er gesagt.

Jetzt saß Jacob mit ihm und Carl Arnold an einem Tisch mitten in einem geräumigen Gewölbekeller, umringt von mehr als dreißig jungen Männern, die alle das waren, was er so gern sein wollte: Studenten an einer Universität.

Sie standen zu zweit oder in Grüppchen beieinander und debattierten, saßen an Tischen und schwadronierten oder spielten Karten. In einer Ecke des Raumes waren gerade einige schon ziemlich betrunkene Kerle auf einen Tisch gestiegen und sangen Arm in Arm ein Lied. Von dem gegrölten lateinischen Text verstand Jacob nur, dass ein jeder fröhlich sein und seine Jugend genießen solle.

»Das sind die Juristen«, sagte Joachim Heinrich Campe.

»Haben die was zu feiern?«, fragte Carl Arnold.

»Die brauchen keinen Anlass zum Saufen und zum Singen«, sagte Joachim.

Am Tisch nebenan diskutierten zwei Studenten lautstark. Ihre Debatte war so hitzig, dass sich beide ihrer Hüte und ihrer Röcke entledigt und die Ärmel ihrer Hemden hochgekrempelt hatten. Dem einen, der mit beiden Händen einen Bierkrug umfasste, war das Zopfband verlorengegangen, sein rotes Haar hing lockig herab bis zum Hemdkragen. Dem anderen, einem näselnden Rotweintrinker, lag der schwarze Zopf steif und fest gebunden zwischen den Schulterblättern.

Jacob bekam die seltsame Geschichte mit, die der Schwarzhaarige erzählte. Darin ging es um zwei Bauern, einen aufgeklärten und einen, der den alten Sitten verhaftet war. Der erste hatte durch aufmerksames Beobachten und den Gebrauch seines Verstandes erkannt, dass die Früchte des Feldes besser gedeihen, wenn man sie düngt und wässert, und er hatte fässerweise Mist und Wasser auf seine Äcker gekarrt. Der andere hatte stattdessen alle Tage um eine gute Ernte gebetet, allerlei Heilige angerufen und einen Bittgang zum Hagelkreuz unternommen. Der Sommer, in dem das alles geschah, wurde immer verregneter, und es zogen schwere Hagelschauern übers Land. Der Regen überschwemmte die schon gewässerten Felder des ersten Bauern, und zuletzt prasselte ein Hagelschlag genau über seinem Dorf nieder und vernichtete seine Ernte vollständig. Der zweite Bauer im Nachbardorf blieb vom ärgsten Hagelschlag verschont und konnte trotz des nassen Sommers noch eine leidlich gute Ernte einfahren.

Der Rothaarige amüsierte sich köstlich über die Geschichte. Nachdem er schallend gelacht, sich mit seinen Hemdsärmeln durch die Augen gewischt und von seinem Bier getrunken hatte, fragte er seinen Kumpan: »Was willst du mir sagen mit dieser bizarren Mär?«

»Zieh selbst deine Schlussfolgerungen! Du bist schließlich derjenige, der unablässig der Vernunft und dem Verstande huldigt«, entgegnete näselnd der Weintrinker.

»Dein aufgeklärtes Bäuerlein war schon auf dem richtigen Weg«, sagte der Rothaarige nach einigem Nachdenken. »Er hat die Natur beobachtet und seinen Verstand gebraucht und erkannt, dass Dünger und Wasser dem Wachstum der Feldfrüchte guttun. Um aus seinen Verstandeseinsichten die richtigen Schlussfolgerungen für sein Handeln zu ziehen, braucht ein Mensch aber auch Vernunft. Daran hat es ihm gefehlt. Sonst hätte er nicht in einem verregneten Sommer auch noch fässerweise Wasser auf seine Äcker gekarrt.«

»Deine Analysis geht am Wesentlichen vorbei«, näselte der Schwarzhaarige. »Der Hagelschlag hätte die Feldfrüchte auch vernichtet, wenn der Bauer weniger gewässert hätte. Das ist das Faktum.«

»Da gibt es nicht viel zu analysieren«, sagte der Rothaarige. »Seine Ernte ist einer Katastrophe zum Opfer gefallen, einer, die vielleicht alle zehn Jahre mal seine Felder trifft. Dagegen kann sich kein Bauer schützen, weder durch Wasser oder Mist noch durch Bittgänge zum Hagelkreuz. So ist die Natur nun mal. Aber auf Dauer wird unser düngender und wässernder Ackersmann ohne Frage erfolgreicher sein als sein betender Konkurrent.«

Jacob fand die Geschichte töricht. Es gab keinen Bauern, der seine Äcker wässerte. In einem Gemüsegarten, da wurde gegossen, wenn der Regen ausblieb, aber Ackerflächen waren dafür zu groß, und außerdem zerstörte man die Ernte, wenn man während der Wachstumsperiode mit Karren voller Wasserfässer auf den Feldern herumfuhr.

Doch Jacob verstand, was der Rothaarige am Nebentisch sagen wollte: Nicht Gottvertrauen, sondern Sachverstand ist die beste Voraussetzung für eine gute Ernte.

Er erinnerte sich daran, dass Carl Arnold vor ein paar Tagen zu ihm gesagt hatte, wenn er die Welt begreifen wolle, dann dürfe er sie sich nicht von der Äbtissin und vom Pfarrer Neustatt erklären lassen, dann müsse er den Mut haben, seinen Verstand zu gebrauchen.

Anscheinend dachten heutzutage viele junge Männer an den Universitäten, sie könnten die Welt besser verstehen, sie besser machen und besser in ihr leben, wenn sie nicht mehr dem Glauben und den Erfahrungen ihrer Väter folgten, sondern ihrer eigenen Urteilskraft.

Das auch zu denken, erschien Jacob einerseits verlockend, andererseits fürchtete er sich vor den Folgen.

In ein paar Tagen würde seine Reise zu Ende sein. Was sollte er dann anfangen mit all den neuen Ideen in seinem Kopf? Was nutzten ihm die Einsichten seines Verstandes, wenn die Äbtissin von Streithorst wieder bestimmte, was er zu tun und was er zu lassen hatte, wenn Philippus Neustatt ihm wieder erklärte, was der Herrgott von ihm erwartete, wenn der Sekretarius Blume ihm wieder die Dokumente auf den Tisch legte, die er abzuschreiben hatte?

Was würde geschehen, wenn er nur noch seiner Vernunft vertraute, wenn er der ehrwürdigen Mutter nicht mehr bedingungslos folgte, dem Herrn Pfarrer nicht mehr alles glaubte und die Aufträge des Kaplans nicht mehr widerspruchslos ausführte?

Jacob hatte keinen Zweifel daran, dass dann seine Tage im Kloster gezählt wären.

Auch Joachim Heinrich Campe hatte einige Brocken des Gesprächs am Nachbartisch aufgefangen.

»Habt ihr das gehört?«, fragte er leise. »Die erzählen sich eine bizarre Mär, reden von Analysis und Faktum, von Katastrophen und Konkurrenten. Als wäre es unfein, deutsch zu sprechen! Dabei hat unsere Sprache doch brauchbare Wörter für das alles. Warum ist bei den Herren Studenten nicht die Rede von einer wunderlichen Mär, von einer Zergliederung und einer Tatsache, von Glückswenden und von Nebenbuhlern? Mir gefällt das nicht, wenn die Gebildeten so sprechen, dass das einfache Volk sie nicht versteht. Wir müssen unser Wissen teilen, es weitergeben an viele Menschen. Die Welt wird nicht besser, wenn es ein paar aufgeklärte Geister an den Universitäten gibt, während die Masse des Volkes tumb und unwissend dahinvegetiert.«

Carl Arnold lachte und sagte: »Dann solltest du Lehrer werden, unbedingt.«

»Das will ich ja«, entgegnete Joachim eifrig. »Junge Menschen unterrichten, Erzieher sein, vielleicht Gymnasialprofessor, das werde ich irgendwann. Und ich werde Bücher schreiben, belehrende Bücher für die Jugend, für beiderlei Geschlechter, nicht nur für die jungen Herren. Aber erst mal muss ich selbst noch ein bisschen lernen.«

Er lachte, stand auf und ging zum Schanktisch hinüber.

»Was tut er?«, fragte Jacob.

»Er holt noch drei Krüge Bier, nehme ich an.«

»Oh je!« Jacob verdrehte leise stöhnend die Augen. »Auf keinen Fall werde ich wieder so viel trinken wie in Paderborn.«

»Man lernt viel am Abend bei Bier und Wein / drum müssen Studenten sehr trinkfest sein«, reimte Carl Arnold, schlug Jacob lachend auf die Schulter und fügte hinzu: »Sei unbesorgt! So schlimm wie mit dem Herrn Posthalter wird es mit unserem Freund Joachim nicht werden. Er scheint mir keiner von den Saufbrüdern zu sein, eher ein tüchtiger Student, der nur hin und wieder mal etwas trinkt. Hast du nicht auch den Eindruck?«

»Er ist außergewöhnlich klug, scheint mir. Und er ist ein angenehmer Mensch. Es ist sehr freundlich von ihm, dass er uns ein Nachquartier verschafft hat und uns Helmstedt zeigt.«

»Ja, es war gut, dass wir uns heute Morgen so beherzt für die Weiterreise entschieden haben, sonst wären wir ihm nicht begegnet.«

Gleich nach ihrem Gespräch mit Kümmerling waren sie vom Gasthaus am Braunschweiger Kohlmarkt zur Poststation geschlendert. Dort hatten sie erfahren, dass an diesem Tag noch eine Post nach Helmstedt fuhr, allerdings schon in zwei bis drei Stunden. Kurz entschlossen waren sie zum Lobensteinschen Hause gegangen, hatten ihre Utensilien zusammengepackt und sich besonders herzlich von Anton Reiser verabschiedet. Währenddessen hatte Kümmerling ein Schriftstück aufgesetzt, das er ihnen vorlegte, als sie reisefertig in die große Stube kamen:

Hiermit bekunde ich, Sylvester Kümmerling, Händler aus Berlin,
von Jacob Sander aus Sterkrade im Herzogtum Cleve
heute und hier in Braunschweig im Hause des Hutmachers Lobenstein
zwanzig Taler genommen zu haben.
Dafür soll er erhalten dasjenige aus Wachs gebildete Tödlein,
welches der hochwohlgeborenen Äbtissin von Streithorst gehörte,
welches sich wohl derzeit in meinem Besitz befindet,
über welches ich jedoch erst in Berlin verfügen kann,
wo ich es dem Jacob Sander binnen Wochenfrist aushändigen werde.

»Dann müssen Sie nicht mehr ganz so viel Geld mit sich herumschleppen und bewachen«, hatte Kümmerling lächelnd gesagt.

»Also, wenn Sie wollen, dass ich das unterschreibe, dann legen Sie zwanzig Taler auf den Tisch. Und den Herrn Doktor Kortum, den möchte ich bitten, unseren Handel zu bezeugen.«

Jacob hatte nur kurz gezögert, dann hatte er seinen Reisesack um zwanzig silberne Talerstücke erleichtert und das von Sylvester Kümmerling und Carl Arnold Kortum unterzeichnete Schriftstück in seinen Brustbeutel geschoben.

Sie hatten sich höflich von Meister Lobenstein verabschiedet und artig von seiner Frau Petronella, die ihnen, unbeobachtet von ihrem Gatten, ein paar Stücke Brot für die Reise zugesteckt hatte.

Eine Stunde später bestiegen sie die Postkutsche, in der ein schmächtiger junger Mann in ihrem Alter saß, der sich ihnen bald darauf als Joachim Heinrich Campe vorstellte.

Er war der Sohn eines Kaufmanns, hatte gerade in der Nähe von Holzminden seine Familie besucht und war jetzt auf dem Rückweg nach Helmstedt, wo er im ersten Jahr Theologie studierte.

Carl Arnold lobte höflich den Ruf der Helmstedter Universität, an der schon berühmte Wissenschaftler gelehrt hätten, und schon bald entwickelte sich ein Gespräch zwischen dem Herrn Doktor und dem Herrn Studiosus, zu dem Jacob nichts beizutragen wusste.

Die beiden redeten über Giordano Bruno, einen hochgelehrten Philosophen, der für kurze Zeit eine Professur in Helmstedt innegehabt hatte und später in Rom als Ketzer verbrannt worden war, und über Hermann Conring, einen Universalgelehrten, der an der Universität Naturphilosophie, Medizin und Politik gelehrt und ein bedeutsames Werk über den Ursprung des deutschen Rechtes geschrieben hatte.

Carl Arnold erzählte, er habe während seines Studiums eine Schrift von Johann Andreas Stisser gelesen, der schon im vorigen Jahrhundert in Helmstedt wissenschaftliche Forschungen zur Epilepsie betrieben hatte.

»Das alles ist lange her«, sagte Joachim, »und die Hochschule ist längst nicht mehr das, was sie damals war. In Halle und in Göttingen lehren heute schon doppelt so viele Professoren wie in Helmstedt, und bald wird die altehrwürdige Universität wohl nur noch eine kleine Provinzhochschule sein. Ich werde gewiss nicht meine ganze Studienzeit dort verbringen.«

Fünf Stunden dauerte die Fahrt von Braunschweig nach Helmstedt, und Jacob verlor irgendwann das Interesse am Gespräch seiner beiden Reisegefährten. Nach dem Pferdewechsel in Königslutter zog er den Zettel, auf dem er seine Ausgaben notierte, aus dem Brustbeutel.

Er hatte weniger Geld verbraucht als erwartet, viel weniger. Erst ein einziges Mal, in der Poststation in Paderborn, hatte er für ein Nachtquartier bezahlen müssen, zum Essen war er häufig eingeladen worden, und auch die Fahrkosten waren, dank Emanuel Schluck und Sylvester Kümmerling und dank einiger Fußmärsche, äußerst gering angesichts der beinahe fünfzig Meilen, die ihn inzwischen von Sterkrade trennten.

Trotzdem betrachtete Jacob stirnrunzelnd seine Notizen, denn auf dem Zettel waren ein Taler, acht Groschen und zehn Pfennige verbucht, in seinem Beutel fehlten aber ein Taler, neun Groschen und zehn Pfennige.

Schon gestern hatte er eine Weile ergebnislos darüber gegrübelt, wo der eine Groschen geblieben war, und auch jetzt dachte er wieder vergeblich darüber nach.

Er hatte sich vorgenommen, nichts von dem zu vergessen, was ihm während dieser Reise widerfuhr. Alle Eindrücke wollte er sich bewahren, alle Begebenheiten, Orte und Menschen im Gedächtnis behalten. Doch seine Erinnerungen drängten sich immer dichter zusammen, wirbelten durcheinander und stürzten ineinander. Es fiel ihm immer schwerer, alle Ereignisse der vergangenen Tage darin aufzufinden und sie wieder an den Platz zu rücken, an den sie gehörten.

War Lünen die Stadt, die wie eine Insel von Wasserläufen umschlossen war, oder war es Lippstadt? Wie viele Tage waren vergangen, seitdem er in Hamm in der Uferböschung gesessen und den Menschen nachgeschaut hatte, die zum Galgenplatz strömten? Wo hatte er eine Herde wilder Pferde gesehen? In welchem Gasthaus war des Nachts über ihm der Regen aufs Dach geprasselt? Waren sie in Höxter oder in Paderborn beim

Barbier gewesen? Wie lange war das her? Wurde es nicht allmählich wieder Zeit für eine Rasur?

Jacob grämte sich. Er hätte ein Reisetagebuch führen sollen! Aber als er in Sterkrade aufgebrochen war, hatte er an so etwas nicht gedacht. Da hatte er angenommen, Kümmerling in Bochum zu treffen und nach zwei oder drei Tagen wieder im Kloster zu sein.

Kurz bevor sie Helmstedt erreichten, schlug Joachim ihnen vor, sie könnten bei seiner Nachbarin logieren, einer Witwe, die Kammern an Studenten vermietete. Eine davon sei derzeit unbewohnt, das wisse er zufällig.

»Ich stelle euch der Dame vor. Sie wird euch einen angenehmen Preis machen. Da bin ich mir sicher.«

»Das käme uns gelegen«, sagte Carl Arnold erfreut.

»Wenn ihr euer Zimmer bezogen und euch ein wenig ausgeruht habt, dann hole ich euch ab und zeig euch die Stadt. Was haltet ihr davon?«

»Das wäre sehr schön«, sagte Carl Arnold.

Jacob nickte zustimmend, und in diesem Augenblick fiel ihm ein, wo der eine nicht verbuchte Groschen geblieben war: Er hatte ihn in Paderborn einem Bettler gegeben, der versprochen hatte, für sein Seelenheil zu beten.

Vor dem Fenster war die Nacht schwarz. In der Kammer brannte ein kleines Öllicht. Im trüben Schein seines zaghaften Flämmchens erahnte Jacob die Konturen der Truhe, des Tisches, der beiden Stühle und der Bettgestelle. Er lag auf einer mit Rosshaar gefüllten weichen Matratze und dachte über die Ereignisse und Begegnungen des vergangenen Tages nach.

Die drei Krüge Bier, die er im Gewölbekeller am Juliusplatz getrunken hatte, hatten ihn nicht berauscht, aber sie trieben ihn gerade zum zweiten Mal aus dem Bett. Er fand das Nachtgeschirr, erleichterte sich und entleerte den Topf anschließend durch das Fenster.

Als er sich wieder hingelegt hatte, drängte sich ein Gedanke in den Vordergrund, der in der Kellerwirtschaft zum ersten Mal in seinem Kopf aufgetaucht war.

Obwohl er nicht wusste, ob Carl Arnold noch wach war, sagte er laut: »Wenn Joachim Campes Vater ein armer Musikus wäre und Anton Reisers Vater ein wohlhabender Kaufmann, dann wäre Joachim jetzt ein Hutmachergeselle und Anton ein Gymnasiast.«

Carl Arnolds Bettkasten knarrte. Er richtete sich auf, schwieg eine Weile und sagte schließlich: »Kannst du dir wirklich vorstellen, dass ein Mensch wie Joachim Heinrich Campe seine Tage beim Raufen, Filzen und Walken in einer stinkenden Werkstatt verbringen könnte?«

»Er würde daran verzweifeln«, entgegnete Jacob. »Und dieser Junge, der Anton, der wäre auch schon längst verzweifelt, wenn er seine Phantasien nicht hätte.«

»Du kannst dich gut in den Burschen hineinversetzen, nicht wahr?«

»Ja, vermutlich. Wir haben nun mal beide keinen wohlhabenden Kaufmann zum Vater, und seine Hoffnungen sind ebenso enttäuscht worden wie meine.«

»Seine Lage ist viel aussichtsloser als deine. Du bist nicht im Hause eines heuchlerischen Hutmachermeisters eingesperrt, du reist durch die Welt, und wenn du mit dem Tödlein zurückkommst nach Sterkrade, wird die Äbtissin dich vielleicht doch noch an die Universität schicken.«

Jacob hatte Zweifel an dieser schönen Zukunftsvision, Zweifel, die mit jedem Reisetag größer wurden. Er hörte, wie der Freund sich zurückfallen ließ auf seine Matratze. Dann war es still in der Kammer, bis Carl Arnold unvermittelt fragte: »Warum willst du eigentlich studieren?«

Jacob schwieg verdutzt.

Nach einer Weile sagte Carl Arnold: »Anton Reiser hatte eine Antwort auf die Frage. Erinnerst du dich? Der Junge will an die Universität, weil er einmal etwas bedeuten will in der Welt, weil er ein Herr Doktor sein will, vor dem die Menschen ihren Hut ziehen.«

»Ja«, sagte Jacob leise, »das verstehe ich gut. Aber ich weiß auch, dass man nicht studieren muss, um ein geachteter Mann zu werden.«

»Also, warum willst du es unbedingt?«

Nur noch ein paar Augenblicke dachte Jacob nach, dann sagte er: »Als Sohn eines armen Bauern wirst du gewöhnlich auch wieder ein armer Bauer oder ein Knecht. Wenn deine Wiege in einem schäbigen Kotten gestanden hat, dann weißt du, dass dir das vorbestimmt ist. Irgendwann sitzt du dann in der Schule vor einem braven Lehrer Falke, und der sagt dir, du hättest das Zeug, eines Tages seinen Platz am Katheder einzunehmen. Bald darauf hörst du von einem Pfarrer Neustatt, du könntest vielleicht sogar einmal auf der Kanzel und am Altar stehen. Und schließlich holt dich eine ehrwürdige Frau Äbtissin in ihr Kloster, weil sie einen Priester oder einen Advokaten aus dir machen will. Wenn dir als Sohn eines Kötters so etwas widerfährt, wenn du plötzlich einen Weg vor dir siehst, auf dem du deiner Vorbestimmung entkommen kannst, dann willst du ihn gehen, unter allen Umständen.«

»Du träumst also vom Studieren, weil du raus willst aus deinem Bauerndorf.«

»Ja, so ist das wohl. Ich will nicht hinter einem Pflug herstapfen, bis mein Rücken krumm ist und ich stumpfsinnig geworden bin. Ich möchte lernen und irgendwann noch viel mehr wissen, als ich jetzt weiß. Und dann möchte ich gern mit einer Feder in der Hand arbeiten und etwas Wichtiges tun. Und einen Schrank voller Bücher möchte ich einmal haben. Und ich will eine Frau wie Elseken, eine, die in ein vornehmes Haus gehört und nicht in einen Bauernkotten.«

»Das alles versteh ich ja, mein Freund. Aber es gibt für dich nicht nur den einen Weg dahin. Du bist nicht so abhängig von der Gunst deiner Äbtissin, wie du denkst«, sagte Carl Arnold. »Nimm dir ein Beispiel an diesem Lehrjungen Anton Reiser! Nachdem sein Traum vom Gymnasium geplatzt ist, denkt er darüber nach, vielleicht einmal ein Schauspieler oder ein Dorfschulmeister zu werden.«

»Vom Theater versteh ich nichts«, entgegnete Jacob, »und das Leben eines Schulmeisters ist karg und mühselig. Der Lehrer in Sterkrade hat eine Kuh im Stall und Hühner und einen großen Gemüsegarten, und er verdient sich ein paar zusätzliche

Groschen als Organist, und trotz allem hat er nicht mehr als das Nötigste.«

»Er muss keine stumpfsinnige Arbeit tun, darf Kinder unterrichten und die Kirchenorgel spielen, und er leidet keine Not. Das ist doch gewiss kein schlechtes Leben.«

»Ich kann nicht auf der Orgel spielen«, sagte Jacob mürrisch.

»Das ließe sich ändern. Ich habe während der Studienzeit Unterricht auf der Flöte genommen, nur so zum Vergnügen. Es macht Freude, ein Musikinstrument zu spielen.«

Jacob schwieg. Er erinnerte sich an die Zeit, in der er sich oft und gern ausgemalt hatte, einmal der Herr Lehrer an seiner alten Dorfschule zu sein. Damals hatte es so ausgesehen, als könne er irgendwann der ideale Kandidat für dieses Amt sein, ein Mann, der sowohl der Bauernschaft als auch Antonetta von Streithorst genehm wäre.

Solange Jacob zurückdenken konnte, stritten in Sterkrade die Äbtissin und die Bauern hartnäckig um das Recht, den Dorfschullehrer einzusetzen. Bewerber gab es immer, obwohl die Einkünfte nicht gerade üppig waren. Der Lehrer bekam ein paar Taler, die Schulgroschen der Kinder, hatte freie Wohnung im Schulhaus und durfte Vieh halten und ein Stück Land bestellen. Den meisten Schulmeistern reichte das nicht. Es hatte einen gegeben, der Schnaps ausgeschenkt hatte, einen anderen, der sich als Barbier ein Zubrot verdient hatte, und der Lehrer Falke hatte in der Kirche die Orgel gespielt.

Die Bauern hatten das Schulhaus schon im vorigen Jahrhundert für ihre Kinder erbaut, und sie hatten keinen Zweifel daran, dass es ihnen zustand, den Lehrer für ihre Schule auszusuchen. Die Äbtissinnen sahen das anders. Das Schulgebäude stehe auf Klostergrund, sagten sie, beriefen sich auf ihr Patronatsrecht und vertraten die Auffassung, die Bauern dürften nur mit ihrer Zustimmung einen Lehrer einstellen.

Kurz nachdem Jacob ins Kloster gekommen war, wurde ein Nachfolger für den Lehrer Falke gesucht. Die Bauern verpflichteten einen braven Mann aus Holten, die Äbtissin schickte ihm umgehend die Kündigung. Der Fall wurde beim Landgericht in Dinslaken verhandelt, wo Antonetta von Streithorst erklärte, der

Mann aus Holten sei ein tumber, alter Mensch, der ohne Brille nichts mehr sehen könne, der kaum schreiben und überhaupt nicht singen könne, kurzum, er sei als Lehrer völlig ungeeignet.

Das Gericht erklärte die Kündigung für wirksam, was die Bauern so verärgerte, dass sie damit drohten, die Schule auf dem Grundstück des Klosters abzureißen und an anderer Stelle neu aufzubauen.

Das taten sie dann doch nicht. Eine Zeit lang blieb die Schule ohne Lehrer, doch als der Winter nahte und die Bauern ihre Kinder wieder regelmäßig zum Unterricht schicken wollten, blieb ihnen nichts anderes übrig, als sich zähneknirschend mit der Äbtissin auf einen neuen Kandidaten zu einigen.

Damals hatte Jacob zufällig mitbekommen, wie die ehrwürdige Mutter und Kaplan Blume im Kreuzgang die Angelegenheit besprochen hatten. Blume hatte den braven Mann aus Holten für einen recht guten Lehrer gehalten und war erstaunt darüber, dass die Äbtissin ihn so rundweg abgelehnt hatte.

»Wenn das dumme Bauernvolk diesen Mann will«, hatte Antonetta von Streithorst lächelnd zum Kaplan gesagt, »dann kann er doch kein guter Lehrer sein.«

Zum ersten Mal hatte Jacob das Wort an jenem schrecklichen Tag vor vielen Jahren gehört, an dem ein fürchterliches Sommergewitter mit rasenden Sturmböen, grässlichen Blitzen und mit Hagelkörnern, die wie Steine vom Himmel geprasselt waren, die Felder verwüstet, Schafe und Lämmer getötet, einen Stall und einen Schuppen in Brand gesetzt und zahlreiche Gebäude beschädigt hatte.

Sterkrade sei magdeburgisiert worden, hatte sein Vater damals voller Entsetzen gesagt. Später hatte er ihm das Wort erklärt: In einem großen Krieg vor langer Zeit sei die Stadt Magdeburg von Feinden erstürmt und vernichtet worden. So grausam hätten die Soldaten geplündert, gebrandschatzt, vergewaltigt und gemordet, dass am Ende kaum noch ein Stein auf dem anderen gestanden habe und die Leichenberge sich in den Gassen gestapelt hätten. Seit damals bedeute Magdeburgisieren dasselbe wie Zerstören, Verwüsten und Vernichten.

Später hatten auch der Lehrer Falke und Pfarrer Neustatt über das furchtbare Ende der Stadt Magdeburg gesprochen. Sie hatten es das größte Gemetzel des Dreißigjährigen Krieges genannt und hatten die Gräueltaten der kaiserlichen Soldaten beschrieben, das Sterben der zwanzigtausend wehrlosen Opfer und das Blut, das durch die Gassen geströmt war. In Jacobs Vorstellung war Magdeburg zu einem Ort des Todes und der Verwüstung geworden.

Daran erinnerte er sich, als er und Carl Arnold mit der Postkutsche in die Stadt hineinfuhren. Sie mieteten im Posthaus eine Schlafkammer, wuschen sich den Straßenstaub von den Händen und aus dem Gesicht, aßen etwas, ließen sich bei einem Barbier die Bärte abschaben und schlenderten anschließend Seite an Seite durch die Gassen. Jacob wunderte sich über die Lebendigkeit und die Größe der Stadt.

Die Schwester des Postmeisters hatte ihnen zu einer Turmbesteigung in der Domkirche geraten. Für die Anstrengung werde man mit einer herrlichen Aussicht belohnt, hatte sie gesagt. Vierhundert Stufen zählte Jacob, während er in einem der beiden viereckigen Türme, gefolgt von Carl Arnold, immer höher kletterte. Dann sah er zum ersten Mal in seinem Leben die Welt von oben. Fasziniert betrachtete er verwinkelte Gässchen und breite Straßen, schmucke Häuser mit roten Dächern, die vielen Turmspitzen, die sich in den blauen Himmel reckten, das elegante Rathaus am Rande des ausgedehnten Marktplatzes und den trutzigen Steinwall, der die weitläufige Stadt umschloss. Vor den Mauern glitten Segelschiffe über die Elbe. Jacob folgte mit seinen Augen dem Lauf des Flusses, der sich tief unter ihnen teilte und mit seinen beiden Armen ein Eiland umschlang, das von einer mächtigen Festungsanlage überragt wurde. Sein Blick schweifte über Elbinsel und Zitadelle hinweg zum jenseitigen Ufer. Von dort erstreckte sich ein weites, ebenes Land bis zum fernen Horizont. Beschauliche Dörfer lagen verstreut zwischen saftigen Weiden und sprießenden Kornfeldern.

Nichts von alledem, was Jacob sah, hatte irgendetwas gemeinsam mit den Vorstellungen, die er sich jahrelang von Magdeburg gemacht hatte.

Spät am Abend, als sie müde bei einem Krug Bier in der Gaststube des Posthauses saßen und Jacob die alten Bilder von Tod und Verwüstung noch einmal heraufbeschwor, indem er sie dem Freund beschrieb, setzte sich die Schwester des Postmeisters zu ihnen an den Tisch.

Die zierliche, schwarz gekleidete Frau trug eine Haube, aus der ein paar graue Haarsträhnen heraushingen. Ihr Gesicht war blass, ihr Mund schmal, ihre großen Augen lagen in tiefen Höhlen.

Sie erkundigte sich, ob den beiden jungen Herren der Ausblick vom Domturm gefallen habe. Er sei überwältigend gewesen, sagten Jacob und Carl Arnold. Die Frau fragte, ob die Rippe des Walfischs nicht einen ebenso starken Eindruck auf sie gemacht habe wie der Blick aus der Höhe. Jacob und Carl Arnold sahen sie verständnislos an. Sie spreche vom Knochen jenes Wales, der einst den Propheten Jonas verschluckt und wieder ausgespien habe, erklärte die Schwester des Postmeisters. Diese kostbare Reliquie werde im Magdeburger Dom aufbewahrt.

Das hätten sie nicht gewusst, sagten Jacob und Carl Arnold.

»Wie entsetzlich«, murmelte die Frau, und dann erzählte sie etwas von Jonas, der den Tod überwunden habe, und von der Kraft, die von der heiligen Rippe ausgehe. Jeder, der in der Posthalterei übernachte, brauche etwas von dieser Kraft, sagte sie, denn der Gevatter schleiche seit Monaten durch das Haus. Sie redete schnell und leise, und Jacob war sich nicht sicher, ob er alles richtig verstand.

Vor einem halben Jahr habe ein unerklärliches Fieber ihre Schwägerin, die Gattin des Postmeisters, dahingerafft, kurz darauf sei das jüngste Töchterlein ihres Bruders auf dieselbe geheimnisvolle Weise entschlafen, und vor einer Woche sei ein Postreiter da vorn neben dem Schanktisch tot umgefallen, ganz ohne erkennbaren Grund. Noch viel zu jung zum Sterben sei er gewesen und ganz zweifellos ein großer Sünder. Jetzt könne er seine Seelenruhe nicht finden und geistere als Wiedergänger durch das Posthaus. Sie spüre ihn, und sie sehe ihn immer wieder im Traum, sagte die Frau mit brüchiger Stimme. Sie stelle Nacht für Nacht ihre Pantoffeln verkehrt herum vors Bett, ein bewährtes Mittel, um Albträume fernzuhalten. Aber nicht einmal das nutze etwas. Der Postreiter sei eben kein Trugbild, das sich einfach so vertreiben lasse. Er schleiche wirklich und wahrhaftig gemeinsam mit dem Tod durch die Kammern.

Die Schwester des Posthalters saß zusammengekauert da, schmächtig und zerbrechlich. Sie hielt ihren Blick gesenkt, sah Jacob und Carl Arnold schon lange nicht mehr an. Ihre Hände lagen in ihrem Schoß, die Finger bewegten sich unablässig umeinander. Ihre Stimme klang gehetzt und fahrig und schien immer dünner zu werden.

Der Postreiter werde erst verschwinden, wenn auch der Tod das Haus verlasse, sagte sie. Doch der Gevatter, der wolle nicht gehen, der habe hier noch etwas vor, da sei sie sich ganz sicher. Der Hofhund heule und belle schon seit Tagen mit zur Erde gesenktem Kopf, so wie Hunde es seit alters her täten, wenn sie den Tod witterten. Und erst am Morgen dieses Tages habe sie ein Huhn beobachtet, das auf gänzlich unnatürliche Weise wie ein Hahn gekräht habe, ein untrügliches Zeichen dafür, dass bald wieder jemand im Posthaus sterben werde.

»Sie hätten vor der Rippe des Walfisches ein Gebet sprechen sollen, dann könnte Ihnen der Tod nichts anhaben«, sagte die Frau bekümmert, stand auf und ging, ohne Jacob und Carl Arnold noch einmal anzusehen.

Als sie in ihrer Kammer waren, verriegelte Jacob die Tür.

»So ein Riegel hält den Tod nicht auf«, sagte Carl Arnold und ließ sich aufs Bett fallen.

»Nein? Auch einen Wiedergänger nicht?«, fragte Jacob.

Sie lachten, machten Scherze über heilige Walfischknochen und krähende Hühner, bedauerten aber zugleich die arme Frau, deren Denken in all diesem Aberglauben gefangen war. Dann schliefen sie tief und fest bis in den nächsten Tag hinein.

Beim Morgenbrot berichtete der Postmeister ihnen, spät in der Nacht sei der Herr Kümmerling mit einer Extrapost angekommen. Schon kurz darauf erschien Sylvester Kümmerling, begrüßte Jacob und Carl Arnold gut gelaunt und erzählte ihnen fröhlich, Schwager Lobenstein habe doch noch nachgegeben, Petronellas Besuch in Berlin sei jetzt fest vereinbart.

Während er frühstückte, leerte sich die Gaststube. Vor dem Posthaus fuhr eine Kutsche ab. Kümmerling ließ sich von Jacob und Carl Arnold schildern, was sie in Helmstedt erlebt hatten. Dann entschuldigte er sich und verschwand eilig durch die Hintertür. Jacob sah sich um. An einem Tisch hockte ein müder Zecher mit geschlossenen Augen hinter seinem Krug, in einer anderen Ecke des Raumes redeten eine Frau und ein Mann aufgeregt miteinander, der Postmeister saß auf einem Stuhl neben dem Schanktisch und gähnte, seine Schwester wischte mit einem Lappen über Tische und Bänke.

Kümmerling blieb eine ganze Weile verschwunden. Als er endlich zurückkam, trug er eine schwarz lackierte Holzkiste in der Hand, einen kleinen Sarg, das Betrachtungssärglein der Antonetta von Streithorst.

»Da ist es ja«, sagte Jacob mit belegter Stimme.

»Es gibt dieses Ding also tatsächlich«, stellte Carl Arnold lachend fest. »Ich hatte schon befürchtet, das Tödlein der Äbtissin sei ein Wiedergänger, ein bloßes Hirngespinst, das immer verschwindet, wenn man gerade nach ihm greifen will.«

Kümmerling stellte das Särglein auf den Tisch und schob vorsichtig den Deckel zur Seite. Da lag es, das Tödlein, wächsern und starr. Ratten und Kröten nagten an dem verwesenden Leichnam, Würmer krochen aus seinem Gedärm, Schlangen wanden sich um seine Glieder.

»Das ist ja ein Kunstwerk«, stellte Carl Arnold beeindruckt fest. »So eine fein gearbeitete Wachsfigur habe ich selten gesehen. Ich hatte bisher vermutet, die Menschen, die dem Herrn Kümmerling einen ganzen Taler für ein Tödlein geben, die wären verrückt. Aber für eine solch meisterhafte Skulptur ist das wirklich nicht zu viel.«

»Ich glaube, das hier ist mindestens zwanzig Taler wert«, sagte Kümmerling und grinste.

Ein gellender Schrei ließ die drei Männer zusammenfahren. Erschrocken blickten sie auf. Neben ihrem Tisch stand die Schwester des Postmeisters, starrte mit vor Entsetzen geweiteten

Augen auf das Tödlein, zerrte es mit einem hastigen Griff aus dem kleinen Sarg, hielt es mit ausgestrecktem Arm weit von sich und rannte kreischend zur Tür.

Jacob und Carl Arnold sprangen fast gleichzeitig auf. Jacobs Stuhl fiel krachend um. Carl Arnold stürzte hinter der Frau her, Jacob folgte ihm auf dem Fuß. Als die Schwester des Postmeisters die Haustür aufriss, hatte Carl Arnold sie fast eingeholt, doch bevor er ihr in den Arm greifen konnte, schleuderte sie das Tödlein mit Wucht auf das Straßenpflaster vor dem Posthaus. Wortlos drehte sie sich um, ging zurück in die Gaststube, nahm ihren Putzlappen zur Hand und wischte den nächsten Tisch ab.

Jacob und Carl Arnold standen sprachlos nebeneinander in der Tür. Auf dem Steinpflaster vor ihnen lagen weit verstreut Wachsstückchen und Scherben von zersprungenem Gips. Der Schädel des Tödleins war beinahe unversehrt geblieben und bis in die Mitte der Straße gerollt.

»Es war wohl doch ein Hirngespinst«, sagte Carl Arnold fassungslos.

»Jedenfalls war es nicht das Tödlein der Äbtissin«, stellte Jacob fest. »Ich hab's gleich gedacht, als der Kümmerling den Sargdeckel zur Seite geschoben hat. Es hatte keine Kröte auf der Stirn. Und einen metallischen Kern hatte es auch nicht, wie man sieht.«

»Bist du dir sicher?«, fragte Carl Arnold.

Jacob nickte und ging zurück in die Gaststube.

Kümmerling holte die vier unlackierten Betrachtungssärglein aus seiner Kammer, stellte die Holzkistchen auf den Tisch und hob einen Deckel nach dem anderen ab.

Die Schwester des Postmeisters sah die vier wächsernen Tödlein nebeneinander in ihren kleinen Särgen liegen und lief schreiend auf die Straße hinaus.

»Es tut mir leid«, sagte ihr Bruder, »sie ist verrückt. Ich werde Ihnen die zerstörte Figur bezahlen.«

»Das ist es«, sagte Jacob und deutete auf eine Wachsfigur, der eine Kröte mitten auf der Stirn saß.

Er nahm das Tödlein in die linke Hand und ein anderes in die rechte. »Ja, das ist es, es ist deutlich schwerer«, stellte er fest.

»Der Herr Baron von Melschede hat sich in Bochum alle Figuren genau angesehen, bevor er sich für eine entschieden hat«, erinnerte Kümmerling sich. »Danach haben wir vermutlich nicht jedes Tödlein wieder in die Kiste zurückgelegt, aus der wir es herausgenommen hatten.«

»Na, Gott sei Dank«, sagte Carl Arnold, »sonst wäre das Erbstück der Frau von Streithorst jetzt ein Scherbenhaufen.«

Jacob legte das Tödlein der Äbtissin vorsichtig auf das rote Tuch, mit dem der schwarz bemalte Sarg ausgeschlagen war, und schloss den Deckel.

»Jetzt ist es wieder da, wo es hingehört«, stellte er erleichtert fest.

»Noch nicht ganz«, sagte Carl Arnold. »Dafür musst du es erst zurück nach Sterkrade bringen.«

»Erst mal kommt es jetzt wieder in meinen Warenkoffer«, sagte Kümmerling und zog das schwarze Betrachtungssärglein zu sich herüber. »In Magdeburg wollte ich es Ihnen nur zeigen. So war es vereinbart.«

Jacob nickte. Er wusste, dass er nur noch eine Tagesreise von der Hauptstadt des Königreichs Preußen entfernt war.

SECHZEHN

Achtzehn Meilen trennten Jacob von Berlin, als die Post am Nachmittag Magdeburg verließ. Der Himmel war bewölkt, das Land eben, und die Straßen waren so ordentlich, dass die Passagiere in der Kutsche nicht allzu viel gerüttelt wurden.

Neben Jacob saß Carl Arnold und las Fabeln von Christian Fürchtegott Gellert, eine Reiselektüre, die sein Onkel Emanuel Schluck ihm in Bochum empfohlen und ausgeliehen hatte. Sylvester Kümmerling diskutierte mit einem kurzatmigen älteren Herrn, dessen Perücke ein wenig verrutscht war. Ihr Thema war die Neigung des Adels zu Ausschweifungen und zur Unsittlichkeit. Während Kümmerling diese bezweifelte, sie für den niederen Adel sogar gänzlich ausschloss, wartete der kurzatmige Herr mit allerlei zotigen Anekdoten aus fürstlichen Schlafkammern, Tanzsälen und Gartenpavillons auf. Der fünfte Passagier, ein hagerer, schweigsamer Mann, war in ein Buch vertieft, hatte jedoch nicht ein einziges Mal mehr umgeblättert, seitdem der kurzatmige Herr damit begonnen hatte, seine Zoten zu erzählen.

Jacob war froh, sich nicht an einem Gespräch beteiligen zu müssen. Er ließ seine Blicke durch das weite Land schweifen, war mit seinen Gedanken mal hier und mal dort, aber bald schon in Sterkrade bei Elseken. Seit ein paar Tagen dachte er immer öfter an sie, ließ sie neben sich hergehen, neben sich in der Kutsche sitzen und erfreute sich an ihrer Anmut, an ihrem Lächeln und vor allem an ihrem Staunen über all die wundersamen Dinge in der Welt, die er ihr zeigen konnte.

Jacob träumte, ließ Dörfer und Landschaften vorbeiziehen und die Stunden vergehen, schloss hin und wieder die Augen, stieg in Ziesar zum ersten Mal aus der Kutsche, reckte sich, erfrischte sich, fuhr weiter, in die Dunkelheit hinein, schaute in Brandenburg beim nächtlichen Pferdewechsel zu, schlief eine Weile, sah die Sonne vor sich aufgehen, frühstückte am Morgen in der Poststation von Groß Kreutz und bewunderte am Mittag die Ausmaße und die Eleganz des königlichen Stadtschlosses in Potsdam. Carl Arnold hätte sich gern auch König Friedrichs Sommerschlösschen Sanssouci in einem Park außerhalb der Stadt angesehen, das als Kleinod der Baukunst gerühmt wurde, aber dazu fehlte die Zeit. Die Postkutsche fuhr weiter nach Zehlendorf, wo noch einmal die Pferde gewechselt wurden, und hielt am späten Nachmittag am Potsdamer Tor vor Berlin.

Ein Wachoffizier las aufmerksam Jacobs Ausweispapier. »Ganz aus dem Westen unseres großen Königreiches kommt der junge Herr also«, sagte er freundlich und wünschte Jacob einen angenehmen Aufenthalt in der Stadt. Nachdem er auch Carl Arnolds Papiere studiert hatte, wandte er sich dem schimpfenden Sylvester Kümmerling zu, dessen Warenkoffer inzwischen von der Kutsche geholt worden war und gerade von zwei Wachsoldaten inspiziert wurde.

»Aber werter Herr, nun jammern Sie mal nicht so! Sie wissen doch, dass es zum Besten des inländischen Manufakturwesens nötig ist, was wir hier tun. Alle Sachen, vornehmlich alle Handelswaren, die in königlichen Landen hergestellt werden können, dürfen nicht aus dem Ausland eingeführt werden.«

»Herr Offizier, ich komme nicht aus dem Ausland, ich komme von einer Handelsreise in die westlichen Provinzen unseres Königreiches zurück.«

»Mann, jetzt versuchen Sie nicht, mich für dumm zu verkaufen!«, sagte der Offizier in einem Tonfall, der ganz plötzlich unangenehm barsch geworden war. »Wer aus dem Clevischen oder der Grafschaft Mark nach Berlin reist, der kommt durch ausländische Territorien. Und Sie haben nachzuweisen, dass Sie Ihre Waren nicht dort erworben haben. Deshalb hätte Ihr Koffer entweder beim Verlassen von preußischem Gebiet verplombt werden müssen, das ist er aber nicht, oder Sie müssen für jeden einzelnen Gegenstand belegen, dass er im Königreich produziert und gekauft worden ist. Also, mein Herr, entweder tun Sie das jetzt sofort, oder ich schicke Sie mit einem meiner Soldaten zum Packhof. Da wird dann überprüft, welche Waren akzisepflichtig sind und welche eventuell gar nicht in die Hauptstadt eingeführt werden dürfen.«

Kümmerling zog kopfschüttelnd eine Brieftasche aus seinem Rock, in der allerhand Papiere steckten, blätterte darin herum, reichte dem Offizier einige Zettel und sagte: »Die Drucke sind in Berlin angefertigt worden, die Wachsfiguren in Sterkrade im Herzogtum Cleve und die Broschüren, die hab ich hier und da eingekauft, aber allesamt in preußischen Landen, und ich habe für alles Rechnungen und Belege.«

Der Offizier las, verglich die Zettel, die Kümmerling ihm gegeben hatte, mit den Gegenständen im Koffer und nickte schließlich.

»Das ist so weit in Ordnung«, stellte er fest, »bis auf die vier Wachsfiguren in den sogenannten Betrachtungssärglein. Auf diesem Schein steht zwar, dass Sie fünf von den Dingern gekauft haben, aber bereits vor über einem Jahr. Hier, sehen Sie, ausgestellt im April 1765. Sie wollen mir doch wohl nicht weismachen, dass Sie seitdem nur ein einziges Stück an den Mann bringen konnten. Ich vermute, die hier bescheinigten Artikel sind längt verkauft, und Sie haben sich inzwischen irgendwo im Ausland, im Herzogtum Westfalen oder im Stift Paderborn, mit neuer Ware eingedeckt.«

»Aber nein, Herr Offizier«, sagte Kümmerling stöhnend und verdrehte die Augen. »Die Wachsfiguren dieser Sterkrader Klosterfrau sind wunderbar gearbeitet, und sie sind preisgünstig. Warum sollte ich da woanders einkaufen? Nein, hochgeschätzter Herr, meine Geschäfte gehen schlecht, sehr schlecht. Ich verkaufe kaum noch etwas.«

»Ja, ja«, sagte der Offizier mit einem nachdenklichen Blick in den Koffer. »Das glaube ich Ihnen wohl, dass heutzutage kein Mensch mehr so etwas kaufen will. Betrachtungssärglein, Kupferstiche, auf denen der Tod herumschleicht, Broschüren, deren Titel mit dem himmlischen Paradies locken oder mit den Qualen der Hölle drohen.« Der Offizier schüttelte den Kopf. »Aber was wollen Sie mit dem Kram in Berlin? Wenn schon das dumme Volk in den Provinzen nichts mehr davon haben will, dann verkaufen Sie von dem Zeug erst recht nichts in einer Stadt, in der die Leute sich lieber die Welt von den gelehrten Herren der Akademie erklären lassen als von ihren Pfaffen.«

»Ich gebe meinen Handel auf. Deshalb komme ich zurück nach Berlin. Ich werde künftig bei meinem Bruder leben und gemeinsam mit ihm sein Geschäft betreiben. Er ist Drucker in der Dorotheenstadt.«

Der Offizier sah sich noch einmal die Papiere in seiner Hand an. »Kümmerling«, sagte er. »Sie sind also ein Bruder von Kaspar Kümmerling. Das ist noch einer der wenigen Drucker, die nichts Obszönes und nichts Aufwieglerisches fabrizieren. Na, dann packen Sie Ihre Sachen zusammen. Vielleicht sieht man sich ja mal im Laden Ihres Bruders.«

Als sie endlich durch das Tor und über die Potsdamer Straße stadteinwärts fuhren, atmete Kümmerling ein paarmal tief durch.

»Das ging ja noch mal gerade gut«, stellte er erleichtert fest. »Ich hab mir natürlich nicht für jeden Kauf, sondern nur alle paar Jahre mal von Ludgera von Hiesfeld eine neue Bescheinigung geben lassen, immer wenn die alte zerfleddert war«, erklärte er. »Kein Wachsoldat und kein Akzisebeamter hat das jemals beanstandet.«

»Wieso haben Sie eigentlich nur noch vier von den kleinen Särgen?«, fragte Carl Arnold.

»Na, weil ich nur noch vier Tödlein habe. Der Postmeister in Magdeburg hat mir einen Taler gegeben, nachdem seine verrückte Schwester die Wachsfigur zertrümmert hatte. Also hab ich ihm auch die Holzkiste dagelassen. Er will sie als Schachtel für seine Schreibfedern nutzen.«

Carl Arnold lachte. »Dann muss er wohl gut achtgeben, dass die Schwester das Särglein nicht entdeckt und es ihm zerschlägt«, sagte er.

Jacob hatte den Schreck am Stadttor, die plötzliche Sorge, das Tödlein der Äbtissin könnte beschlagnahmt werden, schon fast wieder vergessen, so fasziniert war er von dem, was er sah. Er bestaunte die endlosen Fluchten stattlicher Häuser, die nur von den Querstraßen unterbrochen wurden, in denen sich auch wieder, so weit das Auge reichte, ein mehrgeschossiges Gebäude ans andere reihte. Überall herrschte eine gelassene Betriebsamkeit. Die Menschen flanierten und stolzierten, niemand schien es eilig zu haben, weder das einfache Volk noch all die noblen

Damen und Herren, die so vornehm und kostspielig gekleidet waren, als gehörten sie allesamt zum Hofstaat des Königs. Die Plätze waren weitläufig, die Straßen breit, die vielen Kutschen elegant, und die Reiter in ihren schmucken Uniformen waren schneidig.

»Die Leipziger Straße. Da drüben ein Haus der Spritz-Wache, davon gibt's einige in der Stadt. Jetzt fahren wir über die Spittelbrücke. Das hier ist der Spittelmarkt. Rechts die Gertraudenkirche.«

Es war unüberhörbar, dass es Sylvester Kümmerling Freude machte, den beiden staunenden Reisegefährten seine Stadt zu zeigen. In einem fort wies er sie auf öffentliche Gebäude, Kirchen, Straßen, Brücken und Plätze hin.

»Der Molkenmarkt. Da vorn die Nikolaikirche, das älteste Gotteshaus Berlins. Und jetzt müssen wir aussteigen. Das ist die Post.«

Während der Wagen entladen und die Pferde ausgespannt wurden, winkte Kümmerling eine Mietkutsche heran, ließ das Gepäck verstauen, und weiter ging die Fahrt. Zuerst schien es Jacob so, als führen sie wieder in die Richtung, aus der sie gerade gekommen waren, aber dann entdeckte er doch immer wieder Gassen, Häuserzeilen, Marktplätze, Gotteshäuser und Paläste, an denen sie gewiss noch nicht vorbeigekommen waren. Nach geraumer Zeit sagte er kopfschüttelnd: »Das ist unglaublich. Entweder fahren wir im Kreis herum, oder diese Stadt ist endlos.«

»Wir sind in Berlin«, sagte Carl Arnold und stieß ihm lachend in die Rippen.

Kurz darauf mussten die beiden Freunde sich voneinander verabschieden.

Die Mietkutsche hielt in einer Gasse nahe bei der französischen Kirche vor einem feudalen Bürgerhaus, in dem ein Zimmer für Carl Arnold reserviert war. Hausbesitzer war ein hochgestellter Beamter des General-Ober-Finanz-Direktoriums, ein Studienfreund von Emanuel Schluck. Jacob stieg mit Carl Arnold aus der Kutsche und begleitete ihn bis zum Fuß der Treppe, die zum Hausportal hinaufführte.

»Morgen habe ich einige Formalitäten zu erledigen und muss mich bei ein paar Herren vorstellen. Aber spätestens am Abend sehen wir uns und unternehmen etwas zusammen«, sagte Carl Arnold und hielt Jacobs Hand fest.

»Eigentlich müsste ich so schnell wie möglich abreisen, jetzt wo ich das Tödlein habe«, entgegnete Jacob achselzuckend.

»Aber das haben Sie ja noch gar nicht!«, rief lachend Sylvester Kümmerling, der im offenen Wagen sitzen geblieben war und dem Abschied der beiden Freunde zusah.

Carl Arnold legte beide Hände auf Jacobs Schultern, zog ihn nah zu sich heran und sah ihn durchdringend an. »Du wirst nicht abreisen, bevor wir beide zusammen durch Berlin flaniert sind. Ist das klar?«

Jacob lachte. »Natürlich ist das klar, Herr Doktor«, sagte er, umarmte den Freund, flüchtig und ein wenig verlegen, drehte sich um und stieg zu Kümmerling in den Wagen.

»Bis morgen also«, sagte Carl Arnold.

»Weißt du denn überhaupt, wo du nach mir suchen musst?«, fragte Jacob, während die Kutsche sich wieder in Bewegung setzte.

»Aber ja. Den Drucker Kümmerling in der Friedrichstraße, den werde ich schon finden!«, rief Carl Arnold hinter ihm her.

Nur um zwei Ecken bog die Mietkutsche noch, dann ließ Sylvester Kümmerling sie vor einem dreigeschossigen Gebäude anhalten, auf dessen heller Fassade mit dunkler Schrift die Worte gemalt waren: »Bücher – Druckerei und Handlung«.

»Wir sind also am Ziel«, stellte Jacob fest.

»Ich bin es jedenfalls«, sagte Kümmerling, betrachtete nachdenklich das Haus und fügte, während er aus dem Wagen stieg, hinzu: »Sie sind es nur vorläufig, lieber Jacob, und darüber sollten Sie froh sein. Wer ein Ziel erreicht und kein neues mehr hat, der ist alt.«

Erst als Jacob im Bett über den vergangenen Reisetag nachdachte, wurde ihm klar, dass es ein Sonntag gewesen war, der erste seit Jahren, an dem er keinen Gottesdienst besucht hatte. Trotzdem schlief er leichten Herzens ein und wurde erst wieder wach, als die Morgensonne durchs Fenster in die geräumige Kammer fiel, in der Kaspar und Sylvester Kümmerling ihn einquartiert hatten. Er stand auf, ging zur Kommode, goss reichlich Wasser aus der Kanne in die Schüssel und wusch sich gründlich von Kopf bis Fuß mit einer Seife, die angenehm nach Pomeranzenblüten duftete. Für einen Moment war er erschrocken, als er Hemd und Hose nirgendwo entdeckte, dann erinnerte er sich daran, dass Kaspar Kümmerling ihm angeboten hatte, seine schmutzigen Kleider vor die Kammertür zu legen, um sie von der Hausmagd waschen zu lassen. Das hatte er gestern Abend noch getan, und so fand er jetzt nur sein zweites Hemd und die nicht mehr ganz neue Kniehose in seinem Reisesack. Beides war noch leidlich sauber, und als er die Weste übers Hemd gestreift, den feinen Seidenschal um den Hals gebunden, die Stiefel angezogen und den blauen Hut unter den Arm geklemmt hatte, fühlte er sich elegant genug für einen Bummel durch Berlin.

In der Wohnstube empfing ihn freundlich lächelnd Kaspar Kümmerling. Er saß mit einem Zeitungsblatt in der Hand und einem Brillengestell auf der Nase am Tisch, der mit einem Laib Brot, einer Apfelmarmelade, Butter, Käse, gebackenem Ei, Zucker und Salz, einem Krug Milch und einer Kanne, bei deren wunderbar duftendem Inhalt es sich zweifellos um Kaffee handelte, so üppig gedeckt war, dass Jacob augenblicklich das Wasser im Mund zusammenlief.

»Guten Morgen, Jacob. Setzen Sie sich! Dorthin, wo der Holzteller und das Messer liegen. Und greifen Sie zu! Essen Sie tüchtig, das wird ein anstrengender Tag für Sie. Wer Berlin kennenlernen will, muss gut zu Fuß sein. Und trinken Sie! Mögen Sie Kaffee? Ich habe ihn am liebsten mit viel Zucker und ein klein wenig Milch. Also bedienen Sie sich! Ich hab schon eine Kleinigkeit gegessen. Am Frühstückstisch auf meinen Bruder zu warten, das hab ich aufgegeben. Wann er aus dem Bett kommt, das weiß man nie. Also, lieber junger Freund, lassen Sie den Kaffee nicht kalt werden und lassen Sie es sich schmecken!«

Der kleine Mann mit der zotteligen Frisur, dem unrasierten Kinn und der Filzmütze auf dem Kopf hatte Jacob vom ersten Augenblick an gefallen. Er war freundlich, lächelte verschmitzt, redete bedächtig und hörte sehr aufmerksam zu, wenn seine Gesprächspartner Interessantes zu sagen hatten. Gestern Abend hatte er seinen Bruder Sylvester nur hin und wieder mit einer Frage oder einem herzhaften Lachen unterbrochen, während der ausführlich von seiner Reise berichtet hatte.

Von dem kleinen Versehen, das ihn in Sterkrade in den Besitz des Tödleins der Frau Äbtissin gebracht hatte, von seiner Überraschung, als ihm in Hamm plötzlich Jacob Sander gegenübergestanden hatte, von seiner Flucht vor Hendrine, von seinem anderen Reisegefährten, dem Herrn Doktor Kortum, der in Paderborn einem Knaben auf die Welt geholfen hatte, von seinem Ärger mit dem Schwager Lobenstein in Braunschweig, von der verrückten Weibsperson, die in Magdeburg ein Tödlein zerschmettert hatte, vom pedantischen Wachoffizier am Potsdamer Tor, der ihn am Ende seiner Reise noch mächtig aufgeregt hatte, und von manch anderem hatte Sylvester in großer Ausführlichkeit und mit allerlei Ausschmückungen erzählt.

Jacob versuchte, während er frühstückte, eine Ähnlichkeit zwischen dem stillen, schmächtigen Buchdrucker Kaspar und dem stattlichen, maßlosen Genießer, Verführer und Spieler Sylvester Kümmerling zu entdecken. Er fand keine, doch Kaspars Züge und seine Wesensart erinnerten ihn an die Schwester Petronella in Braunschweig.

Nachdem Jacob reichlich gegessen und getrunken hatte und auf dem Abtritt gewesen war, im heimlichen Gemach, wie die Kümmerlings das stille Örtchen in ihrem Hinterhaus nannten, führte Kaspar ihn durch seine Geschäftsräume.

Im kleinen, zur Straße hin gelegenen Laden lagen Dutzende Bücherstapel auf den Verkaufstischen, fast alle aus Kaspar Kümmerlings Werkstatt.

»Meistens drucke ich im Auftrag von Verlegern oder gelehrten jungen Herren, die ihre Schriften selbst herausgeben«, erklärte Kaspar, »aber jetzt wollen mein Bruder und ich uns verstärkt dem Verlagsgeschäft zuwenden. Natürlich ist das nicht ohne Risiko. Wenn keiner die Bücher kaufen will, die wir herstellen, dann ist das Geld verloren, das wir der Papiermühle und dem Buchbinder bezahlen müssen, und unsere Arbeit in der Druckerei war dann auch umsonst. Ein Verleger muss den Geschmack der Leser treffen. Meinem Bruder traue ich das zu. Gestern Abend, als Sie schon zu Bett gegangen waren, hat er zu mir gesagt, mit Ratgebern wäre immer ein gutes Geschäft zu machen. Er glaubt, dass die Leute es schätzen, wenn sie sich in allen Lebenslagen einen Rat aus ihrem Bücherschrank holen können. Damit hat er sicher recht. Sylvester will selbst eine kleine Abhandlung über das erfolgreiche Piquet-Spiel schreiben, zusammen mit einem Herrn aus Hamm. Und dann möchte er einen aufgeklärten Arzt finden, der bereit ist, einen Ratgeber für den Beischlaf zu verfassen.«

»Einen Ratgeber für was?« Jacob glaubte, sich verhört zu haben.

»Für den Beischlaf, lieber junger Freund. Sie ahnen ja gar nicht, wie viel schädliche Unwissenheit es gerade in dieser Angelegenheit gibt. Viele Menschen essen und trinken vorher zu üppig, oder sie achten zu wenig auf Sauberkeit. Männer neigen während des Aktes zur Hast oder gar zur Grobheit, sie wissen viel zu wenig über die Beschaffenheit der weiblichen Organe und über die Empfindungen der Frau. Nach dem Beischlaf sollte ein Mann den Verlust seiner Säfte durch einen stärkenden Trunk ausgleichen, durch ein Glas Wein mit einem eingerührten Eidotter zum Beispiel. Ich bin überzeugt davon, dass dergleichen Ratschläge das ungeteilte Interesse aller Stände finden werden.«

»Ich weiß nicht«, sagte Jacob. »Ich dachte eigentlich, dass die Liebe und die menschliche Natur als Ratgeber genügen, wenn ein Mann und eine Frau beieinanderliegen.«

»Sie sind noch sehr jung«, sagte Kaspar Kümmerling wehmütig lächelnd. »Und wenn ein Paar jung ist und die Liebe groß und der Mann einfühlsam und die Frau so klug, dass sie ihn zu führen weiß, dann bedarf es wohl keiner Belehrungen. Aber glauben Sie es mir, ein Büchlein über den Beischlaf werden uns die Berliner aus den Händen reißen.«

Jacob hatte den Drucker Kümmerling bisher für einen alten Junggesellen gehalten. Aber vielleicht war er ja auch ein Witwer. In Bezug auf den heiklen Vorgang, der in diesem eigenartigen

Ratgeber behandelt werden sollte, schien er jedenfalls nicht ganz unwissend zu sein.

»Jetzt fragen Sie sich sicherlich, woher so ein alter Kauz seine Weisheiten über den Beischlaf nimmt, nicht wahr? Ich war auch mal jung und hatte eine Frau, und ich dachte, unsere Liebe wäre groß und ich wäre einfühlsam und meine Gemahlin wäre zufrieden mit alledem. Aber irgendwann kam ein Unteroffizier aus des Königs glorreicher Armee des Weges, und meine Gattin wollte die Ehescheidung, angeblich wegen allerlei Grobheiten, die ich gegen sie verübt hätte. Ich hab vor Gericht kein Wort herausgebracht. Die Ehe wurde geschieden, und meine Frau verschwand für immer aus meinem Leben. Aber das ist lange her, und das Lesen und mein geliebtes Handwerk haben mich längst über den Schmerz von damals hinweggetröstet. Bücher zu drucken ist die wundervollste Beschäftigung, die ich mir vorstellen kann. Und wenn mein Bruder sich jetzt um den Verkauf und um alles Geschäftliche kümmert, dann kann ich mich ganz und gar meiner Handwerkskunst widmen. Das ist großartig, darüber freue ich mich sehr. So, und jetzt kommen Sie! Jetzt zeige ich Ihnen die Druckerei.«

In der Werkstatt im Hinterhaus gelang es Kaspar Kümmerling ohne große Mühe, Jacob mit seiner Begeisterung anzustecken. Die gewaltigen Druckmaschinen aus massigen Eichenbalken, mechanische Ungetüme mit eisernen Spindeln, Kurbeln, Bengeln und Presstiegeln, die aus Blei gegossenen Lettern, in großen Kästen nach Buchstaben sortiert, verschiedene Schriftarten, von Fraktur und Antiqua bis hin zu griechischen und hebräischen Zeichen, die großen Stapel Papier, weiße, angefeuchtete und einseitig bedruckte Bögen, all das faszinierte Jacob.

Ein Setzer stand an seinem Arbeitstisch und übertrug das Manuskript, das vor ihm in einem Schrifthalter hing, Buchstabe für Buchstabe auf sein Setzbrett. An einer Druckmaschine arbeiteten zwei Gesellen Hand in Hand, der eine trug mit zwei Druckerballen immer wieder Farbe auf, der andere bedeckte die eingeschwärzten Lettern mit angefeuchteten Papierbögen und drückte beides mit dem schweren Presstiegel zusammen.

Kaspar Kümmerling erklärte dies und das und sprach über

die Vielzahl der Kenntnisse und Fertigkeiten, die einen guten Drucker ausmachten.

Jacob hörte ihm gebannt zu. Dieser Ort, an dem aus Bleiformen, schwarzer Farbe und weißem Papier bedruckte Buchseiten wurden, der kam ihm beinahe vor wie die Werkstatt eines Zauberers.

»Ja, ja« sagte Kümmerling, der sichtlich seine Freude an Jacobs Begeisterung hatte, »da sagen die Leute gern, das sei ein feines Werk vom Herrn Lessing oder vom Herrn Mendelssohn oder vom Herrn Nicolai, aber dass in jedem Buch auch die Kunstfertigkeit von Papiermacher, Schriftgießer, Setzer, Drucker und Buchbinder steckt, das vergessen sie nur zu oft.«

Ein Lehrbursche mit einigen zusammengerollten Papierbögen unterm Arm kam zu ihnen. »Der Korrekturabzug vom Doktor Krünitz ist fertig, Herr Meister«, sagte er schüchtern. »Soll ich ihn zum Herrn Doktor bringen?«

»Ja, mach das, Junge«, sagte Kaspar Kümmerling.

»Was ist ein Korrekturabzug?«, wollte Jacob wissen.

»Der erste Druck eines Manuskripts. Darin streicht der Korrektor die Fehler an, die beim Setzen entstanden sind. Der Doktor Krünitz macht das bei seinen Aufsätzen gern selbst. Ein sehr gebildeter Mann. Er soll eine Bibliothek mit fünfzehntausend Bänden besitzen. Unglaublich, was dieser Johann Georg Krünitz alles weiß. Manchmal denke ich, er könnte allein ein Lexikon verfassen. Nun ja, wenn der Herr Doktor beziehungsweise der Korrektor auf dem Korrekturabzug die Fehler markiert hat, dann tauscht der Setzer die falschen Lettern aus. Ein guter Korrektor, der fehlt uns übrigens zurzeit.«

»Was muss so ein Mann denn können?«

»Genau das, was Sie können, lieber Jacob. Er muss gebildet und sehr belesen sein und möglichst auch von seltenen Wörtern wissen, wie man sie schreibt. Ja, Sie wären bestimmt ein guter Korrektor.«

Jacob war verdutzt. Hatte der schmächtige Mann an seiner Seite ihm gerade angeboten, in seiner Druckerei zu arbeiten?

»Gefällt Ihnen die Idee nicht?«, fragte Kaspar Kümmerling.

Jacob zuckte sprachlos mit den Schultern.

»Wollen Sie lieber das Druckerhandwerk erlernen? Das könnte ich natürlich verstehen«, sagte der Meister und lächelte verschmitzt. »Einen jungen Mann wie Sie, den würde ich gern in die Lehre nehmen. Sie würden das alles hier schnell begreifen, da bin ich mir sicher. Die Werkstatt auskehren, das Feuer schüren und Botengänge machen, das brauchten Sie nicht. Dafür hab ich den Jungen. Und Lehrgeld zahlen müssten Sie auch nicht. Sie lernen von mir die Kunst des Druckens und arbeiten für mich als Korrektor. So könnte ich mir das vorstellen. Und was das Verlegerische angeht, nun ja, da könnten Sie uns gewiss auch eine Hilfe sein. Mein Bruder meint, dass Sie nicht nur sehr belesen, sondern auch sehr feinsinnig sind, und dass Sie gewiss ein viel besseres Gespür für den Geschmack eines gebildeten jungen Publikums in Berlin hätten als wir beiden alten Männer.«

Jacob war fassungslos. Er wusste nichts zu erwidern, schwieg lange und sagte schließlich verwirrt: »Ich muss zurück nach Sterkrade, und ich kann auch gar nicht glauben, dass Ihr Bruder Sylvester eine so gute Meinung von mir hat.«

»Doch, doch«, widersprach Kaspar. »Er hat Sie sehr ins Herz geschlossen, das weiß ich. Wir haben gestern Abend, als Sie schon im Bett waren, noch lange über Sie geredet.«

Ohne ein weiteres Wort verließen die beiden die Druckerei und gingen zurück in die Wohnstube, wo Sylvester gerade sein Frühstück beendet hatte und Jacob fragte, ob er bereit für einen Stadtbummel sei. Kaspar bat seinen Bruder, die lederne Umhängetasche mitzunehmen und einige Einkäufe zu erledigen.

Eine halbe Stunde später spazierte Jacob über eine breite, von Linden bestandene Allee. Sylvester Kümmerling ging neben ihm her und wies ihn auf allerlei Prachtbauten hin, zeigte ihm das herrliche Palais irgendeines Herzogs und das einzigartige des Prinzen Heinrich, rühmte die königliche Hofoper als das größte und schönste Opernhaus des ganzen Kontinents und sprach beinahe ehrfurchtsvoll über das Zeughaus, ein Prunkstück der Baukunst und zugleich ein Arsenal für die furchterregendsten Kriegswaffen, von Säbeln, Pistolen und

Karabinern bis hin zu Bomben und Kanonen. Jacob sah wohl, dass jedes einzelne dieser prunkvollen Bauwerke Grund genug für eine Reise in die preußische Hauptstadt gewesen wäre, dennoch schenkte er den kundigen Ausführungen Sylvesters nur wenig Aufmerksamkeit. Mit seinen Gedanken war er noch in der Druckerei in der Friedrichstraße und bei den Worten von Kaspar Kümmerling, die ihm wieder und wieder durch den Kopf gingen.

Dann vergaß er sie doch für eine Weile, als er, das kolossale Berliner Stadtschloss vor Augen, neben der Domkirche stand. Jacob war begeistert von der Großartigkeit der königlichen Residenz, beeindruckt von den stattlichen Soldaten, die auf dem Paradeplatz zur Wachablösung angetreten waren, und hingerissen von den drei äußerst eleganten Damen, die, umringt von Lakaien, aus einer sechsspännigen Kutsche stiegen, an salutierenden Wachsoldaten vorbeihasteten und hinter einem der vielen Schlossportale verschwanden.

»Ich glaube, das war sie«, sagte Sylvester Kümmerling feierlich.

»Wer?«

»Elisabeth Christine mit zwei ihrer Hofdamen.«

»Ist das wahr? Ich habe gerade die Königin von Preußen gesehen?«

»Ja, ich bin mir sicher. Die stattliche Dame, die als Letzte aus der Kutsche gestiegen ist, die blonde im blauen Samtkleid, das war die Königin.«

»Und warum war der König nicht bei ihr?«

Kümmerling lachte. »Friedrich ist froh, wenn er ein paar Meilen Abstand zu seiner Gemahlin hat. Er ist meistens in Potsdam, manchmal im Stadtschloss, aber am liebsten in seinem Schlösschen Sanssouci. Und da umgibt er sich gern mit gelehrten Herren. Von Damen, sagt man, hält unser König Friedrich nicht allzu viel.«

Sie überquerten die lange Brücke mit dem Reiterstandbild des großen Kurfürsten, spazierten am alten Berlinischen Rathaus vorbei und bummelten auf dem Neuen Markt eine Weile zwischen Holzbuden, Bottichen, Verkaufstischen und

Karren umher. Sylvester Kümmerling verhandelte lange mit einer molligen Marktfrau und ließ sich schließlich von ihr seine Umhängetasche mit Kartoffeln füllen.

Vom Neuen Markt gingen sie an der Nikolaikirche vorbei zum Molkenmarkt, setzten sich vor ein Kaffeehaus und sprachen über dies und das und über die soeben gekauften Kartoffeln. Jacob hatte zwar schon mal welche gesehen, aber noch nie welche gegessen.

»Das erstaunt mich«, sagte Kümmerling, »wo der König doch seit Jahren die Behörden in den Provinzen anhält, für die Verbreitung dieses nützlichen Nahrungsmittels zu sorgen. Aber da sieht man mal wieder, wie weit das Herzogtum Cleve von Berlin entfernt ist.«

Jacob erkundigte sich nach dem Sinn der hölzernen Pfähle mit den Glaskuppeln obenauf, die überall herumstanden.

»Das sind Straßenlaternen. Die Öllichter darin brennen jede Nacht, außer in Vollmondnächten«, sagte Kümmerling.

Nur ein paar Schritte von ihrem Tisch entfernt, stellte sich ein Mann vor eine Hauswand und urinierte.

»Das ist jetzt schon der dritte oder vierte Kerl, den ich völlig ungeniert pinkeln sehe«, sagte Jacob kopfschüttelnd.

»Und wenn es den Weibsbildern nötig ist, dann hocken sie sich hin und lüpfen ihre Röcke und tun dasselbe«, sagte Kümmerling grinsend. »In Berlin muss man eben zu lange suchen, bis man den nächsten Busch findet.«

Auf dem kurzen Weg vom Molkenmarkt hinüber zum Fischmarkt am Cöllnischen Rathaus überquerten sie die Spree, in der sich tags zuvor noch all die Fische munter getummelt hatten, die jetzt auf dem Marktplatz in großen Holzkübeln herumschwammen und feilgeboten wurden.

»Aale! Barsche! Zander! Güster! Plötzen! Döbel! Quappen!« Die Frauen, die neben den Bottichen saßen, priesen lautstark ihre Ware an. Sylvester Kümmerling entschied sich für die Fische, die er und die Marktweiber Plötzen nannten. Jacob kannte für sie nur den Namen Rotaugen.

Kurz bevor sie in die Breite Straße einbogen und wieder aufs königliche Schloss zugingen, deutete Kümmerling auf ein Lokal.

»Dahin sollten Sie heute Abend mit Ihrem Freund Carl Arnold gehen«, sagte er. »Da treffen sich interessante junge Menschen.«

»Studenten?«, fragte Jacob.

Kümmerling lachte amüsiert. »Nein, wirklich interessantes junges Volk«, sagte er. »Eine Universität gibt es nicht in Berlin. Und das ist auch gut so, denn bei all den Zerstreuungen und Verführungen dieser Stadt kämen die jungen Herren Studenten hier viel zu leicht unter die Räder.«

Die Zerstreuungen und Verführungen Berlins lernte Jacob am Abend kennen, als er mit Carl Arnold in der Kneipe saß, die Sylvester Kümmerling ihm empfohlen hatte.

Die Musik der Spielleute war laut und aufdringlich, und die Huren waren es auch. Die alten wollten zwei oder drei Groschen für ihre Dienste, die jungen einen halben Taler. Jacob dachte an das viele Reisegeld, das er noch übrig hatte, und er fragte sich, ob die Sünde der Unzucht vielleicht nicht so schwer wog, wenn man sie in einer Stadt wie Berlin beging, ob sie möglicherweise verzeihlich war, wenn man sich nur ein einziges Mal zu einer Hure legte, nur um einmal zu erfahren, wie es sich anfühlte, das Zusammensein mit einer Frau.

Carl Arnold schüttelte entschieden den Kopf. So etwas sei wegen all der Krankheiten, die diese Weibsbilder gewöhnlich in sich trügen, viel zu gefährlich, erklärte er, vor allem wegen der Lustseuche.

»Aber auch, wenn du dir beim Apotheker eine Fischblase oder einen Überzieher aus Schaf- oder Ziegendarm besorgt hättest, um deine Rute damit zu schützen, würde ich dir vom Beischlaf mit einer Hure abraten«, sagte Carl Arnold. »Jeder von meinen Kommilitonen, der das mal gemacht hat, hat nachher berichtet, es sei ein hastiges und liebloses Geschäft gewesen. Ich glaube, es ist der gemeinsamen Freude im Ehebett so wenig ähnlich wie schales Brunnenwasser einem edlen Wein.«

Der Gedanke, dass ein Mann auch an schalem Wasser seine Freude haben könnte, wenn er nur durstig genug wäre, kam Jacob in den Kopf, aber er behielt ihn für sich.

Sie entzogen sich dem aufdringlichen Radau, verließen die

Kneipe am Rande des Fischmarktes und suchten sich unter all den Bierschänken, Branntweinbrennereien, Kaffee- und Weinhäusern ein Lokal aus, in dem sie in Ruhe einen Krug Bier trinken und miteinander reden konnten.

Jacob erzählte von Kaspar Kümmerlings Offerte, ihn in seiner Druckerei zu beschäftigen, und Carl Arnold sagte, auch er wolle ihm gern ein Angebot machen.

In ein paar Monaten werde er wieder in Duisburg sein und dort als Arzt praktizieren. In seiner künftigen Wohnung gäbe es eine Kammer, die sich für einen Studenten trefflich eignete, und an seinem Tisch könnten gewiss auch zwei Männer satt werden. Dann brauche Jacob nur noch das Geld für die Herren Professoren und ihre Kollegien, und das könne er sich als Hauslehrer bei einer wohlhabenden Bürgersfamilie verdienen.

»Ich kann doch nicht drei Jahre auf deine Kosten leben«, sagte Jacob kopfschüttelnd.

»Betrachte es als Kredit. Wenn du ein wohlhabender Advokat bist, zahlst du es zurück, oder du verteidigst mich kostenlos vor Gericht, wenn ich versehentlich mal einem Patienten das falsche Bein amputiert habe«, sagte Carl Arnold und lachte.

Sie lachten noch viel an diesem Abend in Berlin, redeten über die gemeinsamen Erlebnisse während ihrer Reise und über die Zeit, die vor ihnen lag.

Am nächsten Morgen holte Carl Arnold den Freund schon früh in der Friedrichstraße ab. Sie gingen über den Weidendamm stadtauswärts, überquerten die Spree, liefen einige Minuten querfeldein und sahen bald die Charité vor sich, ein vierflügeliges Gebäude, langgestreckt, mit Ecktürmen und unzähligen Fenstern, umgeben von Nebenhäusern, Parkanlagen und Gärten und von den nordwestlichen Ausläufern der Stadtmauer. Während sie um das königliche Lazarett herumspazierten, kamen zwei Männer aus einem Tor, die irgendetwas Schweres schleppten. Erst als sie ihre Last auf eine Karre hievten, erkannte Jacob, dass es ein zugebundener Leinensack war, der einen menschlichen Körper umhüllte.

»Was ist das?«, fragte er irritiert.

»In der Charité werden auch die Ärmsten der Armen behandelt, und wenn einer von denen stirbt, dann kommt er eben so unter die Erde, in einem Sack«, sagte Carl Arnold. »Aber jeder bekommt sein Begräbnis, auch der geringste Bettler.«

Jacob solle aber keine falschen Schlüsse aus dem Abtransport des Leichnams ziehen, fügte Carl Arnold hinzu. Es werde keineswegs so viel gestorben in der Charité, wie man gemeinhin vermute. Bei mehr als zweitausend Kranken, die jedes Jahr in dem Hospital behandelt würden, gebe es nur ein paar hundert Todesfälle. Das sei ganz außergewöhnlich und ein Zeichen für die hervorragende Arbeit der Ärzte.

Als sie wieder stadteinwärts gingen, sagte Carl Arnold, es sei zwar schade, dass die Zeit nicht für eine Besichtigung der Krankenstationen gereicht habe, aber jetzt habe Jacob das bedeutendste Krankenhaus des Königreiches Preußen wenigstens einmal gesehen.

Sie kamen wieder zur Friedrichstraße, bogen ab in die Letzte Straße und gingen auf einen Häuserblock zu, der von einem viereckigen Turm überragt wurde.

»Hier residiert die königlich-preußische Akademie der Wissenschaften. Im Turm ist die Sternwarte und da drüben das Collegium medico-chirurgicum«, erklärte Carl Arnold. »Und da ist auch das anatomische Theater, wo in ein paar Minuten eine Vorlesung von Johann Friedrich Meckel beginnt. Der Professor ist der bedeutendste Anatom in Preußen.«

»Aber da lässt man mich doch nicht rein«, sagte Jacob unwillig.

»Nun komm schon! An der Tür zum Hörsaal steht ein junger Kollege, den ich gestern kennengelernt habe. Der wird uns beide einlassen.«

Als Jacob kurz darauf im Auditorium Platz genommen hatte, dessen Bänke im Kreis um den Seziertisch angeordnet waren, von vorn nach hinten ansteigend wie die Reihen eines römischen Amphitheaters, fühlte er sich unbehaglich.

Um ihn herum saßen junge Männer mit fein geflochtenen Zöpfen, Ärzte, Chirurgen, Wundärzte und viele Feldschere der königlich preußischen Armee in ihren Uniformen. Wohl an die hundert Augenpaare beobachteten den Herrn Professor

Meckel, einen kleinen Mann mit lockiger Perücke, der mit einem chirurgischen Messer in der Hand über die Krankheiten der Harnblase und der benachbarten Organe dozierte. Vor ihm lag eine Frauenleiche mit aufgeschnittenem Unterleib.

Meckel redete über die Verschiedenartigkeit der Steine, die er bereits in menschlichen Harnblasen aufgefunden habe, und erklärte, dass große Steine zumeist nur geringe Schmerzen verursachten, wohingegen kleine Steine heftige Schmerzen hervorbrächten.

In diesem weiblichen Körper befänden sich alle Eingeweide in ihrer natürlichen Lage, weshalb sich hier trefflich zeigen lasse, wo das Messer am Blasenhals anzusetzen sei, wenn ein Stein entfernt werden müsse, erläuterte der Professor, ritzte mit seinem Skalpell die Blasenhaut ein und schob eine Zange durch die Öffnung in das Organ.

Es sei ganz außerordentlich darauf zu achten, ob der zu entfernende Stein stark mit den Häuten der Blase zusammenhänge oder gar von ihnen eingeschlossen werde, sagte Meckel. Wenn man einen solchen Stein zu energisch herausziehe, könne es passieren, dass man die Blase gleich mit aus dem Körper reiße und damit den Exitus des Patienten verursache.

»Wenn man daher bei einer solchen Operation ein Hindernis findet«, dozierte der Professor, »wodurch das Herausziehen des Steins mit der Zange erschwert wird, so ist es allemal ratsam, vorher erweichende Mittel wie Milch und dergleichen in die Blase einzuspritzen.«

In diesem Hörsaal, so schien es Jacob, war der Tod nichts anderes als ein Versagen von Organen. Hier wurde über den Exitus geredet wie über den Defekt einer Maschine, deren Rädchen abgenutzt waren, so dass nicht mehr eins ins andere greifen konnte.

Die Ärzte, Feldschere und Chirurgen starrten gebannt auf die Eingeweide des weiblichen Körpers, auf die aufgeschnittene Harnblase, aus der Professor Meckel vorsichtig die Zange wieder herauszog.

Jacob sah etwas anderes. Er schaute in das blasse Gesicht einer jungen Frau, in dem das Leid, das ihr im Leben widerfahren war, so tiefe Spuren hinterlassen hatte, dass nicht einmal der Tod sie hatte beseitigen können. Er sah ihren schlanken Hals, auf dem der Strick des Scharfrichters deutliche Würgemale hinterlassen hatte.

Nein, der Tod war nicht bloß ein Defekt, der nicht mehr zu reparieren war. Er war der letzte Akt im Schauspiel eines jeden Lebens, und der Schluss war immer so, wie er nach all den Szenen, die sich zuvor auf der Bühne abgespielt hatten, sein musste. Der Mensch, der im zugebundenen Sack aus der Charité getragen worden war, hätte nicht ein so trauriges Ende im Armenspital gefunden, wenn nicht schon sein Lebensweg kümmerlich und betrüblich gewesen wäre. Die Frau, die da unten auf dem Seziertisch lag, hätte nicht einen schrecklichen Tod am Galgen erleiden müssen, wenn nicht schon ihr Leben voller Elend und Bitternis gewesen wäre.

Die jungen Männer, die in diesem anatomischen Theater saßen, rüsteten sich für den Kampf gegen den Tod. Doch Jacob ahnte, die Leiche der Gehängten vor Augen, dass es auf etwas anderes ankam. Es galt, das Schauspiel des eigenen Lebens so zu inszenieren, dass man sich vor dem letzten Akt nicht zu fürchten brauchte.

Er spürte, dass vor ihm noch ein langer Weg durch ein unbekanntes Land lag. Er wollte ihn gehen, aufmerksam und voller Zuversicht, wollte erleben, was auf der großen Reise zu erleben war, und entdecken, was es zu entdecken gab. Wenn er dann an das Ende des Weges käme und der Tod ihn erwartete, wollte er ihm leichten Herzens entgegengehen.

SIEBZEHN

Der Wachoffizier am Potsdamer Tor warf einen prüfenden Blick in den Wagen der Clevischen Post, der am frühen Dienstagabend die Hauptstadt des Königreiches verließ. Als er unter den Passagieren Jacob wiedererkannte, sah er ihn überrascht an.

»Der junge Herr aus dem Herzogtum Cleve verlässt Berlin schon wieder? Ist er nicht erst gestern angekommen?«

»Vorgestern«, sagte Jacob.

»Dann hat er also seine Geschäfte schnell zu einem guten Abschluss bringen können?«

»Ja, danke der Nachfrage. Was ich zu erledigen hatte, ist erledigt. Ich konnte mich sogar noch ein wenig umschauen. Berlin ist eine großartige Stadt.«

»Ja, in der Tat junger Mann«, sagte der Offizier strahlend. »Wenn es Ihnen hier so gut gefallen hat, werden Sie ja gewiss irgendwann mal wiederkommen.«

»Wer weiß«, sagte Jacob. »Möglich wäre es schon.«

»Dann wünsche ich Ihnen zunächst einmal eine gute Heimfahrt.« Der Wachoffizier ließ noch einmal seinen Blick über die Passagiere gleiten.

»Ihnen allen eine angenehme Reise, meine Herrschaften«, sagte er freundlich, trat vom Wagen zurück und winkte dem Postillion zu. Die Zugpferde setzten sich in Bewegung, die Postkutsche rollte durch das Tor stadtauswärts und fuhr bald darauf in rascher Fahrt über die Potsdamer Allee in Richtung Westen.

Jacob sah sich nicht mehr um. Er schloss die Augen. Die Bilder der beiden vergangenen Tage waren so bunt und lebendig in ihm, dass er sich in diesem Moment nicht vorstellen konnte, dass sie jemals verblassen würden.

Die Stunden vor seiner Abreise hatte er im Haus der Brüder Kümmerling in der Friedrichstraße verbracht, zusammen mit Carl Arnold und mit Kaspar und Sylvester.

Sie hatten in der Stube gesessen, miteinander geplaudert,

gescherzt und gelacht, doch so sehr sich auch jeder bemüht hatte, seinen Trübsinn zu verbergen und die letzten gemeinsamen Stunden mit Heiterkeit anzufüllen, so war doch allen anzumerken gewesen, dass der bevorstehende Abschied ihnen das Herz schwer machte.

Nach der Demonstration von Professor Meckel im anatomischen Theater war Carl Arnold von einem uniformierten, jungen Arzt, mit dem er in den nächsten Wochen in der Charité zusammenarbeiten sollte, zu einer Unterredung gebeten worden, und Jacob war allein zurück in die Friedrichstraße gegangen. Er hatte seinen Reisesack gepackt und sich in seiner Kammer ausgeruht, bis Sylvester Kümmerling nach ihm gerufen hatte.

Inzwischen war auch Carl Arnold eingetroffen, und im ganzen Haus hatte es vielversprechend nach gekochtem Hammelfleisch geduftet. Kaspar hatte sie zum Abschiedsmahl eingeladen und mit Hilfe der Magd selbst das köstliche Essen zubereitet.

Als Vorspeise gab es kalte Kartoffeln. »Um den Appetit anzuregen«, sagte Kaspar, setzte sich zum Essen seine Brille auf und erklärte, es sei ganz einfach, aus der wunderbaren Knolle so einen Kartoffelsalat herzurichten. »Mit etwas Salz abkochen, kalt werden lassen, in sehr dünne Scheibchen schneiden, etwas Essig und Baumöl darüber gießen, und fertig ist die kleine Köstlichkeit.«

Als Hauptgericht gab es zartes Hammelfleisch und dazu wieder Kartoffeln, dieses Mal gebraten und mit Majoran bestreut. Das gewöhnliche und weit verbreitete Gewürz, das die Metzger in fast jede Wurst mischten, so dass es vor allem als Wurstkraut bekannt war, schmeckte Jacob zwischen den gerösteten Kartoffeln äußerst angenehm. Es kam ihm so vor, als veredele in diesem Fall nicht das Gewürz die Speise, als gäbe vielmehr die Kartoffel erst dem gemeinen Majorankraut sein köstliches Aroma.

Kaspar Kümmerling hatte es kaum glauben wollen, als er von seinem Bruder erfahren hatte, dass Jacob noch nie Tartuffeln, wie er die Knollen gern nannte, gegessen hatte. Für ihn waren sie die großartigsten Pflanzen, die auf Gottes Erde wuchsen, und er hatte sich vorgenommen, in der kurzen gemeinsamen Zeit, die noch verblieb, auch seinem jungen Gast die Vorzüge der Erdäpfel nahezubringen. So hatte Jacob seit gestern, als es die Knolle gekocht und gesalzen zum Fisch gegeben hatte, jetzt schon drei verschiedene Kartoffelgerichte kennengelernt.

Während des Abschiedsessens wurde Kaspar nicht müde, die Vielseitigkeit dieses vollkommensten aller Nahrungsmittel zu preisen. Selbst bei mehrmaligem Genuss am Tage werde er der Knolle niemals überdrüssig, sagte er. Die Tartuffel sei ohne Frage das Manna des kleinen Mannes.

Sylvester erzählte schmunzelnd, er habe während seiner Handelsreisen eine besonders angenehme Art kennengelernt, die Kartoffel zu verzehren. Mancherorts nämlich werde aus der Knolle ein vorzüglicher Schnaps gebrannt. Und jüngst habe er sogar gelesen, dass man in Schweden aus den getrockneten Blättern des Kartoffelkrauts einen Rauchtabak hergestellt habe, der dem gewöhnlichen Tabak an Geruch und Geschmack nicht nachstehe.

Als Carl Arnold dann auch noch die gesundheitlichen Vorzüge der Knolle pries, die überaus gut verdaulich und doch recht nahrhaft sei, nahm Jacob sich vor, bei Gelegenheit auf den Märkten in Duisburg und Dinslaken nach Saatkartoffeln Ausschau zu halten und auf jeden Fall seinem Vater, vielleicht auch der Äbtissin von Streithorst, den Anbau dieses einzigartigen Gewächses ans Herz zu legen.

»Für dieses Jahr ist das allerdings zu spät« sagte Kaspar, »Mitte April sollten die Kartoffeln gelegt sein.«

Nach dem Essen kam die Rede noch einmal auf die zurückliegenden Reisetage, auf den furchterregenden General Carl Friedrich von Wolffersdorff und auf den aufgeblasenen Herrn Vikar in Paderborn. Carl Arnold erinnerte wortreich an den freundlichen Studiosus Joachim Heinrich Campe und Jacob gestenreich an die verwirrte Schwester des Magdeburger Postmeisters. Hin und wieder lachten die Männer, und von Zeit zu Zeit schüttelten sie die Köpfe.

Kaspar und Sylvester Kümmerling baten Jacob, in aller Ruhe zu bedenken, ob er sich nicht eine Zukunft im Druckerei- und

Verlagsgeschäft vorstellen könne. Er versprach den Brüdern, das zu tun und ihnen in den nächsten Wochen einen Brief zu schreiben.

Irgendwann stand Sylvester auf, verließ die Stube, kam kurz darauf mit dem schwarzen Betrachtungssärglein der Äbtissin in der Hand zurück, stellte es vor Jacob auf den Tisch und sagte schmunzelnd: »Gevatter Tod. Er beendet eine jede Reise, auch die Ihre, lieber Jacob.«

»Die ist noch nicht zu Ende«, widersprach Carl Arnold. »Dem Jacob steht noch eine sehr lange Fahrt mit der Postkutsche bevor.«

»Außerdem hab ich es ja wohl diesem Herrn Gevatter aus Wachs zu verdanken, dass meine Reise überhaupt stattgefunden hat«, sagte Jacob, zog das Betrachtungssärglein zu sich heran und öffnete den Deckel. »Er hat mich bis nach Berlin gebracht, also werde ich ihn jetzt zurück ins Kloster nach Sterkrade bringen, wo er hingehört.«

»Gehören Sie da nicht beide hin?«, fragte Kaspar.

»Ich weiß es nicht«, antwortete Jacob.

»Ein seltsames Tödlein ist das«, sagte Sylvester Kümmerling. »Eigentlich sollte es die Menschen mahnen, sich auf das Jenseits vorzubereiten und sich von den Freuden und Vergnügungen des Lebens fernzuhalten. Und was tut dieser kleine Herr Gevatter hier? Er holt einen jungen Mann aus seinem tristen Dorf heraus, führt ihn mitten hinein in die bunte Welt und zeigt ihm, wie aufregend das Leben sein kann.«

»Wenn ich es recht bedenke, war es eigentlich gar nicht dieser halb verweste Herr hier, der mir die Welt gezeigt hat«, sagte Jacob feixend. »Ich hatte ziemlich viel Glück mit meinen Reisegefährten.«

»Ein Händler, weit gereist, und ein studierter Mann / die nahmen mürrisch sich des tumben Lümmels an«, reimte Carl Arnold.

Jacob stieß dem Freund grinsend einen Ellenbogen in die Rippen, der Druckermeister Kaspar schaute verstört über den Rand seiner Brille, Carl Arnold und Sylvester lachten fröhlich.

»Ihr amüsiert euch über einen recht groben Scherz«, stellte Kaspar irritiert fest.

»Lassen Sie nur«, sagte Jacob. »Ich glaube, die beiden freuen sich darüber, dass ich am Ende unserer gemeinsamen Reise über diesen Scherz lachen kann.«

»Hätten Sie das vorher nicht gekonnt?«

»Nein«, sagte Jacob kopfschüttelnd. »Hätte mich vor zwei Wochen jemand einen tumben Bauernlümmel genannt, hätte ich angenommen, dass er es ernst damit meint. Es hätte mich sehr gekränkt.«

Er nahm das wächserne Tödlein aus dem kleinen Sarg und betrachtete schweigend den verwesenden Leichnam, den aufgebrochenen Brustkorb, die Hautfetzen an Armen und Beinen, die Gedärme, die aus dem Unterleib quollen, die Schlangen, Ratten, Würmer und Maden und die Kröte mitten auf der Stirn. Das Tödlein war schwer. Es wog deutlich mehr als alle Wachsfiguren der Seniorin von Hiesfeld, die er schon einmal in Händen gehalten hatte.

»Nun, ist es das Tödlein der Frau Äbtissin von Streithorst?«, fragte Sylvester Kümmerling.

»Ja, das ist es«, sagte Jacob. »Haben Sie vielen Dank.«

»Warum bedanken Sie sich? Weil ich Ihnen endlich dieses Ding aushändige? Ich hatte nie die Absicht, es nicht zu tun.«

»Ja, ich weiß, und ich möchte Sie dafür um Verzeihung bitten, dass ich so lange daran gezweifelt habe. Aber bedanken wollte ich mich eigentlich dafür, dass Sie mir das Tödlein erst jetzt gegeben haben, dass Sie mich mitgenommen haben bis nach Berlin und dass ich diese großartige Stadt kennenlernen durfte und Ihren Herrn Bruder und die Druckerei und dass Sie so freundlich zu mir waren und dass …« Jacob stockte und lächelte verlegen. Er hätte gern noch mehr Worte gefunden, um seine Dankbarkeit auszudrücken, aber ganz plötzlich fiel ihm nichts mehr ein.

»Nun lassen Sie es mal gut sein, Jacob«, sagte Sylvester. »Schließlich bin ich Ihnen ja auch etwas schuldig. Ich hab mit diesem Tödlein mehr Geld verdient als mit jedem anderen, das ich in meinem langen Händlerleben verkauft habe. Eigentlich hatte ich die hohe Summe ja nur genannt, weil ich dachte, zwanzig Taler könnten Sie nie und nimmer auftreiben. Sie hätten also weiter mit mir verhandeln müssen. So wollte ich Sie bis Berlin hinhalten. Und dann hat diese Nonne in Benninghausen Ihnen tatsächlich so viel Geld gegeben.«

Sylvester Kümmerling zog das Särglein mit dem kleinen Tod zu sich heran, betrachte es eine Weile und schob es schließlich achselzuckend zurück zu Jacob.

»Natürlich haben Sie mir viel zu viel für das Ding bezahlt«, sagte er, »aber was soll ich tun? Wenn ich Ihnen jetzt die Hälfte zurückgebe, dann bekommt die Frau von Streithorst das Geld, befürchte ich. Dabei hab ich Ihnen schon in Braunschweig bescheinigt, dass ich zwanzig Taler für das Tödlein bekommen habe. Sie brauchten der Äbtissin also nur die Quittung vorzulegen und könnten das Geld für sich behalten. Aber das würden Sie nicht tun, nehme ich an.«

Jacob schüttelte den Kopf. »Wenn ich es mir in die Tasche stecken würde, dann käme ich mir vor wie ein Dieb.«

»Das dachte ich mir schon. Der hochwohlgeborenen Frau von Streithorst, der will ich aber nichts von den zwanzig Talern zurückgeben. Also, lieber Jacob, behalte ich sie, und betrachte sie als Entgelt für Kost und Logis.«

»Aber, aber«, sagte Kaspar. »Der junge Mann war doch nur zwei Tage und zwei Nächte bei uns.«

»Na, dann hat er eben noch etwas Zeit gut«, sagte Sylvester und lächelte verschmitzt. »Sagen wir mal, ein Jahr oder vielleicht zwei. Aber darüber müssten wir natürlich noch verhandeln, wenn er zurückkommt.«

»Ja, ja, wenn er zurückkommt«, murmelte Kaspar vor sich hin und seufzte.

»Jetzt geht es erst mal in die andere Richtung«, sagte Carl Arnold. »Ich glaube, wir sollten allmählich aufbrechen, sonst fährt die Postkutsche am Ende noch ohne Jacob.«

Die vier Männer spazierten zu Fuß durch die laute, geschäftige Stadt, schweigsam und betrübt. Als sie auf das Gebäude der königlichen Post zugingen, sahen sie, dass schon die Pferde eingespannt und die Gepäckstücke der Passagiere verladen wurden. Sie ließen Jacobs Reisesack verstauen und schauten dabei zu.

»Na, dann ist es jetzt wohl so weit«, sagte Jacob und streckte Sylvester Kümmerling seine Hand entgegen. Der zog ihn an sich und drückte ihn an seine breite Brust. Auch Kaspar und Carl Arnold umarmten ihn. Jacob verschlug der Abschied die Sprache. Erst als er in den Wagen der Clevischen Post kletterte, sagte er leise: »Danke, danke für alles.«

Er war sich nicht sicher, ob die drei es noch hörten.

Der bleiche ovale Mond schwamm in einem funkelnden Sternenmeer, die Postkutsche rollte geschwind durch die klare Nacht. Hinter Zehlendorf schlief Jacob ein, in Potsdam wurden die Pferde gewechselt, kurz vor Brandenburg dämmerte der Morgen. Während des Tages zogen Wolken auf, die sich zum Abend hin verdichteten und verdunkelten. Als der Wagen über die Elbbrücke vor Magdeburg rollte, zuckten die ersten Blitze, die Pferde wieherten scheu, einzelne dicke Tropfen klatschten auf das Straßenpflaster der Stadt, die Kutsche hielt an, die Passagiere flüchteten sich in das Posthaus. Augenblicke später stürzten Regenfluten aus dem finsteren Himmel herab.

Die Schwester des Postmeisters stand in der Gaststube neben dem Schanktisch. Als sie Jacob entdeckte, versteinerte sie, starrte ihn eine ganze Weile verstört aus großen Augen an, dann drehte sie sich plötzlich um und hastete durch die Hintertür davon. Ihr Bruder begrüßte ihn dagegen äußerst freundlich, erkundigte sich nach dem jungen Herrn Doktor und dem Händler Kümmerling und ließ sich von Jacob erzählen, was er in Berlin erlebt hatte.

Das Unwetter zog rasch über Magdeburg hinweg. Noch während Jacob sich mit dem Postmeister unterhielt, hörte es auf zu regnen. An eine Weiterfahrt über die aufgeweichten Straßen war in dieser wolkenverhangenen Nacht jedoch nicht mehr zu denken.

Jacob verbrachte die Stunden der Dunkelheit in der Kammer, die er sich vor ein paar Nächten noch mit Carl Arnold geteilt hatte. Er schlief tief und fest, bis der neue Tag heraufdämmerte.

Nach dem Morgenbrot, zu dem er eine kräftige Bouillon aß, saß er bald wieder in der Kutsche, freute sich darüber, dass die

Wolken sich verzogen hatten, und genoss die Wärme der Sonne, die so kräftig strahlte, als sei der Sommer schon angebrochen. Die Wege und Straßen trockneten rasch. Während der nächsten Tage und Nächte ging es zügig voran.

Hinter Magdeburg wich die Poststrecke von der Route ab, die Jacob von der Hinreise kannte. Der Wagen der Clevischen Post fuhr weder durch Helmstedt noch durch Braunschweig, Höxter oder Paderborn. Die Städte Halberstadt, Minden, Herford und Bielefeld, in denen er während der Rückfahrt Station machte, kannte Jacob aus dem geografischen Unterricht bei Philippus Neustatt. Die anderen Orte hatten Namen, die er noch nie gehört hatte und schnell wieder vergaß.

Unter den Passagieren war keiner, der mit Jacob die ganze Strecke von der Hauptstadt des Königreiches bis ins ferne Herzogtum Cleve fuhr. Die Menschen stiegen aus, oder sie stiegen zu und waren seine Weggefährten für ein paar Meilen, für einen Tag oder eine Nacht. Wenn jemand ein Gespräch mit ihm begann, ließ Jacob sich höflich darauf ein, aber er war stets erleichtert, wenn er in Ruhe gelassen wurde, vor sich hindösen, aus dem Fenster schauen und seinen Gedanken nachhängen konnte.

Wenn Jacob beim Aufenthalt an einer Poststation durch die Gassen einer fremden Stadt spazierte, tat er das, ohne sich für ihre Besonderheiten zu interessieren oder nach ihren Sehenswürdigkeiten Ausschau zu halten.

Manchmal war er mit seinen Gedanken noch in Berlin, aber je näher er seinem Heimatdorf kam, desto häufiger kreisten sie um Sterkrade und das Kloster, um Elseken und die Frau Äbtissin, und schließlich drehten sie sich immer wieder um dieselbe Frage: Wie wird es weitergehen, wenn diese Reise zu Ende ist?

Als er in Sterkrade aufgebrochen war, hatte er noch fest daran geglaubt, dass alles gut würde in seinem Leben, wenn er nur Antonetta von Streithorsts Wohlwollen zurückgewinnen könnte. Er hatte alles darangesetzt, den heiklen Auftrag auszuführen, den sie ihm erteilt hatte, und es war ihm gelungen. Nur ein paar Tage noch, dann konnte er das verloren gegangene

Familienerbstück, das der Äbtissin so viel bedeutete, wieder in ihre Hände legen.

Aber war dieses Tödlein wirklich der Schlüssel zu ihrer Zuneigung und zu ihrer Gunst?

Es kam Jacob so vor, als hätte er Antonetta von Streithorst erst während seiner Reise richtig kennengelernt. Erst aus der Ferne hatte er manches entdeckt, was er im Schatten der Klostermauern übersehen hatte, und über manches hatte er, ermutigt von Carl Arnold, zum ersten Mal nachgedacht.

Seine Äbtissin war eine despotische und selbstgefällige Grundherrin und nicht die warmherzige, ehrwürdige Mutter, die einem Bauernjungen ihre Sympathie schenkte, nur weil der einen hellen Kopf hatte. Wer auf ihre Protektion hoffte, der musste ihr bedingungslos folgen. Niemals würde sie einen aufmüpfigen Querkopf studieren lassen. Es war zweifellos ihre Absicht, einen willfährigen jungen Mann an die Universität zu schicken, von dem sie annehmen konnte, dass er auch später als geistlicher Herr, als Sekretarius oder Advokat ihr getreuer Diener sein werde.

Spätestens an dem Tag, an dem Jacob ihre Idee, den Damm des Hüttenteiches zum Einsturz zu bringen, schweigend ignoriert hatte, musste ihr klar geworden sein, dass er ein Mensch mit einem eigenen Kopf war. An diesem Tag, so vermutete Jacob, hatte er ihr Wohlwollen und seine Aussicht auf ein Studium verspielt.

Je länger er darüber nachdachte, desto weniger konnte er daran glauben, dass das wächserne Tödlein in seinem Reisesack daran etwas ändern würde.

Eine versöhnliche Antonetta von Streithorst konnte er sich nicht vorstellen. Er hatte in den vergangenen Jahren aufmerksam beobachtet, wie sie sich dem hochwürdigen Pfarrer gegenüber verhielt, der es auch gelegentlich wagte, nicht derselben Meinung zu sein wie sie. Er zog sich damit immer wieder den Unmut der Äbtissin und gelegentlich auch ihren heftigen Zorn zu.

Philippus Neustatt war der Sohn eines Bauern, und das blieb er in den Augen Antonetta von Streithorsts auch als geistlicher

Herr. So ein Mann hatte einer hochadeligen Dame gegenüber nicht seinen eigenen Standpunkt zu vertreten. Das war ungehörig, selbst wenn er es nur gelegentlich in eher unbedeutenden Angelegenheiten des klösterlichen Alltags oder der kirchlichen Liturgie tat.

Vor ein paar Jahren hatte die Äbtissin sich einmal wegen einer Nichtigkeit so heftig über Philippus Neustatt geärgert, dass sie den Abt in Kamp gebeten hatte, ihn aus Sterkrade abzuberufen. Ein solch ungehobelter Bauerntölpel sei als Beichtvater der Klosterfrauen und als Pfarrer nicht länger tragbar für die adligen Fräuleins des Konvents, hatte sie geschrieben. Der Kamper Abt hatte ihr eine Rüge erteilt und Neustatt in Sterkrade gelassen.

Bald darauf hatte der brave Pfarrer dann ernsthafte Schwierigkeiten bekommen, und Jacob hatte den Verdacht, dass auch hinter dieser Geschichte die Äbtissin steckte.

Philippus Neustatt war vors Dinslakener Gericht zitiert worden, weil er angeblich einer gewissen Anna Fendrichs eigenmächtig und unter Umgehung der dafür zuständigen Clevischen Behörden die Erlaubnis erteilt hatte, im Kirchspiel Sterkrade als Hebamme tätig zu werden.

Der Pfarrer war über diesen Vorwurf äußerst verblüfft gewesen und hatte ihn empört zurückgewiesen. Er hatte dem Gericht erklärt, er habe lediglich die Wehmutter Anna Fendrichs darüber instruiert, wie sie eine Nottaufe vorzunehmen habe, falls es einmal bei einer Geburt zu Komplikationen kommen sollte. Das habe er vor allem deshalb getan, weil die Bauern ihn darum gebeten hätten, denn ihre Frauen wollten nur eine Hebamme akzeptieren, die vom Pfarrer unterrichtet und examiniert worden war. Zu diesem Zeitpunkt sei die Anna Fendrichs allerdings schon eine ganze Weile in Sterkrade gewesen. Er habe sie weder dorthin geholt, noch habe er ihr die Erlaubnis gegeben, ihr Gewerbe auszuüben.

Zeugen bestätigten Neustatts Darstellung des Sachverhaltes, und er wurde vom Vorwurf, die Hebamme eigenmächtig eingestellt zu haben, freigesprochen. Doch die Anna Fendrich war noch nicht vom Collegium medicum in Cleve zugelassen worden, und einer Hebamme ohne Zertifikat, so meinten die

Dinslakener Richter, hätte der Herr Pfarrer keine Instruktionen zur Nottaufe geben dürfen. Philippus Neustatt wurde zu einer Geldstrafe verurteilt.

Zu diesem absonderlichen Verfahren war es nur gekommen, weil der Pfarrer bei Gericht denunziert worden war. Es kam nie heraus, wer ihn angeschwärzt hatte. Die Bauern, die Neustatt um die Unterrichtung der Hebamme gebeten hatten, hatten gewiss nicht die Behörden informiert, und im Kloster kannte Jacob nur eine Person, die dem Pfarrer Übles wollte. Er war überzeugt davon, dass dieser hinterhältige Verrat einmal mehr ein Versuch der Äbtissin war, den Pfarrer in seine Schranken zu weisen.

Siebzig Meilen hatten vor Jacob gelegen, als er am Dienstag in der Hauptstadt aufgebrochen war. Am späten Sonntagabend hatte er fünfundfünfzig davon zurückgelegt. Die Postkutsche hielt zum ersten Mal seit Magdeburg wieder in einer Stadt, die er von der Hinreise kannte. Er war in Lippstadt.

Am Montag zur Mittagszeit machte der Postwagen in Hamm Station, kurz vor Einbruch der Dunkelheit erreichte er Lünen. Hier hatte Jacob auf dem Weg nach Berlin einen Abend und eine Nacht im vornehmen Gasthaus »Zum goldenen Löwen« verbracht. Dieses Mal hatte er keinen großzügigen Landrichter Schluck an seiner Seite, der ihn einlud. Er verzehrte ein billiges Abendessen in der Poststation, und nach nur zwei Stunden Aufenthalt ging die Fahrt weiter.

In mondheller Nacht rollte der Wagen zügig durch das Tal der Lippe. Nach acht Meilen und zwei Pferdewechseln rumpelte er am frühen Dienstagmorgen über das Straßenpflaster von Wesel, der preußischen Festung am Zusammenfluss von Lippe und Rhein.

Von hier aus fuhr die Postkutsche nach Xanten und weiter nach Cleve, doch für Jacob war in Wesel nach sechs Tagen und sieben Nächten die Fahrt mit der Clevischen Post zu Ende. Noch knapp dreieinhalb Meilen trennten ihn jetzt vom Kloster in Sterkrade.

Er zählte sein Geld und stellte fest, dass er immer noch drei

Taler und neun Groschen in der Tasche hatte. Mit zwölf Talern war er in Sterkrade aufgebrochen, dreißig hatte er von Adelheidis von Erwitte in Benninghausen bekommen, zwanzig hatte er Sylvester Kümmerling für das Tödlein bezahlt. Also beliefen seine Reisekosten sich bisher auf achtzehn Taler und fünfzehn Groschen.

Das war nicht viel. Er hätte wesentlich mehr gebraucht, wenn er nicht ein paar großzügige Menschen getroffen hätte und wenn er nicht äußerst sparsam gewesen wäre. Nie hatte er etwas unnütz ausgegeben, wenn man von dem einen Groschen einmal absah, den er in Paderborn dem Bettler geschenkt hatte.

Jacob spielte mit dem Gedanken, sich für den Weg von Wesel nach Sterkrade eine Mietkutsche zu gönnen, verzichtete dann aber doch darauf, weil er die Äbtissin nicht gleich bei seiner Ankunft schon wieder erzürnen wollte. Sie würde ihn zweifellos für einen anmaßenden Lümmel halten, und sie müsste annehmen, dass er während der ganzen Reise verschwenderisch mit ihrem Geld umgegangen war, wenn er, wie ein junger Herr, mit Pferd und Wagen auf dem Klosterhof vorführe.

Also gönnte er sich stattdessen im feinen Gasthof »König von Preußen« ein kräftiges Frühstück, Grützwurst mit Brot und Butter und dazu einen Kaffee.

Drei Stunden vor Mittag verließ er, gestärkt und guter Dinge, den Reisesack geschultert und den blauen Hut zum Schutz gegen die Sonne tief in die Stirn gezogen, die Stadt Wesel und marschierte zunächst zügig in Richtung Süden. Er hatte sich ausgerechnet, dass er am Nachmittag, etwa zur Zeit der Vesper, in Sterkrade eintreffen würde, doch je näher er seinem Ziel kam, desto länger wurden die Pausen, die er einlegte.

Bald würde er Elseken in seine Arme schließen und dem alten Peter seinen schönen Hut, unbeschädigt und nur ein ganz klein wenig abgenutzt, zurückgeben. Alle würden ihn freudig begrüßen, nicht nur Elseken und Peter, sondern auch Derrick Berger, die Köchin Mechthilde, der Meister Butt und die anderen. Er würde zwischen ihnen sitzen und in ihre staunenden Gesichter schauen, während er ihnen von den großen Städten und den schönen Landschaften erzählte, die er gesehen hatte, von all den außergewöhnlichen Dingen, die er erlebt hatte, und von den bemerkenswerten Menschen, denen er begegnet war.

Jacob freute sich darauf, doch in seine Vorfreude mischte sich Wehmut. Wenn seine Reiseerlebnisse zu Geschichten wurden, die er im Kloster erzählte, dann wurden sie auch zu Vergangenheit, dann war diese wunderbare Reise vorüber, endgültig und unwiederbringlich.

Und noch etwas war da, das seine Vorfreude trübte. Je näher er Sterkrade kam, desto mehr bedrängte ihn die Sorge, dass bei seiner Ankunft vielleicht nicht alles so sein würde, wie es sein sollte.

Wartete Elseken auf ihn, oder hatte sie ihn während der drei langen Wochen seiner Abwesenheit vergessen? Wie ging es dem alten Peter, der ihm noch ein paar Tage vor seiner Abreise erzählt hatte, Gevatter Tod sei auf dem Weg in die Abtei, um ihn zu holen? Und was würde Antonetta von Streithorst sagen, wenn er endlich mit ihrem Familienerbstück vor ihr stand? Würde sie sich wirklich freuen, oder bereute sie es längst, dass sie ihn losgeschickt hatte, um dieses wächserne Tödlein, koste es, was es wolle, zurückzuholen?

Kurz vor Sterkrade legte Jacob sich ins dürre Gras. Er bedeckte sein Gesicht mit dem blauen Filzhut und versuchte, an nichts zu denken. Es mochte eine Stunde oder noch mehr vergangen sein, als ein nicht allzu fernes, helles Läuten ihn aufschreckte. Die Glocke der Klosterkirche rief die Damen des Kapitels zum Chorgebet. Jacob sah erstaunt, wie tief die Sonne auf die Heide herabgesunken war. Die Zeit der Vesper war lange vorbei. Es musste schon sieben Uhr sein, die Stunde der abendlichen Komplet.

Nach einem kurzen Fußmarsch sah Jacob die Abtei vor sich. Die Armseligkeit der Gebäude überraschte ihn, und die Düsternis des Gemäuers erschreckte ihn. Es kam ihm so vor, als wären Kirche und Kloster seit seiner Abreise geschrumpft. Er überquerte den Mühlenbach und den großen Wassergraben, ging klopfenden Herzens auf das Torhaus zu und lachte stillvergnügt in sich hinein, als er auf der Bank dahinter den alten Peter sitzen sah, mit geschlossenen Augen und leise schnarchend.

Er stellte seinen Reisesack ab, setzte sich neben den dösenden Torwächter, nahm den blauen Hut ab und hätte ihn gern dem alten Peter aufs schmuddelige graue Haar gesetzt, doch der hatte seinen verschlissenen Filzhut vom vorigen Jahr auf dem Kopf.

Jacob schaute zum Friedhof hinüber und ließ seinen Blick über die Gräberreihen schweifen. Er entdeckte keinen frisch angehäuften Grabhügel und kein Holzkreuz, das nicht schon vor seiner Abreise dort gestanden hätte. Eine Weile betrachtete er gedankenverloren das kleine Gotteshaus, das seinen langen Schatten über Gräber und Kreuze warf.

Weder aus der Kirche noch aus dem Gesindehaus drang ein Laut. Zwischen der Werkstatt und den Ställen hindurch fiel Jacobs Blick in den Klosterhof. Mehlschwalben flatterten geräuschlos von ihren Nestern in der Scheune hinüber zu den Obstbäumen im Bongert und zum großen Garten. Im Stall blökte ein Schaf, das Wasser des Marienbachs plätscherte, sonst hörte Jacob nichts. Es war still, beunruhigend still. Außer dem Torwächter, der neben ihm döste, war kein Mensch zu sehen.

Jacob legte dem Alten sanft eine Hand auf die Schulter. Sofort wurde er wach, schnaubte einmal kräftig durch die Nase, setzte sich aufrecht, rückte seinen Hut zurecht und starrte Jacob an.

Er schloss die Augen, öffnete sie wieder, griff nach Jacobs Arm und sagte endlich: »Bist du es wirklich oder träume ich?«

Jacob zwickte ihm lachend in die Schulter. »Du träumst nicht«, sagte er.

Peter zog ihn an seine Brust, und Jacob ließ es naserümpfend und lächelnd geschehen.

»Du bist wieder da«, sagte der Alte, zog die Nase hoch und wischte mit einem Rockärmel durch seine Augen. »Ich hab schon gedacht, du wärst verlorengegangen und ich würde dich nie wiedersehen. Ach herrje, alles Mögliche hab ich mir ausgemalt in den vergangenen Tagen. Dass du unter die Räuber gefallen bist oder dass du feine Herrschaften gefunden hast, bei denen du es besser hast als hier im Kloster. Und zuletzt hab ich mir gedacht, dass du diesen Händler nirgendwo finden konntest und dass du es jetzt nicht wagst, der ehrwürdigen Mutter ohne ihr Tödlein wieder unter die Augen zu treten.«

»Ach«, sagte Jacob erstaunt. »Der Grund für meine Reise hat sich also inzwischen herumgesprochen.«

Der Alte nickte. »Elseken wusste ja, weshalb die Äbtissin dich weggeschickt hat. Irgendwann hat sie es der Mechthilde anvertraut, und dann wussten es bald alle.«

»Aber wie konntest du glauben, ich käme nicht mehr zurück? So lange war ich doch gar nicht fort.«

»Drei ganze Wochen«, sagte der Alte mürrisch.

»Eine Reise von Sterkrade bis in die Hauptstadt des Königreichs Preußen, die dauert nun mal ihre Zeit.«

»Als du nach ein paar Tagen nicht wieder hier warst, als klar war, dass du den Herrn Kümmerling in Bochum nicht angetroffen hattest, da haben wir angefangen, uns Sorgen zu machen. Wir haben uns alle nicht vorstellen können, dass du es allein bis nach Berlin schaffen und in dieser riesigen Stadt einen Mann finden könntest.«

»Elseken auch nicht? Hat sie auch gedacht, ich käme vielleicht nicht mehr zurück?«

»Nein, die nicht. Die hat mich immer gescholten, wenn ich mir Sorgen gemacht hab. Der Jacob wird den Herrn Kümmerling schon irgendwo finden, und er wird mit dem Betrachtungssärglein der ehrwürdigen Mutter zurückkommen, hat sie immer gesagt.«

Jacob lächelte.

»Du hast das Tödlein der Frau Äbtissin also tatsächlich zurückgeholt nach Sterkrade?«

»Ja, es ist in meinem Reisesack.«

»Ach, mein Junge«, sagte der alte Peter und legte eine Hand auf Jacobs Arm, während er sich mit der anderen bekreuzigte.

»Was ist dir?«, fragte Jacob besorgt.

»Ich weiß gar nicht, wie ich es dir sagen soll«, murmelte der Alte und bekreuzigte sich noch einmal. Jacob sah erschrocken in sein todtrauriges Gesicht.

»Was ist passiert?«

»Er war hier, Jacob, er war hier. Ich hab es dir ja gesagt, dass er bald wieder zur Abtei kommen würde, der Gevatter Tod. Ich dachte, er würde meinetwegen kommen. Aber nein, Jacob, nein. Er hat Antonetta von Streithorst mitgenommen. Unsere Äbtissin ist gestern gestorben.«

Jacob starrte den Alten mit offenem Mund an. »Das ist nicht … das ist unmöglich«, stammelte er.

»Und doch ist es so, Jacob. Es ging ganz schnell. Vor ein paar Tagen bekam sie einen üblen Husten. Nichts Schlimmes, haben alle gedacht. Aber dann kam das Fieber dazu. Ein ganz heftiges Fieber. Wir haben noch einen Herrn Doktor aus Duisburg geholt. Aber der hat nur mit den Schultern gezuckt. Da war nichts mehr zu machen. Gestern in der Mittagsstunde ist unsere ehrwürdige Mutter heimgegangen zu unserem himmlischen Vater.«

Jacob starrte den Alten immer noch an, fassungslos und sprachlos.

Eine Weile schwieg auch der alte Peter, dann sagte er: »Deshalb siehst du niemanden, und deshalb ist es so still. Alle sind beim Totengebet in der Kirche. Da ist Antonetta von Streithorst aufgebahrt.«

ACHTZEHN

Elseken sah ihn sofort, als die Bediensteten der Abtei gleich hinter den hochwohlgeborenen Fräuleins aus der Kirche kamen. Sie rannte auf ihn zu, schlang ihre Arme um ihn und schmiegte sich an seine Brust. Jacob drückte sie an sich. Sollten die anderen denken, was sie wollten! Elseken und er gehörten zusammen, das konnten ruhig alle wissen, wenn sie es nicht sowieso schon wussten oder zumindest ahnten.

Lange hielten Jacob und Elseken einander fest, ohne ein Wort zu sagen. Die anderen Klosterbediensteten näherten sich ihnen nur zögerlich. Die Damen des Kapitels verschwanden eine nach der anderen im Konventsgebäude. Nur die Seniorin Ludgera von Hiesfeld und die Kellnerin Bernardina von Bärenklau blieben im Kreuzgang stehen und beobachteten die Szenerie auf dem Klosterhof.

»Ach, Jacob, es tut mir so leid für dich, dass jetzt all deine Mühe sinnlos geworden ist«, flüsterte Elseken an seiner Brust.

Er nahm ihr Gesicht zwischen seine Hände und sah ihr lächelnd in die Augen. »Meine Reise war nicht sinnlos, Elseken. Ganz sicher war sie das nicht«, sagte er und drückte sie wieder an sich.

»Jetzt ist es aber mal genug fürs Erste.« Mechthilde schob Elseken sanft zur Seite. »Es gibt auch noch andere Frauen, die sich freuen, dass du wieder hier bist«, sagte die Köchin, umarmte Jacob und herzte ihn.

Alle begrüßten ihn freudig, wenn auch nicht so überschwänglich und fröhlich, wie Jacob es sich vorgestellt hatte. In der Kirche lag die tote Äbtissin, da geziemte es sich nicht, zu lachen und miteinander zu scherzen.

Jacob bemerkte erst, dass die beiden adligen Fräuleins neben ihm standen, als Johannes Butt, der Bäcker, Brauer, Schlachter und Fassbinder der Abtei, der ihm lange die Hand geschüttelt hatte, zur Seite trat und Ludgera von Hiesfeld nach seinem Arm griff.

»Mein lieber Junge«, sagte sie nur, und Jacob sah, dass sie Tränen in den Augen hatte.

»Wir sind alle so froh, dass du gesund heimgekehrt bist«, sagte Bernardina von Bärenklau.

»Auch wenn du einen Tag zu spät gekommen bist«, sagte die Seniorin und seufzte betrübt. »Wir hatten alle gehofft, unsere ehrwürdige Mutter könnte ihr Familienerbstück noch einmal in Händen halten. Und sie selbst hat sich das auch sehr gewünscht. Das weiß ich.«

»Ich hatte ja keine Ahnung«, sagte Jacob achselzuckend.

»Natürlich nicht, mein Junge.« Die Seniorin streichelte beruhigend über seinen Arm.

»Vor ein paar Tagen haben wir alle noch nicht geahnt, dass es so schnell mit ihr zu Ende gehen würde. Und es macht dir gewiss niemand einen Vorwurf, Jacob, ganz gewiss nicht«, sagte die Kellnerin, sah ihn freundlich an und fügte nach ein paar Augenblicken die Frage hinzu: »Hast du es denn, das Betrachtungssärglein der Frau Äbtissin?«

Jacob nickte.

»Aber sicher hat er es«, sagte Ludgera von Hiesfeld. »Ich habe gewusst, dass Jacob mit dem Tödlein zurückkommen würde. Elseken und ich, wir beide haben das immer gewusst, nicht wahr, Elseken?«

Ohne eine Spur von Verlegenheit lächelte Elseken die Seniorin an und nickte.

»Jetzt bist du sicher hungrig und müde«, sagte die Kellnerin.

»Wenn ich noch etwas zu essen bekäme, wäre das schön, aber müde bin ich nicht«, entgegnete Jacob.

»Die Mechthilde findet sicher noch irgendwas, was sie dir auf den Tisch stellen kann«, sagte die Seniorin. »Und es wäre natürlich schön, wenn du uns nachher noch ein wenig von deiner Reise erzählen könntest.«

»Ja, das mach ich gern«, sagte Jacob.

»Dann treffen wir uns alle in einer halben Stunde im Refektorium.«

»Im Speisesaal der hochwohlgeborenen Damen?«, fragte Mechthilde erstaunt.

»Wir alle sollen dahinkommen?«, fragte Meister Butt nach.

»Ja, alle, die wollen«, sagte Ludgera von Hiesfeld. »Aber bringt euch zwei Holzbänke aus der Gesindeküche mit.«

So kam es, dass Jacob am Abend nach seiner Rückkehr im Refektorium unter den Porträts der vier ehemaligen Äbtissinnen des Sterkrader Klosters saß, die mit Milde, mit Strenge, voller Würde und mit einem Lächeln auf den Lippen auf ihn herabschauten.

Vor ihm auf dem großen Tisch stand das geöffnete Betrachtungssärglein der Frau von Streithorst. Darin lag der wächserne Tod, grausig anzuschauen, aber von allen bestaunt, als wäre er selbst von einer großen Reise zurückgekehrt und wüsste allerlei Wunderliches über die Welt zu berichten. Doch er blieb starr und stumm, war nur der stille Zeuge für all das, was Jacob an diesem Abend erzählte.

Links neben der Tafel saßen auf brokatbezogenen Stühlen vier adlige Damen. Ein paar Konventsfräuleins hatten kein Interesse an Jacobs Reisebericht, und jeweils zwei von ihnen hielten die nächtliche Totenwache in der Kirche. Neben den Klosterfrauen saß Philippus Neustatt, der Jacob strahlend begrüßt und ihn voller Herzlichkeit umarmt hatte, als er ein paar Minuten nach den anderen aus dem Gotteshaus gekommen war.

Kaplan Blume war noch gestern mit der Chaise ins Osnabrücker Land aufgebrochen, um der Familie von Streithorst die Todesnachricht zu überbringen und die Bestattungsmodalitäten zu besprechen. Die Äbtissin hatte sich gewünscht, nicht in Sterkrade, sondern auf dem heimischen Gut in der Familiengruft beigesetzt zu werden.

Rechts neben der Tafel saßen auf zwei Holzbänken Elseken, die Köchin Mechthilde und drei Mägde, Derrick Berger und Johann Butt, der Gärtner und der Schäfer, zwei Knechte und, ein wenig von den anderen abgerückt, der alte Peter. Das Gesinde war fast vollzählig anwesend. Dorothea Wolff, die Zofe der Äbtissin, war am Morgen von ihren Eltern zurück nach Mülheim geholt worden.

Zum ersten Mal lachten Jacobs Zuhörer, als er ihnen seine

Begegnung mit Ignatius Fortuna schilderte, dem schwarzen Mann, der Latein konnte und sich für einen glücklichen Menschen hielt. Noch größer wurde die Heiterkeit, als Jacob erzählte, er sei in Bochum, fehlgeleitet von einem tauben Galanteriewarenhändler, in einer furchterregenden Spelunke gelandet, doch dieses Unglück habe sich bald als ein großes Glück erwiesen, denn so habe er den hilfsbereiten Landrichter Emanuel Schluck kennengelernt und am nächsten Morgen auch dessen Neffen, seinen neuen Freund, den Doktor Carl Arnold Kortum.

Niemand, auch keine einzige der adligen Damen, nahm an der Heiterkeit Anstoß, die Jacob immer wieder mit seinen Schilderungen auslöste. An die Äbtissin, die kalt und bleich nebenan in der Kirche lag, schien niemand zu denken. Dabei wussten alle, dass dieser schöne Abend, an dem Konventsfräuleins und Domestiken zusammen im Refektorium saßen, lauschten und staunten und gemeinsam lachten, nur deshalb möglich war, weil Antonetta von Streithorst nicht mehr bestimmte, was im Sterkrader Frauenkloster zu tun und zu lassen war.

Es war schon dunkel geworden, und Jacob hatte gerade von dem Schreck erzählt, den der General von Wolffersdorff ihm und seinem Freund Carl Arnold in Hamm eingejagt hatte, als die Seniorin ihn unterbrach.

»Bis Berlin ist es noch weit«, stellte sie lächelnd fest, »und es ist spät. In sieben Stunden wird uns die Glocke schon wieder zum morgendlichen Chorgebet rufen. Lasst uns also für heute Schluss machen! Der Jacob wird sicher während der nächsten Tage nichts von dem vergessen, was er während seiner Reise erlebt hat.«

Jacob lag kaum eine Minute in seinem Bett in der Knechtekammer, da war er eingeschlafen. Er wurde erst wach, als die Sonne am Himmel stand und alle Bediensteten schon bei der Arbeit waren.

Während er in der Küche bei Mechthilde saß und sein Morgenbrot aß, erzählte die Köchin ihm, dass Bernardina von Bärenklau die nächste Äbtissin des Klosters werden solle.

Jedenfalls werde gemunkelt, dass sie die allerbesten Aussichten habe, und die Seniorin von Hiesfeld, die ja seit dem Tod der ehrwürdigen Mutter das Sagen habe, die spreche jetzt schon alles mit der Kellnerin ab, gerade so, als wäre das hochwohlgeborene Fräulein Bernardina schon die neue Frau Äbtissin von Sterkrade.

»Schön wäre es ja«, sagte Jacob, der sehr wohl wusste, dass Bernardina von Bärenklau ihn mochte, »aber ist sie nicht noch ein bisschen jung für so ein bedeutendes Amt?«

»Sie ist schon fast dreißig, und sie ist sehr tüchtig. Ihr haben wir es zu verdanken, dass alle unsere Vorratskammern immer gut gefüllt sind. So eine umsichtige Kellnerin wählen die Fräuleins gern zu ihrer Äbtissin. Das war bei Antonetta von Streithorst doch auch so.«

Etwa eine halbe Stunde später saß Jacob im kleinen Kapitelsaal den beiden Frauen gegenüber, die seit dem Tod der Äbtissin gemeinsam die Geschicke der Abtei lenkten. Zwischen der Seniorin von Hiesfeld und der Kellnerin von Bärenklau stand auf einem kleinen, runden Tisch das schwarze Betrachtungssärglein, das die Seniorin am Vorabend an sich genommen hatte.

Am Tag bevor Antonetta von Streithorst verstorben war, war ein Schreiben von Adelheidis von Erwitte in Sterkrade eingegangen, in dem sie ihre Cousine um die Rückerstattung von dreißig Talern bat.

»Dann hast du also insgesamt zweiundvierzig Taler zur Verfügung gehabt«, stellte Ludgera von Hiesfeld fest. »Wie viele davon hast du denn dem Herrn Kümmerling für das Tödlein geben müssen?«

»Zwanzig«, sagte Jacob und reichte der Seniorin das Papier, auf dem Sylvester Kümmerling ihm in Braunschweig den Erhalt von zwanzig Talern bescheinigt hatte.

»Ich hab meine Brille nicht bei mir«, stellte Ludgera fest und reichte das Schreiben an Bernardina von Bärenklau weiter, die es laut vorlas.

»So ein Kerl«, sagte Ludgera kopfschüttelnd. »Da hat er wohl geahnt, dass unserer ehrwürdigen Mutter sehr viel an ihrem

Familienerbstück gelegen war. Und das hat er dann ganz unverfroren ausgenutzt.«

Jacob hielt es für klug, diese Überlegung der Seniorin nicht zu kommentieren, und schwieg.

»Dann sind dir also nur zweiundzwanzig Taler für die ganze lange Reise geblieben. Bist du denn damit ausgekommen?«, fragte Bernardina.

»Ich hab noch drei Taler und ein paar Groschen übrig behalten«, antwortete Jacob und legte das Geld zusammen mit dem Zettel, auf dem er alle seine Ausgaben notiert hatte, auf den Tisch.

Die beiden Damen sahen sich nur kurz an, dann nickte Ludgera der Kellnerin zu, und Bernardina sagte lächelnd zu Jacob: »Also, mein Junge, es ist ja so, dass aller Besitz der ehrwürdigen Mutter nach ihrem Tod der Abtei zugefallen ist. Die dreißig Taler für die Frau von Erwitte in Benninghausen, die haben wir bereits dem kleinen Vermögen entnommen, das Antonetta von Streithorst hinterlassen hat. Und die Seniorin und ich, wir sind uns einig, dass du die drei Taler und die fünf oder sechs Groschen, die da auf dem Tisch liegen, für dich behalten sollst. Du hast sie dir verdient, allein schon durch deine Sparsamkeit. Und den Zettel, auf dem du deine Reisekosten festgehalten hast, den nimm mal wieder mit. Behalt ihn dir als Andenken.«

»Ich weiß nicht recht«, sagte Jacob verlegen. »Ich habe keineswegs gedarbt während der Reise. Ich hatte das Glück, nette Menschen kennenzulernen, die mir weitergeholfen haben, ohne Geld dafür zu verlangen.«

»Jetzt zier dich bloß nicht!«, schimpfte Bernardina von Bärenklau und versuchte, ein strenges Gesicht zu machen.

Noch bevor Jacob sich bedanken konnte, sagte die Seniorin von Hiesfeld: »Und noch etwas wollen wir dir schenken. Schwester Bernardina und ich sind der Meinung, dass du das Tödlein der Frau Äbtissin bekommen solltest. Du hast dir so viel Mühe gemacht, es zurück nach Sterkrade zu holen, und unsere ehrwürdige Mutter, die braucht es ja jetzt nicht mehr. Wir glauben, dass es auch ihr recht wäre, wenn du es behieltest.«

Jacob lag nichts an diesem wächsernen Tödlein. Aber er

nahm das Geld, den Zettel mit seiner Abrechnung und das Betrachtungssärglein, bedankte sich artig und ging.

Antonetta von Streithorst lag in ihrem Sarg, wie sie zuletzt am Abend vor Jacobs Abreise vor ihm gestanden hatte. Sie trug das hochgeschlossene, cremefarbene Kleid. Der schwarze Schleier ihres Velans umrahmte ihr bleiches Gesicht, aus dem auch im Tod nicht der Ausdruck herablassenden Stolzes gewichen war.

Der Anblick der entseelten Äbtissin erfüllte Jacob weder mit Genugtuung noch mit Trauer. Es befremdete ihn, diese herrische Frau, von deren Gunst er und viele andere so lange abhängig gewesen waren, leblos daliegen zu sehen.

Jacob war, mit dem Betrachtungssärglein in der Hand, allein in das kleine Gotteshaus gegangen. Außer ihm und der Toten, die vor dem Altar aufgebahrt war, waren nur zwei Konventsfräuleins in der Kirche. Als Jacob zu ihnen hinübersah, erkannte er, dass eine von ihnen die Seniorin von Hiesfeld war.

Das kam ihm gelegen. Er hatte eigentlich vorgehabt, sie später noch aufzusuchen und ihr zu sagen, dass er mit dem Tödlein der Frau Äbtissin nichts Rechtes anzufangen wisse und dass er es nicht haben wolle.

Er brauchte kein Betrachtungssärglein. Er wollte nicht immerzu ans unausweichliche Ende denken, und auch der Herrgott wollte nicht, dass er das tat. Davon war Jacob inzwischen überzeugt.

Das irdische Dasein mochte ja eine Prüfung sein, so wie der Herr Pfarrer und die frommen Damen es immer wieder behaupteten, aber die konnte niemand bestehen, der gesenkten Hauptes und voller Todesfurcht durch seine Tage schlich.

Das Leben war Gottes Einladung an die Menschen, die Welt zu entdecken und sich an ihren Wundern zu erfreuen. Wer sie annahm, wer achtsam und behutsam seinen Lebensweg ging, der musste sein Ende nicht fürchten, der konnte der Begegnung mit seinem Schöpfer leichten Herzens entgegensehen, der brauchte keinen verwesenden Leichnam aus Wachs auf der Truhe neben seinem Bett.

Antonetta von Streithorst hatte alles darangesetzt, ihr Familienerbstück wieder in ihren Besitz zu bringen. Sie hatte Jacob auf eine lange Reise geschickt und viel Geld hergegeben für dieses Tödlein – und jetzt sollte sie es auch bekommen. Sie sollte es dahin mitnehmen, woher sie beide vor vielen Jahren nach Sterkrade gekommen waren, ins Osnabrücker Land zum Gut des adligen Geschlechtes von Streithorst. Die Vorstellung, dass das Betrachtungssärglein dort zusammen mit dem großen Sarg der Äbtissin in die Familiengruft sinken würde, gefiel Jacob.

Er nahm den Deckel von der kleinen, schwarzen Kiste, betrachtete noch einmal dieses absonderliche Wachsfigürchen mit der Kröte mitten auf der Stirn, um das sich in den vergangenen drei Wochen seines Lebens alles gedreht hatte, verschloss das Särglein wieder und stellte es am Fuße des großen Eichensarges, in dem die Äbtissin lag, auf den Boden.

Er trat ein paar Schritte zurück und sah zu Ludgera von Hiesfeld hinüber. Sie erwiderte seinen Blick, ein wenig überrascht zunächst, dann lächelte sie und nickte Jacob zu.

Sie hatte ihn verstanden, er brauchte ihr nichts mehr zu erklären.

Am Nachmittag besuchte Jacob seinen Vater und seine Geschwister. Er fand sie wohlauf und erzählte ihnen allerlei von seiner Reise. Sie waren vor Bewunderung sprachlos, als sie erfuhren, dass ihr Jacob jetzt einen Herrn Doktor zum Freund hatte und dass er in Berlin die preußische Königin höchstpersönlich gesehen hatte.

Als Jacob von den Vorzügen des Kartoffelanbaus zu reden begann, hörte sein Bruder Nepomuk ihm interessiert zu. Sein Vater Johann dagegen schaute äußerst skeptisch und schüttelte hin und wieder den Kopf. Irgendwann unterbrach er Jacob und sagte, dass er nun auch ein paar Neuigkeiten kundzutun habe, und die seien um einiges interessanter als Jacobs Reiseberichte. Es werde wohl bald jemand ausziehen aus Sanders Kotten, erzählte er schmunzelnd, und dafür werde dann jemand anders ins Haus kommen.

Als Jacob Lisbeths verschämtes Lächeln sah, ahnte er, worauf der Vater hinauswollte, und so war es dann auch.

Ein Bauernsohn aus Hamborn habe Gefallen an Lisbeth gefunden, berichtete Johann Sander. An seinen ernsten Absichten gebe es keinen Zweifel, und um die Zukunft des jungen Mannes stehe es gut. Der Gewinnbrief für den elterlichen Hof sei von der Abtei Hamborn bereits auf ihn übertragen worden, und da gehe es um ein ganz ordentliches Stück fruchtbaren Landes, von dem eine Familie ohne Not leben könne.

Etwas schwieriger liege der Fall bei Nepomuk. Der werbe um ein Mädchen aus dem Vest Recklinghausen. Die Schöne sei ihm wohl sehr zugetan, aber ihr Vater zeige sich störrisch. Dem gefalle es gar nicht, dass seine Tochter in einen so bescheidenen Kotten einheiraten wolle.

Jacob dachte an Elseken, wünschte seinen Geschwistern viel Glück und ging zurück zur Abtei.

Er sah Elseken erst am Abend, als alle im Refektorium versammelt waren, um den zweiten Teil seines Reiseberichtes zu hören. Heute straffte Jacob den Vortrag, ließ manches weg und beendete, als es dunkel wurde, seine Erzählung mit einer Beschreibung des Abschiedsessens im Hause des Druckermeisters Kaspar Kümmerling.

Bernardina von Bärenklau wollte von ihm alles erfahren, was er über die Kartoffel wusste, aber die Seniorin von Hiesfeld wies mahnend darauf hin, dass es schon wieder sehr spät geworden sei. Also versprach Jacob der Kellnerin, ihr in den nächsten Tagen zu erzählen, was er in Berlin über die wunderbare Knolle erfahren hatte.

Als Jacob am nächsten Morgen bei Mechthilde in der Küche saß, wurden alle zusammengerufen, um von Antonetta von Streithorst Abschied zu nehmen. Im Klosterhof hatten sich bereits einige Mägde und Knechte versammelt und bestaunten eine prachtvolle schwarze Kutsche, vor die vier Rappen, mächtige Friesenpferde mit langen Mähnen, gespannt waren. Die beiden Flügel der rückwärtigen Tür standen offen, und schon von weitem sah Jacob im Inneren des Wagens den inzwischen geschlossenen Sarg der Äbtissin. Alle Konventsfräuleins und alle Bediensteten des Klosters gingen nacheinander an der offenen

Tür vorbei und beugten ein letztes Mal vor ihrer ehrwürdigen Mutter das Haupt oder die Knie. Als Jacob sich der Kutsche näherte, sah er, dass neben dem schweren Eichensarg das kleine schwarze Betrachtungssärglein stand. Er verneigte sich kurz und nicht sehr tief und ging weiter.

Gleich darauf wurde die Flügeltür geschlossen, und der Wagen mit dem großen und dem kleinen Sarg rollte langsam vom Klosterhof. Nur ein paar Minuten später verließ eine zweite Kutsche, in der drei Konventsfräuleins und Philippus Neustatt saßen, die Abtei. Sie wollten an der Beisetzung der Äbtissin teilnehmen, die noch am selben Abend auf dem Gut der Familie von Streithorst stattfinden sollte.

Jacob bedauerte es, dass der Pfarrer mit den Damen abgereist war. Gerade jetzt hätte er gern mit ihm geredet. Er hatte noch keine Gelegenheit gefunden, über seine Zukunft nachzudenken, seitdem er wieder in Sterkrade war. Aber mit jeder Stunde, die zwischen den dunklen Mauern der Abtei verstrich, spürte er deutlicher, dass er nicht mehr der Klostergehilfe war, der vor drei Wochen von hier aufgebrochen war, dass er nicht mehr hierhin gehörte. Mit Philippus Neustatt hätte er darüber sprechen können, der hatte in der Vergangenheit immer ein offenes Ohr für ihn gehabt.

Jacob war sich noch nicht im Klaren darüber, was der Tod von Antonetta von Streithorst für ihn bedeutete. Es würde bald eine neue Herrin in der Abtei geben, das stand fest. Vielleicht würde sie ihn ja gleich zum Studium schicken, vielleicht lag ihr aber auch ganz und gar nichts daran, einen jungen Mann auf Kosten der Abtei studieren zu lassen.

Philippus Neustatt würde sich für ihn verwenden, das hatte er immer getan. Bei der neuen Äbtissin würde er vermutlich mehr Gehör finden als bei Antonetta von Streithorst. Wenn Bernardina von Bärenklau in das Amt gewählt würde, dann, so nahm Jacob an, wären seine Aussichten gut.

Aber was würde sein, wenn sie aus ihm keinen Advokaten, sondern einen geistlichen Herrn machen wollte? Was sollte dann aus Elseken und ihm werden? Sollte er erst einmal abwarten? Sollte er darauf hoffen, dass sich nach der Wahl der neuen Äbtissin für ihn alles zum Guten wenden würde? War er auf deren Wohlwollen überhaupt noch angewiesen? Gab es nicht inzwischen ganz neue und aufregende Möglichkeiten, aus seinem Leben etwas zu machen?

Jacob nahm sich vor, mit Pfarrer Neustatt zu sprechen, sobald er von seiner Fahrt ins Osnabrücker Land zurückkam, und auch mit Elseken wollte er über alles reden. Seit seiner Rückkehr hatte er noch nicht eine einzige Minute mit ihr allein sein können.

Er traf sie im Kreuzgang. Bevor er sie ansprechen konnte, rief sie ihm schon entgegen: »Du sollst zu Ludgera von Hiesfeld kommen!«

»Zur Seniorin? Jetzt sofort?«

»Ja, sie erwartet dich in ihrer Zelle.«

»Wo erwartet sie mich?«, fragte Jacob verblüfft. Ein Mann hatte nichts verloren in den Zimmern der Konventsfräuleins. Das wusste jeder.

»Komm schon!«, sagte Elseken, nahm ihn an die Hand, zog ihn ins Konventsgebäude und führte ihn durch die Flure. Als sie vor der Zelle der Seniorin standen, schaute sie sich um. Niemand war zu sehen. Sie zog Jacob zu sich heran, gab ihm einen Kuss auf den Mund und flüsterte ihm ins Ohr: »Ich hoffe, du wirst mir nicht untreu, wenn du mit einer Dame ganz allein bist.«

Sie lachte schelmisch, drehte sich um und lief davon.

Jacob klopfte an.

Ludgera von Hiesfeld rief ihn hinein. Sie saß an einem Tisch, nahe beim Fenster.

»Setz dich«, sagte sie und wies auf einen Stuhl, der ihr gegenüberstand.

Die Seniorin hatte ihre Brille auf. Vor ihr lagen ein gefaltetes Papier, eine Zange und ein Lappen. Daneben standen eine Schüssel und ein Betrachtungssärglein, ein schlichtes aus unbehandeltem Holz. Obwohl die Sonne durch das Fenster schien, brannte auf dem Tisch eine Kerze.

»Du wolltest das Tödlein unserer ehrwürdigen Mutter also nicht«, begann die Seniorin unvermittelt das Gespräch.

»Ich dachte, es wäre gut, wenn sie es mitnehmen würde ins Grab. Sie hatte es sich so sehr gewünscht«, sagte Jacob.

»Das ist Unsinn. Antonetta ist tot«, sagte Ludgera von Hiesfeld schroff.

Jacob sah sie erstaunt an.

»Das Tödlein gehört dir. Es ist nach dem Tod der ehrwürdigen Mutter Eigentum der Abtei geworden. Und die hat es dir zum Geschenk gemacht. Hier, lies das!«

Sie schob das Papier, das vor ihr lag, über den Tisch. Jacob faltete es auseinander und las.

»In der Zeit der Vakanz nach dem Tode der ehrwürdigen Antonetta von Streithorst, da nun die Geschicke der hochadeligen Abtei zu Sterkrade in den Händen der wohlgeborenen Seniorin Ludgera von Hiesfeld liegen, tut diese kund und bestätigt, dass ein Tödlein, gülden,
welches im Besitz der genannten Abtei sich befand,
nunmehr rechtmäßiges Eigentum des Jacob Sander,
geboren und wohnend hierselbst, geworden ist.
Niedergeschrieben und gesiegelt zu Sterkrade im Herzogtum Cleve am neunundzwanzigsten Tag des Maimonats im Jahre des Herrn 1766, Ludgera von Hiesfeld, Seniorin.«

»Ein goldenes Tödlein? Was soll das? Warum schreiben Sie so etwas?«, fragte Jacob verwirrt.

»Damit es keine Missverständnisse gibt«, antwortete Ludgera lächelnd.

Jacob verstand nichts. »Um welches Tödlein geht es hier überhaupt? Das der Äbtissin ist auf dem Weg ins Osnabrücker Land und wird dort vermutlich in ein paar Stunden in ein Grab gesenkt.«

»Nein, das wird es gewiss nicht«, sagte Ludgera, nahm den Deckel des hölzernen Särgleins ab, das vor ihr auf dem Tisch stand, und zeigte Jacob, was darin lag.

Das war die kleine Wachsfigur, die er zurück nach Sterkrade gebracht hatte, ganz ohne Frage. Jacob erkannte sie sofort.

»Gleich nachdem du das Betrachtungssärglein in die Kirche gestellt hattest, hab ich es an mich genommen«, erklärte Ludgera von Hiesfeld. »Ich hab das Tödlein der Äbtissin herausgenommen und ein anderes hineingelegt, ein altes von mir. Und dann hab ich das kleine schwarze Särglein zurückgestellt neben den Eichensarg der Äbtissin. Es wäre zu schade gewesen, wenn diese Figur im Erdboden verscharrt worden wäre.«

Die Seniorin nahm das wächserne Tödlein in die eine und die brennende Kerze in die andere Hand und hielt beides über die Schüssel. Sie bewegte die heiße Flamme so nah an der Figur hin und her, dass Kröten und Gewürm bald zu unförmigen Wachsklumpen verschmolzen, die kurz darauf begannen, tropfenweise in die Schüssel zu fallen. Nach einer Weile drang ein goldener Schimmer durch das dahinschmelzende Wachs. Die Seniorin legte das halb zerstörte Tödlein zur Seite, nahm es, als es ein wenig abgekühlt war, wieder zur Hand, bröckelte hier und da Wachsstückchen mit den Fingernägeln ab, hielt wieder die Flamme unter die Figur, legte sie noch einmal zur Seite, griff mit der Zange nach ihr, führte sie zur Kerze, ließ immer mehr Wachs abtropfen, entfernte Wachskrümel mit den Fingern und rieb schließlich die Figur lange und gründlich mit dem Tuch ab.

Jacob hatte ihr die ganze Zeit über ungläubig staunend zugesehen. Als sie schließlich das vom Wachs befreite Tödlein der verstorbenen Äbtissin, ein Gerippe aus purem Gold mit einem Diamanten auf der Stirn und einem blutrot funkelnden Rubin im Inneren des Brustkorbes, auf den Tisch legte, verschlug es ihm gänzlich die Sprache.

»Es gehört dir«, sagte Ludgera von Hiesfeld.

Jacob schüttelte den Kopf.

»Jetzt kannst du endlich studieren, Jacob. Ich habe immer gewusst, dass du einmal einen feinen Herrn Pfarrer abgibst.«

»Ich will nicht, ich will kein Priester werden«, stammelte Jacob.

»Ja, ja, das Elseken«, sagte Ludgera und lachte.

Jacob starrte immer noch fassungslos auf den kleinen goldenen Tod, der vor ihm auf dem Tisch lag.

Ludgera seufzte. »Dann studier eben die Juristerei und werde ein Richter oder ein Advokat. Aber versprich mir, dass du ein frommer, gebildeter Herr wirst und keiner von diesen sogenannten aufgeklärten Geistern, die ihrem Verstand mehr vertrauen als dem lieben Gott.«

»Das kann ich nicht«, sagte Jacob.

»Was kannst du nicht?«

»Ich kann das nicht annehmen. Ein goldenes, mit Edelsteinen verziertes Tödlein kann nicht einem Bauernjungen aus Sterkrade gehören. Wenn ich dieses Juwel irgendwo aus meiner Tasche hole, dann werde ich doch sofort als Dieb und Räuber vors Gericht gezerrt, und jeder Richter würde annehmen, dass das Schreiben hier eine Fälschung ist.«

»Das ist Unsinn, Jacob. Das Papier ist gesiegelt und von einer adeligen Klosterfrau unterschrieben«, widersprach Ludgera.

»Warum tun Sie das? Warum wollen Sie, dass ich dieses Kleinod besitze? Wenn Sie mir Ihren Reisesack und das schöne Messer geschenkt hätten, das hätte ich verstehen können, darüber hätte ich mich gefreut. Aber das hier, das ist unglaublich kostbar. Das ist womöglich genau so viel wert wie der ganze Hof meiner Familie mit allem Land dazu.«

Ludgera lachte. »Es ist mehr wert«, sagte sie, »viel mehr sogar.«

»Warum, um Himmels willen, wollen Sie es mir dann schenken?«

»Ach Jacob, ich konnte doch nicht zulassen, dass dieses wunderschöne Meisterwerk eines begnadeten Goldschmieds zusammen mit unserer ehrwürdigen Mutter begraben wird. Sicher ist dieses prachtvolle Tödlein auch ein absonderliches Exempel menschlicher Prunksucht, aber ich hab es einfach nicht übers Herz gebracht, es für immer von der Welt verschwinden zu lassen. Eine andere Möglichkeit wäre gewesen, es als Besitz des Klosters hierzubehalten. Dann hätte es entweder als wertloses Wachsfigürchen noch eine Weile irgendwo unbeachtet herumgestanden und wäre irgendwann verlorengegangen, oder ich hätte sein Geheimnis lüften müssen. Das aber hätte Antonetta auf keinen Fall gewollt. Es hat ihr viel bedeutet, in den Augen ihrer Schwestern eine vorbildliche Äbtissin zu sein, eine, die zu Recht in dieses Amt gewählt worden ist. Die Fräuleins wären zutiefst enttäuscht von einer Frau von Streithorst, die heimlich einen Schatz in ihrer Zelle verborgen hatte, die schon als junge Novizin ihrer ehrwürdigen Mutter ihren Reichtum verschwiegen hat, die während all der Jahre ihres Klosterlebens mit dem Besitz dieses kostbaren Juwels gegen ihr Armutsgelübde verstoßen hat. Deshalb muss das Geheimnis gewahrt bleiben, und ich weiß, dass von dir niemand im Kloster etwas von der Verfehlung unserer verstorbenen Mutter erfahren wird. Du sollst das goldene Tödlein haben, damit du studieren kannst, Jacob. Das hab ich mir immer für dich gewünscht. Du wirst es an einen vornehmen Mann verkaufen, der es zum Herzstück seiner Wunderkammer machen wird. Dort wird es bestaunt werden, und es wird, trotz all seiner Pracht, die Menschen an ihre Vergänglichkeit erinnern. So will ich es jedenfalls, und deshalb gehört das Tödlein der Äbtissin jetzt dir.«

Es vergingen drei Wochen, bis Jacob endlich die Zeit fand, sich mit Tinte, Feder und ein paar Blättern Papier in eine ruhige Ecke zu setzen.

Er richtete den ersten Brief, den er in diesen Stunden schrieb, an Ludgera von Hiesfeld. Darin bedankte er sich für den ledernen Reisesack und das schöne Messer, diese beiden äußerst nützlichen Dinge, die sie ihm geschenkt hatte. Für das goldene Tödlein bedankte er sich nicht mehr. Er hatte noch lange mit ihr darüber gesprochen, ob ihm dieses kostbare Juwel zustehe und ob er es annehmen dürfe, und er hatte schließlich so wortreich seine Dankbarkeit zum Ausdruck gebracht, dass Ludgera irgendwann gesagt hatte, nun sei es genug.

Nachdem er wieder aus Sterkrade abgereist war, hatte er zuerst Emanuel Schluck in Bochum aufgesucht. Der hatte sich ganz ungemein über seinen Besuch gefreut, am ersten Abend fasziniert der Geschichte des Tödleins gelauscht und am zweiten drei vornehme Herren in sein Haus eingeladen, die er als vermögende Sammler erlesener Dinge kannte. Alle drei waren hingerissen von dem goldenen Gerippe und bekundeten sofort ihr Interesse an dessen Erwerb. Ein Herr Baron aus der Gegend um Hattingen bekam den Zuschlag, und Emanuel Schluck wickelte das Geschäft für Jacob ab. Er setzte Verträge auf und überwachte die Korrektheit der finanziellen Transaktionen, an deren Ende Jacob im Besitz von Wechselbriefen, Schuldverschreibungen und einer beträchtlichen Anzahl Courantmünzen war, die alles in allem einen Wert von beinahe tausendachthundert Talern hatten.

Was das bedeutete, begann Jacob erst allmählich zu ermessen, als Schluck ihm erzählte, für etwa diesen Preis habe kürzlich ein herrschaftliches Gut bei Wattenscheid zum Verkauf gestanden, und ihm anschließend vorrechnete, dass er etwa acht Taler an Zinsen im Monat bekäme, wenn er sein Vermögen unangetastet ließe und es verleihen würde, zum Beispiel an die arme Stadt Bochum. Das entspräche dem Monatsverdienst eines Fabrikationsarbeiters, der einen Tagelohn von acht Groschen bekam.

Jacob berichtete Ludgera von Hiesfeld ausführlich von Emanuel Schlucks Hilfe beim Verkauf des Tödleins, und er schrieb ihr, vor seiner Abreise aus Bochum habe er den freundlichen Landrichter auch noch dazu überreden können, vorläufig das Geld zu verwalten.

Das goldene Tödlein sei nun tatsächlich zum Prunkstück in der Wunderkammer eines noblen Herrn geworden, so wie sie es sich gewünscht habe. Er wisse allerdings noch nicht, ob er auch ihrem Wunsch entsprechen könne, ein studierter Mann zu werden. Er wolle und werde gewiss noch viel lernen, aber er habe inzwischen begriffen, dass man das nicht nur an einer Universität könne. Er habe noch nicht entschieden, was er in Zukunft tun werde, schrieb Jacob am Ende seines Briefes an die Seniorin. Einstweilen werde er sich ein wenig umsehen in der Welt, und im Herbst werde er noch einmal zurückkehren ins Kloster. Er bat Ludgera von Hiesfeld, alle zu grüßen, besonders den hochgeschätzten Herrn Pfarrer Neustatt und die wohlgeborene Bernardina von Bärenklau, die ja nun vielleicht schon zur ehrwürdigen Mutter geworden sei.

Als er den Brief an die Seniorin gefaltet und zur Seite gelegt hatte, bestellte Jacob beim Wirt des kleinen Gasthauses, in dem er seit gestern logierte, einen Krug Bier.

Seinem Bruder Nepomuk schrieb er, er solle nur fleißig weiter um seine Angebetete aus dem Vest Recklinghausen werben und sich nicht von deren Vater ins Bockshorn jagen lassen. Bald werde die Familie Sander in Sterkrade nicht mehr nur Klosterland bestellen, sondern auch einen Morgen eigenes Land, ein fruchtbares Ackerstück, unweit von Sanders Kotten.

»Es wird um die zwanzig Taler kosten, eine Summe, über die ich aufgrund glücklicher Umstände verfügen kann. Der Landrichter Schluck aus Bochum wird in diesen Tagen den Kauf für mich abwickeln. Ich möchte, dass du im nächsten Frühjahr auf dem Land Kartoffeln pflanzt. Später kannst du es nutzen, wie es dir gefällt. Einen Pachtzins brauchst du mir nicht zu zahlen«, schrieb Jacob seinem Bruder und fügte herzliche Grüße an den Vater und Lisbeth hinzu.

In der Schankstube des kleinen Gasthauses wurde getrunken, geredet und gelacht. Jacob ließ sich davon nicht stören, nur hin und wieder sah er auf und lauschte dem Sprachengewirr. Französisch und Flämisch erkannte er, in seiner Nähe redeten ein paar Männer Deutsch miteinander, und irgendwo erklangen ganz fremdartige Laute, englische oder dänische vielleicht.

Den längsten Brief schrieb er an Carl Arnold. Er teilte ihm mit, was geschehen war, seitdem sie sich in Berlin getrennt hatten, und stellte am Ende seines Schreibens fest: »Nun bin ich also in der glücklichen Lage, deine Freundlichkeit nicht ausnutzen zu müssen, wenn ich studieren will. Es ist mir immer noch eine sehr angenehme Vorstellung, in Deinem Haus zu wohnen und mit Dir an Deinem Tisch zu sitzen, aber wenn es dazu kommen sollte, dann werde ich Dir Kost und Logis angemessen vergelten. Dein Onkel Schluck meint, dass vom Erlös des Tödleins ein Studium wohl zu bezahlen sei, sowohl der alltägliche Unterhalt als auch die Kollegiengelder, wenn man nicht gerade in Saus und Braus leben wolle. Nun, dass ich das nicht will, das weiß ich. Derzeit weiß ich jedoch nicht, ob ich mich überhaupt an einer Universität einschreiben soll. Falls ich mich dafür entscheide, werde ich auf keinen Fall nach Köln gehen, um Theologie zu studieren, nein, dann werde ich ein Jurastudent an der Universität in Duisburg. Von dort aus kann ich alle Tage meine Familie und Elseken in Sterkrade besuchen, ich könnte hin und wieder mit dir zusammensitzen und über Gott und die Welt reden, und wir beide könnten uns in launigen Versen über die Menschen und ihre Schrullen und über uns selbst lustig machen.«

An Kaspar und Sylvester Kümmerling schrieb er, ihm sei so allerlei widerfahren seit seiner Abreise aus Berlin. Carl Arnold Kortum werde ihnen sicher bei Gelegenheit Näheres darüber erzählen.

Über seine Zukunft habe er noch keine Entscheidung getroffen, aber die Vorstellung, als Verleger und Drucker in Berlin zu leben, in einem der schönen Stadthäuser, zusammen mit Elseken, die gefalle ihm durchaus. Er werde gewiss demnächst noch einmal in der Friedrichstraße mit ihnen zusammensitzen und Kartoffeln essen, versprach Jacob den beiden Brüdern. Ob er dann als ihr Gast oder als ihr künftiger Geschäftspartner mit ihnen reden werde, das müsse sich noch herausstellen. Während des Sommers werde er ohne ein festes Ziel umherreisen, und so lange wolle er auch seinen Gedanken noch gestatten, ziellos zwischen all den wunderbaren Möglichkeiten umherzuschweifen, die er derzeit für seine Zukunft sehe.

An Elseken schrieb er, seitdem er unterwegs sei, könne er sich so vieles vorstellen, sogar ein Leben als Dorfschullehrer in Sterkrade. Diese armselige kleine Bauernschaft am Rande der Heide sei nun mal seine Heimat, und Kinder zu unterrichten, sei eine sehr schöne Aufgabe, wenn man nicht mit der kärglichen Entlohnung eines Schulmeisters auskommen müsse, wenn man in einem schönen Haus mit einer großzügigen Bibliothek leben, hin und wieder mit der eigenen Chaise in die Stadt fahren und jedes Jahr einmal verreisen könne. Ebenso gern male er sich aber eine Zukunft als Verleger in Berlin, als angesehener Advokat in Duisburg oder als Gutsherr irgendwo im Herzogtum Cleve aus, und in all diesen schönen Vorstellungen vom Leben sehe er sie an seiner Seite.

»Gestern«, schrieb Jacob am Schluss des Briefes an Elseken Radermacher, »war ich zum ersten Mal am Meer. Es ist eindrucksvoller als alles, was ich bisher gesehen habe. Als ich nach langer Fahrt endlich an die Küste gelangte und überwältigt vor der unendlichen Weite stand, da schien mir plötzlich gewiss, dass jedes Ende zugleich der Anfang von etwas anderem ist, dass jedes Ziel, in dem Augenblick, in dem man es erreicht, der Beginn eines neuen Weges ist.«

Jacob brachte die Briefe zur Post und schlenderte an Kanälen und prächtigen Bürgerhäusern vorbei durch die bunte Stadt Amsterdam. Er spazierte bis zum Hafen, wo die großen Segelschiffe lagen, die vom Meer gekommen waren.

Betrachtungssärglein, in denen kleine Skelette oder verwesende Leichname lagen, waren vom 17. bis ins 19. Jahrhundert hinein weit verbreitet. Die Tödlein sollten die Menschen mahnen, allzeit auf ihr Ende vorbereitet zu sein.

Der Bauernsohn Jacob Sander und seine Äbtissin Antonetta von Streithorst sind fiktive Figuren. Es gab zwar von 1716 bis 1730 eine Äbtissin von (der) Streithorst in Sterkrade, aber 1766 stand Antonetta Bernadina von Wrede zu Melschede dem hochadeligen Frauenkloster vor. In das Kapitel der Zisterzienserinnen wurden nur Töchter aus adeligen Häusern aufgenommen. Dem Sterkrader Konvent gehörten in der zweiten Hälfte des 18. Jahrhunderts im Durchschnitt nur noch sechs Fräuleins an. Die ranghöchste nach der Äbtissin war die Seniorin. Gelegentlich war sie, was ich auch für die Romanfigur Ludgera von Hiesfeld angenommen habe, zugleich die Priorin des Klosters. Pfarrer war im Frühjahr 1766 Arnold Neustadt, wie der Romanpfarrer Philippus Neustatt ein Mönch aus Kamp, der zeitweise auch der Beichtvater der Klosterfrauen war. Er starb im Oktober des Jahres.

Einige Vorkommnisse in der Abtei, die im Roman beschrieben werden, haben tatsächlich stattgefunden, so der Streit um die strengere Klausur, der langjährige juristische Kampf gegen die Eisenhütte Sankt Antony, die ständigen Auseinandersetzungen mit der Sterkrader Bauernschaft um das Recht, den Lehrer der Dorfschule einzusetzen, die anonyme Klage gegen den Pfarrer wegen der Hebamme Fendrichs und der gelegentlich äußerst herablassende Umgang der adligen Damen mit aus dem Volke stammenden Pfarrern, der 1745 in der Bitte der Äbtissin an den Abt von Kamp mündete, den ungebildeten Pastor Neustadt aus Sterkrade abzuberufen.

Hin und wieder habe ich die komplexen historischen Geschehnisse vereinfacht dargestellt, gelegentlich habe ich sie auch zeitlich verschoben, um sie in die Romanereignisse einfügen zu können.

Meine Einblicke in die Verhältnisse im Sterkrader Kloster im 18. Jahrhundert verdanke ich vor allem Johann Robertz (Urkundensammlung Robertz, herausgegeben vom Stadtarchiv Oberhausen 2002) und Günter von Roden (Die Zisterzienserinnenklöster Saarn, Duissern und Sterkrade, 1984). In der Internet-Enzyklopädie Wikipedia, die mir eine große Hilfe bei meinen Recherchen war, findet sich unter dem Stichwort »Kloster Sterkrade« ein aufschlussreicher Plan der Klosteranlagen aus dem Jahr 1727.

Jacob Sanders fiktive Reise beginnt am Mittwoch, dem 7. Mai 1766, am frühen Morgen. Am Dienstag, dem 27. Mai, gegen Abend ist er wieder in Sterkrade. Die Entfernungen, die er zurücklegt, sind in Meilen angegeben. Die preußische Meile entspricht 7,53 Kilometern. Zwei andere häufig gebrauchte Längenmaße sind Zoll (2,6 Zentimeter) und Fuß (31,38 Zentimeter).

Schwierig zu klären war die Frage, wie schnell Postkutschen damals unterwegs waren. Die Angaben dazu schwanken erheblich. Die tatsächlich zurückgelegten Meilen pro Stunde waren abhängig von etlichen Unwägbarkeiten, wie der Wetterlage, der Beschaffenheit der Wege und der Aufenthaltsdauer an den Poststationen. In Anlehnung an zeitgenössische Reiseberichte und an einen Fahrplan der Clevischen Post vom Ende des 18. Jahrhunderts bin ich von einer Durchschnittsgeschwindigkeit von fünf Stundenkilometern (eine Meile in eineinhalb Stunden) ausgegangen. Das ist eine, auf längere Strecken bezogen, optimistische Annahme, zu der ich nur deshalb kommen konnte, weil Jacob in einem sonnigen und trockenen Maimonat unterwegs ist.

Neben zahlreichen fiktiven Gestalten – Menschen, die es in der Mitte des 18. Jahrhunderts gegeben haben könnte – begegnet Jacob auf seinem Weg auch mehreren historischen Persönlichkeiten.

Allen voran ist hier sein Reisegefährte Carl Arnold Kortum (5. Juli 1745–15. August 1824) zu nennen. Der Schriftsteller, Arzt und Forscher hat zahlreiche Arbeiten zu medizinischen, naturwissenschaftlichen, historischen und religiös-philosophischen Themen und literarische Texte verfasst. Der Nachwelt in Erinnerung geblieben ist er vor allem als Autor der Jobsiade. Das »grotesk komische Heldengedicht«, eine spöttische Versdichtung über »Leben, Meynungen und Thaten von Hieronymus Jobs«, deren erster Teil erstmals 1784 erschien, hat als Satire über das deutsche Spießbürgertum zahlreiche Auflagen, Übersetzungen sowie etliche Bearbeitungen erfahren, deren bekannteste die von Wilhelm Busch ist (Bilder zur Jobsiade, 1872).

Im Frühjahr 1766 schloss Carl Arnold Kortum als Zwanzigjähriger in Duisburg sein Medizinstudium mit der Promotion ab. Im selben Jahr ging er für einige Monate nach Berlin, um den anatomischen Kurs zu absolvieren, der im Königreich Preußen Voraussetzung für die Approbation als Arzt war. Er hätte also tatsächlich Jacobs Reisegefährte sein können, wenngleich die Reisezeit im Roman um einige Monate von der historischen Realität abweicht.

Kortum reiste erst im Oktober nach Berlin. Dort bezog er nicht, wie im Roman geschildert, eine Kammer im Hause eines Freundes seines Onkels. Der Freund des Onkels und dessen Bürgerhaus in der Gasse bei der französischen Kirche sind Fiktion, ebenso der Onkel Emanuel Schluck selbst. Im Roman äußert Kortum die Absicht, nach seinem Berlin-Aufenthalt als Arzt zurück nach Duisburg zu gehen. Tatsächlich praktizierte er in seiner Geburtsstadt Mülheim, bevor er sich 1770 endgültig in Bochum niederließ, der Heimatstadt seiner Mutter und der Helena Margarete Ehinger, die er 1768 geheiratet hatte.

Das Verhalten Carl Arnold Kortums im Roman, seine Gedanken und seine Worte entspringen meiner Phantasie. Das gilt auch für die Verse, die er hin und wieder zum Besten gibt, auch wenn einige von ihnen Textpassagen der Jobsiade nachempfunden sind. Ich habe versucht, mir den Schöpfer dieses witzig klugen, scharfsichtig spöttischen literarischen Werkes als zwanzigjährigen Jüngling vorzustellen, wohl wissend, dass das Ergebnis dieses Versuches nicht mehr sein kann als eine vage Annäherung an die außergewöhnliche Persönlichkeit Carl Arnold Kortums.

Von vielen Publikationen über ihn aus zwei Jahrhunderten

war im Hinblick auf seine Studienjahre besonders erhellend für mich: Sabine Graumann, »Kortum als Student der Medizin an der Universität Duisburg und als Praktikant an der Berliner Charité« in »Karl Arnold Kortum 1745–1824. Einem Revierbürger zum 250. Geburtstag«, Essen 1995.

Am Schloss Borbeck sieht Jacob aus der Ferne die Fürstäbtissin Franziska Christine von Pfalz-Sulzbach (1696–1776) und begegnet ihrem Kammermohren Ignatius Christianus Fridericus Fortuna. Dessen Geburtsdatum ist unbekannt, er starb im November 1789. Es war für viele Fürsten der Zeit ein Statussymbol, einen Mohren am Hofe zu haben. Anders als die meisten von ihnen genoss Ignatius die Wertschätzung seiner Fürstin und eine privilegierte Stellung an ihrem Hof. Er starb als wohlhabender Mann im Waisenhaus zu Steele, wo noch heute eine Gedenktafel an ihn erinnert. Den Zunamen Fortuna legte er sich wahrscheinlich erst nach dem Tod der Fürstäbtissin zu.

In Hamm jagt der preußische Generalmajor Carl Friedrich von Wolffersdorff (1716–1781) den beiden Reisegefährten Jacob und Carl Arnold einen gehörigen Schreck ein. Er hatte sich im Siebenjährigen Krieg große Meriten und die Gunst Friedrichs des Großen erworben, wurde danach Garnisonskommandeur in Hamm und bekam als großzügiges Geschenk des Königs das Gut »Haus Ostholz« vor der Stadt, allerdings erst 1768, zwei Jahre nach den Romanereignissen. Der mächtige General scheute sich nicht, junge Männer in den Militärdienst zu pressen, selbst wenn sie durch königliches Privileg davon befreit waren. Das zeigt der Vorfall um die Drahtzieher von Altena, der sich 1770 tatsächlich ereignete.

Der Braunschweiger Hutmacherlehrling Anton Reiser ist eine literarische Figur des 18. Jahrhunderts. Der Roman »Anton Reiser« von Karl Philipp Moritz (1756–1793) erschien in vier Teilen ab 1785. Darin schildert Moritz mit deutlichen Anklängen an seine eigene Biographie Anton Reisers Kindheit und Jugend. Moritz selbst begann im Herbst 1768 eine Lehre beim Hutmachermeister Johann Simon Lobenstein. Er litt so sehr unter dem religiösen Druck im Hause seines quietistischen Lehrherrn, dass er nach einem Selbstmordversuch die Lehre

1770 abbrach. Ab 1771 konnte er, finanziert durch Stipendien, ein Gymnasium besuchen. Ich habe die Beschreibung des Lobensteinschen Hauses und der Stimmung, die dort herrscht, eng an den Romantext des »Anton Reiser« angelehnt.

In der Postkutsche lernen Jacob und Carl Arnold den zwanzigjährigen Joachim Heinrich Campe (1746–1818) kennen, der an der Universität Helmstedt evangelische Theologie studiert. Campe war ein bekannter Schriftsteller, Pädagoge und Verleger seiner Zeit. Neben pädagogischen Schriften verfasste er vor allem Kinder- und Jugendbücher. Er gründete die Braunschweigische Schulbuchhandlung, schrieb ein Wörterbuch der deutschen Sprache und setzte sich für die Verdeutschung der »unserer Sprache aufgedrungenen fremden Wörter« ein.

Vor dem Stadtschloss in Berlin beobachtet Jacob die preußische Königin Elisabeth Christine (1715–1797), ein anscheinend alltägliches Vergnügen für die Berliner jener Zeit. Auch Carl Arnold Kortum berichtete später, er habe während seines Berlin-Aufenthaltes sämtliche Mitglieder des Königshauses zu Gesicht bekommen.

Im Anatomischen Theater hört Jacob eine Vorlesung von Johann Friedrich Meckel (1724–1774), einem der bedeutendsten Mediziner in Preußen. Schon als Achtundzwanzigjähriger war er auf den ersten Lehrstuhl für Anatomie am Collegium medico chirurgicum berufen worden. Das wörtliche Zitat im 16. Kapitel habe ich seiner Abhandlung »Anatomische Beobachtungen der Steine, die in verschiedenen Theilen des menschlichen Körpers gefunden werden« entnommen, die in der digitalen Bibliothek der Akademie der Wissenschaften Berlin-Brandenburg zu finden ist.

In der Druckerei von Kaspar Kümmerling sieht Jacob einen Korrekturabzug für den Doktor Johann Georg Krünitz (1728–1796). Es war mir ein Anliegen, Krünitz, der 1766 als Arzt in Berlin lebte, im Roman zu erwähnen. Seiner Enzyklopädie, die in 242 Bänden zwischen 1773 und 1858 erschien, verdanke ich viele faszinierende Einblicke in das Wissen und die Lebensumstände der Zeit. Krünitz selbst konnte knapp ein Drittel der Enzyklopädie fertigstellen. Er starb 1796 bei der

Arbeit am Stichwort »Leiche« für den 73. Band. Vor allem in Bezug auf Arbeits- und Alltagstechniken war die »Oeconomische Encyclopädie« – in der von der Universitätsbibliothek Trier erstellten digitalen Version – für mich die wichtigste und meistgenutzte Quelle.

Peter Kersken
TOD AN DER RUHR
Broschur, 320 Seiten
ISBN 978-3-89705-581-0

»Dem Autor Peter Kersken gelingt mit seinem historischen Roman ›Tod an der Ruhr‹ all das, was man für eine spannende Kriminalgeschichte benötigt.« WAZ

»Ein historischer Kriminalroman, der einerseits ein solides Sittenbild des Sterkrader Fleckens jener Zeit zwischen Kirche und Hütte zeichnet, andererseits aber die nötigen Freiheiten lässt, die Handlung mit einer ordentlichen Portion Spannung zu versehen.« NRZ

Peter Kersken

ZECHENSTERBEN

Broschur, 288 Seiten

ISBN 978-3-89705-866-8

»Kerskens Krimis sind wie ein historisches Erzählprojekt zum Ruhrgebiet, und die Region ist seine eigentliche Hauptfigur.«

WDR 5, Westblick